Die Frauen der Calhouns

Weltbild

Titel der nordamerikanischen Originalausgaben:
Courting Catherine/A Man For Amanda

Published by arrangement with
Harlequin Enterprises II B.V., Amsterdam

Konzeption/Gestaltung: fredeboldpartner.network, Köln
Umschlaggestaltung: Studio Höpfner-Thoma, München
Titelabbildung: © GettyImages, München
Satz: D.I.E. Grafikpartner, Köln
Druck und Bindearbeiten: GGP Media GmbH, Pößneck
Printed in Germany
ISBN 3-89941-204-4

Genehmigte Sonderausgabe für
Verlagsgruppe Weltbild GmbH,
Steinerne Furt, 86167 Augsburg

Deutsche Erstveröffentlichung als Hardcover-Ausgabe 2004

Cora Verlag GmbH & Co. KG,
Axel-Springer-Platz 1, 20350 Hamburg

Nora Roberts

Die Frauen der Calhouns

Weltbild

Nora Roberts

Ein Ring für Catherine

Roman

Aus dem Amerikanischen von
M. R. Heinze

PROLOG

Bar Harbor, Maine
12. Juni 1912

Ich sah ihn auf den Klippen oberhalb der Frenchman Bay. Er war groß und dunkelhaarig und jung. Selbst als ich in großer Entfernung vorbeiging, Klein-Ethans Hand in der meinen, konnte ich die trotzige Haltung seiner Schultern erkennen.

Er hielt den Pinsel, als wäre er ein Säbel, und seine Palette wie einen Schild. In der Tat erschien es mir, als würde er mit seiner Leinwand eher ein Duell ausfechten, als darauf zu malen. So tief war seine Konzentration, so schnell und wild waren die Bewegungen seines Handgelenks, dass man hätte denken können, sein Leben würde von dem abhängen, was er da erschuf.

Vielleicht glaubte er das sogar.

Ich fand es seltsam, sogar amüsant. Meine Vorstellung von Künstlern war stets eine von sanften Seelen gewesen, die Dinge sehen können, die uns gewöhnlichen Sterblichen verborgen bleiben, und die in ihrem Bemühen leiden, diese Dinge für uns sichtbar zu machen.

Und doch wusste ich, sogar bevor er sich umdrehte und mich ansah, dass ich kein sanftes Gesicht zu sehen bekommen würde. Er schien selbst das Werk eines Künstlers zu sein. Ein Bildhauer hatte ein Stück eines Eichenstamms bearbeitet und daraus eine hohe Stirn geschnitzt, dazu düster dreinblickende Augen, eine lange gerade Nase und einen vollen sinnlichen Mund. Selbst seine schwungvoll fallenden Haare mochten aus Ebenholz gehauen worden sein.

Wie er mich anstarrte.

Selbst jetzt noch kann ich fühlen, wie mir die Hitze ins Gesicht stieg und meine Handflächen plötzlich feucht wurden.

Der Wind, süß und feucht von der See, fuhr in seine Haare und zerrte an seinem lose fallenden Hemd, das mit Farbe bespritzt und befleckt war.

Mit den Felsen und dem Himmel in seinem Rücken sah er sehr stolz aus, sehr zornig, als würde ihm dieses hoch aufragende Stück Land gehören – oder sogar die gesamte Insel –, und als wäre ich hier ein Eindringling.

Er stand da, schweigend, scheinbar eine Ewigkeit, und seine Augen blickten so eindringlich und irgendwie so wild, dass meine Zunge am Gaumen zu kleben schien.

Dann begann Klein-Ethan zu plappern und an meiner Hand zu ziehen. Der zornige Blick in den Augen des Malers wurde sanfter. Er lächelte. Ich weiß, dass ein Herz in solchen Momenten nicht stehen bleibt. Und doch …

Ich ertappte mich dabei, wie ich stammelte und mich für die Störung entschuldigte, und ich hob Ethan auf meine Arme, bevor mein kluger und neugieriger kleiner Junge zu den Felsen laufen konnte.

Er sagte: „Warten Sie!“

Dann griff er nach einem Skizzenblock und einem Stift und begann zu zeichnen, während ich reglos dastand und aus Gründen bebte, die ich nicht begreifen kann. Ethan hielt ganz still und lächelte. Irgendwie war er von dem Mann genauso fasziniert wie ich.

Ich fühlte die Sonne auf meinem Rücken und den Wind in meinem Gesicht, und ich konnte das Wasser und wilde Rosen riechen.

„Ihr Haar sollte offen fallen“, sagte er, legte seinen Stift beiseite und kam auf mich zu. „Ich habe Sonnenuntergänge gemalt, die weniger dramatisch aussahen.“ Er streckte eine Hand aus und berührte Ethans hellrotes Haar. „Sie teilen diese Farbe mit Ihrem jüngeren Bruder.“

„Mit meinem Sohn.“ Warum klang meine Stimme so atemlos? „Er ist mein Sohn. Ich bin Mrs. Fergus Calhoun“, sagte ich, während seine Blicke mein Gesicht zu verschlingen schienen.

„Ah! The Towers.“ Er blickte an mir vorbei zu der Stelle, an der man die Spitzen und Türmchen unseres Sommerhauses auf der noch höheren Klippe sehen konnte. „Ich habe bereits Ihr Haus bewundert, Mrs. Calhoun.“

Bevor ich antworten konnte, streckte Ethan lachend die Arme aus, und der Mann hob ihn auf. Ich konnte ihn nur anstarren, wie er dastand, seinen Rücken dem Wind zugewandt, und mein Kind mühelos festhielt.

„Ein hübscher Junge.“

„Und ein energiegeladener Junge. Ich dachte, ich nehme ihn auf einen Spaziergang mit, um seiner Nanny eine Ruhepause zu verschaffen. Mit meinen beiden anderen Kindern zusammengenommen hat sie weniger Mühe als mit Klein-Ethan.“

„Sie haben noch mehr Kinder?“

„Ja. Ein Mädchen, ein Jahr älter als Ethan, und ein Baby, noch nicht ganz ein Jahr. Wir sind erst gestern für die Sommersaison eingetroffen. Wohnen Sie auf der Insel?“

„Vorübergehend. Würden Sie für mich Modell stehen, Mrs. Calhoun?“

Ich errötete, doch unter der Verlegenheit verbarg sich eine tiefe und träumerische Freude. Allerdings war ich mir bewusst, wie unschicklich es war, und ich kannte Fergus' Temperament. Also lehnte ich ab, höflich, wie ich hoffte. Er bestand nicht darauf, und ich schäme mich eingestehen zu müssen, dass ich eine tiefe Enttäuschung verspürte. Als er mir Ethan zurückgab, richteten seine Augen sich auf die meinen – ein dunkles Schiefergrau, das mehr zu sehen schien als mein Gesicht. Vielleicht sogar mehr als irgendjemand jemals zuvor an mir entdeckt hatte.

Er wünschte mir noch einen guten Tag, und ich wandte mich ab, um mit meinem Kind nach The Towers zurückzugehen, zurück zu meinem Heim und meinen Pflichten.

Ich wusste so sicher, als hätte ich mich umgedreht, dass er mich beobachtete, bis mich die Klippe endgültig verbarg.

Mein Herz hämmerte.

1. KAPITEL

Bar Harbor, 1991

Trenton St. James III war in schlechter Stimmung.

Er war einer der Männer, die erwarteten, dass sich Türen öffneten, wenn sie klopften, dass sich jemand am Telefon meldete, wenn sie anriefen.

Was er nicht erwartete und nur höchst ungern ertrug, war eine Autopanne auf einer schmalen, zweispurigen Landstraße, zehn Meilen vor seinem Ziel.

Zumindest hatte es ihm sein Autotelefon ermöglicht, den nächsten Mechaniker aufzuspüren. Allerdings war er alles andere als begeistert darüber, dass er nach Bar Harbor in der Fahrerkabine des Abschleppwagens gelangte, während harter Rock aus den Lautsprechern dröhnte und sein Retter zwischen Bissen von einem gewaltigen Schinkensandwich falsch mitsang.

„Hank! Nennen Sie mich einfach Hank. Alles klar?“ Der Fahrer nahm einen langen Schluck aus einer Limonadenflasche. „C. C. bringt Ihnen das im Null Komma nichts in Ordnung. Sie finden nirgendwo in dem verdammten Maine bessere Mechaniker. Da können Sie fragen, wen Sie wollen.“

Trent entschied, dass er sich unter den gegebenen Umständen auf das Wort von Nennen-Sie-mich-einfach-Hank verlassen musste. Um Zeit zu sparen, ließ er sich von dem Fahrer im Dorf absetzen. Um sich die Mühe zu ersparen, ließ er sich den Weg zu der Werkstatt beschreiben und bekam zusätzlich eine ölverschmierte Geschäftskarte, die Trent mit spitzen Fingern an den Ecken hielt, während er sie betrachtete.

Wie in jeder Situation, in der Trent sich befand, beschloss er auch diesmal, die Lage zu seinen Gunsten auszunutzen.

Während sein Wagen versorgt wurde, erledigte er ein halbes Dutzend Anrufe mit seinem Büro daheim in Boston, wobei er einem Schwarm von Sekretärinnen, Assistenten und Vizepräsidenten eine Höllenangst einjagte.

Es versetzte ihn in eine bessere geistige Verfassung.

Das Mittagessen nahm er auf der Terrasse eines kleinen Restaurants ein, wobei er mehr Aufmerksamkeit seinen Arbeitsunterlagen widmete als dem ausgezeichneten Hummersalat oder der balsamischen Frühlingsbrise. Immer wieder blickte er auf seine Uhr, trank zu viel Kaffee und betrachtete ungeduldig den Verkehr, der auf der Straße in beiden Richtungen dahinströmte.

Zwei der Kellnerinnen, die in der Mittagsschicht ihren Dienst verrichteten, diskutierten eine ganze Weile über ihn. Es war noch früh im April, mehrere Wochen vor dem Höhepunkt der Saison, weshalb das Restaurant nicht gerade von Gästen überquoll.

Sie waren sich einig, dass dieser Gast mit den braunen Augen ein Schmuckstück war, vom Scheitel seiner dunkelblonden Haare bis zu den Spitzen seiner auf Hochglanz polierten italienischen Schuhe. Sie waren sich auch einig, dass er ein Geschäftsmann war, und zwar ein sehr wichtiger, gemessen an seinem ledernen Aktenkoffer und an seinem todschicken grauen Anzug mit Krawatte. Noch dazu hatte er Manschettenknöpfe. Goldene!

Die beiden fanden, während sie Besteck für die nächste Schicht in Servietten wickelten, dass er jung für das war, was er erreicht hatte. Nicht älter als dreißig.

Ausnehmend attraktiv, lautete ihr einstimmiges Votum, während sie abwechselnd Kaffee in seine Tasse nachschenkten, um ihn aus der Nähe genauer betrachten zu können. Markante, klare Gesichtszüge, darin waren sie sich einig, mit einer gewissen geschliffenen Ausstrahlung, die einen Hauch glatter hätte wirken können, wären da nicht seine Augen gewesen.

Sie waren dunkel und düster und ungeduldig, und sie brachten die beiden Kellnerinnen zu der Überlegung, ob ihn vielleicht eine Frau versetzt hatte. Obwohl sie sich nicht vorstellen konnten, dass irgendein weibliches Wesen, das noch seinen Verstand beisammen hatte, dies tun würde.

Trent schenkte den beiden Kellnerinnen nicht mehr Aufmerksamkeit, als er das mit allen Leuten machte, die einen Dienst gegen Bezahlung ausführten, das enttäuschte die beiden. Das fürstliche Trinkgeld allerdings, das er zurückließ, entschädigte sie jedoch. Es hätte Trent überrascht, dass das Trinkgeld den Kellnerinnen noch mehr bedeutet hätte, wäre es mit einem Lächeln übergeben worden.

Er schloss seinen Aktenkoffer, sperrte die Schlösser ab und bereitete sich auf einen schnellen, energischen Fußmarsch zu dem Mechaniker am Ende der Stadt vor. Er war kein kühler Mann, und er hätte sich selbst niemals als hochmütig eingestuft. Als ein St. James war er jedoch mit Dienern aufgewachsen, die still und tüchtig die Aufgabe in Angriff genommen hatten, ihm sein Leben einfacher zu gestalten.

Trent bezahlte gut, sogar großzügig. Wenn er keine offene Anerkennung und kein persönliches Interesse zeigte, so lag das einfach daran, dass es ihm überhaupt nicht in den Sinn kam, dass dies von ihm erwartet werden konnte.

Im Moment befassten sich seine Gedanken mit dem Vertrag, den er bis zum Wochenende abzuschließen hoffte. Hotels waren sein Geschäft, wobei der Schwerpunkt auf Luxus- und Urlaubshotels lag.

Im Sommer des letzten Jahres hatte Trents Vater einen ganz bestimmten Besitz entdeckt, während er und seine vierte Frau einen Jachtausflug in die Frenchman Bay machten. Trenton St. James II entwickelte, was Frauen anging, zwar ständig ziemlich verkehrte Instinkte, doch auf geschäftlichem Gebiet trafen seine Vorhersagen stets ins Schwarze.

Er hatte sofort mit Verhandlungen begonnen, um das gewaltige Steinhaus zu kaufen, das die Frenchman Bay überragte. Sein Appetit war durch das Zögern der Eigentümer noch angeheizt worden, die nicht verkaufen wollten. Das Gebäude war eher ein „weißer Elefant“ als ein Privathaus.

Wie nicht anders zu erwarten, hatte der ältere Trenton die Dinge in seinem Sinne beeinflusst, und der Handel ging seinem Abschluss entgegen.

Dann hatte Trent das ganze Geschäft plötzlich auf seinem Schoß wieder gefunden, weil sein Vater erneut in eine komplizierte Scheidung verwickelt war.

Ehefrau Nummer vier hat beinahe achtzehn Monate ausgehalten, überlegte Trent. Immerhin zwei Monate länger als Ehefrau Nummer drei. Trent akzeptierte schicksalsergeben, dass bestimmt schon Nummer fünf um die nächste Ecke herum wartete. Der alte Herr war nach Heiraten genauso süchtig wie nach Immobilien. Trent war fest entschlossen, den Handel mit The Towers abzuschließen, noch bevor die Tinte auf diesem letzten Scheidungsdokument trocken war. Sobald er seinen Wagen wieder aus der Werkstatt bekam, wollte er da hinauffahren und sich die Liegenschaft ansehen.

Wegen der Jahreszeit waren viele Geschäfte geschlossen, als Trent durch die Stadt ging, aber er konnte die Möglichkeiten erkennen. Er wusste, dass während der Saison die Straßen von Bar Harbor voll waren von Touristen mit Kreditkarten und Reiseschecks, die sie jederzeit bereithielten. Er hatte die Statistiken in seinem Aktenkoffer.

Mit einer soliden Planung, so hatte er sich ausgerechnet, konnte The Towers sich innerhalb von fünfzehn Monaten eine dicke Scheibe von diesem Touristengeschäft abschneiden.

Er brauchte nichts anderes zu tun, als vier sentimentale Frauen und ihre Tante dazu zu überreden, das Geld einzustecken und zu verschwinden.

Er sah noch einmal auf seine Uhr, als er um die Ecke der Straße bog, die zu der Mechanikerwerkstatt führte. Trent hatte Hank präzise zwei Stunden eingeräumt, um die Panne des BMW zu beheben, ganz gleich, worum es sich handelte. Das, so war er überzeugt, reichte.

Natürlich hätte er von Boston aus das Firmenflugzeug nehmen können. Das wäre wesentlich praktischer gewesen, und was sollte Trent schon sein, wenn nicht ein praktisch denkender Mann. Doch er hatte fahren wollen.

Er hatte es sogar gebraucht, räumte er ein, diese paar Stunden Ruhe und Einsamkeit.

Das Geschäft blühte und gedieh, aber sein Privatleben ging zum Teufel.

Wer hätte schon damit gerechnet, dass Marla ihm plötzlich ein Ultimatum an die Stirn knallen könnte? Heirat oder gar nichts.

Es verblüffte ihn noch immer. Sie hatte vom Beginn ihrer Beziehung an gewusst, dass Heirat nicht in Frage kam. Er hatte nicht die Absicht, eine Fahrt auf jener Achterbahn zu riskieren, die sein Vater im Leben mit Vorliebe zu benutzen schien.

Nicht dass er Marla nicht gemocht hatte. Sie war hübsch und wohlerzogen, intelligent und erfolgreich auf dem Gebiet des Modedesigns. Bei Marla lag nie ein Haar falsch, und Trent schätzte diese Art von Gewissenhaftigkeit bei einer Frau. Genau wie er ihre praktische Haltung bezüglich ihrer Beziehung geschätzt hatte.

Sie hatte versichert, keine Ehe und keine Kinder und keine Schwüre von unsterblicher Liebe zu wollen. Trent betrachtete es als persönlichen Betrug, dass sie plötzlich den Grundton geändert und alles gefordert hatte.

Er war nicht fähig gewesen, ihr zu geben, was sie verlangte.

Erst vor zwei Wochen hatten sie sich voneinander getrennt, steif und förmlich wie Fremde. Jetzt war Marla schon mit einem Golfprofi verlobt.

Das tat weh.

Doch gerade weil es wehtat, überzeugte es Trent davon, dass er die ganze Zeit Recht gehabt hatte. Frauen waren für ihn unstabile, flatterhafte Wesen, und Ehe war eine unblutige Form von Selbstmord.

Marla hatte ihn nicht einmal geliebt. Gott sei Dank. Sie hatte lediglich „eine feste Bindung und Stabilität“ gewollt, wie sie sich ausgedrückt hatte.

Trent hatte es im Gefühl – und es bot ihm Befriedigung –, dass sie bald herausfinden würde, dass die Ehe am ungeeignetsten war, um beides oder auch nur eines davon zu finden.

Weil er wusste, dass es unproduktiv war, sich mit Fehlern aufzuhalten, erlaubte er den Gedanken an Marla, aus seinem Bewusstsein zu verschwinden. Und er beschloss, erst einmal Urlaub von den Frauen zu machen.

Trent blieb vor dem weißen Ziegelhaus mit den unterschiedlichsten Wagen auf dem Parkplatz stehen.

Auf dem Schild über den offenen Garagentoren stand „C. C.s AUTOMOVATION“. Unter dem Namen, den Trent großspurig fand, wurde ein Vierundzwanzig-Stunden-Abschleppdienst angeboten sowie sämtliche Autoreparaturen und Inspektionen, sowohl für ausländische als auch für inländische Modelle, und dazu ein kostenloser Schätzdienst.

Durch die offenen Tore hörte er Rockmusik. Trent stieß einen Seufzer aus, während er hineinging.

Die Motorhaube an seinem BMW war hochgeklappt, und unter dem Wagen lugten schmutzige Stiefel hervor. Der Mechaniker tippte die Spitzen seiner Stiefel im Takt der dröhnenden Musik zusammen.

Stirnrunzelnd schaute Trent sich innerhalb der Werkstatt um. Es roch nach Schmieröl und Flieder – eine lächerliche Kombination.

Die Werkstatt war unordentlich und bestand aus einem verdreckten Durcheinander von Werkzeugen und Autoteilen. Etwas, das aussah, als wäre es einmal eine Stoßstange gewesen, lehnte neben einer Kaffeemaschine, die ihren Inhalt – was immer er auch sein mochte – zu einem schwarzen Schlamm einkochte.

An der Wand hing ein Schild mit der Aufschrift:

„SCHECKS WERDEN NICHT EINGELÖST, NICHT EINMAL FÜR SIE!"

Daneben waren mehrere andere Dienste, die von der Werkstatt angeboten wurden, nebst Preisen aufgeführt. Trent hielt die Preise für akzeptabel, aber er hatte keinen direkten Vergleich.

Zwei Münzautomaten standen an der Wand. Der eine bot Getränke an, der andere Snacks. Eine leere Kaffeedose enthielt Kleingeld, zu dem die Kunden beitragen oder an dem sie sich bedienen konnten, ganz wie sie wollten. Ein interessantes Konzept, fand Trent.

„Entschuldigen Sie", sagte er.

Die Stiefel tippten weiter.

„Entschuldigen Sie!" wiederholte er lauter.

Die Musik beschleunigte ihr Tempo, und die Stiefel folgten. Trent stieß gegen den einen mit seinem Schuh.

„Was?" Die Antwort unter dem Wagen hervor klang gedämpft und verärgert.

„Ich möchte mich nach meinem Wagen erkundigen."

„Stellen Sie sich in der Reihe hinten an!" Dem Klirren von Werkzeug folgte ein gemurmelter Fluch.

Trents Augenbrauen hoben sich und zogen sich dann in einer Art und Weise zusammen, die seine Untergebenen zum

Zittern brachte. „Offenbar bin ich bereits der erste in der Reihe."

„Im Moment sind Sie noch hinter der Ölwanne von diesem Idioten. Der Himmel bewahre mich vor reichen Yuppies, die einen Wagen wie diesen kaufen und dann nicht den Unterschied zwischen einem Vergaser und einem Bügeleisen kennen. Warten Sie einen Moment, Kumpel, oder reden Sie mit Hank! Er ist irgendwo da draußen."

Trent war noch immer ein paar Sätze weiter hinten bei „Idiot". „Wo ist der Besitzer?"

„Beschäftigt. Hank!" Die Stimme des Mechanikers steigerte sich zu einem Brüllen. „Verdammt, Hank! Wohin ist er denn verschwunden, zum Teufel?"

„Das kann ich Ihnen nicht sagen." Trent marschierte zu dem Radio und schaltete die Musik aus. „Wäre es zu viel verlangt, Sie zu bitten, von da unten hervorzukommen und mir etwas über den Zustand meines Wagens mitzuteilen?"

„Ja." Vom Standpunkt unter dem BMW betrachtete C. C. die italienischen Schuhe und mochte sie nicht. „Ich habe im Moment die Hände voll. Sie können hier herunterkommen und mir eine von Ihren Händen leihen, wenn Sie es so eilig haben. Oder fahren Sie zu McDermit in Northeast Harbor."

„Ich kann kaum fahren, wenn Sie unter meinem Wagen liegen." Obwohl die Idee einen gewissen Reiz an sich hatte.

„Das ist Ihrer?" C. C. schniefte und zog Schrauben an. Der hatte einen hochgestochenen Bostoner Akzent, der zu den hochgestochenen Schuhen passte. „Wann haben Sie das Ding hier zum letzten Mal einstellen lassen, Zündkerzen und Öl gewechselt?"

„Ich kümmere mich nicht ..."

„Ganz sicher kümmern Sie sich nicht." Eine energische Befriedigung lag in dieser heiseren Stimme, bei der Trent die Zähne zusammenbiss. „Wissen Sie, Sie kaufen nicht nur einen Wagen, sondern Sie erwerben auch eine Verantwortung. Viele Leute sacken an Jahresgehalt nicht so viel ein, wie eine solche Karre neu kostet. Bei vernünftiger Fürsorge und Unterhaltung könnte dieses Baby noch für Ihre Enkelkinder laufen. Autos sind nicht irgendwelche bequemen Gegenstände, mit denen man umspringen kann, wie man will, wissen Sie. Die Leute machen sie nur dazu, weil sie zu faul oder zu dumm sind, um sich um die grundsätzlichsten Dinge zu kümmern. Sie hätten schon vor sechs Monaten einen Ölwechsel gebraucht, Mister."

Trents Finger trommelten gegen die Seite seines Aktenkoffers. „Junger Mann, Sie werden dafür bezahlt, meinen Wagen zu versorgen, und nicht, um mir einen Vortrag über meine Verantwortung dem Wagen gegenüber zu halten." In einer Gewohnheit, die ihm so selbstverständlich war wie Atmen, blickte er auf seine Uhr. „Also, ich will wissen, wann mein Wagen fertig ist, weil ich etliche Termine habe."

„Den Vortrag gibt's gratis." Mit einem Stoß ließ C. C. das Rollbrett unter dem Wagen hervorgleiten. „Und ich bin nicht Ihr junger Mann."

Das war allerdings offensichtlich.

Obwohl das Gesicht ölverschmiert und das dunkle Haar jungenhaft kurz war, stellte sich der in einem schmutzigen Overall steckende Körper eindeutig als weiblich heraus.

Jeder kurvige Zentimeter.

Trent gingen nicht oft die Worte aus, aber nun stand er einfach da und starrte, während C. C. von dem Rollbrett aufstand, sich vor ihm aufbaute und mit einem Schraubenschlüssel gegen ihre Handfläche klopfte.

Unter der schwarzen Schmiere in ihrem Gesicht erkannte Trent, dass sie eine sehr weiße Haut als Gegensatz zu ihren schwarzen Haaren hatte. Unter ihrem Pony waren ihre dunkelgrünen Augen schmal zusammengezogen.

Ihre vollen, ungeschminkten Lippen hätte man unter anderen Umständen als einen sehr sexy wirkenden Schmollmund bezeichnen können. Sie war groß für eine Frau und wie eine Göttin gebaut.

Und Trent stellte fest, dass sie es war, die nach Motoröl und Flieder roch.

„Haben Sie ein Problem?“ fragte sie ihn.

C. C. war sich wohl bewusst, dass sein Blick von dem Kragen ihres Overalls zu den Manschetten hinunter gewandert war und auch wieder zurück. Sie war daran gewöhnt. Aber sie brauchte es nicht zu mögen.

Die Stimme bekam eine völlig andere Wirkung, wenn ein Mann erkannte, dass dieser dunkle, heisere Klang zu einer Frau gehörte.

„Sie sind der Mechaniker.“

„Nein, ich bin der Innendekorateur.“

Trent sah sich in der Garage mit ihrem ölbefleckten Boden und den überladenen Arbeitsbänken um. Er konnte nicht widerstehen zu bemerken: „Sie haben eine sehr interessante Arbeit.“

Während sie den Atem zwischen den Zähnen ausstieß, warf sie den Schraubenschlüssel auf eine Werkbank. „Ihr Öl- und Ihr Luftfilter mussten gewechselt werden. Die Zündung war falsch eingestellt, und der Vergaser musste nachreguliert werden. Sie brauchen noch einen Ölwechsel, und der Kühler sollte durchgespült werden."

„Wird er laufen?"

„Ja, er wird laufen." C. C. zog einen Lappen aus ihrer Tasche und wischte sich die Hände ab. Sie schätzte diesen Mann als den Typ ein, der mehr Sorgfalt auf seine Krawatten verwendete als auf seinen Wagen. Mit einem Achselzucken stopfte sie den Lappen wieder in ihre Tasche. Das war nicht ihre Angelegenheit. „Kommen Sie mit ins Büro, dann können wir die Sache abschließen."

Sie führte ihn durch die Tür in der Hinterwand der Werkstatt in einen schmalen Korridor, von dem ein Büro mit Glaswänden abging. Das Büro war voll gestellt mit einem überquellenden Schreibtisch, dicken Ersatzteilkatalogen, einem halb vollen Kaugummiautomaten und zwei breiten Drehstühlen.

C. C. setzte sich hinter den Schreibtisch und legte mit der unheimlichen Sicherheit von Leuten, die ihren Schreibtisch mit Papieren zu überhäufen pflegen, eine Hand zielsicher auf ihre Rechnungen.

„Bar oder Kreditkarte?" fragte sie ihn.

„Kreditkarte." Geistesabwesend zog er seine Brieftasche hervor.

Er war kein Sexist. Trent versicherte sich, dass er keiner war. Er hatte peinlichst genau dafür gesorgt, dass Frauen in seiner Firma die gleiche Bezahlung und die gleichen Aufstiegsmöglichkeiten erhielten wie die männlichen Angestellten. Es fiel ihm auch nie ein, sich den Kopf darüber zu zerbrechen, ob Mitarbeiter männlich oder weiblich waren, solange sie tüchtig, loyal und zuverlässig waren.

Doch je länger er die Frau betrachtete, die vor ihm saß und eifrig das Formular ausfüllte, desto sicherer war er, dass sie weder seiner noch irgendjemandes Vorstellung von einem Automechaniker entsprach.

„Wie lange arbeiten Sie schon hier?" Es überraschte ihn, sich das fragen zu hören. Persönliche Fragen waren nicht sein Stil.

„Mit Unterbrechungen, seit ich zwölf war." Die dunkelgrünen Augen waren auf ihn gerichtet. „Keine Sorge, ich weiß, was ich mache. Auf jede Arbeit, die in meiner Werkstatt ausgeführt wird, gibt es Garantie."

„Ihre Werkstatt?"

„Meine Werkstatt."

Sie förderte eine Rechenmaschine zu Tage und begann, die Endsumme mit langen, elegant geformten Fingern, die noch immer ölig waren, auszurechnen.

Der Mann ärgerte sie. Vielleicht liegt es an seinen Schuhen, dachte sie. Oder an seiner Krawatte. Eine braune Krawatte hatte etwas Arrogantes an sich.

„Darauf beläuft sich der Schaden." C. C. drehte die Rechnung herum und ging die Liste Punkt für Punkt durch.

Trent kümmerte sich überhaupt nicht darum, was völlig untypisch für ihn war. Er war ein Mann, der jedes Wort auf jedem Papier las, das über seinen Schreibtisch wanderte. Aber er schaute sie nur an und war fasziniert.

„Irgendwelche Fragen?" Sie sah hoch, und ihr Blick traf sich mit seinem. Sie hörte förmlich das Klicken, mit dem ihre Augen gegenseitig einrasteten.

„Sie sind C. C.?"

„Richtig." Sie musste sich räuspern.

Das ist albern, sagte sie sich. Er hatte ganz gewöhnliche Augen. Vielleicht ein bisschen dunkler, ein bisschen intensiver, als ihr zuerst aufgefallen war, aber trotzdem ganz gewöhnlich. Es gab keinen wie auch immer gearteten Grund, aus dem sie nicht von ihm wegsehen konnte.

Dennoch starrte sie ihn weiterhin an. Hätte sie sich in einer schwärmerischen Stimmung befunden – worin sie sich nicht befand, wie sie sich selbst versicherte –, hätte sie behauptet, dass die Luft schwerer wurde.

„Sie haben Öl an Ihrer Wange", sagte er ruhig und lächelte sie an.

Der Wandel war erstaunlich.

Von einem hochnäsigen, verärgerten Mann verwandelte er sich in einen warmherzigen und zugänglichen. Sein Mund wurde weicher, als er lächelte. Die Ungeduld schwand aus seinen Augen. Humor funkelte in ihnen, ein leichter, einladender und unwiderstehlicher Humor.

C. C. ertappte sich dabei, dass sie zurücklächelte.

„Das hängt mit der Umgebung hier zusammen." Vielleicht war ich gerade einen Hauch zu schroff, dachte sie und bemühte sich, den Fehler auszugleichen. „Sie sind aus Boston, richtig?"

„Ja. Woher wissen Sie das?"

Ihr Mund lächelte weiter, während sie die Schultern zuckte. „Bei Ihrem Kennzeichen aus Massachusetts und Ihrem Akzent war das nicht schwer zu erraten. Wir haben viele Leute aus Boston hier auf der Insel. Machen Sie bei uns einen längeren Urlaub?"

„Geschäfte." Trent versuchte, sich an das letzte Mal zu erinnern, dass er sich einen Urlaub gegönnt hatte, und konnte es nicht mehr genau festlegen. Zwei Jahre? fragte er sich. Oder drei?

C. C. zog ein Klemmbrett unter einem Stapel Kataloge hervor und überflog den Terminkalender für den nächsten Tag. „Wenn Sie eine Weile in der Gegend bleiben, könnten wir morgen diesen Ölwechsel einschieben."

„Ich werde es mir merken. Wohnen Sie auf der Insel?"

„Ja, schon mein ganzes Leben." Der Stuhl knarrte, als sie ihre langen Beine zum Indianersitz anzog. „Waren Sie schon einmal in Bar Harbor?"

„Als Junge verbrachte ich ein paar Wochenenden hier mit meiner Mutter." Das ist schon ein ganzes Leben her, dachte er. „Vielleicht könnten Sie mir ein paar Restaurants und interessante Orte empfehlen. Möglicherweise kann ich etwas freie Zeit einschieben."

„Sie sollten den Park nicht verpassen." C. C. fischte einen Notizzettel hervor und begann zu schreiben. „Sie können eigentlich gar nicht schief liegen, wenn es um Meeresfrüchte geht, und es ist noch zeitig genug in der Saison, dass Sie keine Probleme mit Menschenmengen und Warteschlangen haben sollten." Sie hielt ihm das Blatt entgegen, das er faltete und in seine Brusttasche steckte.

„Danke. Wenn Sie heute Abend frei haben, könnten Sie mir vielleicht helfen, hier am Ort Meeresfrüchte zu kosten. Dabei könnten wir über meinen Vergaser sprechen."

Verwirrt und geschmeichelt griff sie nach der Kreditkarte, die er ihr entgegenstreckte. Sie wollte schon seiner Einladung zustimmen, als sie den Namen las, der auf der Karte eingeprägt war.

„Trenton St. James III."

„Trent", bemerkte er leichthin und lächelte wieder.

Das passt, dachte C. C., oh, und wie das passt. Toller Wagen, toller Anzug, tolle Manieren. Ich hätte es sofort merken müssen. Ich hätte es förmlich riechen müssen. Innerlich siedend drückte sie die Karte auf das Formular. „Hier unterschreiben!"

Trent zog einen schlanken goldenen Federhalter aus der Tasche hervor und unterschrieb, während sie aufstand und steifbeinig zu dem Schlüsselbrett ging, um seine Autoschlüssel zu holen.

Er sah zu ihr hin, als sie ihm gerade die Schlüssel zuwarf. Sie nach ihm warf, wäre genauer gewesen. Er konnte sie eben noch abfangen, bevor sie sein Gesicht trafen. Er ließ sie leicht in seiner Hand klingeln, während C. C. dastand, die Hände in die Hüften gestützt, das Gesicht dunkel vor Wut.

„Ein einfaches Nein hätte doch auch gereicht, finden Sie nicht?"

„Männer wie Sie verstehen kein einfaches Nein." C. C. wandte sich der Glaswand zu und wirbelte dann wieder zurück. „Hätte ich gewusst, wer Sie sind, hätte ich Löcher in Ihren verdammten Auspuff gebohrt."

Langsam schob Trent die Schlüssel in seine Tasche. Sein Temperament war allgemein bekannt. Es konnte hitzig sein, das wäre leichter zu ertragen gewesen. Es konnte aber auch eisig sein.

Während er dastand, breitete sich das Eis in ihm aus, ließ seine Augen förmlich gefrieren, machte seinen Mund schmal und überzog seine Stimme. „Würden Sie mir vielleicht Ihr Verhalten erklären?"

Sie kam auf ihn zu, bis sie Zehe an Zehe und Auge in Auge standen. „Ich bin Catherine Colleen Calhoun. Und ich will, dass Sie Ihre gierigen Hände von meinem Haus lassen!“

Trent sagte einen Moment gar nichts, während er seine Gedanken neu ordnete.

Catherine Calhoun, eine der vier Schwestern, denen The Towers gehörte, und zwar eine, die offenbar starke Empfindungen bezüglich des Verkaufs hegte. Da er sich um alle vier Schwestern herummanövrieren musste, konnte er gleich hier beginnen.

„Es ist mir ein Vergnügen, Miss Calhoun.“

„Mir nicht.“ Sie riss seine Kopie der Kreditkartenquittung ab. „Schwingen Sie Ihr Hinterteil wieder in Ihren miesen BMW, und hauen Sie nach Boston ab!“

„Eine faszinierende Ausdrucksweise.“ Während er sie unverwandt betrachtete, faltete Trent das Blatt zusammen und schob es in die Tasche. „Sie sind allerdings nicht die einzige Partei, die in dieser Angelegenheit gehört wird.“

„Sie werden mein Haus nicht in eines Ihrer polierten Hotels für gelangweilte Debütantinnen und falsche italienische Grafen verwandeln.“

Darüber hätte er um ein Haar gelächelt. „Sie haben schon in einem der St.- James-Hotels gewohnt?“

„Das brauche ich nicht. Ich weiß, wie die sind. Marmoreingangshallen, Glasaufzüge, achtzehn Fuß hohe Lüster und Springbrunnen, die überall herumsprudeln.“

„Haben Sie etwas gegen Springbrunnen?“

„Ich will keinen in meinem Wohnzimmer. Warum marschieren Sie nicht los und nehmen ein paar Witwen und Waisenkindern ihr Zuhause weg und lassen uns dafür in Ruhe?“

„Unglücklicherweise stehen in dieser Woche keine Witwen und Waisen auf meinem Terminkalender." Er hob eine Hand, als sie zu fauchen begann. „Miss Calhoun, ich bin hierher auf Bitten einer Ihrer Verwandten gekommen. Wie immer Ihre persönlichen Gefühle auch aussehen mögen, es gibt noch drei andere Eigentümerinnen von The Towers. Ich habe nicht die Absicht abzureisen, bevor ich mit ihnen gesprochen habe."

„Sie können sprechen, bis Ihre Lungen platzen, aber ... Was für eine Verwandte?"

„Mrs. Cordelia Calhoun McPike."

C. C.s Gesichtsfarbe veränderte sich ein wenig, aber sie wich nicht, noch wankte sie. „Ich glaube Ihnen nicht."

Trent setzte seinen Aktenkoffer auf den Papierhaufen auf ihrem Schreibtisch und stellte die Kombination ein. Aus einem seiner säuberlich gehefteten Ordner zog er einen auf schwerem elfenbeinfarbenen Papier geschriebenen Brief.

C. C.s Herz setzte einen Moment aus. Sie riss ihm den Brief aus der Hand und las ihn.

Lieber Mr. St. James,
die Calhoun-Frauen haben Ihr Angebot bezüglich The Towers in Betracht gezogen. Da dies eine vielschichtige Situation ist, finden wir, dass es im Interesse aller wäre, die Bedingungen von Angesicht zu Angesicht zu diskutieren, anstatt brieflich miteinander zu verkehren.
Als Repräsentanten Ihrer Firma möchte ich Sie für ein paar Tage nach The Towers einladen. (C. C. gab ein ersticktes Stöhnen von sich.) *Ich glaube, dass diese persönliche Beziehung von gegenseitigem Nutzen sein wird. Si-*

cherlich werden Sie mir zustimmen, dass eine etwas zwanglosere Besichtigung des Objekts Ihres Interesses ein Vorteil ist.
Bitte setzen Sie sich mit mir in The Towers in Verbindung, wenn Sie diesem Arrangement gewogen sind.
Allerherzlichst, Ihre
Cordelia Calhoun McPike

C. C. las den Brief zähneknirschend zwei Mal durch. Sie hätte ihn zusammengeknüllt, hätte Trent ihn nicht gerettet und in seinen Aktenordner zurückgeschoben.

„Ich nehme an, Sie wurden über dieses Arrangement nicht in Kenntnis gesetzt?“

„In Kenntnis gesetzt? Verdammt richtig, dass ich nicht in Kenntnis gesetzt wurde. Diese listige alte … Oh, Tante Coco, ich bringe dich um!“

„Ich nehme an, Mrs. McPike und Tante Coco sind ein und dieselbe Person.“

„An manchen Tagen ist das schwer zu sagen.“ C. C. wandte sich wieder ihm zu. „Aber so oder so, beide sind jetzt schon so gut wie tot.“

„Ich möchte der familiären Bluttat ausweichen, wenn Sie nichts dagegen haben.“

C. C. steckte ihre Hände in die Taschen ihres Overalls und starrte ihn wütend an. „Wenn Sie in The Towers bleiben wollen, werden Sie bis zum Hals drinstecken.“

Er nickte lächelnd. „Dann nehme ich das Risiko auf mich.“

2. KAPITEL

Tante Coco war eifrig damit beschäftigt, Treibhausrosen in jenen zwei übrig gebliebenen Dresdner Vasen zu arrangieren, die erst noch verkauft werden sollten. Sie summte einen aktuellen Rockhit während der Arbeit, wobei sie gelegentlich ein rasches „Bummbumm-bumm!“ oder „Ta-ti-da!“ hinzufügte.

Wie die anderen Calhoun-Frauen war sie groß, und ihre Gestalt, die im letzten Jahrzehnt nur ein wenig an Fülle zugenommen hatte, betrachtete sie am liebsten als majestätisch.

Sie hatte sich für den Anlass sorgfältig gekleidet und frisiert. Ihre kurzen flauschigen Haare waren diese Woche rot gefärbt und gefielen ihr ungemein.

Eitelkeit war nach Cocos Einschätzung weder eine Sünde, noch ein Charakterfehler, sondern die geheiligte Pflicht einer Frau.

Ihr Gesicht, das Gott sei Dank noch von der Schönheitsoperation vor sechs Jahren bestens erhalten war, war peinlichst genau geschminkt. Ihre besten Perlen baumelten an ihren Ohren und schmiegten sich um ihren Hals.

Mit einem raschen Blick in den Spiegel in der Eingangshalle entschied Coco, dass der schwarze Hosenanzug sowohl dramatisch als auch schlank wirkte. Die hochhackigen Pumps ohne Fersenteil klapperten beeindruckend auf dem Fußboden aus Kastanienholz und brachten sie nahezu auf eine Größe von einsachtzig.

Sie war eine imposante und – ja – eine majestätische Gestalt, als sie von Raum zu Raum hastete und jedes Detail überprüfte und zurechtrückte. Ihre Mädchen mochten unter

Umständen ein ganz klein wenig böse auf sie sein, weil sie einen Gast eingeladen hatte, ohne es zu erwähnen. Doch sie konnte sich jederzeit auf Zerstreutheit herausreden.

Was sie tat, wann immer es ihr passte.

Coco war die jüngere Schwester von Judson Calhoun, der Deliah Brady geheiratet und vier Mädchen in die Welt gesetzt hatte. Judson und Deliah, die Coco aufrichtig geliebt hatte, waren vor fünfzehn Jahren ums Leben gekommen, als ihr Privatflugzeug über dem Atlantik abstürzte.

Seit damals hatte sie ihr Bestes getan, um Vater und Mutter und Freundin für ihre hübschen kleinen Waisenkinder zu sein. Selbst eine Witwe seit fast zwanzig Jahren, war Coco eine sagenhafte Frau mit einem scharfen Verstand und einem Herz so weich wie Marshmallow-Creme.

Sie war fest entschlossen, das Allerbeste für ihre Mädchen zu bekommen, ob sie es wollten oder nicht. In Trenton St. James' Interesse an The Towers sah sie eine Möglichkeit.

Es interessierte sie nicht im Geringsten, ob er diese weitläufige Festung von einem Haus kaufte. Obwohl Gott allein wusste, wie lange sie es überhaupt noch halten konnten angesichts der Steuern und Rechnungen für Reparaturen und Heizung. Was sie anging, konnte Trenton St. James III das Haus kaufen oder auch nicht. Aber sie hatte einen Plan.

Er sollte sich Hals über Bankkonto in eines der Mädchen verlieben. Sie wusste noch nicht, in welches. Sie hatte es mit ihrer Kristallkugel versucht, jedoch keinen Namen darin lesen können.

Aber sie wusste es. Sie hatte es von dem Moment an gewusst, als der erste Brief gekommen war. Der Junge sollte einen ihrer kleinen Lieblinge in ein Leben voll Liebe und Luxus entführen.

Sie wollte verdammt sein, wenn keines der Mädchen das eine ohne das andere bekam.

Mit einem Seufzer richtete sie die elegante Kerze in ihrem Lalique-Halter. Sie hatte den Mädchen Liebe geben können, aber der Luxus …

Wären Judson und Deliah am Leben geblieben, wäre alles anders gelaufen. Ganz sicher hätte Judson sich aus den finanziellen Schwierigkeiten herausgezogen, an denen er litt. Bei seiner Klugheit und Deliahs Schwung wäre das nur eine vorübergehende Angelegenheit gewesen.

Doch sie waren nicht am Leben geblieben, und Geld war zu einem wachsenden Problem geworden. Wie sie es hasste, das Erbe der Mädchen Stück für Stück verkaufen zu müssen, um das allmählich einstürzende Dach über ihren Köpfen zu retten, jenes Dach, das sie alle so liebten.

Trenton St. James III sollte das alles ändern, indem er sich ganz wahnsinnig in eines ihrer süßen Babys verliebte.

Vielleicht ist es Suzanna, dachte Coco, während sie die Kissen auf dem Sofa aufschüttelte. Die arme liebe Kleine, deren Herz von dem wertlosen Schurken gebrochen worden war, den sie geheiratet hatte.

Cocos Lippen wurden schmal. Wenn sie sich vorstellte, dass er sie alle dermaßen zum Narren gehalten hatte, sogar sie selbst. Er hatte ihrem Baby erst das Leben zur Hölle gemacht und sich dann von ihr scheiden lassen, um dieses Busenwunder zu heiraten.

Coco stieß angewidert den Atem aus und schoss einen Blick zu den Sprüngen in der Zimmerdecke. Sie musste sich davon überzeugen, dass Trenton als Vater für Suzannas zwei Kinder passte. Falls nicht …

Da war immer noch Lilah, ihr zauberhafter Freigeist. Ihre Lilah brauchte jemanden, der ihren lebhaften Verstand und ihre exzentrische Art zu schätzen wusste. Jemanden, der sie versorgte und gesetzt machte. Nur ein wenig. Coco wollte niemanden tolerieren, der versuchte, die mystische Neigung ihres kleinen Mädchens zu unterdrücken.

Vielleicht würde es Amanda sein. Coco zerrte an einem Vorhang, bis er ein Mäuseloch verdeckte. Also, das wäre ein Paar. Der erfolgreiche Geschäftsmann und die erfolgreiche Geschäftsfrau, die gemeinsam alles am Laufen hielten. Aber er musste auch eine sanftere Seite haben, eine, die erkannte, dass Mandy zärtlich geliebt und nicht nur respektiert werden musste. Auch wenn sie selbst das nicht erkannte.

Mit einem zufriedenen Seufzer wechselte Coco von dem Salon ins Wohnzimmer, vom Wohnzimmer in die Bibliothek, von der Bibliothek ins Arbeitszimmer.

Dann war da noch C. C. Kopfschüttelnd rückte Coco ein Gemälde so zurecht, dass es fast die Stockflecken auf der alten Seidentapete verbarg. Dieses Kind hatte die Sturheit der Calhouns gleich haufenweise geerbt. Man stelle sich vor, ein hübsches Mädchen, das sein Leben verschwendete, indem es an Motoren und Benzinpumpen herumspielte. Ein Schmierölaffe. Gott bewahre!

Es war mehr als zweifelhaft, dass ein Mann wie Trenton St. James III sich für eine Frau interessieren könnte, die ihre ganze Zeit unter einem Auto zubrachte.

Andererseits war C. C. mit ihren dreiundzwanzig Jahren ohnehin das Baby in der Familie. Coco fand, dass sie genug

Zeit hatte, für ihr kleines Mädchen den perfekten Gatten zu finden.

Die Bühne ist vorbereitet, fand sie. Und bald wird Mr. St. James im ersten Akt auftreten.

Die Eingangstür krachte zu. Coco zuckte zusammen, wusste sie doch, dass bei diesen Vibrationen Bilder an den Wänden verrutschten und Geschirr auf den Tischen tanzte.

Sie suchte sich ihren Weg durch die zahlreichen Räume und rückte überall unterwegs etwas zurecht.

„Tante Coco!"

Coco hob automatisch ihre rechte Hand und klopfte sich gegen die Brust. Sie erkannte nicht nur C. C.s Stimme, sondern auch die Wut darin. Was könnte denn geschehen sein, dass sich das Mädchen so aufregt? fragte sie sich, während sie ihr schönstes mitfühlendes Lächeln aufsetzte.

„Komme schon, Liebste! Ich habe dich erst in ein paar Stunden zu Hause erwartet. Das ist ja eine so angenehme …"

Ihre Stimme erstarb, als sie ihre Nichte vor sich sah, kampfbereit in einer zerrissenen Jeans und einem T-Shirt, Ölspuren im Gesicht und an den Händen, die sie zu Fäusten geballt und in ihre Hüften gestemmt hatte.

Und dann sah sie den Mann hinter ihr – den Mann, in dem Coco ihren zukünftigen Schwiegerneffen erkannte.

„… angenehme Überraschung", beendete Coco ihren Satz und setzte rasch wieder ihr Lächeln auf. „Mr. St. James, wie zauberhaft!" Mit ausgestrecktem Arm ging sie auf ihn zu. „Ich bin Mrs. McPike."

„Angenehm."

„Ich freue mich, Sie endlich kennen zu lernen, und hoffe, Sie hatten eine gute Anreise."

„Eine interessante, alles in allem."

„Das ist noch besser als gut." Sie tätschelte seine Hand, ehe sie sie losließ. Sein ruhiger Blick und seine wohlklingende Stimme gefielen ihr auf Anhieb. „Bitte, treten Sie näher. Ich finde, man sollte alles stets gleich so beginnen, wie man es weiterzuführen gedenkt. Deshalb sollten Sie sich hier sofort wie zu Hause fühlen. Ich mache uns allen etwas Tee."

„Tante Coco", warf C. C. mit leiser Stimme ein.

„Ja, Liebling, möchtest du lieber etwas anderes haben als Tee?"

„Ich möchte eine Erklärung haben, und ich will sie auf der Stelle!" Cocos Herz hämmerte ein wenig, aber sie schenkte ihrer Nichte ein offenes, leicht neugieriges Lächeln. „Eine Erklärung? Wofür denn?"

„Zum Teufel, ich möchte wissen, was er hier macht!"

„Catherine, also wirklich!" Coco schnalzte missbilligend mit der Zunge. „Deine Manieren! Einer deiner wenigen Fehler. Kommen Sie, Mr. St. James. Oder darf ich Sie Trenton nennen? Sie müssen ein wenig mitgenommen sein nach der Fahrt. Warum gehen wir nicht alle in den Salon und setzen uns?" Sie schob ihn weiter, während sie sprach. „Wundervolles Wetter für eine Autofahrt, finden Sie nicht?"

„Halt!" C. C. bewegte sich blitzschnell und pflanzte sich vor den beiden auf. „Halt! Du wirst ihn nicht in den Salon verfrachten mit Tee und Geplauder. Ich will wissen, warum du ihn hierher eingeladen hast."

„C. C." Coco stieß einen leidvollen Seufzer aus. „Geschäfte sind angenehmer und erfolgreicher für alle Beteiligten, wenn man sie in persona führt und in einer entspannten Atmosphäre. Würden Sie mir darin nicht zustimmen, Trenton?“

„Ja.“ Es überraschte ihn, dass er ein Grinsen unterdrücken musste. „Darin würde ich Ihnen zustimmen.“

„Na bitte!“

„Keinen Schritt weiter!“ C. C. breitete die Arme aus. „Wir haben einem Verkauf noch nicht zugestimmt.“

„Natürlich nicht“, sagte Coco geduldig. „Deshalb ist Trenton doch hier. So können wir alle Chancen und Möglichkeiten durchdiskutieren. Du solltest nach oben gehen und dich gründlich waschen, C. C., bevor es Tee gibt. Du hast Maschinenfett im Gesicht oder was immer das ist.“

C. C. rieb sich mit der Hand über die Flecken. „Warum ist mir nicht gesagt worden, dass er kommt?“

Coco blinzelte und versuchte, ihren Augen einen leicht verschwommenen Ausdruck zu verleihen. „Gesagt? Aber natürlich ist es dir gesagt worden. Ich hätte doch nie einen Gast eingeladen, ohne euch alle vorher zu verständigen.“

Mit rebellischer Miene hielt C. C. ihren Posten. „Du hast mir nichts gesagt.“

„Also, C. C., ich …“ Coco schürzte die Lippen. Sie wusste – da sie es vor dem Spiegel geübt hatte –, dass sie dadurch verwirrt wirkte. „Habe ich nicht? Bist du sicher? Ich hätte geschworen, ich hätte es dir und den Mädchen in der Sekunde erzählt, als ich Mr. St. James’ Zusage erhalten habe.“

„Nein“, stieß C. C. hervor.

„Ach, du meine Güte!“ Coco hob ihre Hände an ihre Wangen. „Ach, wie schrecklich! Nein, wirklich! Ich muss mich bei dir entschuldigen. Was für ein schauderhaftes

Durcheinander. Und alles meine Schuld. C. C., kannst du mir verzeihen? Immerhin ist es doch dein Haus und das deiner Schwestern. Ich würde niemals deiner gutmütigen Natur und deiner Gastfreundschaft vorgreifen, indem ich …"

Noch bevor Cocos Stimme erneut verstummte, hatten schon die Schuldgefühle ihre Wirkung getan. „Es ist dein Haus genau wie das unsere, Tante Coco. Du weißt das. Es ist ja nicht so, als müsstest du um Erlaubnis bitten, jemanden einladen zu können. Ich finde nur, wir hätten eigentlich …"

„Nein, nein, das ist unentschuldbar!" Coco hatte oft genug geblinzelt, dass ihre Augen nun hübsch feucht schimmerten. „Wirklich, das ist es. Ich weiß gar nicht, was ich sagen soll. Ich fühle mich schrecklich wegen dieser ganzen Angelegenheit. Ich wollte doch nur helfen, verstehst du, aber ich habe wohl …"

„Es gibt nichts, worüber du dir Sorgen machen müsstest." C. C. griff nach der Hand ihrer Tante. „Absolut nichts. Es war anfangs nur ein wenig verwirrend. Hör mal, ich mache den Tee, und du kannst mit ihm in den Salon gehen."

„Das ist nett von dir, Liebes."

C. C. murmelte etwas Unverständliches, während sie durch den Korridor ging.

„Gratuliere", sagte Trent leise und warf Coco einen amüsierten Blick zu. „Das war eine der glattesten Kehrtwendungen, die ich jemals miterlebt habe." Coco strahlte und hakte sich bei ihm unter. „Danke. Gehen wir doch in den Salon. Dort können wir ein nettes Schwätzchen halten." Sie steuerte ihn zu einem Ohrensessel am Kamin, da sie wusste, dass die Sprungfedern des Sofas nur noch in ihrer Erinnerung existierten. „Ich muss mich für C. C. entschuldigen. Sie hat ein sehr aufbrausendes Wesen, aber ein wundervolles Herz."

Trent neigte seinen Kopf. „Ich verlasse mich in dieser Hinsicht auf Ihr Wort", sagte er dann.

„Nun, Sie sind hier, und nur darauf kommt es an." Mit sich selbst zufrieden, setzte Coco sich ihm gegenüber. „Ich weiß, dass Sie The Towers und seine Geschichte faszinierend finden werden."

Er lächelte und fand bereits jetzt die Bewohner des Hauses faszinierend.

„Mein Großvater." Sie deutete auf das Porträt eines finster dreinblickenden Mannes mit dünnen Lippen über dem verzierten Kaminsims aus Kirschholz. „Er ließ dieses Haus im Jahre 1904 erbauen."

Trent blickte zu den missbilligenden Augen und den finster zusammengezogenen Brauen hoch. „Er sieht beeindruckend aus", bemerkte er höflich.

Coco stieß ein fröhliches Lachen aus. „O ja, in der Tat. Und unbarmherzig durch und durch, wie man mir gesagt hat. Ich erinnere mich an Fergus Calhoun nur noch als tatterigen alten Mann, der sich sogar mit seinem Schatten stritt. 1945 brachten sie ihn endgültig in eine Anstalt, nachdem er versucht hatte, den Butler zu erschießen. Nur, weil der einen schlechten Portwein serviert hatte. Er war ziemlich verrückt – Großvater", erklärte sie. „Nicht der Butler."

„Ich verstehe."

„Er lebte noch zwölf Jahre im Heim, wurde weit über achtzig. Die Calhouns haben entweder ein langes Leben oder sterben tragisch jung." Sie schlug ihre langen, kräftigen Beine übereinander. „Ich habe Ihren Vater gekannt."

„Meinen Vater?" wiederholte Trent erstaunt.

„Ja, allerdings. Nicht besonders gut. Wir besuchten in unserer Jugend ein paar Mal dieselben Partys. Ich erinnere mich daran, dass ich einmal mit ihm auf einem Ball in Newport tanzte. Er war umwerfend attraktiv und äußerst charmant. Ich war ihm restlos verfallen." Sie lächelte. „Sie sehen ihm sehr ähnlich."

„Er muss mit seinen Gedanken ganz woanders gewesen sein, wenn er zuließ, dass Sie ihm durch die Finger schlüpften."

Pures feminines Entzücken leuchtete in ihren Augen. „Sie haben absolut recht", sagte sie lachend. „Wie geht es Trenton denn heute?"

„Ich bin überzeugt, hätte er die Verbindung zu damals hergestellt, wäre dieses Geschäft nicht mir übertragen worden."

Coco hob eine Augenbraue. Als eine Frau, die nahezu fanatisch die Gesellschafts- und Klatschseiten verfolgte, war sie sich wohl der gegenwärtigen hässlichen Scheidung von St. James senior bewusst. „Die letzte Ehe hat nicht gehalten?"

Es war wohl kaum ein Geheimnis, versetzte Trent aber dennoch in Unbehagen. „Nein. Soll ich ihn von Ihnen grüßen, wenn ich ihn spreche?"

„Bitte, tun Sie das." Ein wunder Punkt, stellte sie fest und ging leicht darüber hinweg. „Wie sind Sie denn auf C. C. gestoßen?"

Durch Schicksal, dachte er und hätte es beinahe ausgesprochen. „Ich benötigte ihre Dienste – oder besser: mein Wagen benötigte sie. Ich habe nicht sofort die Verbindung zwischen C. C.s Automovations und Catherine Calhoun hergestellt."

„Wer könnte Ihnen daraus schon einen Vorwurf machen?" meinte Coco und wedelte mit der Hand. „Ich hoffe, sie war nicht zu – äh – aggressiv."

„Ich bin noch am Leben und kann darüber sprechen. Offensichtlich ist Ihre Nichte nicht gewillt, das Haus zu verkaufen."

„Das stimmt." C. C. rollte einen Servierwagen herein, steuerte ihn wie ein Gokart durch den Raum und bremste ihn klirrend und klappernd zwischen den beiden Sesseln. „Und es ist schon mehr nötig als ein aalglatter Manipulierer aus Boston, um mich zu überreden."

„Catherine, es gibt keine Entschuldigung für Unhöflichkeit."

„Das ist schon in Ordnung." Trent lehnte sich zurück. „Ich gewöhne mich allmählich daran. Sind alle Ihre Nichten so aggressiv, Mrs. McPike?"

„Nennen Sie mich bitte Coco", sagte sie. „Es sind alles reizende Frauen." Als sie die Teekanne anhob, warf sie C. C. einen warnenden Blick zu. „Hast du keine Arbeit, Liebste?"

„Die kann warten", lautete die schnippische Antwort.

„Aber du hast nur Tassen für zwei gebracht."

„Ich will nichts." Sie ließ sich auf die Armlehne des Sofas fallen und verschränkte die Arme vor der Brust.

„Nun denn. Sahne oder Zitrone, Trenton?"

„Zitrone, bitte."

Eines ihrer langen, in Stiefeln steckenden Beine hin und her schwingend, beobachtete C. C. die beiden, wie sie Tee schlürften und harmlos plauderten. Sinnloses Geplapper, dachte sie giftig. Er war so richtig der Typ Mann, der von den Windeln an darauf trainiert worden war, in einem Salon zu sitzen und über nichts zu diskutieren.

Squash, Polo, vielleicht eine Runde Golf. Wahrscheinlich hatte er Hände wie ein Baby. Und unter seinem maßgeschneiderten Anzug war sein Körper garantiert weich und empfindlich.

Männer wie er arbeiteten nicht, schwitzten nicht, fühlten nicht. Er saß den ganzen Tag hinter seinem Schreibtisch, kaufte und verkaufte und verschwendete keinen einzigen Gedanken an die Leben der Menschen, die er berührte. Oder an die Träume und Hoffnungen, die er schuf oder zerstörte.

In ihre Träume und Hoffnungen sollte er jedenfalls nicht seine Finger stecken. Er sollte nicht diese viel geliebten und eingerissenen Verputzwände mit Gipsplatten und Farbe zukleben. Er sollte nicht den zugigen alten Ballsaal in einen Nightclub umwandeln. Er sollte nicht einen Zentimeter ihrer wurmstichigen Dielenbretter antasten.

Darauf wollte sie achten. Und auf ihn wollte sie achten.

Das ist vielleicht eine Situation, dachte Trent. Er hielt mit Cocos Teegeplauder Schritt, während die Amazonenkönigin, wie er C. C. insgeheim nannte, auf einem durchhängenden Sofa saß, einen verkratzten Stiefel hin und her schwang und Blicke wie Dolche auf ihn abschoss.

Normalerweise hätte er sich höflich entschuldigt, wäre nach Boston zurückgefahren und hätte die ganze Sache Maklern übergeben, aber er hatte es schon lange nicht mehr mit einer echten Herausforderung zu tun gehabt. Dies hier, fand er, konnte genau das sein, was er brauchte, um wieder Tritt zu fassen.

Das Haus an sich war ein Wunderwerk – ein zerkrümelndes. Von außen sah es aus wie eine Kombination aus englischem Herrenhaus und Draculas Schloss. Türme und Türmchen aus düsterem grauen Stein ragten in den Himmel. Wasserspeier, von denen einer enthauptet worden war, grinsten bösartig, während sie sich an Steinbrüstungen klammerten.

Das alles schien auf einem ordentlichen zweigeschossigen Haus aus Granit mit hübschen Veranden und Terrassen zu hocken. Entlang der zum Meer gewandten Mauer war eine Pergola errichtet. Bei dem flüchtigen Blick, den Trent in den Garten geworfen hatte, war ihm ein römisches Badehaus eingefallen, aus Gründen, die er nicht erkennen konnte. Da der Garten uneben und auf unterschiedlichen Niveaus angelegt war, hatte man Granitmauern zum Terrassieren eingesetzt.

Es hätte hässlich sein sollen.

Trent dachte sogar, es hätte scheußlich sein sollen. Und doch war es das nicht. Es war auf verblüffende Weise entzückend.

Wie das Fensterglas in der Sonne funkelte, gleichsam wie das Wasser eines Sees. Wie Beete mit Frühlingsblumen angelegt waren, wie die Blumen im Wind nickten.

Efeu raschelte, während er sich geduldig über diese Granitmauern höher schob.

Nicht einmal für einen Mann mit einem nüchternen Verstand war es schwierig, sich die Tee- und Gartenpartys vorzustellen, die Frauen, die in Organdykleidern und Sonnenhüten über den Rasen schwebten, während Harfen und Geigen spielten.

Dann war da noch der Fernblick, der ihm sogar auf dem kurzen Weg von seinem Wagen zur Eingangstür für einen Moment den Atem geraubt hatte.

Trent konnte verstehen, warum sein Vater dieses Anwesen haben wollte, und er war bereit, die Hunderttausende Dollar zu investieren, die eine Renovierung verschlingen würde …

„Noch etwas Tee, Trenton?" fragte Coco.

„Nein, danke." Er schenkte ihr ein charmantes Lächeln. „Ob ich vielleicht einen Rundgang durch das Haus machen könnte? Was ich bisher gesehen habe, war wirklich faszinierend."

C. C. gab ein Schnauben von sich, von dem Coco so tat, als hätte sie es nicht gehört. „Natürlich. Ich werde es Ihnen liebend gern zeigen." Sie erhob sich, und als sie Trent den Rücken zuwandte, wackelte sie mit ihren Augenbrauen in Richtung ihrer Nichte. „C. C., solltest du nicht in die Werkstatt zurückfahren?"

„Nein." Sie stand auf und lächelte in einem abrupten Wechsel ihrer Taktik. „Ich werde Mr. St. James herumführen, Tante Coco. Es ist fast schon die Zeit, dass die Kinder aus der Schule heimkommen."

Coco blickte auf die Kaminuhr, die schon vor Wochen auf Viertel vor elf stehen geblieben war. „Oh, nun ja …"

„Mach dir keine Gedanken." C. C. ging zur Tür und winkte Trent mit einer befehlenden Geste zu. „Wenn ich bitten darf!"

C. C. ging vor Trent durch den Korridor und dann eine gewundene Treppe hinauf.

„Wir fangen oben an, einverstanden?"

Ohne zurückzublicken, hastete sie höher und höher und war überzeugt, dass Trent zu röcheln und zu keuchen beginnen würde, wenn sie die dritte Treppe nahmen.

Sie wurde enttäuscht.

Sie nahmen die letzte Rundung, die zum höchsten Turm führte. C. C. legte eine Hand auf den Türknauf und stemmte ihre Schulter gegen das dicke Eichenholz. Mit einem knarrenden Laut und einem harten Stoß öffnete sie sich.

„Der Spukturm", erklärte sie geheimnisvoll und betrat den staubigen Dachoden.

Der kreisrunde Raum war leer, genauso wie die Mausefallen.

„Es spukt?" Trent war gewillt, auf ihr Spiel einzugehen.

„Meine Urgroßmutter hatte hier oben ihre Zuflucht." Während sie sprach, trat C. C. zu dem Bogenfenster. „Man erzählt, sie hätte hier auf dem Sims gesessen und auf die See hinaus geblickt, während sie sich nach ihrem Liebhaber sehnte."

„Was für eine Aussicht", murmelte Trent überwältigt. Es war ein Schwindel erregender Abgrund hinunter zu den Klippen und zu dem Wasser, das gegen die Steine brandete und wieder zurückfloss. „Sehr dramatisch."

„Oh, hier ist alles von Drama erfüllt. Urgroßmutter konnte offenbar den Betrug nicht länger ertragen und stürzte sich aus diesem Fenster." C. C. lächelte geheimnisvoll. „Also, in stillen Nächten kann man sie hier auf und ab gehen und um ihren verlorenen Liebhaber weinen hören."

„Das macht sich bestimmt gut in Prospekten."

C. C. rammte ihre Hände in ihre Taschen. „Ich hätte nicht gedacht, dass Geister gut fürs Geschäft sind."

„Man lernt eben nie aus“, bemerkte Trent ironisch. „Wollen wir weitergehen?“

Mit schmalen Lippen hastete C. C. aus dem Raum. Sie setzte beide Hände ein, zog an dem Türknauf und stemmte ihre Fersen gegen den Boden, als sie versuchte, die Tür wieder zuzuziehen.

Als Trents Hand sich um ihre Hände schloss, zuckte sie zusammen, als hätte sie sich verbrannt.

Es fühlte sich auch so an.

„Ich schaffe das“, murmelte sie.

Ihre Augen weiteten sich, als sein Körper den ihren berührte. Er legte seinen Arm um sie, nahm ihre Hände unter den seinen gefangen.

C. C.s Herz hüpfte direkt in ihrer Kehle und sackte dann wieder zurück.

„Das sieht nach einer Aufgabe für zwei aus.“ Damit zog Trent ruckartig, worauf die Tür zuschlug und C. C. gegen ihn prallen ließ.

Sie standen einen Moment da wie zwei Liebende, die einen Sonnenuntergang betrachteten. Er ertappte sich dabei, dass er den Duft ihres Haars in sich aufnahm, während seine Hände sich weiterhin um die ihren schlossen. Es schoss ihm durch den Kopf, dass sie sehr schön seine Arme ausfüllte, erstaunlich sexy. Und dann tat sie auch schon einen Satz wie ein Kaninchen und prallte mit voller Wucht gegen die Mauer.

„Die Tür hat sich verbogen.“ Sie schluckte und hoffte, das Vibrieren in ihrer Stimme zu unterdrücken. „Hier ist alles verbogen oder zerbrochen oder dabei, sich in seine Bestandteile aufzulösen. Ich habe keine Ahnung, warum

Sie jemals in Betracht gezogen haben, dieses Haus zu kaufen.“

Ihr Gesicht war blass, stellte Trent fest, wodurch ihre Augen noch viel tiefer wirkten. Das panikartige Unbehagen in ihnen schien von mehr als von einer verbogenen Turmtür zu stammen.

„Türen können repariert oder ersetzt werden.“ Neugierig trat er einen Schritt auf C. C. zu und merkte, wie sie sich gegen etwas wappnete, als erwartete sie einen Schlag. „Was ist denn mit Ihnen los?“

„Nichts.“ Sie wusste, wenn er sie noch einmal berührte, würde sie wie eine Rakete durch das hochgehen, was von dem Dach noch übrig war. „Nichts“, wiederholte sie. „Wenn Sie noch etwas anderes sehen wollen, gehen wir besser wieder nach unten.“

C. C. stieß langsam einen langen Atemzug aus, während sie ihm die runde Treppe nach unten folgte. Ihr Körper pulsierte noch immer sonderbar, als hätte sie mit der Hand einen blanken Draht berührt.

Nicht genug, um einen Schlag zu bekommen, dachte sie, aber gerade genug, um zu wissen, dass Strom in diesem Draht floss.

Sie befand, dass sie dadurch zwei Gründe erhielt, Trenton St. James so schnell wie möglich loszuwerden.

Sie führte ihn durch das oberste Stockwerk, durch den Flügel der Dienerschaft, die Vorratsräume, wobei sie darauf achtete, ihm jeden Sprung im Putz zu zeigen, ihm Trockenschimmel sowie Schäden durch Nagetiere vorzuführen.

Es freute sie, dass die Luft kalt war und leicht feucht und eindeutig muffig.

Es war sogar noch befriedigender zu sehen, dass sein Anzug mit Staub bedeckt war und seine Schuhe rapide ihren Glanz verloren.

Trent blickte in einen Raum, der mit Möbelskeletten und zerbrochenem Porzellan voll gestellt war. „Hat jemand alle diese Sachen durchgesehen?“

„Oh, wir werden uns bei Gelegenheit darum kümmern.“ C. C. beobachtete, wie eine fette Spinne vor dem trüben Licht davonlief. „Die meisten dieser Räume sind seit mehr als fünfzig Jahren nicht geöffnet worden – seit mein Urgroßvater den Verstand verlor.“

„Fergus.“

„Richtig. Die Familie benutzt nur die beiden untersten Etagen, und wir flicken alles, wie es gerade anfällt.“ Sie fuhr mit einem Finger über einen zwei Zentimeter breiten Riss in der Wand. „Man könnte sagen, was wir nicht wissen, macht uns nicht heiß. Und das Dach ist uns nicht auf den Kopf gefallen, bisher zumindest.“

Trent drehte sich zu ihr um und betrachtete sie. „Haben Sie je daran gedacht, Ihren Schraubenschlüssel gegen eine Lizenz als Häusermaklerin einzutauschen?“

C. C. lächelte. „Hier gibt es noch mehr zu sehen.“

Sie wollte ihm vor allem das Zimmer zeigen, in dem sie Plastikplanen verwendet hatte, um die zerbrochenen Fenster zu verschließen.

Er folgte ihr und wich vorsichtig einer Stelle aus, an der Bretter über ein Loch im Fußboden genagelt worden waren. Eine hohe Bogentür fing seinen Blick ein, und bevor C. C. ihn aufhalten konnte, hatte er schon eine Hand an dem Türknauf.

„Wohin geht es hier?“

„Oh, nirgendwohin“, setzte sie an und fluchte, als er die Tür öffnete.

Frische Frühlingsluft wehte ihnen entgegen. Trent trat auf die schmale Steinterrasse hinaus und wandte sich den halb runden Granitstufen zu.

„Ich weiß nicht, wie sicher sie sind.“

Er warf einen Blick über die Schulter zurück. „Wesentlich sicherer als der Fußboden da drin.“

Mit einer Verwünschung gab C. C. auf und kletterte hinter ihm her.

„Wunderbar“, murmelte er, als er auf dem breiten Wandelgang zwischen den Türmchen stehen blieb. „Wirklich wunderbar.“

Genau deshalb hatte C. C. nicht gewollt, dass er das hier sah. Die Hände in die Taschen geschoben, trat sie zurück, während er seine Handflächen auf die hüfthohe Steinmauer legte und den Blick schweifen ließ.

Er sah das tiefblaue Wasser der Bay mit den Booten, die leicht darüber hinwegglitten. Das Tal erstreckte sich neblig und geheimnisvoll wie ein Märchen. Eine Möwe, kaum mehr als ein weißer Punkt, hing über der Szenerie und schwang sich dann hinaus auf die offene See.

„Unglaublich.“

Der Wind zerzauste sein Haar, während er dem Wandelgang folgte, eine Treppe hinunter, eine andere wieder hinauf. Von dort aus sah man den Atlantik, wild und windig und wunderbar. Das Donnern des unaufhörlichen Krieges des Meeres gegen die Felsen in der Tiefe drang bis zu ihnen herauf.

Er konnte sehen, dass Türen in verschiedenen Abständen in das Haus führten, aber im Moment interessierte er sich nicht für das Innere.

Jemand – vermutlich ein Familienmitglied – hatte Stühle, Tisch und Topfpflanzen hier herausgestellt. Trent blickte über das Dach der Pergola hinaus zu den steil abfallenden Felsen darunter.

„Das ist einmalig!“ Er wandte sich zu C. C. „Gewöhnt man sich eigentlich daran?“

Sie zuckte die Schultern. „Nein. Man wird bodenständig, der Gegend verbunden.“

„Verständlich. Es überrascht mich, dass eine von ihnen Zeit im Haus verbringt.“

Die Hände noch immer in ihren Taschen vergraben, gesellte C. C. sich zu ihm. „Es ist nicht nur die Aussicht, sondern auch die Tatsache, dass die eigene Familie hier gestanden hat. Mehrere Generationen. Genau wie das Haus hier gestanden hat, durch Zeiten und Wind und Feuer.“ Ihre Miene bekam etwas Sanftmütiges, als sie nach unten blickte. „Die Kinder sind zu Hause.“

Trent blickte hinunter und sah zwei kleine Gestalten über den Rasen auf die Pergola zujagen. Der Klang ihres Lachens wehte herüber.

„Alex und Jenny“, erklärte sie. „Die Kinder meiner Schwester Suzanna. Sie haben auch hier gestanden.“ C. C. wandte sich zu ihm. „Das bedeutet etwas.“

„Wie denkt die Mutter der beiden über den Verkauf?“

C. C. blickte weg, während Sorge und Schuldgefühle und Frustration um die Kontrolle kämpften. „Ich bin sicher, Sie werden sie selbst fragen. Aber wenn Sie Druck auf sie ausüben …“ Ihr Kopf ruckte herum, dass ihre Haare flogen. „Wenn Sie in irgendeiner Weise Druck auf sie ausüben, werden Sie sich vor mir verantworten müssen. Ich werde nicht zulassen, dass sie jemals wieder manipuliert wird.“

„Ich habe nicht die Absicht, irgendjemanden zu manipulieren.“

Sie stieß ein bellendes, grimmiges Lachen aus. „Männer wie Sie bauen eine Karriere auf Manipulation auf. Wenn Sie glauben, auf vier hilflose Frauen gestoßen zu sein, Mr. St. James, dann denken Sie lieber noch einmal darüber nach. Die Calhouns können für sich selbst sorgen, und sie sorgen auch für sich selbst.“

„Zweifellos, besonders wenn Ihre Schwestern genauso feindselig sind wie Sie.“

C. C. zog ihre Lider zusammen und ballte die Hände. Sie hätte sich am liebsten auf ihn gestürzt, um ihn umzubringen, doch in diesem Moment wurde sie gerufen.

Trent sah, wie eine Frau aus einer der Türen trat. Sie war so groß wie C. C., aber gertenschlank und mit einer zerbrechlichen Aura, die Trents Beschützerinstinkte weckte, bevor er sich dessen überhaupt bewusst wurde.

Ihr Haar war von einem hellen und leuchtenden Blond und fiel in Wellen auf ihre Schultern. Ihre Augen waren von dem tiefen Blau eines Mittsommertages und wirkten ruhig und heiter, bis er tiefer blickte und unter der Oberfläche das gebrochene Herz sah.

Trotz der anderen Farben gab es eine Ähnlichkeit in der Form des Gesichts und der Augen und des Mundes, die Trent davon überzeugte, dass er gleich eine von C. C.s Schwestern kennen lernen würde.

„Suzanna." C. C. schob sich zwischen ihre Schwester und Trent, als wollte sie sie abschirmen.

Suzanna lächelte, und sie wirkte gleichzeitig amüsiert und ungeduldig.

„Tante Coco hat mich gebeten, hier heraufzukommen." Sie legte eine Hand auf C. C.s Arm und beschwichtigte ihre Beschützerin. „Sie müssen Mr. St. James sein."

„Ja." Trent ergriff die dargebotene Hand und war überrascht, dass sie sich hart, schwielig und kräftig anfühlte.

„Ich bin Suzanna Calhoun Dumont. Sie bleiben ein paar Tage bei uns?"

„Ja. Ihre Tante war so freundlich, mich einzuladen."

„Sie war schlau genug", verbesserte Suzanna mit einem Lächeln, während sie einen Arm um ihre Schwester legte. „Ich nehme an, C. C. hat Sie auf einen Teilrundgang mitgenommen."

„Auf einen faszinierenden Rundgang."

„Ich werde Sie gern von hier an weiterführen." Ihre Finger drückten sich leicht, aber unmissverständlich in C. C.s Arm. „Tante Coco könnte unten etwas Hilfe brauchen."

„Er braucht jetzt nichts mehr zu sehen", konterte C. C., „du siehst müde aus."

„Überhaupt nicht. Aber ich werde müde sein, wenn Tante Coco mich durch das ganze Haus auf die Suche nach der Wedgewood-Platte für den Truthahn schickt."

„Na ja, gut." Sie warf Trent einen letzten stechenden Blick zu. „Wir beide sind noch nicht fertig miteinander."

„Noch lange nicht", erwiderte Trent und grinste im Stillen, als sie im Haus verschwand und die Tür zuknallte. „Ihre

Schwester hat eine ziemlich nach außen gewandte Persönlichkeit."

„Sie ist ein Feuerfresser", sagte Suzanna. „Sind wir alle unter den richtigen Umständen. Der Fluch der Calhouns." Sie warf einen Blick zurück, als das Lachen ihrer Kinder zu hören war. „Dies ist keine leichte Entscheidung, Mr. St. James, so oder so. Und es ist für keine von uns eine geschäftsmäßige Entscheidung."

„Das habe ich bereits begriffen. Für mich muss es allerdings eine geschäftsmäßige Entscheidung sein."

Sie wusste nur zu gut, dass für manche Männer das Geschäft an erster und an letzter Stelle kam. „Dann sollten wir es schrittweise angehen." Sie öffnete die Tür, die C. C. zugeschlagen hatte. „Soll ich Ihnen zeigen, wo Sie wohnen werden?"

3. KAPITEL

„Also, wie ist er?“ Lilah Calhoun schlug ihre langen Beine übereinander, verankerte ihre Knöchel auf der einen Armlehne der Couch und legte ihren Kopf auf die andere. Das halbe Dutzend Armreifen klingelte, als sie auf C. C. deutete. „Süße, ich habe dir gesagt, wenn du immer dein Gesicht so verziehst, erzeugt das nichts als Falten und schlechte Wellen deiner Seele.“

„Wenn du nicht willst, dass ich mein Gesicht verziehe, darfst du nicht nach ihm fragen.“

„Na schön, dann frage ich Suzanna.“ Lilah richtete ihre meergrünen Augen auf ihre ältere Schwester. „Lass hören.“

„Attraktiv, mit guten Manieren und intelligent.“

„Das ist auch ein Cockerspaniel“, warf Lilah ein und seufzte. „Und ich habe auf einen Pitbull-Terrier gehofft. Wie lange müssen wir ihn bei uns behalten?“

„Tante Coco hält sich ein wenig vage, was die Details angeht.“ Suzanna warf ihren beiden Schwestern einen amüsierten Blick zu. „Was bedeutet, dass sie gar nichts sagt.“

„Mandy kann vielleicht etwas aus ihr herausquetschen.“ Lilah wackelte mit ihren nackten Zehen und schloss die Augen. Sie war eine Frau, die davon überzeugt war, dass mit jedem etwas grundsätzlich nicht stimmte, der sich auf einer Couch ausstreckte und kein Schläfchen machte. „Suze, waren die Kinder heute schon hier drin?“

„Nur zehn- oder fünfzehn Mal. Warum?“

„Ich glaube, ich liege auf einem Feuerwehrwagen.“

„Ich finde, wir sollten ihn loswerden." C. C. stand auf und begann ein Feuer zu machen, um ihre rastlosen Hände zu beschäftigen.

„Suzanna sagte, du hättest schon versucht, ihn von der Brüstung zu werfen."

„Nein", verbesserte Suzanna. „Ich sagte, ich habe sie aufgehalten, bevor ihr der Gedanke kam, ihn von der Brüstung zu werfen." Sie stand auf, um C. C. die Kaminstreichhölzer zu reichen, die diese vergessen hatte. „Und wenn wir alle uns auch sonderbar fühlen, ihn hier zu haben, obwohl wir so unentschlossen sind, so ist es nun einmal geschehen. Wir sollten ihm zumindest die Chance einräumen, seinen Spruch aufzusagen."

„Immer die Friedensstifterin", bemerkte Lilah bissig und bekam nicht mit, wie Suzanna kurz zusammenzuckte. „Nun, der Punkt ist vielleicht schon hinfällig geworden, nachdem er sich das Haus angesehen hat. Ich tippe darauf, dass er sich eine schlaue Ausrede einfallen lassen und zurück nach Boston zischen wird."

„Je schneller, desto besser", murmelte C. C. und sah zu, wie die Flammen an dem Holz von Apfelbäumen hoch zu lecken begannen.

„Ich bin weggeschickt worden", verkündete Amanda, als sie in den Raum eilte, wie sie ständig überallhin eilte. Sie fuhr sich mit einer Hand durch ihre langen honigbraunen Haare und setzte sich auf die Seitenlehne eines Sessels. „Sie spricht auch mit mir nicht." Amandas rastlose Hände zerrten an dem Saum ihres strengen Business-Kostüms. „Aber ich weiß, dass sie auf etwas aus ist – auf mehr als eine Liegenschaftstransaktion."

„Tante Coco ist immer auf etwas aus." Suzanna ging zu dem alten Belker-Schrank, um ihrer Schwester ein Glas Mineralwasser einzuschenken. „Sie ist am glücklichsten, wenn sie etwas ausheckt."

„Das mag schon stimmen. Danke", fügte sie hinzu und griff nach ihrem Glas. „Aber ich werde nervös, wenn ich nicht an ihrer Deckung vorbeikomme." Nachdenklich nahm sie einen Schluck und ließ ihren Blick über ihre Schwestern gleiten. „Sie benützt das Limoges-Porzellan."

„Das Limoges?" Lilah stemmte sich auf die Ellbogen hoch. „Das haben wir nicht mehr verwendet seit Suzannas Verlobungsparty." Und schon hätte sie sich auf die Zunge beißen können. „Tut mir Leid."

„Sei nicht albern." Suzanna wischte die Entschuldigung beiseite. „Sie hat in den letzten zwei Jahren nur wenige Gäste gehabt. Ich bin überzeugt, das hat ihr gefehlt. Wahrscheinlich ist sie bloß so aufgedreht, weil sie Gesellschaft bekommen hat."

„Es ist keine Gesellschaft", warf C. C. ein. „Er ist nichts weiter als ein Ärgernis!"

„Mr. St. James!" Suzanna stand rasch auf und unterbrach damit ihre Schwester.

„Trent, bitte!" Er lächelte ihr zu. Sein Lächeln für C. C. fiel etwas trockener aus.

Das war schon ein Gruppenbild, fand er, und er hatte es etwa eine Minute lang genossen, bevor Suzanna ihn an der Tür gesehen hatte.

Die Calhoun-Frauen ergaben zusammen und getrennt ein Bild, das jeder Mann, der noch atmete, schätzen musste. Groß, schlank und mit langen Beinen, so saßen, standen oder lagen sie im Raum herum.

Suzanna stand mit dem Rücken zum Fenster, sodass das letzte Licht des Frühlingsabends einen hellen Schimmer in ihrem Haar erzeugte. Sie wirkte seiner Meinung nach entspannt, abgesehen von dieser Spur von Traurigkeit in ihren Augen.

Die Schwester auf dem Sofa war eindeutig entspannt und beinahe schon eingeschlafen. Sie trug einen langen, fließenden Rock, der bis zu ihren bloßen Füßen reichte, und betrachtete ihn aus träumerisch-amüsierten Augen, während sie die dichten Locken ihrer taillenlangen roten Haare zurückstrich.

Wieder eine andere Schwester saß auf der Armlehne eines Sessels, als würde sie aufspringen und aktiv werden beim Klang einer Glocke, die nur sie hören konnte.

Schlank, glatt und professionell, dachte Trent auf den ersten Blick. Ihre Augen wirkten weder träumerisch noch traurig, sondern einfach kalkulierend.

Dann war da C. C. Sie hatte auf der Steineinfassung des Kamins gesessen, das Kinn in die Hände gestützt, vor sich hinbrütend wie ein modernes Aschenputtel. Aber sie war schnell aufgestanden, abwehrbereit, wie Trent feststellte, und sie stand gerade wie ein Schürhaken, während das Feuer hinter ihr flackerte. Dies war keine Frau, die geduldig dasaß, damit ihr ein Prinz einen gläsernen Schuh anpasste.

Er tippte drauf, dass sie dem Prinzen bedenkenlos gegen das Schienbein treten würde oder dahin, wo es noch mehr wehtun würde, falls er etwas versuchte.

„Ladies“, sagte er, doch seine Blicke ruhten auf C. C., ohne dass er sich dessen bewusst wurde. Er konnte ein leichtes Nicken in ihre Richtung nicht unterdrücken. „Catherine.“

„Ich stelle Sie vor“, sagte Suzanna. „Trenton St. James – meine Schwestern Amanda und Lilah. Ich könnte Ihnen einen Drink machen, während Sie …“

Der Rest des Angebots ging in Kriegsgeschrei und hineinpolternden Füßen unter. Wie Zwillingswirbelwinde fegten Alex und Jenny in den Raum. Es war Trents Pech, dass er zufällig in der Feuerlinie stand. Sie prallten gegen ihn wie zwei Geschosse und ließen ihn gegen die Couch taumeln und auf Lilah fallen.

Sie lachte nur und sagte, es würde sie freuen, ihn kennen zu lernen.

„Es tut mir so Leid.“ Suzanna packte beide Kinder am Kragen und warf Trent einen mitfühlenden Blick zu. „Alles in Ordnung mit Ihnen?“

„Ja.“ Er löste sich und richtete sich auf.

„Das sind meine Kinder, Unheil und Katastrophe.“ Sie legte einen festen mütterlichen Arm um jedes Kind. „Entschuldigt euch!“

„Tut mir Leid“, sagten sie beide.

Alex, ein paar Zentimeter größer als seine Schwester, blickte zu ihm unter einem Schopf dunkler Haare auf.

„Wir haben Sie nicht gesehen.“

„Haben wir nicht“, stimmte Jenny zu und lächelte gewinnend.

Suzanna beschloss, ihnen später eine Predigt darüber zu halten, dass man nicht fremde Männer umrennt, und bugsierte die beiden zur Tür. „Fragt Tante Coco, ob das Dinner schon fertig ist. Marschiert!“ fügte sie energisch, aber ohne jegliche Hoffnung hinzu.

Bevor irgendjemand den Faden der Unterhaltung wieder aufnehmen konnte, erklang ein lauter, hallender Ton.

„O Gott“, sagte Amanda in ihr Glas. „Sie hat den Gong wieder hervorgeholt.“

„Das bedeutet Dinner.“ Wenn es etwas gab, wofür Lilah sich schnell bewegte, war es Essen. Sie stand auf, hakte sich bei Trent unter und strahlte ihn an. „Ich zeige Ihnen den Weg. Sagen Sie, Trent, wie lauten Ihre Ansichten über Astralprojektion?“

„Äh …“ Er warf einen Blick über seine Schulter zurück und sah C. C. grinsen.

Tante Coco hatte sich selbst übertroffen.

Das blanke Porzellan leuchtete. Was noch von dem georgianischen Silber übrig war – es war ein Hochzeitsgeschenk für Bianca und Fergus Calhoun gewesen –, glitzerte. Unter dem fantastischen Licht des Waterford-Lüsters schimmerte der Lammbraten.

Bevor eine ihrer Nichten eine Bemerkung machen konnte, stürzte Coco sich in höfliche Konversation.

„Wir dinieren in formellem Stil, Trenton. Das ist so viel gemütlicher. Ich hoffe, Ihr Zimmer gefällt Ihnen.“

„Sehr schön, danke.“

Sein Raum war groß wie ein Stall, zugig und in der Decke mit einem Loch von der Größe einer Männerfaust ausgestattet. Aber das Bett war breit und weich wie eine Wolke. Und erst die Aussicht vom Fenster …

„Ich kann einige Inseln von meinem Zimmer aus sehen.“

„Die Porcupine Islands", warf Lilah ein und reichte ihm ein Silberkörbchen mit Gebäck.

Coco beobachtete alle wie ein Adler. Sie wollte Funken fliegen und Flammen züngeln sehen.

Lilah flirtete mit ihm, aber deshalb durfte sie sich keine Hoffnungen machen. Lilah flirtete mit Männern im allgemeinen, und sie schenkte Trent nicht mehr Aufmerksamkeit als dem Jungen, der im Supermarkt ihre Einkäufe einpackte.

Nein, da gab es keinen einzigen Funken. Auf beiden Seiten nicht.

Damit scheidet eine aus, dachte sie philosophisch, und drei bleiben noch übrig.

„Trenton, wussten Sie, dass Amanda ebenfalls im Hotelgeschäft ist? Wir sind alle so stolz auf unsere Mandy." Sie blickte über den Rosenholztisch zu ihrer Nichte. „Sie ist eine sagenhafte Geschäftsfrau."

„Ich bin die stellvertretende Managerin im BayWatch Hotel, unten im Dorf." Amandas Lächeln war sowohl kühl als auch freundlich, das gleiche Lächeln, dass sie einem eiligen Touristen beim Verlassen des Hotels geschenkt hätte. „Es kann sich mit keinem Ihrer Hotels messen, aber wir machen uns recht gut während der Saison. Ich habe gehört, Sie bauen einen unterirdischen Shopping-Komplex an das St. James Atlanta an, stimmt das?"

Coco blickte mit ernster Miene auf ihren Wein, als die beiden über Hotels fachsimpelten. Da gab es weder einen Funken, noch ein schwaches Glühen.

Als Trent Amanda das Minzgelee reichte und ihre Hände sich kurz berührten, gab es keine atemlose Pause, kein Aufeinandertreffen der Blicke. Amanda hatte sich schon kichernd zu Klein-Jenny gewandt und begonnen, verschüttete Milch aufzuwischen.

Ah, da! dachte Coco triumphierend. Trent hatte Alex zugelächelt, als der Junge klagte, dass Rosenkohl widerlich war. Also hatte er eine Schwäche für Kinder.

„Du brauchst ihn nicht zu essen", sagte Suzanna ihrem misstrauisch dreinblickenden Sohn, während er in seinen klein geschnittenen Kartoffeln herumstocherte, um sich davon zu überzeugen, dass nichts Grünes zwischen ihnen verborgen war. „Ich habe auch immer gefunden, dass sie wie Schrumpfköpfe aussehen."

„Das tun sie auch irgendwie." Die Vorstellung gefiel ihm, wie seine Mutter vorausgesehen hatte. Er spießte einen Rosenkohl auf, steckte ihn in den Mund und grinste. „Ich bin ein Kannibale. Uga bugga."

„Reizender Junge", bemerkte Coco leise. „Suzanna hat als Mutter so wundervolle Arbeit geleistet. Sie scheint mit Kindern genauso einen grünen Daumen zu haben wie mit Blumen. Die gesamte Gartenanlage ist das Werk unserer Suzanna."

„Uga bugga", sagte Alex erneut, als er noch einen imaginären Kopf in seinen Mund steckte.

„Da, für dich, du kleines Scheusal." C. C. rollte ihr Gemüse auf seinen Teller. „Da hast du eine ganze Schar Missionare."

„Ich will auch Missionare", bettelte Jenny und strahlte, als Trent ihr die Schüssel reichte.

Coco legte eine Hand an ihre Brust. Wer hätte das gedacht? Ihre Catherine. Das Baby unter ihren Babys. Während um sie herum die Dinnerunterhaltung ablief, lehnte Coco sich mit einem lautlosen Seufzer zurück.

Sie konnte sich nicht irren. Also, als Trent ihr kleines Mädchen ansah – und sie ihn –, hatte es nicht nur einfach Funken gegeben, es hatte geknistert und gezischt.

C. C. machte ein finsteres Gesicht, das stimmte schon, aber es war ein so leidenschaftliches finsteres Gesicht. Und Trent hatte schief gegrinst, aber es war ein so persönliches schiefes Grinsen gewesen. Eindeutig intim, befand Coco.

Wie sie dasaß und zusah, wie Alex seine kleinen abgeschlagenen Köpfe verschlang, während Lilah und Amanda über die Möglichkeit vom Leben auf anderen Planeten diskutierten, konnte Coco förmlich die liebevollen Gedanken hören, die C. C. und Trent einander zusandten.

Arroganter, eingebildeter Kretin.

Unhöfliches, übellauniges Miststück.

Wer, zum Teufel, glaubt er denn, das er ist? Hockt hier am Tisch, als würde er schon ihm gehören.

Ein Jammer, dass ihre Persönlichkeit nicht mit ihrem Aussehen mithalten kann.

Coco lächelte den beiden freundlich zu, während der „Hochzeitsmarsch" durch ihren Kopf schwebte. Wie ein General, der seine Strategie entwirft, wartete sie bis nach Kaffee und Dessert, um ihre nächste Attacke zu reiten.

„C. C., warum zeigst du Trent nicht den Garten?"

„Was?" Sie blickte von ihrem freundschaftlichen Streit mit Alex um den letzten Bissen von ihrer Schwarzwälder Kirschtorte auf.

„Den Garten", wiederholte Coco. „Es geht doch nichts über etwas frische Luft nach einem Mahl. Und die Blumen sind im Mondschein exquisit."

„Soll doch Suzanna ihn führen."

„Tut mir Leid." Suzanna hob bereits die müde Jenny auf ihre Arme. „Ich muss die zwei waschen und ins Bett bringen."

„Ich sehe nicht ein, warum …" C. C. brach bei dem pikierten Blick ihrer Tante ab. „Ach ja, schon gut." Sie stand auf. „Dann kommen Sie eben", sagte sie zu Trent und ging schon voraus.

„Es war ein wunderbares Essen, Coco, danke."

„War mir ein Vergnügen." Sie strahlte und malte sich geflüsterte Worte und sanfte, geheime Küsse aus. „Genießen Sie den Garten."

Trent ging durch die Terrassentür hinaus und fand C. C., wie sie dastand und mit ihrer Stiefelspitze auf die Steinplatten klopfte.

Es wird Zeit, dachte er, dass jemand dieser Grünäugigen eine Lektion erteilte.

„Ich verstehe überhaupt nichts von Blumen", erklärte sie ihm.

„Oder von der einfachsten Höflichkeit."

Ihr Kinn reckte sich vor. „Jetzt hören Sie mal zu, Kumpel!"

„Nein, Sie hören zu, Kumpel." Seine Hand schnellte vor und packte ihren Arm. „Gehen wir. Die Kinder könnten noch in Hörweite sein, und ich glaube nicht, dass sie schon so weit sind, dass sie etwas von unserem Gespräch hören sollten."

Trent war kräftiger, als sie gedacht hatte. Er zog sie mit sich, ohne sich um die Flüche zu kümmern, die sie ihm zuzischte. Sie waren bereits von der Terrasse herunter auf einem der verschlungenen Pfade, der sich an der Seite des

Hauses hinzog. Narzissen und Hyazinthen säumten den Weg.

Er blieb unter einem Bogen von Glyzinien stehen, die erst in etwa einem Monat blühen würden. C. C. war sich nicht sicher, ob das Dröhnen in ihrem Schädel von der See stammte oder von ihrem aufbrausendem Temperament.

„Machen Sie das nie wieder." Sie hob eine Hand und rieb dort, wo seine Finger Druckstellen hinterlassen hatten, die Haut. „Vielleicht können Sie in Boston die Leute herumstoßen, aber nicht hier. Merken Sie sich das. Das klappt weder mit mir noch mit meinen Angehörigen", zischte sie.

Er schwieg einen Moment in der Hoffnung, sein Temperament in den Griff zu bekommen. Die Hoffnung erfüllte sich nicht. „Würden Sie mich kennen oder wissen, was ich tue, wüssten Sie, dass ich für gewöhnlich die Leute nicht herumstoße."

„Ich weiß genau, was Sie tun", behauptete C. C.

„Witwen und Waisen ihr Zuhause wegnehmen? Werden Sie erwachsen, C. C."

Sie biss die Zähne zusammen. „Sie können sich den Garten allein ansehen. Ich gehe wieder hinein."

Er versperrte ihr einfach den Weg.

Im Mondschein leuchteten ihre Augen wie die einer Katze. Als sie ihre Hände hob, um ihn beiseite zu schieben, klammerte er seine Finger um ihre Handgelenke. In dem nachfolgenden kurzen Tauziehen stellte er fest – völlig unerheblich, wie er sich selbst versicherte –, dass ihre Haut die Farbe von frischer Sahne hatte und ganz glatt war.

„Wir sind noch nicht fertig." Seine Stimme enthielt eine Schärfe, die nicht länger von Höflichkeit verdeckt wurde.

„Sie müssen lernen, dass wenn Sie absichtlich unhöflich und beleidigend sind, ein Preis dafür fällig wird."

„Sie wollen eine Entschuldigung?" C. C. spuckte es ihm förmlich entgegen. „Na schön. Es tut mir Leid, dass ich Ihnen nichts zu sagen habe, das nicht unhöflich und beleidigend wäre."

Er lächelte und überraschte damit sie beide. „Sie sind vielleicht eine, Catherine Colleen Calhoun. Ich kann einfach nicht begreifen, warum ich überhaupt versuche, mit Ihnen vernünftig umzugehen", bemerkte er.

„Vernünftig?" Diesmal spuckte sie das Wort nicht, sondern grollte es. „Sie nennen es vernünftig, wenn Sie mich herumzerren und misshandeln ..."

„Wenn Sie das misshandeln nennen, haben Sie ein sehr beschütztes Leben geführt."

Ihr Teint wechselte von sahneweiß zu hellrosa. „Mein Leben geht Sie nichts an", entgegnete sie schnippisch.

„Gott sei Dank."

Ihre Finger krümmten sich und ballten sich dann zu Fäusten. Sie hasste und verabscheute die Tatsache, dass ihr Puls unter seinem Griff mit doppeltem Tempo hämmerte. „Lassen Sie mich sofort los!"

„Nur, wenn Sie versprechen, dass Sie nicht weglaufen." Er malte sich aus, wie er hinter ihr herjagte, und die Vorstellung war gleichermaßen peinlich und ansprechend.

„Ich laufe vor niemandem weg."

„Gesprochen wie eine wahre Amazone", murmelte er und gab sie frei.

Nur dank eines blitzschnellen Reflexes duckte er sich unter dem Faustschlag, der auf seine Nase zielte.

„Ich hätte damit rechnen müssen. Haben Sie schon jemals eine intelligente Konversation in Betracht gezogen?"

„Ich habe Ihnen nichts zu sagen." C. C. war beschämt, weil sie nach ihm geschlagen hatte, und wütend, weil sie ihn verfehlt hatte. „Wenn Sie sich unterhalten wollen, dann schmeißen Sie sich doch noch etwas mehr an Tante Coco heran." Prustend die Luft ausstoßend, ließ sie sich auf eine kleine Steinbank unter der Laube sinken. „Noch besser, fahren Sie zurück nach Boston, und peitschen Sie einen Ihrer Untergebenen aus."

„Das kann ich jederzeit machen." Er schüttelte den Kopf und setzte sich neben sie, davon überzeugt, dass er unter Umständen sein Leben riskierte.

Azaleen und Geranien rings um sie herum standen unmittelbar vor dem Erblühen. Es sollte ein friedvoller Ort sein, dachte er. Doch während er dasaß und den zarten Duft der frühesten aller Frühlingsblumen wahrnahm, vermischt mit dem Geruch der See, und lauschte, wie irgendein Nachtvogel seinen Gefährten rief, fand er, das noch kein Konferenzsaal jemals so mit Spannung und Feindseligkeit erfüllt gewesen war.

„Ich frage mich bloß, wieso Sie eine so hohe Meinung von mir bekommen haben." Und warum das eine Rolle spielt, fügte er in Gedanken hinzu.

„Sie kommen hierher ..."

„Auf eine Einladung hin."

„Nicht auf meine." C. C. warf ihren Kopf zurück. „Sie kommen in Ihrem großen Wagen und Ihrem würdevollen Anzug daher und sind bereit, mir mein Zuhause einfach unter den Füßen wegzuziehen."

„Ich kam hierher", verbesserte er, „um einen Besitz mit eigenen Augen zu besichtigen. Niemand, ich am allerwenigsten, kann Sie zwingen zu verkaufen."

Er irrt sich, dachte sie niedergeschlagen. Es gab Leute, die sie zwingen konnten. Die Leute, die Steuern eintrieben und das Geld für Strom und Wasser und die Hypothek, die sie hatten aufnehmen müssen. All ihre Frustration und ihre Angst vor Geldeintreibungsinstituten richteten sich auf den Mann neben ihr.

„Ich kenne Ihren Typ", murmelte sie. „Reich geboren und über gewöhnlichen Menschen stehend. Ihr einziges Ziel im Leben ist es, noch mehr Geld zu machen, ganz gleich, wer davon betroffen oder niedergetrampelt wird. Sie genießen große Partys und Sommerhäuser und Geliebte mit Namen wie Fawn."

Klugerweise unterdrückte er ein Lachen. „Ich habe nie eine Frau namens Fawn kennen gelernt."

„Ach, was spielt das denn für eine Rolle?" Sie stand auf und ging auf dem Weg hin und her. „Kiki, Vanessa, Ava – alles das gleiche."

„Wenn Sie es sagen."

Trent musste zugeben, dass sie großartig aussah, wie sie da auf und ab wanderte und das Mondlicht sie in eine weiße Glorie einhüllte.

Die Anziehung ärgerte ihn mehr als nur ein wenig, doch er blieb sitzen. Es geht um ein Geschäft, das ich abschließen will, rief er sich ins Gedächtnis zurück. Und C. C. Calhoun ist der größte Stolperstein.

Also wollte er geduldig und schlau sein und den Punkt finden, an dem er einhaken konnte. „Woher wissen Sie denn so viel über meinen Typ?"

„Meine Schwester war mit einem wie Ihnen verheiratet."

„Baxter Dumont."

„Sie kennen ihn?" C. C. schüttelte den Kopf und rammte ihre Hände in die Hosentaschen. „Dumme Frage. Wahrscheinlich spielen Sie mit ihm jeden Mittwoch Golf."

„Nein. Wir sind nur sehr flüchtig miteinander bekannt. Ich kenne allerdings ihn und seine Familie. Mir ist außerdem bekannt, dass er und Ihre Schwester sich vor etwa einem Jahr scheiden ließen."

„Er machte ihr das Leben zur Hölle, löschte ihr Selbstwertgefühl aus und ließ dann sie und die Kinder für ein französisches Cremetörtchen fallen. Und weil er ein großer Anwalt aus einer großen Familie ist, ist ihr nichts geblieben als ein mieser Unterhaltsscheck für die Kinder, der noch dazu jeden Monat zu spät eintrifft."

„Es tut mir Leid, was mit Ihrer Schwester passiert ist." Trent erhob sich ebenfalls. Seine Stimme klang nicht mehr scharf, sondern schicksalsergeben. „Die Ehe ist oft die unangenehmste von allen Geschäftstransaktionen. Doch Baxter Dumonts Verhalten bedeutet nicht, dass jedes Mitglied einer jeden prominenten Bostoner Familie unsittlich oder amoralisch ist."

„Von da, wo ich stehe, sehen sie alle gleich aus."

„Dann sollten Sie vielleicht Ihren Standort wechseln. Aber das machen Sie natürlich nicht, weil Sie zu dickköpfig und zu voreingenommen sind."

„Nur, weil ich klug genug bin, um Sie zu durchschauen."

„Sie wissen gar nichts über mich, und es ist sonnenklar, dass Sie gegen mich eine unheimliche Abneigung entwickelt haben, noch bevor Sie überhaupt meinen Namen kannten."

„Ich mochte Ihre Schuhe nicht", behauptete C. C. spontan.

Er sah sie erstaunt an. „Wie bitte?"

„Sie haben mich gehört." C. C. verschränkte die Arme und merkte, dass ihr diese Plänkelei Spaß zu machen begann. „Ich mochte Ihre Schuhe nicht." Sie schoss einen Blick auf besagte Schuhe hinunter. „Ich mag sie noch immer nicht."

„Das erklärt natürlich alles", meinte Trent mit gespieltem Ernst.

„Ich mochte auch Ihre Krawatte nicht." Sie stach mit einem Finger danach und bemerkte nicht das kurze Aufflammen in seinen Augen. „Oder Ihren tollen goldenen Stift." Sie tippte mit der Faust leicht gegen seine Brusttasche.

Er betrachtete ihre an den Knien durchgewetzten Jeans, ihr T-Shirt und die abgeschabten Stiefel. „Dies kommt aus dem Mund einer offensichtlichen Modeexpertin", stichelte er.

„Sie sind derjenige hier, Mr. St. James III, der fehl am Platz ist." Er trat einen Schritt näher. C. C. lächelte herausfordernd.

„Und ich vermute, dass Sie sich wie ein Mann anziehen, weil sie noch nicht darauf gekommen sind, wie sich eine Frau verhält."

Das war zwar absoluter Quatsch, aber die Spitze stachelte ihr Temperament an. „Nur weil ich es verstehe, für mich selbst einzutreten, anstatt schmachtend Ihnen zu Füßen zu sinken, bin ich nicht weniger eine Frau."

„So nennen Sie das?" Er umfasste ihre Unterarme. „Für sich selbst eintreten?"

„Genau richtig. Ich …“ Sie brach ab, als er sie näher zu sich heranzog.

Ihre Körper stießen zusammen. Trent beobachtete, wie der Zorn in ihren Augen sich in Verwirrung verwandelte.

„Was soll denn das werden?“

„Ich teste Ihre Theorie.“ Er betrachtete ihren Mund. Ihre Lippen waren voll, ein wenig geöffnet, sehr verlockend. Warum war ihm das nicht schon früher aufgefallen? Dieser große Mund war unglaublich verlockend, obwohl er ständig Beleidigungen ausstieß.

„Wagen Sie es nicht.“ Sie wollte es wie einen Befehl aussprechen, doch ihre Stimme vibrierte.

Seine Augen richteten sich wieder auf die ihren. „Angst?“

Das war genau die richtige Frage, die sie ihren Rücken durchdrücken ließ. „Natürlich nicht. Es ist nur so, dass ich mich lieber von einem räudigen Stinktier küssen lassen würde.“

Sie wollte sich zurückziehen und fand sich im nächsten Moment gegen ihn gepresst, Augen auf gleicher Höhe, Mund an Mund. Warmer Atem vermischte sich mit warmem Atem.

Trent hatte nicht vorgehabt, sie zu küssen, bis sie ihm diese letzte Beleidigung ins Gesicht geschleudert hatte.

„Sie wissen nie, wann Sie aufhören müssen, Catherine. Das ist ein Fehler, der Sie in Schwierigkeiten bringen wird, und jetzt geht es gleich los mit den Schwierigkeiten.“

C. C. hatte nicht erwartet, dass sein Mund so heiß, so fest, so gierig sein würde.

Sie hatte erwartet, der Kuss würde gelangweilt und geschmacksarm sein, leicht zu widerstehen, leicht zu vergessen.

Doch sie hatte sich getäuscht. Gefährlich getäuscht.

Ihn zu küssen war, als wäre sie in geschmolzenes Silber geglitten. Selbst als sie schon nach Luft rang, verstärkte er noch den Kuss und stieß mit seiner Zunge tief zu, lockend, reizend, ihre Zunge herausfordernd.

Sie wollte ihren Kopf schütteln, konnte jedoch nur den Winkel verändern, in dem ihre Lippen sich aufeinander pressten. Ihre Hände, die sie abwehrend gegen seine Schultern gedrückt hatte, legten sich besitzergreifend um seinen Nacken.

Trent hatte ihr eine Lektion erteilen wollen, doch er lernte, dass manche Frauen – diese Frau – stark und sanft sein konnten, frustrierend und köstlich, alles gleichzeitig. Während die Wellen tief unter ihnen gegen die Felsen donnerten, fühlte er, wie er von dem Unerwarteten getroffen wurde. Und von dem Unerwünschten.

Er dachte merkwürdigerweise, den Sternenschein auf ihrer Haut sehen und den Mondstaub auf ihren Lippen fühlen zu können. Das leise vibrierende Stöhnen, das an seine Ohren drang, stammte von ihm selbst.

Er hob seinen Kopf und schüttelte ihn, als wollte er den Nebel vertreiben, der sich über sein Gehirn gesenkt hatte. Er konnte ihre Augen sehen, die in seine Augen blickten – dunkel, benommen.

„Ich bitte um Verzeihung." Von seiner Tat verwirrt, ließ er sie so rasch los, dass sie zurücktaumelte und ihre Hände von ihm abrutschten. „Das war absolut unverzeihlich, was ich da getan habe."

C. C. sagte nichts, konnte nichts sagen. Gefühle, zu viele Gefühle verschlossen ihre Kehle. Stattdessen machte sie mit ihren Händen eine hilflose Geste, bei der er sich wie eine niedrige Form von Leben vorkam.

„Catherine, glauben Sie mir, es gehört nicht zu meinen Gewohnheiten …“ Er musste sich räuspern. Seine Kehle war trocken. Himmel, Trent verspürte den Drang, es noch einmal zu tun. Er wollte den Atem von ihren Lippen küssen, wie sie so vor ihm stand und verloren und hilflos wirkte. Und schön. „Es tut mir schrecklich Leid. Es wird nicht wieder geschehen.“

„Ich möchte, dass Sie mich allein lassen.“ Nie in ihrem Leben hatte sie etwas stärker berührt. Oder zerstört. Er hatte eine Tür zu einer geheimen Welt geöffnet und sie ihr dann wieder vor der Nase zugeschlagen.

„In Ordnung.“

Trent fiel es schwer, nicht eine Hand auszustrecken und ihr Haar zu berühren. Er ging zum Haus zurück.

Als er sich umsah, stand sie noch immer da, wie er sie zurückgelassen hatte, und starrte in die Dunkelheit, während das Mondlicht sie übergoss.

Sein Name war Christian. Ich habe mich dabei ertappt, wie ich immer und immer wieder an den Klippen entlangging in der Hoffnung, ein paar Worte mit ihm wechseln zu können. Ich rede mir ein, dass es an meiner Begeisterung für Kunst liegt, nicht an der für den Künstler. Es könnte wahr sein. Es muss wahr sein.

Ich bin eine verheiratete Frau und eine Mutter von drei Kindern. Und obwohl Fergus nicht der romantische Ehemann aus meinen Mädchenträumen ist, sorgt er doch gut für uns und ist manchmal sogar freundlich. Vielleicht gibt es in mir einen Teil, einen kleinen widerstrebenden Teil, der sich wünscht, ich hätte mich nicht dem Drängen meiner Eltern gebeugt, eine gute angemessene Ehe einzugehen. Doch das ist albern, denn ich habe diesen Schritt bereits vor vier Jahren getan.

Es ist nicht loyal, Fergus mit einem Mann zu vergleichen, den ich kaum kenne. Doch hier, in meinem privaten Tagebuch, möge mir diese Schwäche erlaubt sein. Während Fergus nur an das nächste Geschäft und den nächsten Dollar denkt, spricht Christian von Träumen und Bildern und Poesie.

Wie sehr mein Herz sich doch nach ein wenig Poesie gesehnt hat. Während Fergus mir in seiner kühlen und achtlosen Großzügigkeit am Tag von Ethans Geburt die Smaragde schenkte, überreichte Christian mir einmal eine wild wachsende Blume. Ich habe sie aufbewahrt und presse sie hier zwischen diesen Seiten. Wie viel schöner würde ich mich fühlen, könnte ich diese Blume anstelle dieser kalten und schweren Edelsteine tragen.

Wir haben über nichts Vertrauliches gesprochen, über nichts, das man als unziemlich ansehen könnte. Dennoch weiß ich, dass es unziemlich ist. Wie er mich ansieht, wie er lächelt und spricht, ist herrlich unziemlich.

Wie ich an diesen hellen Sommernachmittagen nach ihm suche, während meine Babys schlafen, ist nicht das Verhalten einer anständigen Ehefrau. Wie mein Herz in meiner Brust trommelt, wenn ich ihn sehe, ist absolute Untreue.

Heute saß ich auf einem Felsen und beobachtete, wie er seinen Pinsel schwang und diese rosa und grauen Felsen und dieses tiefblaue Wasser auf der Leinwand zum Leben erweckte. Ein Boot glitt dahin, so frei, so für sich abgeschieden.

Für einen Moment stellte ich mir uns beide darauf vor, die Gesichter gegen den Wind gedreht. Ich verstehe nicht, wieso ich diese Gedanken hege, doch sie ließen mich nicht los, während ich ihn nach seinem Namen fragte.

„Christian", erwiderte er. „Christian Bradford. Und Sie sind Bianca." Wie er meinen Namen aussprach, als wäre er noch nie zuvor ausgesprochen worden. Ich werde es niemals vergessen. Ich spielte mit dem Wildgras, das sich einen Weg zwischen den Felsen durch Spalten und Risse gebahnt hatte.

Mit niedergeschlagenen Augen fragte ich ihn, wieso ihm seine Frau nie bei der Arbeit zusah.

„Ich habe keine Frau", erklärte er mir. „Und die Kunst ist meine einzige Geliebte."

Es war falsch, dass mein Herz bei seinen Worten so frohlockte. Es war falsch, dass ich lächelte, und dennoch tat ich es. Und er lächelte zurück. Hätte das Schicksal es anders gewollt, hätten sich Zeit und Ort irgendwie verändern lassen, hätte ich ihn lieben können.

Ich glaube, ich hätte gar keine andere Wahl gehabt, als ihn zu lieben.

Als wüssten wir das beide, begannen wir, von unwichtigen Dingen zu sprechen. Doch als ich mich erhob, weil ich wusste, dass für diesen Tag meine Zeit hier abgelaufen war, bückte er sich, pflückte ein Zweiglein goldene Erika und schob es in mein Haar. Einen Moment verharrten seine Finger nahe meiner Wange, und seine Augen waren auf die meinen gerichtet. Dann trat er zurück und wünschte mir einen schönen Tag.

Jetzt sitze ich hier und habe die Lampe niedrig geschraubt, während ich schreibe und höre, wie Fergus nebenan seinem Diener Anweisungen mit seiner dröhnenden Stimme erteilt. Er wird heute Nacht nicht zu mir kommen, und ich bin dafür dankbar.

Ich habe ihm drei Kinder geschenkt, zwei Söhne und eine Tochter. Indem ich ihn mit einem Erben versorgte, habe ich meine Pflicht getan, und er verspürt nicht oft den Wunsch, in mein Bett zu kommen.

Ich soll, genau wie die Kinder, nur dafür da sein, gut gekleidet zu sein und gute Manieren zu haben und bei den richtigen Gelegenheiten seinen Gästen präsentiert zu werden – wie ein guter Rotwein.

Es bleibt nicht viel zu wünschen übrig, nehme ich an. Es ist ein gutes Leben, eines, mit dem ich wohl zufrieden sein sollte. Vielleicht war ich auch zufrieden bis zu jenem Tag, an dem ich das erste Mal an den Klippen entlangging.

Heute Nacht werde ich also allein in meinem Bett schlafen und von einem Mann träumen, der nicht mein Ehemann ist.

4. KAPITEL

Wenn man nicht schlafen kann, ist es das beste, man steht auf. Das sagte sich C. C., als sie am Küchentisch saß, den Sonnenaufgang verfolgte und ihre zweite Tasse Kaffee Schluck für Schluck trank.

Sie hatte viel im Kopf, das war alles. Rechnungen, den altersschwachen Oldsmobile, der am Morgen als erster Punkt auf ihrem Terminplan stand, Rechnungen, einen bevorstehenden Termin beim Zahnarzt. Noch mehr Rechnungen.

Trenton St. James stand weit unten auf ihrer Liste von Dingen, über die sie sich den Kopf zerbrechen musste. Irgendwo unterhalb eines möglichen Lochs im Zahn und gerade noch oberhalb eines schadhaften Auspuffs.

Ganz sicher verlor sie seinetwegen keinen Schlaf. Und ein Kuss, dieser lächerliche – Zwischenfall war der beste Ausdruck, um ihn zu beschreiben –, war nicht einen einzigen Gedanken wert.

Dennoch hatte sie an kaum etwas anderes während der langen schlaflosen Nacht gedacht.

Ich führe mich auf, schimpfte C. C. sich selbst aus, als wäre ich noch nie zuvor geküsst worden. Aber natürlich war sie geküsst worden, angefangen bei Denny Dinsmore, der ihr nach dem Valentinstanz in der achten Klasse ihren ersten schlabberigen Zungenkuss gegeben hatte.

Natürlich war kein Vergleich zwischen Dennys fummelndem, wenn auch ernst gemeintem Versuch und der sagenhaften Erfahrung von Trents Kuss.

Was nur beweist, befand C. C., während sie finster in ihren Kaffee stierte, dass Trent einen Großteil seines Lebens mit seinen Lippen auf einem Frauenmund verbracht hat. Auf vielen Frauenmündern.

Es war eine Hinterhältigkeit gewesen, fand sie nun. Besonders mitten in einem sich sehr befriedigend entwickelnden Streit. Männer wie Trent verstanden es nicht, fair zu kämpfen, mit Witz und Worten und guter, ehrlicher Wut. Man brachte ihnen bei zu dominieren, wie auch immer es funktioniert.

Nun, es hat funktioniert, dachte C. C. und fuhr sich mit einer Fingerspitze über die Lippen. Zum Teufel mit ihm und dem Pferd, auf dem er dahergeritten kam. Es hatte wie ein Zauber funktioniert, denn für einen zittrigen Moment hatte sie etwas Schönes und Wunderbares gefühlt, mehr als den erregenden Druck seines Mundes auf ihren Lippen, mehr als seine besitzergreifenden Hände.

Es war in ihr gewesen, unter der Panik und dem Genuss, unter den wirbelnden Empfindungen – ein Leuchten, warm und golden, wie eine Lampe im Fenster in einer sturmgepeitschten Nacht.

Dann hatte er diese Lampe mit einer raschen, achtlosen Bewegung wieder ausgeschaltet und sie erneut in die Dunkelheit gestoßen.

Für das allein könnte ich ihn hassen, dachte C. C. niedergeschlagen. Sie hätte es auch getan, hätte sie nicht schon Grund genug gehabt, um ihn zu hassen.

„Hey, Kleines!" Lilah fegte zur Tür herein, ordentlich in ihrer Khakiuniform der Naturparkwächterin. Die Fülle ihres Haars hatte sie säuberlich zu einem Zopf auf ihrem Rücken zusammengefasst. An jedem ihrer Ohren schwangen drei braune Kristallkugeln. „Du bist zeitig auf."

„Ich?" C. C. vergaß ihre eigene Stimmung lange genug, um zu starren. „Bist du meine Schwester oder eine geschickte Hochstaplerin?"

„Das musst du beurteilen."

„Du musst eine Hochstaplerin sein. Lilah Maeve Calhoun steht nie vor acht Uhr auf, was genau zwanzig Minuten vor dem Zeitpunkt ist, zu dem sie aus dem Haus jagen muss, um fünf Minuten zu spät zur Arbeit zu kommen."

„Mein Gott, ich hasse es, so berechenbar zu sein. Mein Horoskop", erklärte Lilah, während sie den Kühlschrank durchforstete, „es sagt, dass ich heute zeitig aufstehen und den Sonnenaufgang betrachten soll."

„Und wie war er?" fragte C. C., als ihre Schwester eine Dose Cola und ein gewaltiges Stück Schwarzwälder Kirschtorte an den Tisch brachte.

„Ziemlich spektakulär, wie Sonnenaufgänge nun mal sind." Lilah schaufelte Torte in ihren Mund. „Was für eine Entschuldigung hast du?"

„Ich konnte nicht schlafen."

„Hat das irgendwas mit dem Fremden am Ende des Korridors zu tun?"

C. C. rümpfte die Nase und stibitzte eine Kirsche von Lilahs Teller. „Kerle wie der kratzen mich nicht."

„Kerle wie der wurden geschaffen, um Frauen zu kratzen, und dem Himmel sei Dank dafür. Also …" Lilah streckte ihre Beine aus, um ihre Füße auf einen leeren Stuhl zu legen. Der Wasserhahn in der Küche leckte wieder, doch sie mochte das Geräusch. „Wie lautet die Story?"

„Ich habe nicht gesagt, dass es eine Story gibt."

„Das brauchst du auch nicht zu sagen, das steht dir ins Gesicht geschrieben."

„Ich mag es einfach nicht, dass er hier ist, das ist alles." C. C. stand auf und brachte ihre Tasse zur Spüle. „Das ist so, als würden wir bereits aus unserem Haus vertrieben werden. Ich weiß, dass wir darüber sprechen zu verkaufen, aber das war alles noch so vage und in weiter, weiter Zukunft." Sie wandte sich wieder ihrer Schwester zu. „Lilah, was sollen wir bloß machen?"

„Ich weiß es nicht." Lilahs Augen schienen sich zu verdunkeln. Das war eines der wenigen Dinge, von denen sie nicht verhindern konnte, dass sie ihr Sorgen bereiteten. Heim und Familie, das waren ihre Schwächen. „Ich schätze, wir sollten noch mehr von den Kristallsachen verkaufen, und dann ist da immer noch das Silber", sagte sie.

„Es würde Tante Coco das Herz brechen, wenn wir das Silber verkaufen."

„Ich weiß, aber wir werden wohl Stück für Stück abstoßen müssen oder den großen entscheidenden Schritt tun." Sie legte noch mehr Torte auf ihren Teller. „So ungern ich es auch sage, aber wir werden sehr angestrengt nachdenken müssen und sehr praktisch und sehr ernsthaft."

„Aber, Lilah, ein Hotel …"

Lilah zuckte die Schultern. „Damit habe ich keine tief greifenden moralischen Probleme. Das Haus ist von dem verrückten alten Fergus gebaut worden, um darin Heerscharen von Gästen zu bewirten, während alle Arten von Leuten herumjagten und Essen servierten und Tischtücher glatt zogen. Ich finde, ein Hotel entspricht durchaus dem ursprünglichen Zweck.“ Sie stieß einen langen Seufzer aus, als sie C. C.s Miene sah. „Du weißt, dass ich dieses Haus genauso liebe wie du.“

„Ich weiß.“

Lilah fügte nicht hinzu, dass es ihr das Herz brechen würde, das Haus verkaufen zu müssen, dass sie jedoch darauf vorbereitet war, das zu tun, was für die Familie das Beste war.

„Wir geben dem sagenhaften Mr. St. James noch zwei Tage, dann halten wir einen Familienrat ab.“ Sie schenkte C. C. ein aufmunterndes Lächeln. „Wir vier zusammen können nichts falsch machen.“

„Hoffentlich hast du recht.“

„Süße, ich habe immer recht. Das ist das kleine Kreuz, das ich mit mir herumschleppen muss.“ Sie nahm einen Schluck von dem kalorienträchtigen Softdrink. „Also, warum erzählst du mir jetzt nicht, was dich die ganze Nacht wach gehalten hat?“

„Das habe ich gerade getan.“

„Nein.“ Den Kopf schief gelegt, winkte sie mit ihrer Gabel C. C. zu. „Vergiss nicht, Lilah weiß und sieht alles, und was sie nicht weiß oder sieht, findet sie heraus. Und darum spuck es aus!“

„Tante Coco hat mich gedrängt, ihn in den Garten zu führen.“

„Ja.“ Lilah lächelte. „Sie ist ein schlauer Teufel. Ich habe mir gleich gedacht, dass sie eine Romanze einfädeln wollte. Mondenschein, Blumen, das ferne Schlagen der Wellen an den Felsen – hat es gewirkt?“

„Wir hatten einen Streit.“

Lilah nickte, signalisierte mit ihrer Hand, dass C. C. weitersprechen sollte, und trank. „Das ist schon mal ein guter Anfang. Streit über das Haus?"

„Darüber …" C. C. begann, trockene Blätter von einem verwelkten Philodendron zu pflücken. „Und über andere Dinge."

„Was zum Beispiel?"

„Die Namen von Geliebten", murmelte C. C. „Prominente Bostoner Familien, seine Schuhe."

„Ein vielseitiger und abwechslungsreicher Streit. Das sind mir die liebsten. Und dann?"

C. C. steckte die Hände in ihre Taschen. „Er hat mich geküsst."

„Ah, die Geschichte verdichtet sich." Lilah besaß Cocos Liebe für Klatsch, beugte sich vor und stützte ihr Kinn auf die Hände. „Und, wie war es? Er hat einen sagenhaften Mund, ist mir sofort aufgefallen."

„Küss ihn doch selbst."

Nachdem sie einen Moment darüber nachgedacht hatte, schüttelte Lilah den Kopf, nicht ohne ein gewisses Bedauern. „Nein. Sagenhafter Mund oder nicht, er ist nicht mein Typ. Außerdem bist du schon mit seinen Lippen in den Clinch gegangen. War er gut?"

„Ja", antwortete C. C. leise. „Ich schätze, so könnte man es nennen."

„Wo wäre er auf einer Skala von eins bis zehn?"

Das Lachen entrang sich C. C., bevor sie sich dessen überhaupt bewusst wurde. „Zu dem Zeitpunkt des Kusses habe ich nicht direkt an so ein Benutzungssystem gedacht."

„Es wird besser und besser." Lilah leckte ihre Gabel sauber. „Also, er hat dich geküsst, und es war ziemlich gut. Was kam dann?"

Der Humor verschwand, als C. C. einen langen Atemzug ausstieß. „Er hat sich entschuldigt."

Lilah starrte sie an und legte dann langsam und sehr behutsam ihre Gabel aus der Hand. „Er hat was?"

„Er hat sich entschuldigt, sehr ordentlich. Für sein unverzeihliches Benehmen. Und er hat versprochen, dass es nie wieder passieren würde. Der Kretin!" C. C. zerkrümelte die trockenen Blätter in der Hand. „Was für eine Art von Mann glaubt, dass eine Frau eine Entschuldigung hören will, nachdem er sie geküsst hat, dass ihr die Knochen geschmolzen sind?"

Lilah schüttelte den Kopf. „Nun, wie ich sehe, gibt es drei Möglichkeiten zur Auswahl. Entweder ist er wirklich ein Kretin, oder er wurde darauf dressiert, überhöflich zu sein, oder er konnte nicht vernünftig denken."

„Ich stimme für den Kretin."

„Hm. Ich muss darüber nachdenken." Sie trommelte mit ihren kirschroten Fingerspitzen auf den Tisch. „Vielleicht sollte ich sein persönliches Horoskop erstellen."

„In welchem Zeichen auch immer sein Mond steht, ich stimme trotzdem für den Kretin." C. C. kam an den Tisch und küsste Lilah auf die Wange. „Danke. Ich muss los."

„C. C." Sie wartete, bis ihre Schwester sich noch einmal umdrehte. „Er hat nette Augen. Wenn er lächelt, hat er sehr nette Augen."

Trent lächelte nicht, als es ihm später an diesem Nachmittag endlich gelang, mit seinem Wagen aus The Towers zu entkommen.

Coco hatte darauf bestanden, ihn durch die Keller zu führen, ohne auch nur einen einzigen feuchten Zentimeter auszulassen, und hatte ihn dann zwei Stunden lang mit Fotoalben nicht aus ihren Klauen gelassen.

Es war amüsant gewesen, Babyfotos von C. C. anzusehen und mittels Schnappschüssen ihr Heranwachsen vom Kleinkind zur Frau zu verfolgen. Sie war unglaublich niedlich gewesen mit Zöpfchen und Zahnlücke.

Doch während der zweiten Stunde hatten bei ihm die Alarmklingeln geschrillt.

Coco hatte begonnen, ihn alles andere als behutsam nach seinen Ansichten über Ehe, Kinder und Beziehungen auszuquetschen. Erst da hatte er begriffen, dass hinter Cocos sanften, verschleierten Augen ein scharfes, kalkulierendes Gehirn tickte.

Sie wollte nicht das Haus verkaufen, sondern eine ihrer Nichten versteigern.

Und offensichtlich stand C. C. an vorderster Stelle, und er war als Höchstbietender auserkoren.

Nun ja, den Calhoun-Frauen stand ein rüdes Erwachen bevor. Das war Trents fester Vorsatz. Sie mussten sich irgendwo anders auf dem Heiratsmarkt nach einem passenden Kandidaten umsehen, und er war fein heraus.

Und die Familie St. James würde das Haus bekommen. Das versprach Trent sich selbst. Verdammt noch mal, sie würden es bekommen, und zwar ohne einen daran befestigten Brautschleier.

In kontrollierter Wut fuhr er die steil abfallende kurvenreiche Straße hinunter. Als Trent den Klang seiner eigenen Stimme hörte, wie er leise mit sich selbst sprach, entschied er, eine lange, beruhigende Fahrt zu unternehmen. Vielleicht in den Acadia National Park, wo Lilah arbeitete. Teile und erobere, dachte er. Er wollte jede einzelne der Frauen an ihrem Arbeitsplatz aufsuchen und ihre Abwehr erschüttern.

Lilah wirkt zugänglich, fand er. Jede einzelne von ihnen würde zugänglicher als C. C. sein. Amanda macht einen sensiblen Eindruck. Und ich bin sicher, dass Suzanna eine vernünftige Frau ist.

Was war bloß schief gelaufen mit Schwester Nummer vier?

Doch Trent ertappte sich dabei, wie er ins Dorf fuhr, vorbei an Suzannas neu eröffneter Gärtnerei, vorbei an dem BayWatch Hotel.

Als er vor C. C.s Werkstatt anhielt, redete er sich ein, dass er das von Anfang an geplant hatte.

Er wollte bei ihr anfangen, dem spitzesten Dorn in seiner Fußsohle. Und wenn er mit ihr fertig war, brauchte sie sich keine Illusionen mehr zu machen, ihn mit einer Ehe einfangen zu können.

Hank kletterte gerade in den Abschleppwagen, als Trent aus dem BMW stieg. „Chef ist drinnen. Ich habe uns im Besucherzentrum eine hübsche verbeulte Stoßstange aufgerissen."

„Gratuliere."

„Alles klar. Wir haben hier schon ein wenig Arbeit gebraucht. Jetzt, wo die Saison kommt, platzt das Geschäft bald wieder aus allen Nähten."

Hank knallte die Tür zu, beugte sich mit dem Kopf aus dem Fenster und schien zu einem Schwätzchen bereit zu sein.

Aus irgendeinem Grund fand Trent, dass er den Jungen richtig wahrnahm. Er war jung, wahrscheinlich um die Zwanzig, mit einem runden, offenen Gesicht und einem Schopf strohblonder Haare, die nach allen Richtungen abstanden.

„Arbeiten Sie schon lange für C. C.?"

„Seit sie die Werkstatt vom alten Pete gekauft hat. Das werden – äh – drei Jahre sein. Drei Jahre, fast. Sie hat mich erst eingestellt, nachdem ich die High School absolviert habe. Komisch, nicht?"

„Ist sie das?"

„Wenn die sich was in den Kopf gesetzt hat, kriegt man das nicht wieder raus." Er deutete hinüber zu der Werkstatt. „Sie ist heute ganz schön gereizt."

„Ist das ungewöhnlich?"

Hank lachte leise und schaltete das Radio auf volle Lautstärke. „Könnte nicht behaupten, sie wäre ein Hund, der nur bellt und nicht beißt, weil ich sie schon ein oder zwei Mal beißen gesehen habe. Bis bald!"

„Ja, sicher."

Als Trent in die Werkstatt kam, hing C. C. bis zur Taille unter der Motorhaube eines Wagens neuester Bauart. Sie hatte wieder das Radio eingeschaltet, aber diesmal bewegten sich mehr ihre Hüften als ihre Stiefel im Takt.

„Entschuldigen Sie", begann Trent. Dann erinnerte er sich daran, dass sie das schon einmal durchgespielt hatten. Er ging näher und tippte ihr kräftig auf die Schulter.

„Wenn du jetzt nicht …" Sie drehte den Kopf nur so weit, bis sie seine Krawatte sah. Sie war diesmal nicht braun, sondern marineblau. Dennoch war C. C. sicher, wer der Eigentümer war. „Was wollen Sie?"

„Ich glaube, es ging um einen Ölwechsel."

„Oh!" Sie widmete sich wieder der Aufgabe, Zündkontakte zu wechseln. „Na, dann stellen Sie ihn draußen ab und legen den Schlüssel auf die Werkbank, und ich kümmere mich darum. Müsste um sechs fertig sein."

„Machen Sie Ihre Geschäfte immer so nebenbei?"

„Ja."

„Wenn Sie nichts dagegen haben, behalte ich meine Schlüssel bei mir, bis Sie weniger abgelenkt sind."

„Wie Sie wollen."

Zwei Minuten vergingen, in denen die greifbare Stille nur von der Wettervorhersage im Radio durchbrochen wurde, die Gewitter für diesen Abend ankündigte.

„Hören Sie, wenn Sie nur da herumstehen, warum tun Sie nichts Nützliches? Setzen Sie sich rein und lassen Sie ihn an."

„Ihn anlassen?"

„Ja. Sie wissen schon, den Schlüssel herumdrehen und aufs Gas steigen." Sie hob den Kopf und blies sich die Strähnen aus dem Gesicht. „Glauben Sie, dass Sie das schaffen werden?"

„Wahrscheinlich."

Es war nicht genau das, was ihm vorschwebte, aber Trent ging zum Fahrersitz. Er sah, dass vorn ein Kindersitz festgeschnallt war, und etwas Rosafarbenes und Klebriges war auf dem Teppich zertreten.

Er glitt in den Wagen und drehte den Zündschlüssel herum. Der Motor sprang an und schnurrte ganz hübsch, wie Trent fand.

C. C. dachte offenbar anders darüber, griff nach ihrer Einstelllampe und nahm Veränderungen vor.

„Er klingt gut“, behauptete Trent.

„Nein, da ist ein Aussetzer.“

„Wie können Sie irgendetwas hören, wenn das Radio dermaßen brüllt?“

„Wie können Sie es nicht hören? Besser“, murmelte sie. „Viel besser. Sehr viel besser.“

Neugierig stieg er aus und beugte sich über ihre Schulter. „Was machen Sie da?“

„Meine Arbeit.“ Ihre Schultern bewegten sich unwillig, als hätte sie etwas auf dem Rücken gejuckt. „Gehen Sie weg, ja?“

„Ich bringe nur normale Neugierde zum Ausdruck.“ Ohne nachzudenken, legte er eine Hand leicht auf ihre Schulter und beugte sich noch tiefer.

C. C. zuckte hoch, fühlte einen heftigen Schmerz und fluchte wie ein Bierkutscher.

„Lassen Sie mich sehen.“ Er packte ihre Hand.

„Es ist nichts. Geben Sie Ruhe, ja? Wären Sie mir nicht im Weg gewesen, wäre meine Hand nicht abgerutscht.“

„Hören Sie mit dem Herumtanzen auf, und lassen Sie mich nachsehen.“ Er ergriff ihr Handgelenk und untersuchte ihre aufgeschürften Knöchel. Die Blutstropfen unter der Wagenschmiere verursachten ihm ein lächerliches, aber schlechtes Gewissen. „Sie müssen das desinfizieren und verbinden.“

„Das ist nur ein Kratzer." Himmel, warum konnte er ihre Hand nicht loslassen? „Ich muss meine Arbeit erledigen und nicht an mir herumdoktern."

„Seien Sie nicht kindisch", sagte er sanft. „Wo ist der Erste-Hilfe-Kasten?"

„Der ist im Bad, aber ich kann mich selbst versorgen."

Er ignorierte ihren Einwand und hielt weiterhin ihr Handgelenk fest, als er um den Wagen herumging und den Motor abschaltete. „Wo ist das Bad?"

C. C. deutete mit einer ruckartigen Kopfbewegung zu dem Korridor, der Werkstatt und Büro verband. „Wenn sie nur Ihre Schlüssel ..."

„Sie sagten, es wäre meine Schuld gewesen, dass Sie sich die Hand verletzt haben. Also übernehme ich die Verantwortung."

„Ich wünschte, Sie würden aufhören, mich herumzuzerren", murrte sie, während er sie zu dem Korridor schleppte.

„Dann halten Sie mit mir Schritt."

Er stieß die Tür zu einem weißgekachelten Badezimmer von der Größe eines Besenschranks auf. Ohne sich um C. C.s Proteste zu kümmern, hielt er ihre Hand unter kaltes Wasser.

Die Abmessungen des Raums zwangen sie, Hüfte an Hüfte zu stehen. Sie versuchten beide ihr Bestes, das zu ignorieren, als er die Seife nahm und mit überraschender Sanftheit begann, ihre Hand zu säubern.

„Es ist nicht tief", sagte Trent und ärgerte sich darüber, dass seine Kehle trocken war.

„Ich habe Ihnen gleich gesagt, dass es nur ein harmloser Kratzer ist."

„Kratzer können infiziert werden."

„Ja, Herr Doktor", entgegnete C. C. schnippisch.

Er hatte schon eine Erwiderung auf den Lippen, als er hochblickte. Sie wirkte so niedlich mit Ölschmiere auf der Nase und dem Schmollmund einer Fünfjährigen. „Es tut mir Leid", hörte er sich sagen, und die Gereiztheit schwand aus ihrer Miene.

„Es war nicht Ihre Schuld." Um sich mit etwas zu beschäftigen, öffnete sie den Spiegelschrank über dem Waschbecken und nahm den Erste-Hilfe-Kasten heraus. „Ich kann mich selbst darum kümmern, wirklich."

„Ich mache gern zu Ende, was ich angefangen habe." Er nahm ihr den Kasten aus der Hand und fand das Desinfektionsmittel. „Ich muss Sie darauf aufmerksam machen, dass das brennt."

„Ich weiß, dass es brennt." C. C. stieß ein kleines Zischen aus, als er die Wunden betupfte. Automatisch beugte sie sich vor, um auf die brennenden Stellen zu blasen, und er tat das gleiche. Ihre Köpfe prallten kräftig zusammen. Während sie sich ihren Kopf mit der freien Hand rieb, stieß C. C. ein halbherziges Lachen aus. „Wir geben ein lausiges Team ab."

„Sieht so aus." Seine Augen auf die ihren gerichtet, blies Trent sanft auf ihre Knöchel.

Etwas flackerte in diesen hübschen grünen Augen, bemerkte er. Alarm, Überraschung, Freude – er war sich nicht sicher, aber er hätte die Hälfte seiner Aktien verwettet, dass C. C. Calhoun absolut keine Ahnung von dem romantischen Komplott ihrer Tante hatte.

Er zog ihre Hand an seine Lippen – nur ein Test, versicherte er sich – und stellte fest, dass sie offensichtlich verwirrt war. Die von ihm umfasste Hand wurde schlaff. Ihr Mund öffnete sich und blieb so, ohne dass ein Laut daraus hervorkam.

„Ein Kuss soll es besser machen", sagte er und ließ seine Lippen aus rein selbstsüchtigen Gründen noch einmal über ihre Hand gleiten.

„Ich glaube, es wäre besser wenn …" Himmel, war der Raum klein. Und er wurde ständig kleiner. „Danke", brachte sie hervor. „Jetzt ist wieder alles in Ordnung."

„Das muss noch verbunden werden."

„Nein, ich, brauche nicht …"

„Sie machen sich sonst wieder schmutzig." Er genoss es sehr, als er eine Rolle Verbandszeug nahm und begann, ihre Hand zu verbinden.

Weil sie dachte, dadurch etwas mehr Platz zu schaffen, drehte C. C. sich um. Als hätte er den Bewegungen eines Tanzes folgen müssen, drehte Trent sich ebenfalls. Nun standen sie nicht mehr Seite an Seite, sondern einander gegenüber. Er schob sich ein Stück vor – der Platz erlaubte nichts anderes –, und ihr Rücken berührte die Wand.

„Wehgetan?"

Sie schüttelte den Kopf. Sie hatte sich nicht wehgetan, befand C. C., sondern sie hatte den Verstand verloren. Eine Frau musste den Verstand verloren haben, wenn ihr Herz wie ein Vorschlaghammer pochte, nur weil ein Mann Verbandszeug um ihre aufgeschrammten Knöchel wickelte.

„C. C.", er befestigte den Verband fachmännisch, „darf ich Ihnen eine persönliche Frage stellen?"

„Ich …" Sie zuckte mit den Schultern und schluckte.

„Wie viel kostet ein Ölwechsel genau?"

Sie fing die Belustigung in seinen Augen auf, ließ sich davon bezaubern und lächelte zurück. „Siebenundvierzig fünfzig", antwortete sie.

„Oh." Sie waren einander so nahe wie am Vorabend, als sie sich gestritten hatten. Dies hier, fand Trent, war wesentlich angenehmer. „Werden Sie auch meinen Kühler durchspülen?"

„Aber sicher."

„Dann ist mir der gestrige Abend verziehen worden?"

Ihre Augenbrauen hoben sich. „Das habe ich nicht gesagt."

„Ich wünschte, Sie würden es sich noch einmal überlegen." Er hielt ihre Hand zwischen ihnen fest und schob sich noch ein Stück näher. „Sehen Sie, wenn ich ohnedies dafür verdammt werde, ist es um so schwerer, dem Wunsch zu widerstehen, noch einmal zu sündigen."

Verwirrt presste sie sich gegen die Wand. „Ich glaube, es tut Ihnen nicht im geringsten Leid, was Sie getan haben."

Er betrachtete sie einen Moment, ihre geweiteten Augen, ihren verlockenden Mund. „Ich fürchte, Sie haben Recht."

Während C. C. zwischen Freude und Entsetzen zerrissen dastand, begann das Telefon zu läuten.

„Ich muss ans Telefon." Flink wie ein Windhund fegte sie an ihm vorbei aus dem Bad.

Trent folgte ihr langsam, von sich selbst überrascht. Er hegte nicht den geringsten Zweifel, dass sie ebenso wie er ein Opfer der Phantasien ihrer Tante war.

Eine andere Frau, ganz sicher aber eine, die Heirat im Kopf hatte, hätte gelächelt oder geschmollt. Hätte ihre Arme verführerisch um ihn gelegt oder ihn trotzig von sich geschoben. Eine andere Frau hätte nicht dagestanden, den Rücken gegen die Wand gepresst, als sähe sie sich einem Erschießungskommando gegenüber.

Eine andere Frau hätte ihn nicht mit großen Augen angesehen und dabei gestammelt.

Und hätte dabei nicht so ansprechend ausgesehen.

C. C. riss in ihrem Büro den Hörer an sich, doch ihr Kopf war leer. Sie stand da und starrte zehn Sekunden lang durch die Glasscheibe, bis die Stimme aus dem Telefon sie zurückholte.

„Was? Oh, ja, ja, hier ist C. C. Tut mir Leid. Bist du das, Finney?“ Sie stieß den angehaltenen Atem aus, während sie zuhörte. „Hast du wieder die Scheinwerfer angelassen? Bist du sicher? In Ordnung, in Ordnung, es könnte der Anlasser sein.“ Sie fuhr sich zerstreut mit den Fingern durch die Haare und wollte sich auf den Schreibtisch setzen, als sie Trent bemerkte. Sie schnellte wie eine Sprungfeder wieder hoch. „Was? Tut mir Leid, könntest du das wiederholen? Aha. Ich könnte doch auf meinem Heimweg bei dir vorbeikommen und es mir ansehen. Ungefähr um halb sieben.“ Sie lächelte. „Sicher. Ich habe immer etwas für Hummer übrig. Darauf kannst du wetten. Leb wohl!“

„Eine Mechanikerin, die Hausbesuche macht“, kommentierte Trent.

„Wir kümmern uns um unsere Leute.“ Entspann dich, befahl sie sich. Entspann dich auf der Stelle! „Außerdem fällt es einem leicht, wenn am anderen Ende der Leitung ein Angebot für ein Albert-Finney-Hummer-Dinner wartet.“

Er verspürte einen Stich, den zu ignorieren er peinlichst bemüht war. „Was macht die Hand?“

Sie wackelte mit den Fingern. „Es geht ihr gut. Hängen Sie doch Ihre Schlüssel an das Schlüsselbrett."

Trent folgte der Aufforderung. „Ist Ihnen bewusst, dass Sie mich nie mit meinem Namen angesprochen haben?"

„Natürlich habe ich das."

„Nein. Sie haben mir alle möglichen Namen an den Kopf geworfen, aber Sie haben nie meinen Namen ausgesprochen." Er machte eine wegwerfende Handbewegung, als wollte er den Gedanken verscheuchen. „Wie auch immer, ich muss mit Ihnen sprechen."

„Hören Sie, wenn es um das Haus geht, ist das bestimmt nicht der richtige Zeitpunkt oder Ort dafür."

„Darum geht es nicht."

„Oh!" C. C. sah ihn an und registrierte eine sich steigernde Erregung. Ihr Herz pochte wild. „Ich komme wirklich in Zeitdruck. Kann es nicht warten, bis Sie Ihren Wagen abholen?"

Er war es nicht gewohnt, auf irgendetwas zu warten. „Es wird nicht lange dauern. Ich finde, ich sollte Sie warnen. Ich glaube nämlich, dass Ihnen die Pläne Ihrer Tante genauso wenig bekannt sind wie mir."

„Tante Coco? Was denn für Pläne?"

„Pläne vom Typ ‚weiße Spitze und Orangenblüten'."

Ihre Miene wechselte von verblüfft zu betäubt und dann zu misstrauisch. „Heirat? Das ist wirklich absurd. Tante Coco will nicht heiraten. Sie hat nicht einmal ernsthafte Verabredungen."

„Ich habe nicht gemeint, dass sie die Kandidatin ist." Er ging auf C. C. zu und hielt seine Augen auf sie gerichtet. „Sie sind es!"

Ihr Lachen kam spontan und voll Vergnügen, als sie sich auf die Kante ihres Schreibtisches setzte. „Ich? Ich soll heiraten? Das ist wundervoll."

„Ja, und genau das denkt Ihre Tante auch von mir."

C. C.s Lachen versiegte. Mit den Händen stieß sie sich von dem Schreibtisch hoch. Als sie weitersprach, klang ihre Stimme sehr kühl, wobei Zorn unter der Oberfläche aufflackerte. „Was genau wollen Sie andeuten?"

„Dass Ihre Tante aus ihren ganz persönlichen Motiven heraus mich nicht nur eingeladen hat, damit ich mir das Haus ansehe, sondern auch ihre vier attraktiven Nichten begutachte."

Ihr Gesicht wurde blass, wie das seines Wissens nach jedes Mal passierte, wenn sie verzweifelt wütend wurde. „Das ist eine Beleidigung."

„Das ist eine Tatsache", verbesserte Trent in seiner trockenen Manier.

„Raus hier!" Sie versetzte ihm einen harten Stoß Richtung Tür. „Raus! Nehmen Sie Ihre Schlüssel, Ihren Wagen und ihre lächerlichen Anschuldigungen und verschwinden Sie!"

„Warten Sie und seien Sie einen Moment still!" Er packte sie an den Schultern. „Nur einen Moment, und wenn ich fertig bin und Sie mich noch immer für lächerlich halten, werde ich sofort gehen."

„Ich weiß, dass Sie lächerlich sind. Und eingebildet und arrogant. Wenn Sie auch nur eine Sekunde glauben, ich hätte irgendwelche Pläne, was Sie …"

„Nicht Sie", unterbrach er sie und schüttelte sie dabei leicht. „Aber Ihre wohlmeinende Tante. ‚Warum zeigst du

Trent nicht den Garten, C. C.? Die Blumen sind im Mondschein exquisit.'"

„Sie war bloß höflich."

„Von wegen! Wissen Sie, wie ich meinen Vormittag verbracht habe?"

„Nichts könnte mich weniger interessieren."

„Ich habe mir Fotoalben angesehen." Trent erkannte, wie sich der Zorn in Verlegenheit verwandelte, und legte noch etwas zu. „Dutzende. Sie waren ein bewunderungswürdiges Kind, Catherine."

„O Gott!"

„Und klug auch, laut Ihrer hingebungsvollen Tante. Die Klassenbeste im Buchstabieren."

Mit einem langen Seufzer setzte sie sich wieder auf den Schreibtisch.

„Keine einzige Kariesstelle in Ihren Zähnen."

„Das hat sie doch nicht wirklich getan", stieß C. C. hervor.

„Oh, das und noch mehr. Höchstes Lob für Ihre Kurse in Automechanik auf der High School. Das meiste von Ihrer Erbschaft haben Sie dafür angelegt, diese Werkstatt Ihrem Arbeitgeber abzukaufen. Ich habe erfahren, dass Sie eine sehr vernünftige Frau sind, die mit beiden Beinen im Leben steht. Und darüber hinaus stammen Sie aus einer exzellenten Linie von Vorfahren und besitzen die besten Anlagen und bestes Geblüt."

„Wie ein Holsteiner", murmelte sie, während ihr Blut zu kochen begann.

„Wenn Sie es so ausdrücken wollen. Natürlich würden Sie bei Ihrem Background, Ihrem Verstand und Ihrer Schönheit für den richtigen Mann die beste aller Ehefrauen abgeben."

Sie war nicht mehr blass, sondern errötete. „Nur weil Tante Coco stolz auf mich ist, dürfte sie kaum erwarten, dass Sie das Monogramm für unser Hochzeitssilber aussuchen."

„Nachdem sie damit fertig war, mir Ihre Tugenden aufzuzählen und mir Ihre Fotos – übrigens sehr hübsche – von Ihnen in Ihrem Kleid für den Abschlussball zu zeigen ..."

„Meine ..." C. C. schloss nur noch die Augen.

„... begann sie, mich nach meinen Ansichten über Ehe und Kinder auszufragen. Wobei sie ziemlich deutliche, unüberhörbare Hinweise fallen ließ, ein Mann in meiner Position würde eine stabile Beziehung zu einer stabilen Frau brauchen. Zu einer Frau wie Ihnen, zum Beispiel."

„Schon gut, schon gut! Es reicht!" C. C. öffnete wieder ihre Augen. „Tante Coco setzt sich oft etwas in ihren Kopf, was für meine Schwestern und mich am besten wäre." C. C. stieß einen Zischlaut aus. „Wenn sie sich dabei mitreißen lässt und zu weit geht, geschieht das nur, weil sie uns liebt und sich für uns verantwortlich fühlt. Es tut mir Leid, dass sie Ihnen Unannehmlichkeiten bereitet hat."

„Ich habe Ihnen das nicht erzählt, um Sie in Verlegenheit zu stürzen oder eine Entschuldigung von Ihnen zu erhalten." Trent fühlte sich plötzlich befangen und schob seine Hände in die Taschen. „Ich hielt es für das beste, wenn Sie wissen, in welche Richtung ihre Gedanken laufen, bevor – nun ja, bevor irgendetwas außer Kontrolle gerät."

„Außer Kontrolle gerät?" wiederholte C. C. und bedachte ihn mit einem stechenden Blick.

„Oder missverstanden wird.“ Seltsam, dachte er. Für gewöhnlich war es so einfach, Grundregeln zu erstellen. Er konnte sich nicht daran erinnern, schon einmal so herumgestammelt zu haben. „Das heißt, nach gestern Abend … Mir ist klar geworden, dass Sie bis zu einem gewissen Grad sehr behütet gelebt haben.“

Die Finger von C. C.s unverletzter Hand begannen, auf ihrem Knie unter dem Overall zu trommeln.

Vielleicht sollte er noch einmal von vom anfangen. „Ich glaube an Ehrlichkeit, C. C., sowohl in meinen geschäftlichen als auch in meinen privaten Beziehungen. Gestern Abend, zwischen Zornesausbruch und Mondschein … Wir … Ich finde, man könnte sagen, wir verloren für einen Moment die Kontrolle.“ Warum wirkte diese Beschreibung so blass und unangemessen für das, was geschehen war? „Ich möchte nicht, dass Ihr Mangel an Erfahrung und die Fantasien Ihrer Tante zu irgendwelchen Missverständnissen führen.“

„Warten Sie! Mal sehen, ob ich das auf die Reihe kriege. Weil Sie mich gestern Abend geküsst haben, und weil meine Tante das Thema Heirat zusammen mit meinen Babyfotos heute Morgen aufs Tapet gebracht hat, machen Sie sich jetzt Sorgen, ich könnte mir ein paar verrückte Ideen in den Kopf setzen, dass ich die nächste Mrs. St. James werde?“

Verwirrt fuhr Trent sich mit den Fingern durch die Haare. „Mehr oder weniger. Ich hielt es für besser und sicherlich für fairer, wenn ich Ihnen sofort reinen Wein einschenke, damit Sie und ich die Angelegenheit vernünftig regeln können. Auf diese Weise würden Sie nicht …“

„… von Ihrer Herrlichkeit enttäuscht werden?“ warf sie ein.

„Legen Sie mir keine Worte in den Mund."

„Wie könnte ich noch etwas hineinlegen, wo doch gar kein Platz mehr in Ihrem Mund ist bei dem ganzen Quatsch, der da herauskommt", fauchte sie ihn an.

„Verdammt!" Er hasste die Tatsache, dass sie Recht hatte. „Ich versuche bloß, absolut ehrlich zu Ihnen zu sein, damit es kein Missverständnis gibt, wenn ich Ihnen sage, dass ich mich sehr zu Ihnen hingezogen fühle."

Sie hob bloß eine Augenbraue und war zu wütend, um zu erkennen, dass ihn seine eigenen Worte sprachlos gemacht hatten. „Jetzt soll ich mich ja wohl geschmeichelt fühlen, nehme ich an?"

„Sie sollen gar nichts. Ich versuche nur, die Fakten darzustellen."

„Ich werde Ihnen ein paar Fakten geben." C. C. tippte ihm gegen die Brust. „Sie fühlen sich nicht zu mir hingezogen, sondern zu dem Image des perfekten und beneidenswerten Trenton St. James III. Die Fantasien meiner Tante, wie Sie es nennen, sind das Produkt eines wundervollen, liebenden Herzens. Etwas, was Sie garantiert nicht verstehen können. Und was mich betrifft, so könnte es mir nicht einfallen, fünf Minuten mit Ihnen zu verbringen, geschweige denn den Rest meines Lebens. Sie kriegen vielleicht am Schluss mein Haus in Ihre Finger, aber nicht mich, Teuerster." Sie kam auf Touren und fühlte sich wohl dabei. „Würden Sie auf Händen und Knien zu mir angekrochen kommen, mit einem Diamanten, der so groß wie meine Faust zwischen Ihren Zähnen ist, dann würde ich Ihnen ins Gesicht lachen. Das sind die Fakten. Ich bin sicher, Sie finden den Weg hinaus."

C. C. wirbelte herum und stürmte den Korridor entlang. Trent zuckte zusammen, als die Tür zuknallte.

„Na ja", murmelte er und drückte seine Finger gegen die Augen. „Das haben wir jedenfalls mit Sicherheit geklärt."

5. KAPITEL

Unerträglich!

Das war das perfekte Wort, um ihn zu beschreiben, fand C. C., und hielt sich gedanklich daran für den Rest des Tages fest.

Als sie heimkam, war das Haus bereits still und für die Nacht gerüstet. Leise und sanft hörte sie die verträumten Klänge des Klaviers aus dem Musikzimmer. Sie wandte sich von der Treppe ab und folgte den Tönen.

Es war natürlich Suzanna, die an dem zauberhaften alten Instrument saß. Sie war die einzige, die den Unterricht durchgehalten und überhaupt irgendwelches Talent gezeigt hatte.

Amanda war zu ungeduldig, Lilah zu träge gewesen. Und C.C. ... Sie blickte auf ihre Hände. Ihre Finger hatten sich mit Motoröl wohler gefühlt als auf den Tasten eines Klaviers.

Dennoch hörte sie gern zu. Nichts besänftigte oder bezauberte sie mehr als Musik.

Suzanna, tief in ihren Gefühlen versunken, seufzte ein wenig, als die letzten Töne verklangen.

„Das war schön." C. C. ging zu ihrer Schwester und drückte einen Kuss auf ihr Haar.

„Ich bin eingerostet."

„Nicht für meine Ohren."

Lächelnd tastete Suzanna nach hinten, um C. C.s Hand zu tätscheln, und fühlte den Verband. „Oh, was hast du gemacht?" wollte sie wissen.

„Nur die Knöchel aufgeschlagen."

„Hast du die Wunde gut gereinigt? Wann hast du die letzte Tetanusspritze bekommen?"

„Nun mal langsam, Mommy. Die Wunde ist supersauber, und ich habe vor sechs Monaten eine Tetanusspritze bekommen." C. C. setzte sich auf die Klavierbank und sah sich im Raum um. „Wo sind die anderen?"

„Die Kinder sind schon eingeschlafen – hoffe ich. Wackle mit deinen Fingern!" C. C. gehorchte seufzend.

Mit einem zufriedenen Nicken fuhr Suzanna fort: „Lilah ist zu einer Verabredung weg. Tante Coco ging schon vor Stunden nach oben, um ein Schaumbad zu nehmen und sich Gurkenscheiben auf die Augen zu legen."

„Was ist mit – ihm?"

„Liegt im Bett, schätze ich. Es ist fast Mitternacht."

„Tatsächlich?" Dann lächelte sie. „Du hast auf mich gewartet."

„Habe ich nicht." Suzanna sah sich ertappt und lachte. „Genau. Hast du Mr. Finneys Lastwagen in Ordnung gebracht?"

„Er hat wieder die Scheinwerfer brennen lassen." Sie gähnte gewaltig. „Ich glaube, er macht das absichtlich, damit ich zu ihm kommen und die Batterie aufladen kann." C. C. streckte ihre Arme zur Decke. „Wir hatten Hummer und Holundersekt."

„Wäre er nicht alt genug, um dein Großvater zu sein, würde ich sagen, dass er ein Auge auf dich geworfen hat."

„Das hat er. Und es beruht auf Gegenseitigkeit. Also, habe ich hier etwas verpasst?"

„Tante Coco will eine Séance abhalten."

„Nicht schon wieder!"

Suzanna ließ improvisierend ihre Finger leicht über die Tasten gleiten. „Morgen Abend, gleich nach dem Dinner. Sie behauptet, dass Urgroßmutter Bianca uns etwas mitteilen will – auch Trent."

„Was hat er damit zu tun?"

Suzanna strich flüchtig über C. C.s Haare. „Wenn wir beschließen, ihm das Haus zu verkaufen, wird er sie mehr oder weniger erben."

„Werden wir das tun, Suzanna?"

„Vielleicht werden wir es tun müssen."

C. C. stand auf und spielte mit den Quasten der Stehlampe. „Mein Geschäft läuft recht gut. Ich könnte die Werkstatt beleihen lassen."

„Nein."

„Aber ..."

„Nein", wiederholte Suzanna. „Du wirst nicht für die Vergangenheit deine Zukunft riskieren."

„Es ist meine Zukunft."

„Und es ist unsere Vergangenheit." Sie erhob sich ebenfalls. Wenn dieses Leuchten in Suzannas Augen trat, hütete auch C. C. sich davor, zu widersprechen. „Ich weiß, wie viel dir das Haus bedeutet, uns allen. Dass ich hierher zurückkehren konnte, nachdem Bax... nachdem es nicht geklappt hatte", sagte Suzanna behutsam, „hat mir geholfen, meinen Verstand beisammen zu halten. Jedes Mal, wenn Alex oder Jenny das Geländer herunterrutschen, erinnere ich mich daran, dass ich es ebenfalls gemacht habe. Ich sehe Mama hier am Klavier sitzen und höre Papa Geschichten vor dem Kamin erzählen."

„Wie kannst du dann überhaupt an einen Verkauf denken?"

„Weil ich gelernt habe, mich den Realitäten zu stellen, wie unangenehm sie auch sein mögen." Sie legte eine Hand an C. C.s Wange. Nur fünf Jahre trennten sie. Manchmal kam es Suzanna so vor, als wären es fünfzig. „Von Zeit zu Zeit geschehen mit dir oder um dich herum Dinge, die du nicht beeinflussen kannst. Wenn das der Fall ist, sammelst du ein, was in deinem Leben wichtig ist, und machst weiter."

„Aber das Haus ist wichtig."

„Was glaubst du denn, wie lange wir es wirklich noch halten können?"

„Wir könnten die Lithographien verkaufen, das Limoges, ein paar andere Dinge", schlug C. C. vor.

„Und das Unglück nur hinauszögern." Darüber wusste Suzanna viel zu gut Bescheid. „Wenn es Zeit ist aufzugeben, finde ich, sollten wir mit etwas Würde aufgeben."

„Dann hast du dich also schon entschieden."

„Nein." Suzanna seufzte und setzte sich wieder. „Jedes Mal, wenn ich glaube, einen Entschluss gefasst zu haben, ändere ich ihn wieder. Vor dem Abendessen sind die Kinder und ich an den Klippen entlanggegangen." Mit träumerischen Augen blickte sie durch das dunkle Fenster. „Wenn ich dort stehe und über die Bay hinaus blicke, fühle ich etwas so Unglaubliches, dass es mir das Herz bricht. Ich weiß nicht, was richtig ist, C. C. Ich weiß nicht, was das beste ist. Aber ich fürchte, ich weiß, was getan werden muss."

„Es tut weh."

„Ich weiß."

C. C. setzte sich neben ihre Schwester und lehnte ihren Kopf an Suzannas Schulter „Vielleicht geschieht noch ein Wunder."

Trent beobachtete sie von dem dunklen Korridor aus. Er wünschte sich, er hätte sie nicht gehört. Er wünschte sich, es würde ihm nichts ausmachen. Aber er hatte sie gehört, und aus Gründen, die er nicht weiter erforschen wollte, machte es ihm etwas aus.

Rasch ging er wieder die Treppe hinauf.

„Kinder." Coco war überzeugt, jeden Moment den letzten Rest ihres Verstandes zu verlieren. „Warum lest ihr nicht ein gutes Buch?"

„Ich will Krieg spielen." Alex ließ einen imaginären Säbel durch die Luft zischen. „Tod bis zum letzten Mann!"

Und das Kind ist erst sechs, dachte Coco. Was soll denn in zehn Jahren sein?

„Buntstifte", schlug sie hoffnungsvoll vor und verwünschte verregnete Samstagnachmittage. „Warum malt ihr zwei denn nicht schöne Bilder? Wir können sie dann am Kühlschrank befestigen, wie eine Gemäldeausstellung."

„Kinderkram", maulte Jenny, mit fünf schon eine Zynikerin. Sie legte ein imaginäres Lasergewehr an und feuerte. „Za-za-zapp! Ich habe dich gezappt, Alex, und total desingriert!"

„Desingetriert, du Dummkopf, und ich bin keins von beidem. Ich habe mein Kraftfeld aufgebaut."

„O nein!"

Sie beäugten einander mit jener gegenseitigen Abneigung, die nur Geschwister empfinden können, die an einem Samstag zusammen eingesperrt sind.

In stillschweigendem Übereinkommen gingen sie zum Kampf Mann gegen Mann über. Während sie miteinander auf dem verblassenden Aubusson-Teppich rangen, richtete Coco ihren Blick zur Zimmerdecke.

Wenigstens fand der Kampf in Alex' Zimmer statt, sodass nur wenig Schaden angerichtet werden konnte. Dennoch war sie in Versuchung, hinauszugehen, die Tür zu schließen und es den beiden zu überlassen, sich gegenseitig zu erledigen. Doch sie war schließlich verantwortlich.

„Ihr werdet euch wehtun", begann sie mit jener uralten Ansprache, die Erwachsene an Kinder richten. „Denk daran, Alex, wie Jenny dir letzte Woche die Nase blutig geschlagen hat."

„Das hat sie nicht." Männlicher Stolz gewann die Oberhand, während er versuchte, seine bewegliche Schwester auf die Matte zu zwingen.

„Hab' ich schon, hab' ich schon!" rief sie und hoffte, es wiederholen zu können. Mit ihren flinken kleinen Beinen nahm sie ihn in den Scherengriff.

„Ich bitte um Entschuldigung", sagte Trent von der Tür her. „Ich scheine zu stören."

„Überhaupt nicht." Coco zupfte an ihren Haaren. „Nur ein paar kindliche Launen. Kinder, sagt Hallo zu Mr. St. James."

„...lo", murmelte Alex, während er darum kämpfte, seine Schwester in den Schwitzkasten zu bekommen.

Trents Lächeln gab Coco eine Inspiration ein. „Trenton, dürfte ich Sie um einen Gefallen bitten?"

„Natürlich."

„Alle Mädchen arbeiten heute, wissen Sie, und ich muss nur schnell ein, zwei kleine Besorgungen machen. Würde es Ihnen sehr viel ausmachen, die Kinder ein winziges Momentchen zu beaufsichtigen?"

„Sie beaufsichtigen?"

„Oh, sie machen überhaupt keine Schwierigkeiten.“ Coco strahlte zuerst ihn, dann ihre Großnichte und ihren Großneffen an. „Jenny, beiß nicht deinen Bruder. Calhouns kämpfen fair.“ Wenn sie nicht gerade schmutzig kämpfen, dachte sie. „Ich werde zurück sein, bevor Sie überhaupt merken, dass ich weg bin“, versprach sie und schob sich an Trent vorbei.

„Coco, ich bin nicht sicher, dass ich …“

„Oh, und vergessen Sie nicht die Séance heute Abend.“ Sie eilte die Treppe hinunter und überließ es ihm, für sich selbst einzustehen.

Jenny und Alex hörten zu ringen auf, um ihn eulenhaft anzustarren. Sie mochten einander mit Zähnen und Krallen bekämpfen, aber sie vereinigten sich ohne zu zögern, wenn es gegen eine auswärtige Macht ging.

„Wir mögen keine Babysitter“, erklärte Alex ihm mit einem bösartigen Unterton.

Trent wippte auf den Zehenspitzen. „Ich bin bereits sicher, dass es mir nicht gefällt, einer zu sein.“

Alex hatte seinen Arm mehr um die Schultern seiner Schwester gelegt als um ihren Hals. Ihr Arm schlang sich um seine Taille. „Uns gefällt das auch nicht.“

Trent nickte. Wenn er mit fünfzig Mitarbeitern fertig wurde, schaffte er ganz sicher zwei aufmüpfige Kinder. „Okay, Leute.“

„Als wir im letzten Sommer in Boston zu Besuch waren, hatten wir einen Babysitter.“ Jenny beäugte ihn voll Misstrauen. „Wir haben jedem das Leben zur Hölle gemacht.“

Trent kaschierte sein Lachen mit einem Hüsteln. „Was du nicht sagst.“

„Unser Vater hat das gesagt", bekräftigte Alex. „Und er war froh, als er uns beide von hinten gesehen hat."

Die kindliche Ruchlosigkeit war nicht länger amüsant. Trent bemühte sich, das zornige Leuchten aus seinen Augen zu verbannen, und nickte bloß. Baxter Dumont war offensichtlich ein ganz besonderes Exemplar Mann. „Ich habe einmal meine Nanny in den Schrank eingesperrt und bin aus dem Fenster geklettert."

Alex und Jenny wechselten interessierte Blicke.

„Das ist recht gut", entschied Alex.

„Sie hat zwei Stunden lang geschrien", improvisierte Trent.

„Wir haben unserer Babysitterin eine Schlange ins Bett gelegt, und sie ist im Nachthemd aus dem Haus gelaufen." Jenny lächelte satt und wartete, ob er das übertrumpfen konnte.

„Gut gemacht." Was jetzt? fragte er sich. „Habt ihr irgendwelche Puppen?"

„Puppen sind ätzend", sagte Jenny aus Loyalität zu ihrem Bruder.

„Schlagt ihnen die Köpfe ab!" schrie Alex und brachte sie zum Kichern. Er sprang auf und schwang sein imaginäres Schwert. „Ich bin ein böser Pirat, und ihr seid meine Gefangenen."

„O nein, ich musste beim letzten Mal die Gefangene sein." Jenny sprang auf die Beine. „Ich bin jetzt mit dem bösen Piraten dran."

„Ich habe es zuerst gesagt."

Sie versetzte ihm einen kräftigen Stoß. „Schwindler, Schwindler, Schwindler!"

„Baby, Baby, Baby!“ schrie er und stieß sie wieder.

„Aufhören!“ rief Trent, bevor sie sich aufeinander stürzen konnten. Der ungewohnte männliche Tonfall ließ sie auf der Stelle erstarren. „Ich bin hier der böse Pirat“, erklärte er ihnen, „und ich lasse euch beide über die Planke marschieren.“

Er genoss es. Ihre kindliche Fantasie mochte ein wenig blutig eingefärbt sein, aber sie spielten fair, wenn die Regeln erst einmal festgesetzt waren.

Es gab eine Menge Leute, die er auf gesellschaftlicher Ebene kannte, die verblüfft gewesen wären zu sehen, wie Trenton St. James III auf dem Fußboden herumkroch oder eine Wasserpistole abfeuerte, aber er konnte sich daran erinnern, an regnerischen Tagen im Haus eingeschlossen gewesen zu sein.

Das Spiel ging von Piraten zu Freibeutern des Weltalls bis hin zum Indianerüberfall.

Am Ende einer besonders grausamen Schlacht lagen sie alle drei auf dem Fußboden ausgebreitet.

Alex spielte mit dem Gummitomahawk in der Hand so lange tot, bis er einschlief.

„Ich habe gewonnen“, sagte Jenny, dann rutschte ihr der Federkopfschmuck über die Augen, und sie kuschelte sich an Trents Seite. Auch sie schlief in der beneidenswerten Art von Kindern innerhalb von Sekunden ein.

So fand C. C. sie vor. Der Regen klopfte sanft an die Fenster. Im Bad am Ende des Korridors fiel ein Tropfen musikalisch in einen Eimer. Abgesehen davon war nur ruhiges, gleichmäßiges Atmen zu hören.

Alex lag auf dem Bauch, die Finger noch immer um seine Waffe gekrampft. Zusätzlich zu den Körpern war der Fußboden übersät mit Miniaturautos, Spielzeugfiguren und ein paar Plastikdinosauriern. Den Kampfopfern ausweichend, betrat C. C. den Raum.

Sie war sich nicht ganz klar darüber, was sie dabei empfand, Trent auf dem Fußboden schlafend mit ihrer Nichte und ihrem Neffen vorzufinden. Fest stand aber, dass sie es nicht geglaubt hätte, hätte sie es nicht selbst gesehen.

Krawatte und Schuhe waren verschwunden, seine Haare waren zerzaust, und an seinem Leinenhemd zog sich ein nasser Fleck hin.

Der Druck auf ihrem Herzen war behutsam und zart und sehr real. Also, er sieht irgendwie süß aus, fand sie, und rammte dann sofort ihre Hände in die Taschen.

Das war absurd. Ein Mann wie Trent war niemals süß.

Vielleicht haben die Kinder ihn bewusstlos geschlagen, dachte sie und beugte sich über ihn.

Er öffnete die Augen, starrte einen Moment zu ihr hoch und gab einen schläfrigen Laut von sich.

„Was machen Sie da?" wisperte sie.

„Ich bin mir nicht so ganz sicher." Er hob seinen Kopf und sah sich um. Jenny schmiegte sich in seine Armbeuge, und auf der anderen Seite lag Alex ausgezählt auf dem Boden. „Aber ich glaube, ich bin der einzige Überlebende."

„Wo ist Tante Coco?"

„Sie macht nur schnell ein paar Besorgungen. Ich werfe ein Auge auf die Kinder."

Sie hob eine Braue. „O ja, das sehe ich."

„Ich fürchte, es hat eine größere Schlacht stattgefunden, bei der viele Opfer zu beklagen waren."

C. C.s Lippen zuckten, als sie zu Alex' Bett ging und eine Decke holte. „Wer hat gewonnen?"

„Jenny hat den Sieg für sich beansprucht." Sanft zog er seinen Arm unter ihrem Kopf hervor. „Obwohl Alex damit nicht einverstanden sein wird."

„Zweifellos."

„Was sollen wir mit den beiden machen?"

„Ach, ich würde sagen, wir behalten sie."

Er lächelte sie an. „Nein, ich meine, sollen wir sie zu Bett bringen?"

„Nein." Geschickt schlug C. C. die Decke auseinander und breitete sie über die beiden, wo sie gerade lagen. „Denen geht es gut." Sie verspürte den lächerlichen Drang, einen Arm um seine Taille zu schlingen und ihren Kopf an seine Schulter zu lehnen. Sie zermalmte den Gedanken gnadenlos. „Es war nett von Ihnen, den Babysitter zu spielen."

„Ich habe es nicht direkt angeboten. Ich wurde dazu abkommandiert."

„Es war trotzdem nett von Ihnen."

Er holte sie an der Tür ein. „Ich könnte eine Tasse Kaffee gebrauchen."

C. C. zögerte nur einen Moment. „In Ordnung. Ich mache welchen. Sieht so aus, als hätten Sie ihn sich verdient." Sie warf einen Blick über ihre Schulter zurück, als sie die Treppe hinunterging. „Wie ist denn Ihr Hemd so nass geworden?"

„Oh!" Er fuhr sich mit der Hand darüber und wurde leicht verlegen. „Ein Volltreffer mit einem Todesstrahl, getarnt als Wasserpistole. Also, wie war Ihr Tag?"

„Nicht annähernd so abenteuerlich wie Ihrer." Sie ging in die Küche und steuerte direkt den Herd an. „Ich habe nur einen Motor wieder zusammengebaut."

Als der Kaffee durchlief, machte C. C. Feuer im Kamin in der Küche.

Sie hatte Regentropfen im Haar, bemerkte Trent. Er war kein lyrischer Mensch, aber er ertappte sich bei dem Gedanken, dass die Wassertropfen wie Diamanten wirkten, die über eine schimmernde Samtkappe rannen.

Er hatte immer Frauen mit langen Haaren bevorzugt, wie er sich ins Gedächtnis rief, feminin, sanft, wellig.

Und dennoch, der Stil passte zu C. C., enthüllte ihren schlanken Hals und bildete einen perfekten Rahmen für ihre herrlich weiße Haut.

„Worauf starren Sie?"

Er blinzelte und schüttelte den Kopf „Auf nichts. Tut mir Leid, ich habe bloß nachgedacht. Es ist – äh … Ein Feuer in der Küche hat etwas Anheimelndes an sich."

„Hm." Er sieht seltsam aus, fand sie. Vielleicht lag es am Fehlen der Krawatte. „Möchten Sie Milch in Ihren Kaffee?"

„Nein, schwarz."

Ihr Arm streifte ihn, als sie zum Herd ging. Diesmal war Trent es, der zurückwich. „Hat Tante Coco gesagt, wohin sie gehen wollte?"

Vielleicht ist die Luft mit statischer Elektrizität aufgeladen, dachte er. Das würde den Schlag erklären, den er verspürt hatte, als sie ihn berührte. „Eigentlich nicht. Es spielt auch keine Rolle. Die Kinder haben Spaß gemacht."

C. C. betrachtete sein Gesicht, als sie ihm eine Henkeltasse reichte. „Ich glaube, Sie meinen das ernst."

„Das tue ich. Vielleicht war ich nicht lange genug mit Kindern zusammen, um genug von ihnen zu haben. Die zwei sind vielleicht ein Paar."

„Suzanna ist eine großartige Mutter." Behaglich lehnte C. C. sich gegen die Theke und nahm einen Schluck. „Sie hat mit mir geübt. Und, wie läuft Ihr Wagen?"

„Besser als seit Monaten." Er prostete ihr mit seiner Tasse zu. „Ich fürchte, ich habe gar nicht gemerkt, dass etwas nicht in Ordnung war, bis Sie daran gearbeitet hatten. Ich verstehe überhaupt nichts von Motoren."

„Das ist schon in Ordnung. Ich habe dafür keine Ahnung, wie man eine Firmenübernahme einfädelt."

„Tut mir Leid, dass Sie nicht da waren, als ich meinen Wagen abholte. Hank sagte, Sie wären zum Dinner weggefahren. Ich vermute, Sie haben sich gut unterhalten. Sie sind erst spät heimgekommen."

„Ich unterhalte mich immer gut mit Finney." Sie drehte sich zur Seite, um ein Glas mit Plätzchen zu plündern, und bot Trent dann eines an, während er versuchte, das eifersüchtige Nagen zu ignorieren.

„Ein alter Freund?"

„So könnte man das nennen." C. C. holte tief Luft und schickte sich an, mit der Rede zu beginnen, die sie den ganzen Tag geübt hatte. „Ich möchte diese Geschichte klären, die Sie gestern angesprochen haben."

„Das ist nicht nötig. Ich habe schon verstanden."

„Ich hätte alles erklären können, ohne so hart zu Ihnen zu sein."

Er legte seinen Kopf schief und betrachtete sie nachdenklich. „Hätten Sie das wirklich gekonnt?"

„Ich möchte es zumindest glauben." Entschlossen, reinen Tisch zu machen, stellte sie ihren Kaffee weg. „Ich war verlegen, und wenn ich verlegen bin, macht mich das wütend. Diese ganze Situation ist schwierig."

Er konnte noch immer sehr klar und deutlich hören, wie unglücklich ihre Stimme geklungen hatte, als sie letzte Nacht mit Suzanna sprach. „Ich glaube, ich fange an, das zu verstehen."

Ihre Augen richteten sich wieder auf ihn. Sie seufzte. „Nun ja, wie auch immer, ich kann nicht anders, als Ihnen übel zu nehmen, dass Sie The Towers kaufen wollen und wir es vielleicht zulassen müssen. Aber das hat nichts mit Tante Cocos Manövern zu tun. Als ich nicht mehr wütend war, wurde mir klar, dass Ihnen die Sache genauso peinlich war wie mir. Sie waren nur so verdammt höflich."

„Das ist eine schlechte Angewohnheit von mir."

„Wem sagen Sie das." C. C. winkte ihm mit einem halben Plätzchen zu. „Hätten Sie nicht den Kuss in die Diskussion geworfen …"

„Mir ist klar, dass es sich dabei um eine Fehleinschätzung gehandelt hat. Aber da ich mich schon dafür entschuldigt hatte, dachte ich, wir könnten ihn vernünftig abhandeln."

„Ich wollte keine Entschuldigung", murmelte C. C. „Weder zu dem Zeitpunkt noch jetzt."

„Verstehe."

„Nein, tun Sie nicht. Ganz bestimmt nicht. Ich meinte, eine Entschuldigung war unnötig. Ich mag unerfahren sein, gemessen an Ihrem Standard, und ich mag nicht so weltgewandt sein wie die Frauen, an die sie gewöhnt sind, aber ich bin nicht so dumm, dass ich wegen eines albernen Kusses anfange, Tagträumen nachzuhängen."

Sie wurde schon wieder wütend und war entschlossen, sich abzureagieren. Nach einem tiefen reinigenden Atemzug versuchte sie es noch einmal.

„Ich möchte einfach den Kuss und unser gestriges Gespräch hinter uns lassen, total und vollständig. Sollte es dahin kommen, dass wir geschäftlich miteinander zu verhandeln haben, ist es auf jeden Fall klüger, wenn wir höflich miteinander umgehen können."

„Ich mag Sie so", warf Trent ein.

„Wie?"

„Wenn Sie mich nicht unter Beschuss nehmen."

Sie aß ihr Plätzchen auf und lächelte. „Gewöhnen Sie sich bloß nicht daran. Alle Calhouns haben ein scheußliches Temperament."

„Somit bin ich gewarnt. Waffenstillstand?"

„Ja, warum nicht? Noch ein Plätzchen?"

Er starrte sie wieder an, und ihre Augen weiteten sich, als er eine Hand ausstreckte und mit den Fingerspitzen über ihr Haar strich.

„Was machen Sie da?"

„Ihr Haar ist feucht." Trent streichelte es wieder fasziniert. „Es duftet wie nasse Blumen."

„Trent …"

Er lächelte. „Ja?"

„Ich glaube nicht, dass das die beste Art ist, mit der Situation fertig zu werden."

„Wahrscheinlich nicht." Doch seine Finger wanderten durch ihr Haar zu ihrem Nacken. Er merkte, dass sie erschauerte. „Ich kann Sie nicht ganz aus meinen Gedanken verbannen. Und ich verspüre immer wieder diesen unwiderstehlichen Drang, Sie zu berühren. Warum nur?"

„Weil ..." sie befeuchtete ihre Lippen, „ich Sie ärgere."

„Oh, das tun Sie, ohne Frage." Er drückte seine Finger gegen ihren Nacken und holte sie einen Zentimeter näher. „Aber nicht einfach so, wie Sie das meinen. Es ist überhaupt nicht einfach, obwohl es das sein sollte." Seine andere Hand strich über den Kragen ihres Arbeitshemds und legte sich unter ihr Kinn. „Andererseits, warum sollte ich jedes Mal, wenn ich in Ihre Nähe komme, dieses starke Verlangen verspüren, Sie zu berühren?"

„Ich weiß es nicht." Seine Finger glitten leicht wie eine Feder zu dem Puls hinunter, der an ihrem Hals pochte. „Ich wünschte, Sie würden mich nicht ..."

„Was?"

„Berühren."

Er ließ seine Hand an ihrem Ärmel hinab zu ihrer verbundenen Hand gleiten und hob sie an seine Lippen. „Warum?"

„Weil Sie mich nervös machen."

Etwas flammte in seinen Augen auf und ließ sie fast schwarz erscheinen. „Sie wollen überhaupt nicht provozierend sein, nicht wahr?"

„Ich wüsste gar nicht, wie ich das anstellen sollte." C. C.s Augen schlossen sich, während sie wohlig stöhnte, als seine Lippen über ihre Wange strichen.

„Flieder", murmelte Trent und zog sie näher. Er hatte mal gedacht, was für gewöhnliche Blüten das doch waren. „Ich kann ihn fast an Ihnen schmecken, wild und süß."

Ihr Widerstand schmolz dahin, als sein Mund über ihre Lippen wanderte. Soviel leichter, soviel sanfter als beim ersten Mal. Es war nicht richtig, dass er das mit ihr anstellen konnte. Jener Teil ihres Verstandes, der noch immer vernünftig arbeitete, schrie es beinahe. Doch selbst das wurde von der Flut heißer Begierden erstickt.

„Catherine." Trent umrahmte ihr Gesicht mit seinen Händen, während er verführerisch an ihren Lippen knabberte. „Küss mich."

Sie wollte den Kopf schütteln, sich von ihm lösen und lässig davonschlendern, vielleicht sogar eiskalt aus dem Raum stürmen. Stattdessen sank sie in seine Arme, und ihr Mund hob sich ihm entgegen.

Seine Finger spannten sich an, bevor er es verhindern konnte, und glitten dann tiefer, um sie enger an sich zu ziehen.

Er konnte und wollte an nichts anderes denken, nicht an Folgen, an Regeln, an einen Verhaltenskodex.

Zum ersten Mal, seit er sich erinnern konnte, wollte er nur fühlen. Diese heftigen und süßen Empfindungen, die sie in ihm hochsteigen ließ, waren mehr als genug für jeden Mann.

C. C. war stark, war es immer gewesen, aber nicht stark genug, um die Zeit daran zu hindern, stehen zu bleiben. Sie erkannte, dass es dieser Moment war, auf den sie ihr ganzes Leben gewartet hatte. Als ihre Hände an seinem Rücken höher glitten, hielt sie den Moment so vollständig fest wie Trent.

Das Feuer knisterte im Kamin. Der Regen trommelte. Der leichte, würzige Duft der Kräutersträußchen, die Lilah überall im Haus verteilt hatte, hing in der Luft. Seine Arme waren so stark und sicher und doch von einer Sanftheit, die sie nicht von ihm erwartet hatte.

Sie würde sich immer an alles erinnern, an jedes noch so kleine Detail, zusammen mit der sonderbaren Erregung, die von seinem Mund ausstrahlte, an den Klang ihres Namens, den er an ihren Lippen flüsterte.

Er schob sie von sich, diesmal langsam und heftiger getroffen, als er zugeben wollte. Während er sie betrachtete, fuhr sie sich mit der Zungenspitze über ihre Lippen, als wollte sie ein letztes Mal den Geschmack genießen.

Diese kleine, unbewusste Geste brachte ihn fast auf die Knie.

„Diesmal keine Entschuldigung", flüsterte er mit rauer Stimme.

„Nein."

Trent drückte noch einmal seine Lippen gegen die ihren. „Ich will dich. Ich will dich lieben."

„Ja." Es war eine köstliche Erleichterung, und C. C. lächelte beseligt. „Ja."

„Wann?" Er vergrub sein Gesicht in ihrem Haar. „Wo?"

„Ich weiß es nicht." Sie schloss die Augen vor Verzückung. „Ich kann nicht denken."

„Das ist gut." Er küsste sie auf die Schläfe, die Wange, den Mund. Jetzt ist nicht der Zeitpunkt zum Denken."

„Es muss perfekt werden."

„Das wird es sein." Trent umfasste liebevoll ihr Gesicht. „Ich werde es dir beweisen."

Sie glaubte ihm – seinen Worten und dem, was sie in seinen Augen sah. „Ich kann es nicht glauben, dass du es sein wirst." Lachend schlang sie ihre Arme um ihn. „Ich kann nicht glauben, dass ich mein ganzes Leben lang darauf gewartet habe, mit einem Mann verbunden zu sein, und dass du es sein wirst."

Seine Hand stockte auf dem Weg zu ihren Haaren. „Dein ganzes Leben lang?"

Träumerisch vor Liebe, drückte sie ihn fester an sich. „Ich dachte, ich würde beim ersten Mal Angst haben, aber ich habe keine, nicht bei dir."

„Beim ersten Mal." Er schloss die Augen. Ihr erstes Mal. Wie hatte er so dumm sein können? Er hatte ihre Unerfahrenheit erkannt, aber nicht geglaubt, dass sie völlig unschuldig sein könnte. Und er hätte sie beinahe in ihrer eigenen Küche verführt!

„Ich habe Durst", klagte Alex an der Tür und brachte sie dazu, wie schuldige Kinder auseinander zu fahren. Alex betrachtete sie beide misstrauisch. „Warum macht ihr so was? Das ist widerlich." Er warf Trent einen schmerzlichen Blick von Mann zu Mann zu. „Ich kapiere nicht, warum einer herumrennt und Mädchen küsst."

„Das gewöhnt man sich an", erklärte Trent. „Ich gebe dir jetzt was zu trinken, und dann muss ich noch einen Moment mit deiner Tante sprechen – ungestört."

„Noch mehr Schmatzerei."

„Was denn für Schmatzerei?" wollte Amanda wissen, als sie in die Küche gefegt kam.

„Nichts." C. C. griff nach der Kaffeekanne.

„Himmel, hatte ich einen Tag", begann Amanda und schnappte sich ein Plätzchen.

Suzanna kam zwei Sekunden später herein, gefolgt von Lilah. Als sich die Küche mit weiblichem Lachen und Duft erfüllte, wusste Trent, dass er seine Chance verloren hatte.

Als C. C. ihn quer durch den Raum anlächelte, fürchtete er, dass er zugleich mit der Chance seinen Kopf verloren hatte.

6. KAPITEL

Es war Trents erste Séance. Er hoffte, es würde auch seine letzte sein. Aber es gab einfach keine höfliche Art, seine Teilnahme abzusagen.

Als er meinte, dies wäre ein Abend nur für die Familie, lachte Coco bloß und tätschelte ihm die Wange.

„Mein Lieber, es käme uns gar nicht in den Sinn, Sie auszuschließen. Wer weiß, der ruhelose Geist könnte geneigt sein, durch Sie zu sprechen."

Diese Möglichkeit trug nur wenig zu seiner Aufmunterung bei.

Sobald die Kinder für die Nacht ins Bett gebracht worden waren, versammelte sich der Rest der Familie zusammen mit dem zögernden Trent um den Tisch im Speisezimmer.

Die Szenerie war vorbereitet.

Zwölf Kerzen flackerten auf der Anrichte. Billigkerzenhalter aus dem Supermarkt Seite an Seite mit Meißen und Baccarat. Ein weiteres Trio von schlanken weißen Kerzen leuchtete in der Mitte des Tisches.

Sogar die Natur schien sich des Geists der Sache angenommen zu haben, wenn man so wollte.

Der Regen hatte sich in einen nassen Schneeschauer verwandelt, der von einem heulenden Wind gepeitscht wurde. Als warme und kalte Luft aufeinander prallten, zuckten Blitze und dröhnten Donnerschläge.

Es ist eine dunkle, stürmische Nacht, dachte Trent fatalistisch, als er seinen Platz einnahm.

Coco hatte nicht, wie er heimlich befürchtet hatte, einen Turban aufgesetzt und einen breiten Schal um die Schultern gelegt. Wie immer war sie akkurat hergerichtet. Um ihren Hals trug sie einen großen Amethyst, mit dem sie pausenlos spielte.

„Also, Kinder", rief sie, „ergreift euch an den Händen und bildet einen Kreis!"

Der Wind fing sich an dem Fenster, als C. C. ihre Finger in Trents Hand legte. Coco ergriff seine andere Hand.

Direkt ihm gegenüber lächelte Amanda. Ihre Belustigung und ihr Mitgefühl waren offensichtlich, als sie die Hände ihrer Tante und von Suzanna ergriff.

„Keine Sorge, Trent", sagte sie zu ihm. „Die Calhoun-Geister benehmen sich immer gut, wenn Besuch da ist."

„Konzentration ist wichtig", erklärte Lilah, als sie die Lücke zwischen ihrer ältesten und jüngsten Schwester schloss. „Eine Grundbedingung, wirklich. Sie brauchen nur Ihre Gedanken zu befreien, vor allem von jedem Zynismus." Sie blinzelte Trent zu. „Vom astrologischen Standpunkt her ist es eine hervorragende Nacht für eine Séance."

C. C. drückte seine Hand rasch und beruhigend, als Coco das Kommando übernahm.

„Wir alle müssen unsere Gedanken klären und unsere Herzen öffnen." Sie sprach beschwichtigend eintönig. „Seit einiger Zeit fühle ich, dass meine Großmutter, die unglückliche Bianca, Kontakt zu mir aufnehmen wollte. Dies hier war ihr Sommerhaus in den letzten Jahren ihres jungen Lebens. Der Ort, an dem sie ihre freudigsten und tragischsten Zeiten verbrachte. Der Ort, an dem sie den Mann, den sie liebte, traf und verlor." Sie schloss ihre Augen und holte tief Luft. „Wir sind hier, Großmama, und warten auf dich. Wir wissen, dein Geist ist beunruhigt."

„Hat ein Geist einen Geist?“ wollte Amanda wissen und handelte sich einen strafenden Blick von ihrer Tante ein. „Das ist nur eine vernünftige Frage.“

„Benimm dich“, murmelte Suzanna. „Weiter, Tante Coco!“

Sie saßen schweigend da. Nur Cocos monotone Stimme war durch das Knistern des Feuers und das Fauchen des Windes zu hören.

Trents Gedanken waren nicht frei. Sie waren davon erfüllt, wie C. C. sich in seine Arme geschmiegt hatte, mit den Erinnerungen daran, wie süß und bereitwillig sich ihr Mund für ihn geöffnet hatte. Wie sie ihn mit strahlenden Augen angesehen hatte, wie sie sich ganz ihren Gefühlen hingegeben hatte, die er ohne Bedacht in ihr geweckt hatte. Schuldgefühle erstickten ihn fast.

C. C. war nicht wie Marla oder all die anderen Frauen, denen er in den letzten Jahren kühl den Hof gemacht hatte. Sie war so ganz anders, unschuldig und offen und trotz eines starken Willens und einer manchmal scharfen Zunge leicht verwundbar. Er hatte das auf unentschuldbare Weise ausgenutzt.

Nicht, dass es ganz seine Schuld war, erinnerte er sich. Sie war immerhin eine schöne, begehrenswerte Frau. Und er war auch nur ein Mensch. Die Tatsache, dass er sie wollte, auf einer strikt körperlichen Ebene, war nur natürlich …

Trent sah C. C. an, als sie gerade den Kopf wandte und ihm zulächelte. Trent musste den Drang unterdrücken, ihre Hand an seine Lippen zu heben und den Geschmack ihrer Haut in sich aufzunehmen.

Sie berührte etwas in ihm, verdammt noch mal. Etwas, von dem er wild entschlossen war, dass es nicht berührt werden sollte.

Wenn sie ihn anlächelte – und sogar, wenn sie ihn finster ansah –, brachte sie ihn dazu, mehr zu fühlen, mehr zu wollen, sich mehr zu wünschen. Mehr als jede andere Frau, die er jemals kennen gelernt hatte, bewirkte sie das in ihm.

Es war lächerlich.

Sie waren in jeder Hinsicht meilenweit voneinander entfernt. Und dennoch, mit ihrer Hand so warm in der seinen, genau wie jetzt, fühlte er sich ihr näher, mehr mit ihr auf gleicher Wellenlänge, als jemals mit irgendjemandem sonst.

Er konnte sogar sehen, wie sie beide im Sommer auf einer sonnigen Veranda saßen und zusahen, wie Kinder im Gras spielten. Das Rauschen der See war so besänftigend wie ein Wiegenlied. Die Luft duftete nach den Rosen, die an dem Spalier hochkletterten. Und nach Flieder, der hier überall wild wuchs, wo es ihm gerade gefiel.

Er blinzelte und fürchtete schon, sein Herz wäre stehen geblieben. Das Bild war so klar und so erschreckend gewesen. Es ist nur die Atmosphäre, redete er sich ein. Die flackernden Kerzen, der Wind und die Blitze – das alles spielte seiner Fantasie einen Streich.

Trent war nicht der Mann, der auf einer Veranda mit einer Frau saß und Kindern zusah. Er hatte einen Job, musste eine Firma leiten.

Die Vorstellung, eine Beziehung zu einer übellaunigen Automechanikerin einzugehen, war schlichtweg absurd.

Kalte Luft streifte sein Gesicht. Als er sich steif aufrichtete, sah er, wie die Kerzenflammen sich dramatisch nach links neigten. Nur ein Zug, sagte er sich, als ihm die Kälte bis auf die Knochen vordrang. Überall in diesem Haus gab es Zug.

Er fühlte C. C.s Schauer. Als er sie anschaute, waren ihre Augen weit und dunkel. Ihre Finger krampften sich fest um seine Hand.

„Sie ist hier." Überraschung und Erregung schwangen in Cocos Stimme. „Ich bin ganz sicher."

In ihrer Begeisterung hätte sie um ein Haar ihre Hände zurückgezogen und die Kette unterbrochen. Sie hatte stets daran geglaubt – nun ja, hatte daran glauben wollen –, aber sie hatte nie wirklich eine „Anwesenheit" so deutlich empfunden.

Über den Tisch hinweg strahlte sie Lilah an, doch ihre Nichte hatte die Augen geschlossen, und ein schwaches Lächeln spielte um ihre Lippen.

„Ein Fenster muss sich irgendwo geöffnet haben", sagte Amanda und wäre aufgesprungen, um nachzusehen, hätte Coco sie nicht angefaucht.

„Nichts dergleichen! Alle bleiben still sitzen! Sie ist hier. Könnt ihr es denn nicht fühlen?"

C. C. fühlte es, und sie wusste nicht, ob sie sich dumm vorkommen oder Angst haben sollte. Irgendetwas war anders. Sie war sicher, dass Trent es ebenfalls empfand.

Es war so, als hätte jemand sanft eine Hand über ihre und Trents miteinander verschlungene Hände gelegt.

Die Kälte verschwand und wurde von einer besänftigenden, tröstlichen Wärme ersetzt, die so real war, dass C. C. über ihre Schulter blickte, weil sie sicher war, jemanden hinter ihr stehen zu sehen.

Doch sie nahm nichts als den Tanz des Kaminfeuers und der Kerzenflammen wahr.

„Sie ist so verloren." C. C. stieß einen unterdrückten Ruf aus, als ihr bewusst wurde, dass sie es war, die gesprochen hatte. Alle Augen richteten sich auf sie. Sogar Lilahs Augen öffneten sich träge.

„Siehst du sie?" fragte Coco flüsternd und drückte C. C.s Finger.

„Nein, natürlich nicht. Es ist nur …" Sie konnte es nicht erklären. „Es ist so traurig", murmelte sie, ohne zu merken, dass Tränen in ihren Augen glitzerten. „Könnt ihr es nicht fühlen?"

Trent konnte, und es machte ihn sprachlos. Ein gebrochenes Herz und ein Sehnen, das so tief war, dass man es nicht ermessen konnte.

Einbildung, sagte er sich, die Kraft der Suggestion.

„Lass den Kontakt nicht abbrechen." Coco suchte verzweifelt nach einer angemessenen Vorgehensweise. Jetzt, da tatsächlich etwas geschehen war, hatte sie keinen Anhaltspunkt. Ein Blitz ließ sie zusammenzucken. „Glaubst du, sie wird durch dich sprechen?"

Am anderen Ende des Tisches lächelte Lilah. „Erkläre uns einfach, was du siehst, Kleines."

„Eine Halskette", hörte C. C. sich sagen. „Zwei Reihen Smaragde, flankiert von Diamanten – wunderschön leuchtend." Das Glitzern schmerzte in ihren Augen. „Sie trägt die Halskette, aber ich kann ihr Gesicht nicht sehen. Oh, sie ist so unglücklich."

„Die Calhoun-Halskette", hauchte Coco. „Dann ist es also wahr."

Als wäre ein Seufzer durch den Raum geweht, flackerten die Kerzen erneut und brannten daraufhin ganz ruhig. Ein Scheit knackte im Kamin.

„Sehr merkwürdig", sagte Amanda, als die Hand ihrer Tante schlaff von der ihren glitt. „Ich kümmere mich um das Kaminfeuer."

„Kleines." Suzanna betrachtete C. C. mit genauso viel Sorge wie Neugierde. „Alles in Ordnung?"

„Ja." C. C. räusperte sich. „Sicher." Sie warf Trent einen flüchtigen Blick zu. „Ich vermute, das Gewitter hat sich irgendwie auf mich ausgewirkt."

Coco hob eine Hand an ihre Brust und tippte auf die Stelle, an der ihr Herz schlug. „Ich glaube, wir alle könnten ein Glas Brandy gebrauchen." Erschütterter, als sie einräumen wollte, erhob sie sich und ging zur Anrichte.

„Tante Coco", begann C. C. „Was ist die Calhoun-Halskette?"

„Die Smaragde." Sie verteilte die Cognacschwenker. „Es gibt eine Legende, die innerhalb der Familie weitererzählt wurde. Du kennst einen Teil davon – wie Bianca sich in einen anderen Mann verliebte und tragisch starb. Ich nehme an, es ist höchste Zeit, dass ich euch den Rest erzähle."

„Du hast ein Geheimnis bewahrt?" Amanda lächelte, während sie den Brandy in ihrem Glas kreisen ließ. „Tante Coco, du erstaunst mich."

„Ich wollte auf den richtigen Zeitpunkt warten. Der scheint nun gekommen zu sein." Sie nahm wieder ihren Platz ein und wärmte den Brandy zwischen ihren Händen an. „Man erzählt sich, dass Biancas Geliebter ein Künstler war, einer von den vielen, die in jenen Tagen auf die Insel kamen. Sie pflegte sich mit ihm zu treffen, wenn Fergus nicht im Haus war, was oft der Fall war. Die Ehe der beiden war nicht gerade arrangiert, kam dem aber sehr nahe. Bianca war Jahre jünger als Fergus, und offenbar war sie auch sehr schön. Da Fergus nach ihrem Tod all ihre Bilder zerstörte, wissen wir das nicht mit Sicherheit."

„Warum?" fragte Suzanna. „Warum hat er das getan?"

„Gram, vielleicht." Coco zuckte die Schultern.

„Viel eher Zorn", warf Lilah ein.

„Wie auch immer." Coco nahm einen kleinen Schluck. „Er zerstörte alle Erinnerungen an sie, und die Smaragde gingen verloren. Er hatte Bianca die Halskette geschenkt, als sie Ethan, ihren ältesten Sohn, gebar." Sie warf einen Blick auf Trent. „Mein Vater. Er war noch ein Kind zum Zeitpunkt des Todes seiner Mutter, sodass diese Ereignisse in seiner Erinnerung nie ganz klar waren. Doch seine Nanny, die Bianca gegenüber treu ergeben war, erzählte ihm Geschichten über sie. Und an die erinnerte er sich. Sie machte sich nichts aus der Halskette, trug sie aber oft."

„Als eine Art von Strafe", bemerkte Lilah. „Und als Talisman." Sie lächelte ihrer Tante zu. „Oh, ich weiß schon seit Jahren von der Halskette. Ich habe sie gesehen, genau wie C. C. heute Abend." Sie hob das Glas an ihre Lippen. „Es gibt auch noch passende Ohrringe, Smaragdtropfen, genau wie der Stein in der Mitte der unteren Kette."

„Das erfindest du doch nur", warf Amanda ihr vor, und Lilah zuckte mit den Schultern.

„Nein, tue ich nicht." Sie lächelte C. C. zu. „Oder?"

„Du hast es nicht erfunden." Unbehaglich sah C. C. ihre Tante an. „Was bedeutet das alles?"

„Ich bin mir da gar nicht sicher, aber ich denke, dass diese Halskette für Bianca noch immer wichtig ist. Die Kette wurde nie mehr nach ihrem Tod gesehen. Manche Leute glaubten, Fergus habe sie in die See geworfen."

„Auf gar keinen Fall", behauptete Lilah. „Der alte Herr hätte nicht einen Dollar ins Meer geworfen, viel weniger eine Smaragdhalskette."

„Nun ja …" Coco sprach nicht gern schlecht über einen Vorfahren, war jedoch gezwungen, ihr recht zu geben. „Das hätte tatsächlich seinem Charakter widersprochen. Grandpa hat jeden Penny gezählt."

„Was wurde nun aus der Halskette?" wollte Amanda wissen.

„Das, meine Liebe, ist ein Mysterium. Meines Vaters Nanny erzählte ihm, Bianca wollte Fergus verlassen und hatte eine Kassette gepackt, die die Nanny eine Schatztruhe nannte. Bianca hatte versteckt, was für sie am wertvollsten war."

„Doch sie starb", murmelte C. C.

„Ja. Die Legende besagt, dass diese Kassette mit ihrem Schatz irgendwo im Haus versteckt ist."

„In unserem Haus?" Suzanna starrte ihre Tante überrascht an. „Glaubst du wirklich, dass hier irgendeine Schatztruhe versteckt ist seit achtzig Jahren, und keiner hat sie bisher gefunden?"

„Es ist ein sehr großes Haus", antwortete Coco. „Womöglich hat sie die Kassette bei den Rosen vergraben."

„Falls sie überhaupt existiert hat", sagte Amanda.

„Sie hat existiert." Lilah nickte C. C. zu. „Und ich denke, Bianca hat entschieden, dass es Zeit wird, den Schatz zu finden."

Als alle gleichzeitig zu reden begannen und Argumente und Vorschläge über den Tisch hin und her flogen, hob Trent eine Hand.

„Ladies! Ladies!“ wiederholte er und wartete, bis sie verstummten. „Mir ist bewusst, dass es sich hier um eine Familienangelegenheit handelt, aber da ich eingeladen wurde, an diesem Experiment teilzunehmen, fühle ich mich gedrängt, etwas zur Beruhigung der Lage beizutragen. Legenden werden meistens übertrieben und im Lauf der Zeit ausgeschmückt. Falls es jemals eine Halskette gegeben hat, wäre es da nicht am wahrscheinlichsten, dass Fergus sie nach dem Tod seiner Frau verkauft hat?“

„Aber er konnte sie nicht verkaufen“, warf Lilah ein, „wenn er sie nicht fand.“

„Glaubt wirklich eine von Ihnen, Ihre Urgroßmutter hätte einen Schatz im Garten vergraben oder hinter einem losen Stein versteckt?“ Ein Blick in die Runde zeigte ihm, dass sie genau das glaubten. Trent schüttelte den Kopf. „Ein solches Märchen passt doch eher zu Alex und Jenny als zu erwachsenen Frauen.“ Er breitete seine Hände aus. „Sie wissen doch nicht einmal, ob es überhaupt jemals eine Halskette gegeben hat.“

„Aber ich habe sie gesehen“, behauptete C. C., obwohl sie sich dabei albern vorkam.

„Das war Einbildung“, verbesserte Trent sie. „Denken Sie alle doch bitte darüber nach. Vor wenigen Minuten saßen sechs vernünftige Erwachsene um diesen Tisch, hielten einander an den Händen und beschworen einen Geist. Das ist ganz in Ordnung als ein etwas sonderbares Salonspiel, aber dass tatsächlich irgendjemand an eine Botschaft aus dem Jenseits glaubt ...“ Er wollte ganz bestimmt nicht hinzufügen, dass er für einen Moment etwas gespürt hatte.

„Es ist schon etwas Ansprechendes an einem zynischen, praktisch denkenden Mann.“ Lilah stand auf, öffnete eine Schublade der Anrichte und nahm einen Block und einen Stift heraus. Nachdem sie sich neben C. C.s Stuhl gekniet hatte, begann sie zu zeichnen. „Ich respektiere Ihre Meinung, aber Tatsache ist, dass diese Halskette nicht nur existiert hat, sondern meiner Ansicht nach noch immer existiert.“

„Wegen der Gutenachtgeschichten einer Nanny?“

Sie lächelte ihm zu. „Nein, wegen Bianca.“ Sie schob C. C. den Block zu. „Hast du das hier heute Abend gesehen?“

Lilah war immer eine lässige und geschickte Künstlerin gewesen. C. C. blickte auf die grobe Skizze der Halskette – zwei verzierte und filigrane Reihen rechteckig geschliffener Smaragde besetzt mit Brillanten. Von der unteren Kette hing ein tropfenförmiger Stein.

„Ja.“ C. C. fuhr mit einer Fingerspitze darüber. „Ja, das ist die Halskette.“

Trent betrachtete die Zeichnung. Falls ein solches Schmuckstück existierte und Lilahs Zeichnung auch nur annähernd maßstabsgetreu war, musste es unzweifelhaft ein Vermögen wert sein.

„Oh, du meine Güte“, murmelte Coco, als der Notizblock zu ihr gelangte. „Oh, du meine Güte.“

„Ich glaube, Trent hat durchaus recht.“ Amanda warf einen scharfen Blick auf die Skizze, ehe sie Suzanna den Block reichte. „Wir können kaum das Haus Stein für Stein auseinander nehmen, selbst wenn wir das wollten. Trotz aller übersinnlichen Erfahrungen muss der oberste Grundsatz in der Angelegenheit sein, dass wir sichergehen, absolut sicher“, fügte sie hinzu, als Lilah seufzte, „dass die Halskette eine Tatsache ist. Selbst vor achtzig Jahren muss ein solches Stück eine unglaubliche Summe gekostet haben. Es muss Unterlagen geben. Falls Lilahs berühmte Wellen falsch sind und die Halskette wieder verkauft wurde, müsste es darüber auch eine Aufzeichnung geben.“

„Gesprochen wie eine wahre Spaßverderberin“, klagte Lilah. „Das bedeutet vermutlich, dass wir unseren Sonntag damit verbringen, uns durch einen Berg von Papieren zu wühlen.“

C. C. versuchte nicht einmal zu schlafen.

Sie wickelte sich in ihren Flanellmorgenmantel, und während um sie herum das Haus knackte und knarrte, verließ sie ihr Zimmer, um zu Trent zu gehen.

Aus Amandas Raum hörte sie das Murmeln der Spätnachrichten. Dann das Summen von Sitars aus Lilahs Zimmer. Es kam ihr gar nicht in den Sinn, sich befangen zu fühlen oder auch nur zu zögern. Sie klopfte an Trents Tür und wartete darauf, dass er öffnete.

Als er es tat, sein Hemd offen und seine Augen ein wenig schläfrig, verspürte sie ein erstes Prickeln auf ihrer Haut.

„C. C.?“

„Ich muss mit dir sprechen.“ Sie blickte auf das Bett und wandte den Blick wieder ab. „Darf ich hereinkommen?“

Wie sollte ein Mann sich fair verhalten, wenn sogar Flanell erotisch wirkte? „Vielleicht wäre es besser, wir warten bis zum Morgen.“

„Ich glaube nicht, dass ich das kann."

Er verspürte ein bekanntes Ziehen in seinen Lenden. „In Ordnung. Sicher." Je schneller er ihr seinen Standpunkt erklärte, desto besser – hoffte Trent. Er ließ sie ein und schloss die Tür. „Willst du dich setzen?"

„Zu viel nervöse Energie." Sie schlang die Arme um ihren Oberkörper und ging zum Fenster. „Es hat zu schneien aufgehört. Freut mich. Suzanna hat sich um ihre Blumen Sorgen gemacht. Der Frühling ist auf dieser Insel so unberechenbar." Sie fuhr sich mit den Fingern durch ihre Haare und drehte sich um. „Ich plaudere nur so daher, und ich hasse das." Ein tiefer Atemzug beruhigte sie. „Trent, ich muss wissen, was du wirklich über den heutigen Abend denkst."

„Über den heutigen Abend?" fragte er behutsam.

„Über die Séance." Sie rieb über ihr Gesicht. „Himmel, ich komme mir wie ein Dummkopf vor, wenn ich es ausspreche, aber … Trent, irgendetwas ist geschehen." Sie streckte ihm ihre ruhelosen Hände entgegen und wartete darauf, dass er sie ergriff. „Ich bin sehr erdverbunden, sehr praktisch in meinem Denken. Lilah ist diejenige, die an all dieses Zeug glaubt. Aber jetzt … Trent, ich muss es wissen. Hast du irgendetwas gefühlt?"

„Ich weiß nicht, was du meinst. Ich habe mich ganz bestimmt ein paar Mal albern gefühlt."

„Bitte!" Sie schüttelte ungeduldig seine Hände. „Sei ehrlich zu mir, es ist wichtig."

Hatte er sich nicht selbst versprochen, ehrlich zu sein? „Also schön, C. C. Sag mir, was du gefühlt hast."

„Die Luft wurde sehr kalt. Dann war es, als würde etwas – jemand – hinter uns stehen. Hinter und zwischen uns beiden. Es war nichts, das mir Angst gemacht hätte. Ich war überrascht, aber nicht erschrocken. Wir hielten uns an den Händen, genau wie jetzt. Und dann …"

Sie wartete darauf, dass Trent es sagte, dass er zugab, etwas gefühlt zu haben. Diese grünen Augen forderten es. Als er es dann tatsächlich tat, geschah es nur sehr zögernd. „Mir war, als würde jemand eine Hand auf unsere Hände legen."

„Ja." Mit geschlossenen Augen zog sie seine Hände an ihre lächelnden Lippen. „Ja, genau so."

„Gemeinsame Halluzination", setzte er an, doch sie schnitt ihm mit einem Lachen das Wort ab.

„Ich will das nicht hören. Keine rationalen Erklärungen." Sie presste seine Hand an ihre Wange. „Ich bin keine schwärmerische Person, aber ich weiß, dass das etwas bedeutet. Etwas Wichtiges. Ich weiß es."

„Die Halskette?"

„Nur ein Teil davon und nicht dieser Teil. Den ganzen Rest – die Halskette, die Legende – klären wir schon noch früher oder später. Ich glaube, wir werden es tun müssen, weil es so vorherbestimmt ist. Aber diese Berührung durch die Hand, das war wie ein Segen."

„Hör mal …"

„Ich liebe dich." Ihre Augen leuchteten, als sie seine Wange berührte. „Ich liebe dich, und nichts in meinem Leben erschien mir jemals so richtig."

Er war sprachlos.

Ein Teil von ihm wollte zurückweichen, freundlich lächeln und ihr erklären, dass sie sich von der Stimmung des Moments hinreißen ließ. Liebe kam nicht innerhalb weniger

Tage. Falls sie überhaupt kam, was selten genug geschah, dauerte es mehrere Jahre.

Ein anderer Teil von ihm, tief in ihm vergraben, wollte sie an sich drücken, damit dieser Augenblick nie zu Ende ging.

„Catherine ..."

Doch sie kam bereits in seine Arme, die er schon ausgebreitet hatte. Als hätte er keine Kontrolle über seine eigenen Arme, schlang er sie um C. C. Ihre Wärme durchdrang ihn wie eine Droge.

„Ich glaube, ich wusste es, als du mich das erste Mal geküsst hast." Sie schmiegte ihre Wange an seinen Kopf. „Ich wollte es nicht, habe auch nicht darum gebeten, aber so war es noch nie zuvor für mich. Ich glaube auch nicht, dass ich es jemals so erwartet habe. Da warst du, so plötzlich, so vollständig in meinem Leben. Küss mich wieder, Trent! Küss mich jetzt!"

Er konnte gar nicht anders, seine Lippen brannten bereits nach ihr.

Als sie aufeinander trafen, sprühten die Funken des Feuers nur noch heißer.

Catherine schmolz förmlich in seinen Armen, jagte Flammenzungen durch seinen Körper. Als er nicht verhindern konnte, dass sein Verlangen größer wurde, zögerte sie nicht, sondern drückte sich gegen ihn und bot ihm alles an.

C. C. schob ihre Hände unter sein Hemd und genoss sein spontanes, unbewusstes Erbeben. Seine Muskeln spannten sich unter ihren Fingern mit jener Kraft an, die sie wollte und brauchte.

Der Wind seufzte vor dem Fenster, so wie sie in seinen Armen seufzte.

Trent konnte nicht genug bekommen. Er wollte sie verschlingen, als seine Lippen wie verrückt über ihr Gesicht glitten, an ihrem Hals hinunter. Seine Zähne rieben behutsam über ihre Haut. Der Duft von Flieder wirbelte durch seinen Kopf.

Sie bog sich zurück, und ihr leises, lustvolles Stöhnen brachte sein Blut in Wallung.

Er musste sie berühren, sonst wurde er noch verrückt. Aber seine Sinne waren aufgepeitscht, auch wenn er es nicht tat. Als sie ihren Morgenmantel öffnete, stöhnte Trent auf. Darunter war sie für ihn nackt. Wie in Trance legte er seine Hände an sie.

Da wusste C. C., wie es war, wenn das Blut kochte. Sie fühlte es förmlich unter ihrer Haut dahinjagen und überall heiß pochen, wo er sie berührte.

Sie verspürte eine herrliche Schwäche, verbunden mit einer wahnsinnigen Stärke. Sie wollte ihm beides schenken und fand den richtigen Weg, als sein Mund sich erneut begierig auf ihre Lippen drückte.

Sie erschauerte, während sie reagierte. Sie überließ sich ihm, während die Hitze anwuchs. Als ihr Kopf nach hinten sank und ihre Finger sich hart in seine Schultern gruben, fühlte er etwas in sich hochsteigen, das mehr war als Verlangen, tiefer als Leidenschaft.

Glück, Hoffnung, Liebe.

Als er die Gefühle erkannte, gesellte sich Entsetzen hinzu.

Mit einem schweren Atemzug wich er zurück.

Ihr Morgenmantel war von einer Schulter geglitten und hatte sie entblößt. Seine Lippen hatten die Stelle bereits gekostet. Ihre Augen leuchteten wie die Smaragde, die sie sich vorgestellt hatte. Lächelnd hob sie ihre zitternde Hand an seine Wange.

„Willst du, dass ich heute Nacht bei dir bleibe?"

„Ja – nein." Trent hielt sie auf Armeslänge von sich, aber es war das Schwerste, was er jemals hatte tun müssen. „Catherine …"

Er wollte, dass sie blieb, das wurde ihm klar. Nicht nur in dieser Nacht, nicht nur wegen ihres herrlichen Körpers. Die Tatsache, dass er sich das wünschte, machte es um so wichtiger, die Dinge gerade zu rücken.

„Ich habe nicht … Ich war nicht fair zu dir, und diese Angelegenheit ist mir so schnell aus den Händen geglitten." Er stieß einen langen Atemzug aus. „Himmel, du bist schön. Nein", sagte er hastig, als sie lächelte und auf ihn zutreten wollte. „Wir müssen miteinander sprechen, nur sprechen."

„Ich dachte, das hätten wir schon."

Wenn sie ihn weiterhin so ansah, würde er auf jede Fairness pfeifen. Oder auf sein eigenes Überleben. „Ich habe mich nicht klar genug ausgedrückt", begann er langsam. „Hätte ich gewusst, hätte ich erkannt, wie unschuldig du bist, hätte ich … Nun, ich hoffe, ich wäre behutsamer gewesen. Jetzt kann ich nur versuchen, es wieder gutzumachen, verstehst du?"

„Nein, ich verstehe nicht."

„Genau das ist das Problem." Da Trent etwas Abstand brauchte, ging er ein Stück weg. „Ich sagte, ich fühlte mich zu dir hingezogen, sehr hingezogen. Und das ist wahr. Aber ich hätte dich nie ausgenutzt, hätte ich eine Ahnung gehabt."

Plötzlich begann sie zu frieren und zog den Morgenmantel um ihren Körper. „Bist du betroffen, weil ich noch nicht mit einem Mann zusammen war?“

„Nicht betroffen.“ Frustriert drehte er sich wieder zu ihr. „Betroffen ist nicht der richtige Ausdruck. Ich kann kein passendes Wort finden. Es gibt Regeln, verstehst du.“ Doch sie starrte ihn nur weiterhin verständnislos an. „Catherine, eine Frau wie du erwartet und verdient mehr, als ich dir geben kann.“

Sie senkte ihren Blick auf ihre Hände, während sie sorgfältig den Gürtel ihres Morgenmantels verknotete. „Und was wäre das?“

„Eine Bindung, eine Zukunft.“

„Eine Ehe“, fügte C. C. hinzu.

„Ja.“

Ihre Knöchel wurden weiß. „Vermutlich denkst du, was ich gesagt habe, wäre Teil von Tante Cocos Plan.“

„Nein.“ In diesem Moment wäre er zu ihr gegangen, hätte er es bloß gewagt. „Nein, das denke ich natürlich nicht.“

„Nun ja.“ Sie kämpfte darum, dass ihre Finger sich entspannten. „Das ist ja auch etwas, nehme ich an.“

„Ich weiß, dass deine Gefühle ehrlich sind, vielleicht übertrieben, aber ehrlich. Und es ist ganz und gar mein Fehler. Wäre dies nicht so schnell passiert, hätte ich dir gleich zu Beginn erklärt, dass ich nicht die Absicht habe, jemals zu heiraten. Ich glaube nicht daran, dass zwei Menschen zueinander loyal sein können, noch viel weniger glücklich für ein ganzes Leben.“

„Warum nicht?“

„Warum nicht?“ Er starrte sie an. „Weil es einfach nicht funktioniert. Ich habe meinen Vater von Heirat zu Scheidung und zurück wechseln gesehen. Das ist, als wäre man Zuschauer bei einem Tennismatch. Als ich das letzte Mal von meiner Mutter hörte, stand sie vor ihrer dritten Hochzeit. Es ist einfach nicht praktisch, Versprechen zu geben, von denen man weiß, dass sie ohnehin gebrochen werden.“

„Praktisch“, wiederholte C. C. nachdenklich und nickte. „Du lässt nicht zu, dass du etwas für mich fühlst, weil es unpraktisch wäre.“

„Das Problem ist, dass ich schon etwas für dich fühle.“

„Nicht genug.“ Nur genug, um ihr das Herz aus dem Leib zu schneiden. „Nun, ich bin froh, dass wir das geklärt haben.“ Jählings wandte sie sich zur Tür. „Gute Nacht.“

„C. C.“ Er legte eine Hand auf ihre Schulter, bevor sie den Türknauf finden konnte.

„Entschuldige dich nicht“, sagte sie und betete, dass ihre Selbstbeherrschung noch ein paar Minuten anhielt. „Das ist nicht nötig, du hast alles perfekt erklärt.“

„Verdammt, warum schreist du mich nicht an? Wirf mir ein paar von den Schimpfnamen an den Kopf, die ich garantiert verdiene.“ Das hätte er der stummen Verzweiflung vorgezogen, die er in ihren Augen erkannt hatte.

„Dich anschreien?“ C. C. zwang sich dazu, sich umzudrehen und ihn anzusehen. „Dafür, dass du fair und aufrichtig bist? Dir Schimpfnamen an den Kopf werfen? Wie kann ich das, Trent, wenn du mir so schrecklich Leid tust?“

Seine Hand löste sich von ihr. C. C. hielt den Kopf hoch. Unter dem Schmerz, dicht darunter, war Stolz.

„Du wirfst etwas weg – nein, du wirfst nicht", verbesserte sie sich. „Du gibst mir höflich etwas zurück, das du nie wieder bekommen wirst. Was du aus deinem Leben verbannt hast, Trent, wäre der beste Teil davon gewesen."

Sie ließ ihn mit dem unbehaglichen Gefühl allein, dass sie absolut Recht hatte.

Heute Abend fand eine Party statt. Ich dachte, es wäre gut für mich, das Haus mit Menschen und Lichtern und Blumen zu füllen.

Ich weiß, dass Fergus damit zufrieden war, dass ich alle Details so sorgfältig überwacht habe. Ich hatte mich gefragt, ob ihm meine Geistesabwesenheit aufgefallen war oder wie oft ich an den letzten Nachmittagen an den Klippen entlang spazieren gegangen war, oder wie viele Stunden ich im Turm damit verbracht hatte, meinen Träumen nachzuhängen. Doch er scheint nichts gemerkt zu haben.

Die Greenbaums waren hier und die McAllisters und die Prentises. Jeder, der den Sommer auf der Insel verbringt, und von dem Fergus meint, wir sollten ihn zur Kenntnis nehmen, nahm teil.

Der Ballsaal war mit Gardenien und roten Rosen ausgeschmückt. Fergus hatte ein Orchester aus New York engagiert, und die Musik war gleichermaßen wohlklingend und spritzig.

Ich vermute, Sarah McAllister trank zu viel Champagner, denn ihr Lachen ging mir schon lange, bevor das Abendessen serviert wurde, auf die Nerven.

Ich glaube, mein goldenes Kleid passte sehr gut, denn es bekam viel Lob. Doch als ich mit Ira Greenbaum tanzte, wa-

ren seine Augen auf meine Smaragde gerichtet. Sie hingen wie eine Fessel um meinen Hals.

Wie unfair ich doch bin. Sie sind schön, und sie gehören mir nur, weil Ethan mir gehört.

Während des Abends schlich ich mich ins Kinderzimmer hinauf, obwohl ich weiß, wie hingebungsvoll Nanny zu allen meinen Kindern ist. Ethan wurde wach und fragte schläfrig, ob ich ihm ein Stück Torte gebracht habe.

Er sieht wie ein Engel aus, wenn er schläft, er und meine anderen süßen Babys. Meine Liebe zu ihnen ist so gewaltig und so tief, dass ich mich frage, warum mein Herz nicht einen Teil dieses süßen Gefühls auf den Mann übertragen kann, der diese Kinder in die Welt gesetzt hat.

Vielleicht liegt der Fehler an mir. Bestimmt ist das der Fall. Nachdem ich ihnen einen Gutenachtkuss gegeben hatte und wieder auf dem Korridor stand, wünschte ich mir verzweifelt, nicht in den Ballsaal zurückkehren zu müssen, zu dem Gelächter und dem Tanz, sondern zu den Klippen laufen zu können. Auf den Klippen stehen zu können, mit dem Wind in meinem Haar und dem Geräusch und dem Geruch der See rings um mich herum.

Würde er dann zu mir kommen, wenn ich so etwas wagte? Würde er zu mir kommen, damit wir zusammen in der Dunkelheit stehen und nach etwas greifen könnten, das wir uns nicht wünschen dürfen, noch weniger nehmen?

Ich ging nicht zu den Klippen. Meine Pflicht ist mein Ehemann, und zu ihm ging ich. Während ich mit ihm tanzte, war mein Herz so kalt wie die Juwelen um meinen Hals. Dennoch lächelte ich, als er mir ein Kompliment wegen meiner Fähigkeiten als Gastgeberin machte.

Seine Hand lag so arrogant und doch so besitzergreifend an meiner Taille. Als wir uns zu der Musik bewegten, durchforschten seine Augen den Raum. Er genoss, was ihm gehörte, und achtete darauf, ob seine Gäste auch beeindruckt waren.

Wie gut ich doch weiß, wie viel Status und die Meinung anderer dem Mann bedeuten, den ich geheiratet habe. Und wie wenig sie mir bedeuten.

Ich wollte ihn anschreien. „Fergus, um Himmels willen, sieh mich an. Sieh mich an und nimm mich wahr! Bring mich dazu, dich zu lieben, denn Angst und Respekt können für keinen von uns genug sein. Bring mich dazu, dich zu lieben, damit ich nie wieder meine Schritte zu den Klippen lenke und zu dem, der dort auf mich wartet."

Aber ich schrie ihn nicht an. Als er mir ungeduldig sagte, es wäre wichtig, dass ich mit Cecil Barkley tanze, murmelte ich meine Zustimmung.

Jetzt ist die Musik verstummt, und die Lampen sind gelöscht. Ich frage mich, wann ich Christian wieder sehen werde. Ich frage mich, was aus mir werden wird.

7. KAPITEL

C. C. saß mit gekreuzten Beinen mitten in einem Meer von Papieren. Ihr Auftrag, ob sie ihn nun gern auf sich genommen hatte oder nicht, lautete, sich durch alle Notizen und Quittungen und Papierschnipsel zu wühlen, die in drei Pappkartons mit der Aufschrift VERSCHIEDENES gequetscht waren.

In der Nähe saß Amanda an einem Kartentisch, mehrere überquellende Kartons zu ihren Füßen. Die Haare am Hinterkopf festgesteckt und eine Lesebrille auf der Nase, studierte sie gewissenhaft jeden Bogen, bevor sie ihn auf einen der verschiedenen Stapel legte, die sie vor sich aufgebaut hatte.

„Das hätte schon vor Jahrzehnten gemacht werden sollen“, bemerkte sie.

„Du meinst, das Zeug hätte schon vor Jahrzehnten verbrannt werden sollen“, bemerkte C. C. bissig.

„Nein.“ Amanda schob die ständig rutschende Brille wieder an ihren Platz. „Manches davon ist interessant und verdient aufgehoben zu werden. Aber Papiere in Pappkartons zu stopfen, entspricht nicht meiner Vorstellung von Konservierung der Familiengeschichte.“

„Fällt ein Rezept für Stachelbeermarmelade unter Familiengeschichte?“

„Für Tante Coco schon. Das fällt unter Küche, Unterabteilung Rezepte.“

C. C. veränderte ihre Haltung und wedelte dann eine Staubwolke weg. „Was ist mit einer Rechnung für sechs Paar weiße Kinderhandschuhe und einen blauen seidenen Sonnenschirm?“

„Bekleidung, nach dem Datum geordnet. Hm, das hier ist interessant. Tante Cocos Schülerbeschreibung von ihrem Lehrer in der vierten Klasse. Ich zitiere: Cordelia ist ein geselliges Kind. Allerdings neigt sie zu Tagträumen und hat Schwierigkeiten, eine ihr übertragene Aufgabe zu Ende zu führen."

„Das ist vielleicht eine sensationelle Neuigkeit." C. C. bog ihren steifen Rücken durch und ließ ihren Kopf kreisen. Neben ihr fiel das Sonnenlicht durch die schmutzigen Fensterscheiben des Abstellraums. Mit einem kleinen Seufzer stützte sie die Ellbogen auf ihre Knie und starrte auf das Fenster.

„Wo, zum Teufel, ist Lilah?" Ungeduldig wie immer, tappte Amanda mit ihrem Fuß. „Suzanna ist entschuldigt, weil sie mit den Kindern in die Vormittagsvorstellung gegangen ist, aber Lilah sollte zur Verfügung stehen."

„Sie wird schon kommen", murmelte C. C.

„Sicher, wenn alles getan ist." Amanda stürzte sich auf einen neuen Stapel und nieste zwei Mal. „So etwas Schmutziges habe ich schon lange nicht mehr gesehen."

C. C. zuckte die Schultern. „Alles wird schmutzig, wenn es lange irgendwo herumliegt."

„Nein, ich meine wirklich schmutzig. Das ist ein Limerick, den Großonkel Sean geschrieben hat. ‚Da war eine Lady aus Bakersfield, deren Brüste machten die Leute wild. Sie …' Na, lassen wir es gut sein", entschied Amanda. „Wir legen eine Sparte für versuchte Pornographie an." Als C. C. keinen Kommentar abgab, blickte Amanda zu ihr hinüber und sah, dass ihre Schwester noch immer auf einen Sonnenstrahl starrte. „Ist mit dir alles in Ordnung, Süße?"

„Hm? O ja."

„Du siehst nicht so aus, als hättest du besonders gut geschlafen."

C. C. zuckte die Schultern und widmete sich wieder den Papieren. „Ich glaube, die Séance hat mich verwirrt."

„Das überrascht mich nicht." Amanda spitzte die Lippen, während sie noch mehr Quittungen durchblätterte. „Ich gebe nie etwas auf diese Dinge. Biancas Turm ist eine andere Sache. Ich glaube, wir alle haben da oben etwas gefühlt. Aber ich war immer der Ansicht, das käme daher, dass Bianca sich aus dem Fenster gestürzt hat und wir das wussten. Dann, gestern Abend …" Als sie von einem Schauern gepackt wurde, rieb sie sich die fröstelnden Arme. „Ich weiß, dass du wirklich etwas gesehen, wirklich etwas erfahren hast."

„Ich weiß, dass die Halskette real ist", sagte C. C.

„Ich gebe dir Recht, dass sie real war, besonders, wenn ich eine Quittung in meiner Hand halte."

„War und ist. Ich hätte die Halskette bestimmt nicht vor mir gesehen, wäre sie versetzt oder ins Meer geworfen worden. Es mag verrückt klingen, aber Bianca will, dass wir sie finden."

„Es klingt tatsächlich verrückt." Seufzend lehnte Amanda sich auf dem knarrenden Stuhl zurück. „Und was noch verrückter ist, ich glaube es auch. Ich hoffe nur, niemand im Hotel findet heraus, dass ich in meiner freien Zeit nach einem vergrabenen Schatz suche, weil meine längst verstorbene Vorfahrin uns das geraten hat … Oh!"

„Hast du es gefunden?" C. C. raffte sich bereits hoch.

„Nein, nein. Das ist ein alter Terminkalender. 1912. Die Tinte ist ein wenig verblasst, aber die Handschrift ist hübsch, eindeutig feminin. Das muss von Bianca sein. Sieh nur! ‚Einladungen abschicken'. Und hier ist die Gästeliste. Wow, was für eine Party! Die Prentises." Amanda nahm ihre Brille ab und kaute auf dem Bügel herum. „Ich wette, sie wohnten in Prentise Hall, in einem dieser Landhäuser, die 1947 abbrannten."

„‚Mit dem Gärtner wegen Rosen sprechen'", las C. C. über die Schulter ihrer Schwester. „‚Letzte Anprobe von goldenem Ballkleid'. ‚Christian drei Uhr nachmittags treffen'. Christian?" Sie legte angespannt eine Hand auf Amandas Schulter. „Könnte das ihr Künstler gewesen sein?"

„Das weiß ich genauso wenig wie du." Amanda setzte rasch ihre Brille wieder auf „Aber sieh hier! ‚Verschluss der Smaragde verstärken lassen'. Das könnten die bewussten sein."

„Das müssen sie sein."

„Wir haben bisher noch keine Quittungen gefunden."

C. C. warf einen müden Blick auf die Papiere, die überall im Raum herumlagen. „Wie stehen unsere Chancen?"

Selbst Amandas Organisationstalent drohte zu verzagen. „Nun, sie werden jedes Mal besser, wenn wir wieder mit einem Karton fertig sind."

„Mandy." C. C. setzte sich auf den Fußboden neben sie. „Uns wird die Zeit knapp, nicht wahr?"

„Wir beschäftigen uns erst seit ein paar Stunden damit."

„Das meine ich nicht." C. C. lehnte ihre Wange an Amandas Schenkel. „Du weißt das. Selbst wenn wir auf die Quittung stoßen, müssten wir immer noch die Halskette finden. Das könnte Jahre dauern. Wir haben keine Jahre zu unserer Verfügung. Wir werden verkaufen müssen, nicht wahr?"

„Wir sprechen morgen Abend darüber, bei dem Familienrat.“ Besorgt streichelte sie C. C. über die Haare. „Hör mal, warum legst du dich nicht für eine Weile hin und machst ein Nickerchen? Du siehst erschlagen aus.“

„Nein.“ Sie stand auf, ging über die Papiere hinweg an die Fenster und kam wieder zurück. „Ich komme besser zurecht, wenn ich meinen Verstand und meine Hände beschäftige. Andernfalls könnte ich jemanden erwürgen.“

„Trent, zum Beispiel?“

„Das wäre doch ein ausgezeichneter Anfang. Nein.“ Seufzend schob sie ihre Hände in die Taschen. „Nein, dieser ganze Jammer ist nicht seine Schuld.“

„Sprechen wir noch immer über das Haus?“

„Ich weiß es nicht.“ Erschöpft setzte C. C. sich wieder auf den Fußboden. Wenigstens war sie froh, dass sie sich in der Nacht davor ausgeweint hatte. „Ich bin der Meinung, dass alle Männer dumm sind, selbstsüchtig und total überflüssig.“

„Dann bist du in ihn verliebt.“

Ein trockenes Lächeln umspielte ihre Lippen. „Bingo. Und um deine nächste Frage zu beantworten: Nein, er erwidert meine Liebe nicht. Er interessiert sich nicht für mich, für eine gemeinsame Zukunft und eine Familie, und er bedauert es sehr, dass er mir das nicht klargemacht hat, bevor ich den Fehler beging, mich in ihn zu verknallen.“

„Es tut mir Leid, C. C.“ Nachdem sie die Brille abgenommen hatte, stand Amanda auf, durchquerte den Raum und setzte sich neben ihre Schwester. „Ich weiß, wie weh das tun muss, aber du kennst ihn erst seit ein paar Tagen. Eine Schwärmerei …“

„Es ist keine Schwärmerei." Gedankenverloren faltete C. C. aus dem Marmeladenrezept einen Papierflieger. „Ich habe herausgefunden, dass Verlieben nichts mit Zeit zu tun hat. Das kann ein Jahr dauern oder eine Sekunde. Es passiert, wenn es passieren soll."

Amanda legte einen Arm um C. C.s Schultern und drückte sie. „Nun, davon habe ich keine Ahnung. Glücklicherweise musste ich mir darüber nie Sorgen machen." Die Tatsache brachte ein Stirnrunzeln hervor, aber nur für einen Moment. „Ich weiß allerdings eines. Wenn er dir wehgetan hat, werden wir dafür sorgen, dass es ihm Leid tut, jemals einer Calhoun über den Weg gelaufen zu sein."

C. C. lachte und ließ das Stachelbeerrezept fliegen. „Das ist zwar verlockend, aber ich glaube, es geht mehr darum, dass ich mir selbst wehgetan habe." Sie schüttelte sich ein wenig. „Komm schon, arbeiten wir weiter."

Sie hatten gerade wieder begonnen, als Trent hereinkam. Er blickte zu C. C. und traf auf eine solide Mauer aus Eis. Als er sich an Amanda wandte, erging es ihm nicht viel besser.

„Ich dachte, Sie könnten etwas Hilfe brauchen", sagte er.

Amanda warf einen Blick zu C. C. und erkannte, dass ihre Schwester die stumme Behandlung anwandte. Eine sehr wirkungsvolle Waffe, nach Amandas Einschätzung. „Nett von Ihnen, Trent." Amanda schenkte ihm ein Lächeln, das flüssige Lava hätte gefrieren lassen. „Aber dies hier ist in der Tat ein familiäres Problem."

„Lass ihn doch trotzdem helfen." C. C. machte sich nicht einmal die Mühe hochzublicken. „Ich kann mir vorstellen, dass er großartig ist, wenn es darum geht, in Papieren herumzukramen."

„Na gut." Achselzuckend deutete Amanda auf einen Klappstuhl. „Sie können den nehmen, wenn Sie wollen. Ich ordne die Unterlagen nach Inhalt und Jahr."

„Fein." Trent nahm den Stuhl und setzte sich ihr gegenüber.

Sie arbeiteten in eisiger Stille. Nur das Knistern von Papier und das Tappen von Amandas Schuh war zu hören.

„Hier ist eine Reparaturrechnung", sagte er – und wurde ignoriert. „Für die Reparatur eines Verschlusses."

„Zeigen Sie her!" Amanda hatte ihm das Blatt schon aus der Hand gerissen, ehe C. C. durch den Raum stürmte. „Hier steht nicht, um welche Art von Halskette es sich gehandelt hat", murmelte sie.

„Aber das Datum ist richtig." C. C. tippte mit dem Finger darauf. „16. Juli 1912."

„Ist mir irgendetwas entgangen?" fragte Trent die beiden Schwestern.

Amanda wartete einen Moment, um zu sehen, ob C. C. antwortete. Als C. C. es nicht tat, blickte sie auf. „Wir haben einen Notizkalender von Bianca gefunden. Darin hatte sie vermerkt, dass sie die Smaragde reparieren lassen wollte."

„Dann könnte es das sein, was Sie brauchen." Seine Augen waren auf C. C. gerichtet, aber seine Antwort galt Amanda.

„Das mag ausreichen, um uns alle davon zu überzeugen, dass die Calhoun-Halskette 1912 existierte, aber das hilft uns in keiner Weise, die Kette zu finden." Sie legte die Quittung beiseite. „Mal sehen, was wir noch unter diesem Wust ausgraben können."

C. C. ging zu ihren Papieren zurück.

Ein paar Sekunden später rief Lilah vom Fuß der Treppe: „Amanda! Telefon!"

„Sag, dass ich zurückrufe!"

„Es ist das Hotel. Sie meinten, es sei wichtig. Sie wollen sofort mit dir sprechen."

„Verdammt!" Amanda legte ungehalten ihre Brille auf den Tisch, bevor sie Trent einen Blick aus zusammengekniffenen Augen zuwarf. „Ich komme in ein paar Minuten zurück", sagte sie und verließ den Raum.

Er wartete, bis das Geräusch ihrer raschen Schritte nicht mehr zu hören war.

„Sie hat einen starken Beschützerinstinkt", bemerkte Trent.

„Wir halten zusammen", erklärte C. C. und legte ein Blatt auf einen Stapel, ohne die geringste Ahnung zu haben, worum es sich handelte.

„Das habe ich gesehen. Catherine ..."

C. C. hatte sich innerlich gewappnet und warf ihm ihren kühlsten Blick zu. „Ja?"

„Ich wollte mich davon überzeugen, dass mit dir alles in Ordnung ist."

„Schön. In welcher Hinsicht?"

Sie hatte Staub an der Wange. Er sehnte sich heftig danach, ihr das lächelnd zu sagen. Er wollte sie lachen hören, wenn sie den Staub wegputzte. „Nach gestern Abend – ich weiß, wie aufgewühlt du warst, als du mein Zimmer verlassen hast."

„Ja, ich war aufgewühlt." Sie griff nach einem weiteren Blatt. „Ich habe wohl eine ziemliche Szene gemacht."

„Nein, das habe ich nicht gemeint."

„Ich habe aber eine Szene gemacht." Sie lächelte verkrampft. „Ich glaube, diesmal bin ich diejenige, die sich entschuldigen sollte. Die Séance und alles, was dabei geschehen ist, ist mir wohl in den Kopf gestiegen." Nicht in den Kopf, dachte sie, sondern in mein Herz. „Ich muss mich ziemlich idiotisch angehört haben, als ich in dein Zimmer kam."

„Nein, natürlich nicht." Sie ist so kühl, dachte er. So gefasst. Sie verblüffte ihn. „Du hast gesagt, dass du mich liebst."

„Ich weiß, was ich gesagt habe." Ihre Stimme wurde noch zehn Grad kälter, aber ihr Lachen blieb unverändert. „Warum schreiben wir beiden es nicht der Stimmung des Augenblicks zu?"

Das ist vernünftig, dachte Trent. Weshalb fühlte er sich dann so verloren? „Dann hast du es nicht so gemeint?"

„Trent, wir kennen uns doch erst seit ein paar Tagen." Will er mich leiden lassen? fragte sie sich.

„Aber du hast so niedergeschlagen ausgesehen, als du gegangen bist."

C. C. hob eine Augenbraue. „Sehe ich jetzt niedergeschlagen aus?"

„Nein", antwortete er bedächtig. „Nein, das tust du nicht."

„Nun, dann wollen wir die ganze Angelegenheit vergessen." Während sie sprach, versteckte die Sonne sich hinter Wolken. „Das wäre wohl am besten für uns beide, findest du das nicht auch?"

„Ja." Genau das wollte er. Dennoch fühlte er sich leer, als er wieder aufstand. „Ich will das Beste für dich, C. C."

„Fein." Sie betrachtete das Papier in ihrer Hand. „Wenn du hinuntergehst, bitte Lilah, sie soll mir Kaffee bringen, wenn sie heraufkommt."

„In Ordnung."

C. C. wartete, bis er gegangen war, ehe sie die Hände vors Gesicht schlug.

Sie hatte sich getäuscht. Das erkannte C. C. Sie hatte sich noch lange nicht ausgeweint.

Trent ging zurück in sein Zimmer. Sein Aktenkoffer war dort, voll gepackt mit Arbeit, die er hatte erledigen wollen, während er seinem Büro fern war.

Er setzte sich an den verschrammten Schreibtisch und öffnete eine Akte.

Zehn Minuten später starrte er noch immer aus dem Fenster, ohne auch nur einen Blick auf das erste Wort der Akte geworfen zu haben.

Er riss sich zusammen, griff nach seinem Stift und zwang sich, sich zu konzentrieren. Er schaffte es, das erste Wort zu lesen, sogar den ersten Absatz.

Dreimal.

Angewidert warf er den Stift weg, erhob sich und ging auf und ab.

Es ist lächerlich, dachte er.

Trent hatte schon in Hotelzimmern überall auf der Welt gearbeitet. Warum sollte es in diesem Zimmer anders sein? Das Zimmer hatte Wände und ein Fenster und eine Decke – mehr oder weniger.

Der Schreibtisch war mehr als ausreichend.

Wenn er wollte, konnte er sogar ein Feuer anzünden, um für eine heitere Stimmung zu sorgen. Und für Wärme.

Der Himmel wusste, dass er etwas Wärme gebrauchen konnte nach diesen dreißig Minuten, die er in dem Abstellraum verbracht hatte.

Es gab überhaupt keinen Grund, weshalb er nicht fähig sein sollte, sich hinzusetzen und für eine oder zwei Stunden Geschäfte zu erledigen.

Ausgenommen, dass er sich ständig erinnerte – wie hübsch C. C. ausgesehen hatte, als sie in ihrem grauen Hausmantel und barfuß in sein Zimmer gekommen war. Er konnte noch immer sehen, wie ihre Augen geleuchtet hatten, als sie dort stand, wo er gerade stand, und ihm zulächelte.

Verzweifelt rieb er seine dumpf schmerzende Herzgegend. Er war nicht an Schmerzen in dieser Gegend gewöhnt. An Kopfschmerzen, ja sicher. Aber nie an Herzschmerzen.

Doch die Erinnerung, wie C. C. sich in seine Arme geschmiegt hatte, verfolgte ihn. Und wie sie schmeckte … Wieso hing ihr Geschmack noch immer einen Hauch von seinen Lippen entfernt?

Es ist ein schlechtes Gewissen, sonst nichts, versicherte er sich selbst.

Er hatte ihr wehgetan, und zwar so schlimm, wie er ganz sicher niemals einer anderen Frau Schmerzen zugefügt hatte. Ganz gleich, wie kühl sie heute gewesen war, ganz gleich, wie gefasst – das war eine Schuld, mit der er für lange Zeit würde leben müssen.

Vielleicht sollte er nach oben gehen und noch einmal mit ihr sprechen.

Seine Hand lag schon auf dem Türknauf, bevor er sich bremste. Das hätte alles nur noch komplizierter gemacht, falls das überhaupt möglich war. Nur weil er sein schlechtes Gewissen besänftigen wollte, durfte er C. C. nicht wieder in eine unangenehme Lage bringen.

Sie kam damit in jeder Hinsicht besser zurecht als er. Sie war stark, offenbar sehr widerstandsfähig. Und stolz. Und sanft, ging es ihm durch den Kopf. Warm und unglaublich schön.

Eine Verwünschung murmelnd, ging er auf und ab.

Es wäre viel klüger gewesen, wenn er sich auf das Haus und nicht auf seine Bewohnerinnen konzentriert hätte.

Die wenigen Tage, die er in diesem Haus verbracht hatte, mochten einen persönlichen Aufruhr verursacht haben, hatten ihm aber auch Zeit und Gelegenheit verschafft, Pläne zu entwerfen – von innen heraus. Es hatte ihm einen Geschmack von der Stimmung und dem Grundton und der Geschichte geboten. Und wenn er sich nur für eine Weile hinsetzen konnte, würde er auch ein paar von seinen Gedanken zu Papier bringen können.

Aber es war hoffnungslos. Sobald Trent den Stift in die Hand nahm, waren seine Gedanken wie weggewischt. Er fühlte sich eingeschlossen. Das sagte er sich zumindest. Er brauchte nur etwas Luft.

Trent griff nach einer Jacke und tat etwas, das er sich seit Monaten nicht mehr gegönnt hatte. Er unternahm einen Spaziergang.

Er folgte seinem Instinkt zu den Klippen, die unebene Wiese hinunter, um eine zerbröckelnde Steinwand herum, auf das Meer zu.

Die Luft hatte Biss. Der Frühling schien seine schönen Gewänder gerafft und sich zurückgezogen zu haben. Der Himmel war grau und düster mit einigen wenigen hoffnungsvollen Flecken von Blau. Wild wachsende Blumen, die tapfer genug gewesen waren, sich durch Steine und Erde an die Oberfläche zu kämpfen, wurden vom Wind hin und her gerissen.

Trent ging mit den Händen in den Hosentaschen und gesenktem Kopf. Depressionen waren ihm kein vertrautes Gefühl, und er war entschlossen, sie durch Gehen zu vertreiben.

Als er zurückblickte, konnte er gerade noch die Spitzen der Türme hinter sich erkennen. Er wandte sich ab und sah aufs Meer hinaus, unwillkürlich die Haltung des Mannes nachahmend, der hier vor Jahrzehnten gemalt hatte.

Atemberaubend.

Das war das einzige Wort, das ihm in den Sinn kam. Felsen stürzten Schwindel erregend in die Tiefe, rosa und grau, wo der Wind sie umheulte, schwarz, wo das Wasser auftraf und hochschoss.

Wütende Brecher bäumten sich auf und durchschnitten dunkleres Wasser. Nebel zog wie Rauch dahin und zerfaserte, und in der Luft schwebte die Drohung von Regen. Es hätte düster wirken sollen, aber es war schlichtweg spektakulär.

Trent wünschte, C. C. wäre bei ihm. Sie sollte neben ihm sein, ehe sich die Zeit oder der Wind veränderte.

Sie würde lächeln, dachte er. Lachen und dabei diese langen, herrlichen Beine im Boden verankern und ihr Gesicht dem Wind zuwenden.

Wäre sie hier gewesen, hätte die Schönheit der Szenerie nicht bewirkt, dass er sich so einsam fühlte.

So verdammt einsam.

Das Prickeln in seinem Nacken ließ ihn sich umdrehen und beinahe auch eine Hand ausstrecken. Er war so sicher gewesen, Catherine auf sich zukommen zu sehen. Doch da war nichts als die abfallenden Felsen und der Wind. Dennoch blieb das Gefühl, dass jemand in seiner Nähe war, so real, dass er am liebsten gerufen hätte.

Ich bin ein vernünftiger Mann, versicherte Trent sich. Er wusste, dass er allein war. Dennoch schien jemand bei ihm zu sein und zu warten. Und zu beobachten. Und für einen Moment war er sogar sicher, den Duft von Flieder aufzufangen.

Einbildung, entschied er, doch seine Hand war nicht ganz ruhig, als er sich die Haare aus dem Gesicht strich.

Dann hörte er das Weinen. Trent lauschte angestrengt dem traurigen Schluchzen, das der Wind zu ihm trug. Es verklang und floss, genau wie das Meer.

Sein Magen zog sich zusammen, während er sich bemühte, mehr zu hören, obwohl ihm der klare Verstand sagte, dass es da nichts zu hören gab.

Ein Nervenzusammenbruch? fragte er sich. Doch das Geräusch war real, verdammt noch mal. Keine Halluzination. Langsam kletterte er eine Geröllhalde hinunter.

„Wer ist da?“ rief Trent, als wieder ein Seufzer an seine Ohren drang.

Er bewegte sich auf das Geräusch zu, hastete tiefer und wurde von einer Eile angetrieben, die er nicht zu erklären vermochte. Eine Lawine loser Steine rutschte ins Leere und brachte ihn in die Realität zurück.

Was, in Gottes Namen, tat er da? Er kletterte eine Klippe hinter einem Geist hinunter?

Trent hob seine Hände und sah, dass die Handflächen trotz des scharfen Windes schweißfeucht waren. Nun konnte er nichts anderes hören als das hektische Pochen seines Herzens.

Nachdem er sich gezwungen hatte, still stehen zu bleiben und ein paar beruhigende Atemzüge zu machen, sah er sich nach dem leichtesten Aufstieg um.

Er hatte gerade begonnen, wieder nach oben zu klettern, als das Geräusch erneut kam. Weinen. Nein, Wimmern. Es war ganz deutlich und ertönte nahezu unter seinen Füßen.

Trent kauerte sich hin und spähte hinter einen Felsen. Es war ein jämmerlicher, Mitleid erregender Anblick.

Der kleine schwarze Welpe war kaum mehr als ein Ball fellbedeckter Knochen. Trent seufzte erleichtert und musste laut auflachen.

Er wurde ja doch nicht verrückt.

Als Trent ihn genauer betrachtete, versuchte der verstörte Welpe zurückzuweichen, doch es war kein Platz mehr da. Die ängstlich flackernden Augen richtete er zitternd auf Trent.

„Du hast ja wohl ein ziemlich böses Erlebnis hinter dir, nicht wahr?“ Trent streckte eine Hand aus, bereit, sie zurückzuziehen, falls der Welpe schnappte. Der Hund duckte sich jedoch nur winselnd. „Ist ja schon gut, kleiner Kerl. Ganz ruhig, ich tue dir nichts.“

Er streichelte sanft den Welpen zwischen den Ohren. Noch immer zitternd, leckte der Hund Trents Hand.

„Du fühlst dich garantiert ziemlich einsam.“ Er war froh darüber, dass der Hund sich beruhigte. „Ich auch. Wir könnten doch gemeinsam zum Haus zurückgehen.“

Er hob den Hund hoch und steckte ihn unter seine Jacke.

Er war schon halb oben, als er sich jählings umdrehte.

Von dem Punkt, an dem er gestanden und auf die See geblickt hatte, bis zu der Stelle, an der er den verirrten Hund gefunden hatte, waren es mindestens fünfzig Yards.

Seine Handflächen wurden wieder feucht, als er erkannte, dass er unmöglich das Winseln des Welpen gehört haben konnte, nicht von der Kante der Klippe. Der Wind hätte bei dieser Entfernung jedes Geräusch mit sich gerissen.

Dennoch hatte er etwas gehört. Und deshalb war er hinuntergeklettert und hatte den verirrten Hund gefunden.

„Was, zum Teufel, war das?“ murmelte Trent und drückte den Hund fester an sich, während er zurück zum Haus eilte.

Als er den Rasen überquerte, begann er sich albern vorzukommen, was sollte er denn zu seinen Gastgeberinnen sagen? Sehen Sie nur, was mir hier gefolgt ist? Wie war es mit: Raten Sie, was ich getan habe. Ich habe mein Leben aufs Spiel gesetzt und bin die Klippen hinuntergeklettert. Und jetzt sehen Sie, was ich gefunden habe.

Keine der beiden Einleitungen erschien ihm passend.

Am vernünftigsten wäre gewesen, in den Wagen zu steigen und den Hund ins Dorf zu bringen. Es musste ein Tierheim oder einen Veterinär geben. Er konnte wohl kaum in den Salon marschieren und seinen Fund auf dem Teppich absetzen.

Aber Trent erkannte, dass er es einfach nicht fertig brachte, den zitternden Fellball Fremden zu überantworten. Der kleine Kerl vertraute ihm und drückte sich an ihn.

Während er noch zögernd dastand, kam C. C. aus dem Haus.

Trent versuchte, natürlich zu wirken. „Hallo!"

„Hallo!" Sie blieb stehen und knöpfte ihre Jeansjacke zu. „Wir haben keine Milch mehr. Brauchst du irgendetwas aus dem Dorf?"

Eine Dose Hundefutter, dachte er und räusperte sich. „Nein, danke, ich – äh …" Der Welpe strampelte an seinem Hemd. „Habt ihr irgendetwas gefunden?"

„Eine ganze Menge, aber nichts, das uns verrät, wo wir nach der Halskette suchen sollen." Ihre Enttäuschung verwandelte sich in Neugierde, als sie die Bewegungen unter seiner Jacke bemerkte. „Ist alles in Ordnung?"

„Bestens." Trent räusperte sich und verschränkte die Arme. „Ich habe einen Spaziergang gemacht."

„Gut." Es ist schrecklich, dachte sie, einfach schrecklich. Er konnte ihr kaum in die Augen sehen. „Tante Coco macht ein leichtes Abendessen, falls du hungrig bist."

„Oh, danke."

C. C. wollte an ihm vorbeigehen, als ein kurzes hohes Japsen sie stoppte. „Wie bitte?"

„Nichts." Er unterdrückte ein unfreiwilliges Lachen, als der Welpe gegen seine Rippen strampelte.

„Ist mit dir alles in Ordnung?"

„Ja, ja, fein." Trent zeigte ihr ein unschuldiges Lächeln, als der Hund seine Nase über den Reißverschluss der Jacke schob.

„Was hast du denn da?" C. C. vergaß ihren Vorsatz, Abstand von ihm zu halten, und kam heran, um seinen Reißverschluss herunterzuziehen. „Oh, Trent, das ist ein Welpe!"

„Ich habe ihn unten in den Felsen gefunden", erklärte er hastig. „Ich war mir nicht sicher, was ich damit machen …"

„Ach, du armes kleines Ding", murmelte sie, als sie den Welpen an sich nahm. „Hast du dich verlaufen?" C. C. rieb ihre Wange an dem Fell und stupste ihre Nase gegen die seine. „Jetzt ist ja alles wieder gut."

Der Hund wedelte so heftig, dass er ihr fast entglitt.

„Ist er nicht süß?" Lächelnd trat Trent näher, um ihn zu streicheln. „Sieht so aus, als wäre er eine ganze Weile allein auf sich gestellt gewesen."

„Er ist noch ein Baby." Sie drückte ihn sanft murmelnd an sich. „Was hast du gesagt, wo hast du ihn gefunden?"

„Unten in den Felsen. Ich machte einen Spaziergang." Und ich habe an dich gedacht. Wie unter einem geheimnisvollen Zwang streichelte er ihre Haare. „Ich konnte ihn nicht einfach dort lassen."

„Natürlich nicht." C. C. blickte auf und wurde sich bewusst, dass er sie beinahe schon umarmte. Seine Hand hatte sich in ihre Haare geschoben, seine Augen waren auf sie gerichtet.

„Catherine …"

Der Welpe japste wieder. Sie zuckte zurück. „Ich bringe ihn hinein. Er wird frieren, und Hunger hat er bestimmt auch."

„In Ordnung." Er konnte seine Hände nur noch in seine Taschen schieben. „Ich könnte doch losmarschieren und die Milch besorgen."

„In Ordnung." Ihr Lächeln war bemüht, als sie zu den Stufen zurückwich. Sie drehte sich um, redete sanft auf den Hund ein und ging ins Haus.

Als Trent zurückkehrte, hatte der Welpe bereits einen Ehrenplatz neben dem Kamin in der Küche und die ungeteilte Aufmerksamkeit von vier schönen Frauen.

„Wartet, bis Suze und die Kinder zurückkommen", sagte Amanda gerade. „Sie werden ausflippen. Er mag ganz eindeutig deine Leberpastete, Tante Coco."

„Offenbar ein Gourmet unter den Hunden." Lilah lag bereits auf allen vieren und stupste mit ihrer Nase gegen die seine. „Du bist doch ein Gourmet, Süßer?"

„Ich finde, er hätte etwas Schlichteres als Futter bekommen sollen." Coco war ebenfalls verzaubert und kauerte auf dem Boden. „Bei richtiger Pflege wird er sehr hübsch werden."

Voll Begeisterung über sein Glück jagte der Welpe im Kreis. Als er Trent entdeckte, hoppelte er auf ihn zu, wobei er über seine eigenen Beine stolperte.

Die Frauen rafften sich auf und stellten ihm alle gleichzeitig Fragen.

„Einen Moment!" Trent setzte die Einkaufstüte auf den Tisch und kauerte sich hin, um den Hund am Bauch zu kraulen. „Ich weiß nicht, woher er kommt. Ich fand ihn, als ich an den Klippen entlangging. Er hat sich versteckt. Nicht wahr, mein Junge?"

„Wir sollten herumhören, ob er jemandem entlaufen ist", meinte Coco und winkte ab, als ihre Nichten einstimmig widersprachen. „Das ist nur recht und billig. Aber es liegt bei Trent, da er ihn gefunden hat."

„Ich finde, Sie sollten tun, was Sie für das Beste halten." Er stand auf und nahm die Milch aus der Tüte. „Er könnte bestimmt davon einen Schluck vertragen."

Amanda hatte bereits ein Schälchen geholt und stritt mit Lilah, wie viel sie ihrem neuen Gast geben sollten.

„Was hast du noch besorgt?" C. C. grub in der Tüte.

„Ein paar Sachen." Er zuckte die Schultern und gab schließlich auf. „Ich fand, er sollte ein Halsband haben." Trent zog ein leuchtend rotes Halsband mit silbernen Nieten hervor.

C. C. konnte ein Lächeln nicht unterdrücken. „Ganz was Feines."

„Und eine Leine." Trent legte auch sie auf den Tisch. „Welpenfutter."

„Oh, oh!" C. C. durchforstete die Tüte. „Und Welpenspielzeug, Kauknochen."

„Er braucht etwas zum Knabbern", erklärte Trent.

„Sicher braucht er das. Ein Ball und eine Quietschmaus." Lachend drückte sie das Gummispielzeug.

„Er braucht auch etwas zum Spielen." Trent verschwieg, dass er auch nach einem Hundekörbchen und nach einem Kissen gesucht, aber nichts gefunden hatte.

„Ich habe gar nicht gewusst, dass du ein Softie bist."

Er blickte auf den trinkenden Hund hinunter. „Ich auch nicht."

„Wie heißt er?" wollte Lilah wissen.

„Nun ja, ich …"

„Sie haben ihn gefunden. Sie müssen ihm auch einen Namen aussuchen."

„Machen Sie schnell", verlangte Amanda. „Sonst verpasst Lilah ihm einen Namen wie Griswold."

„Fred", sagte Trent impulsiv. „Für mich sieht er wie Fred aus."

Völlig unbeeindruckt von der Namensgebung ließ Fred sich auf den Boden fallen, wobei ein Ohr in der Milchschüssel hing, und schlief ein.

„Nun, das wäre erledigt." Amanda streichelte den Welpen noch einmal, bevor sie aufstand. „Komm, Lilah, du bist jetzt an der Reihe mit den Papieren."

„Ich helfe euch!" Alle Instinkte auf volle Kraft gestellt, schob Coco ihre beiden Nichten aus dem Raum und ließ C. C. allein mit Trent.

„Ich gehe jetzt auch." C. C. wollte zur Tür.

Trent legte eine Hand auf ihren Arm, um sie zurückzuhalten.

„Was ist?"

„Warte!"

„Worauf?"

„Warte einfach."

Sie stand da und unterdrückte den Schmerz. „Ich warte."

„Ich … Wie geht es deiner Hand?"

„Gut."

„Fein." Er kam sich wie ein Idiot vor. „Das ist fein."

„Wenn das alles ist …"

„Nein. Ich wollte dir sagen … Ich habe ein Klappern im Wagen festgestellt, als ich ins Dorf fuhr."

„Ein Klappern?" C. C. spitzte die Lippen. „Was für ein Klappern?"

Ein eingebildetes, dachte er, zuckte jedoch mit den Schultern. „Einfach ein Klappern. Ich wäre dir dankbar, wenn du dir den Wagen ansehen würdest."

„In Ordnung. Bring ihn morgen vorbei."

„Morgen?"

„Mein Werkzeug ist in der Werkstatt. Sonst noch was?"

„Während ich spazieren ging, wünschte ich mir, du wärst bei mir."

C. C. blickte weg, bis sie sicher war, das Loch geflickt zu haben, das er gerade in ihre Abwehrmauer geschlagen hatte. „Wir wollen verschiedene Dinge, Trent. Lassen wir es dabei." Sie wandte sich zur Tür. „Versuche, den Wagen zeitig zu bringen", fügte sie hinzu. „Ich muss morgen einen Auspuff austauschen."

8. KAPITEL

C. C. entzündete das Gasgemisch an dem Schweißgerät, klappte den Gesichtsschutz herunter und bereitete sich darauf vor, das Rohr an der verrosteten Auspuffanlage eines 62er Plymouth abzuschneiden.

Der Tag lief nicht gut.

Der vorgesehene Familienrat ging ihr nicht aus dem Sinn. Über die Halskette waren keine weiteren schriftlichen Unterlagen aufgetaucht, obwohl sie unzählige Quittungen und alte Aktendeckel durchgeforstet hatten. Daran, dass Amanda nicht darüber sprechen wollte, erkannte sie, dass die Dinge schlecht standen.

Dazu kam eine weitere ruhelose Nacht. Sie hatte Fred winseln gehört und war aufgestanden, um nach ihm zu sehen, hatte jedoch mitbekommen, wie Trent den Welpen durch leises Zureden hinter seiner Schlafzimmertür besänftigt hatte.

Die Tatsache, dass ihm der Hund so sehr am Herzen lag, dass er ihn in sein Zimmer geholt und getröstet und gefüttert hatte, brachte C. C. dazu, ihn nur noch mehr zu lieben. Und je stärker dieses Gefühl wurde, desto mehr schmerzte es.

Sie wusste, dass sie an diesem Morgen müde aussah, weil sie den Fehler begangen hatte, in den Spiegel zu blicken. Damit konnte sie fertig werden. Ihr Aussehen war nie ihre Hauptsorge gewesen. Die Rechnungen, die sie in der Post gefunden hatte, waren es dagegen schon.

Sie hatte die Wahrheit gesagt, als sie Suzanna versicherte, das Geschäft würde gut laufen. Doch es gab noch immer wunde Stellen.

Nicht alle Kunden zahlten pünktlich, und ihr Bargeldfluss war zu oft ein bloßes Rinnsal. Sechs Monate, dachte C. C. während sie durch das alte Metall schnitt. Sie brauchte nur noch sechs Monate. Doch das war viel zu lang, um dazu beitragen zu können, dass sie The Towers behielten.

Ihr Leben veränderte sich schnell, und zwar absolut nicht zu Besserem.

Trent stand da und beobachtete C. C. Sie hatte irgendeinen verbeulten alten Wagen auf der Hebebühne, stand darunter und hantierte mit einem Schweißbrenner.

Während er zuschaute, wich sie zur Seite, als ein Rohr klappernd auf dem Boden landete. Sie trug wieder einen Overall, dicke Sicherheitshandschuhe und einen Helm. Die Musik, ohne die sie offenbar nicht auskommen konnte, dröhnte aus dem Radio auf der Werkbank.

Ganz sicher hatte ein Mann die Grenze zwischen gesundem Verstand und Wahnsinn überschritten, wenn er sich vorstellte, wie herrlich es wäre, eine Frau, die wie ein Schweißer gekleidet war, auf einem Betonboden zu lieben.

C. C. veränderte ihre Haltung und entdeckte ihn. Sehr behutsam schaltete sie den Schweißbrenner aus, bevor sie das Visier hochklappte.

„Ich habe an deinem Wagen keinen Fehler gefunden. Die Schlüssel sind im Büro. Kostet nichts.“ Sie klappte das Visier wieder herunter.

„C. C.!“

„Ja?“

„Was ist mit Abendessen?“

Sie schob den Schild zurück und betrachtete Trent. „Was ist damit?“

„Ich meine ..." Mit einem Blick nach oben trat er zu ihr unter den Wagen. „Ich möchte, dass du heute Abend mit mir isst."

Sie verlagerte ihr Gesicht. „Seit einigen Tagen esse ich jeden Abend mit dir." Sie klappte das Visier herunter.

Trent klappte es wieder hoch. „Nein, ich meine, ich möchte dich zum Dinner ausführen."

„Warum?"

„Warum nicht?"

C. C. hob eine Augenbraue. „Nun, das ist nett, aber ich stehe heute Abend ein wenig unter Druck. Wie haben Familienrat." Sie zog das Visier wieder herunter und wollte den Schneidbrenner erneut anzünden.

„Dann eben morgen." Verärgert klappte Trent das Visier wieder hoch. „Wenn du nichts dagegen hast, möchte ich dir in die Augen schauen können, wenn ich mit dir spreche."

„Ich habe aber etwas dagegen, weil ich arbeiten muss. Und ich gehe morgen nicht mit dir zum Dinner aus."

„Weshalb nicht?"

Sie stieß einen langen Atemzug aus, der ihre Haare hochwirbelte. „Weil ich es nicht will."

„Du bist noch immer wütend auf mich."

Ihre Augen, die zu strahlen begonnen hatten, wirkten plötzlich eisig. „Wir haben das alles geregelt. Es besteht also kein Grund, weshalb ich mit dir eine Verabredung treffen und ausgehen sollte."

„Nur ein Abendessen", sagte Trent und wurde sich bewusst, dass er nicht lockerlassen konnte. „Niemand wird das eine Verabredung nennen. Ein schlichtes Essen, als Freunde, bevor ich nach Boston zurückfahre."

„Du fährst zurück?“ Ihr Herz schien in die Kniekehlen zu rutschen. Sie wandte sich ab, um in einigen Werkzeugen herumzuwühlen.

„Ja. Für Mitte der Woche habe ich ein paar Meetings vorgesehen. Ich werde am Mittwochnachmittag im Büro erwartet.“

Einfach so, dachte sie, während sie eine Rohrzange ergriff und wieder weglegte. ‚Ich habe ein paar Meetings vorgesehen‘, also bis dann ... tut mir Leid, dass ich dein Herz gebrochen habe ... „Nun ja, dann, gute Fahrt.“

„C. C.“ Er legte eine Hand auf ihren Arm, ehe sie sich wieder hinter dem Visier verstecken konnte. „Ich möchte etwas Zeit mit dir verbringen. Ich würde mich in der ganzen Angelegenheit wesentlich besser fühlen, wenn ich wüsste, dass wir uns im Guten trennen.“

„Du willst dich besser fühlen“, murmelte sie und zwang sich dazu, sich ein wenig zu entspannen. „Sicher, warum nicht. Dinner morgen geht in Ordnung. Du verdienst einen kleinen Abschied.“

„Ich weiß es zu schätzen, wirklich.“ Er tätschelte ihre Wange und beugte sich vor. C. C. zog das Visier mit einem Klacken herunter.

„Geh lieber von dem Schweißbrenner weg, Trent“, sagte sie sanft. „Du könntest dich verbrennen.“

Ein Familienrat war bei den Calhouns traditionsgemäß laut, angefüllt mit heftigen Diskussionen und Tränen und Gelächter.

Dieser Familienrat war ungewöhnlich gedämpft.

Amanda saß in ihrer Eigenschaft als Finanzberaterin am Kopfende des Tisches.

Im Raum war es still.

Suzanna hatte die Kinder bereits zu Bett gebracht. Es war ein wenig leichter gewesen als gewöhnlich, weil die beiden sich durch das Spiel mit Fred erschöpft hatten – und umgekehrt.

Trent hatte sich diskret gleich nach dem Dinner entschuldigt. Es spielte wohl kaum eine Rolle, fand C. C. Er würde den Ausgang früh genug erfahren. Sie fürchtete, dass sie alle ihn bereits kannten.

„Vermutlich weiß jede von uns, warum wir hier sind", begann Amanda. „Trent fährt am Mittwoch zurück nach Boston, und es wäre in jeder Hinsicht am besten, wir würden ihm vor seiner Abreise unsere Entscheidung bezüglich des Hauses mitteilen."

„Ich finde, wir sollten uns lieber auf die Suche nach der Halskette konzentrieren", bemerkte Lilah. Ihr starrer Blick stand im Gegensatz zu ihrem nervösen Spiel mit den Obsidiankristallen, die sie um ihren Hals trug.

„Wir suchen noch immer nach den Papieren." Suzanna legte eine Hand auf Lilahs Arm. „Aber wir müssen uns wohl darüber im klaren sein, dass die Suche nach der Halskette lange dauern wird. Länger, als wir uns leisten können."

„Dreißig Tage ist länger, als wir uns leisten können." Alle Augen richteten sich auf Amanda. „Ich habe letzte Woche vom Anwalt eine Nachricht erhalten."

„Letzte Woche!" warf Coco ein. „Stridley hat sich mit dir in Verbindung gesetzt, und du hast es nicht erwähnt?"

„Ich hatte gehofft, ich könnte einen Aufschub erwirken, ohne irgendjemandem Sorgen zu bereiten." Amanda legte eine Hand auf die Akte vor sich. „Ausgeschlossen. Wir haben von den Steuerrückzahlungen gelebt, aber die harte Tatsache ist, dass wir nicht genug Rücklagen gebildet haben. Die Versicherungsprämien werden fällig. Wir können sie zahlen, und auch die Hypothek – fürs Erste. Strom und andere Nebenkosten waren in diesem Winter höher als gewöhnlich, und die neue Heizung und die Reparaturen des Daches haben eine Menge von unserem Stammkapital aufgefressen."

C. C. fragte: „Wie schlimm ist es?"

„So schlimm, wie es nur sein kann." Amanda rieb sich die schmerzende Schläfe. „Wir könnten noch ein paar Stücke verkaufen und uns damit über Wasser halten, so eben. Aber in zwei Monaten sind wieder Steuern fällig, und dann sind wir dort, wo wir angefangen haben."

„Ich kann meine Perlen verkaufen und …" begann Coco, doch Lilah schnitt ihr das Wort ab.

„Nein. Absolut nein. Wir waren uns schon vor langer Zeit einig, dass es ein paar Dinge gibt, die nicht verkauft werden können. Wenn wir uns den Tatsachen stellen müssen", sagte sie grimmig, „dann sollten wir das tun."

„Die Wasserinstallation ist im Eimer", fuhr Amanda fort und musste sich räuspern, weil sie einen Kloß im Hals hatte. „Wenn wir die elektrischen Leitungen nicht erneuern lassen, könnte uns das ganze Haus unter den Händen abbrennen. Das Honorar für Suzannas Anwalt …"

„Das ist mein Problem", unterbrach Suzanna.

„Das ist unser Problem", verbesserte Amanda und erhielt einhellige Zustimmung. „Wir sind eine Familie", fuhr sie fort. „Wir haben das Schlimmste gemeinsam durchgestanden, und wir sind damit fertig geworden. Vor sechs oder sieben Jahren sah alles so aus, als würde es gut laufen. Aber die

Steuern sind gestiegen, zusammen mit den Versicherungen, den Reparaturkosten, mit allem. Es ist nicht so, als wären wir arm, aber das Haus frisst jeden Cent auf, den wir erübrigen können, und noch einiges mehr. Wäre ich der Meinung, dass wir aus dieser Talsohle herauskommen, wenn wir noch ein oder zwei Jahre durchhalten, würde ich sagen, wir sollten das Limoges verkaufen oder ein paar Antiquitäten. Aber es ist, als würde man mit bloßen Händen ein Loch in einem Damm zuhalten und gleichzeitig feststellen müssen, wie andere Stellen brechen, während einem schon die Finger abrutschen."

„Was meinst du, Mandy?" fragte C. C.

„Ich meine", antwortete Amanda und presste ihre Lippen zusammen, „die einzige realistische Chance für uns ist der Verkauf des Hauses. Mit dem Angebot von St. James können wir unsere Schulden tilgen, das meiste von dem behalten, was uns allen wichtig ist, und ein anderes Haus kaufen. Wenn wir nicht verkaufen, wird uns The Towers auf jeden Fall in einigen Monaten weggenommen." Eine Träne lief über ihre Wange. „Es tut mir Leid. Ich finde einfach keinen Ausweg."

„Es ist nicht deine Schuld." Suzanna tastete nach ihrer Hand. „Wir alle haben gewusst, dass es dazu kommen wird."

Amanda schniefte und schüttelte den Kopf. „Was wir als Sicherheitspolster hatten, haben wir bei dem Zusammenbruch der Aktienbörsen verloren. Wir konnten uns einfach nicht mehr erholen. Ich weiß, ich habe diese Investitionen gemacht ..."

„Wir alle haben diese Investitionen gemacht." Lilah beugte sich vor, um ebenfalls die Hände der anderen zu ergreifen. „Auf Empfehlung eines sehr angesehenen Börsenmaklers. Wäre nicht der Boden durchgebrochen, hätte ich in der Lotterie gewonnen, wäre Baxter nicht so ein geldgieriger Bastard gewesen, dann wären die Dinge jetzt vielleicht anders. Aber sie sind es nicht."

„Wir werden trotzdem zusammen bleiben." Coco fügte ihre Hand dazu. „Darauf kommt es an."

„Darauf kommt es an", stimmte C. C. ihr zu und legte ihre Hand noch ganz obenauf. Und zumindest das fühlte sich richtig an, wenn schon nichts anderes. „Was machen wir jetzt?"

Amanda rang um Fassung und lehnte sich zurück. „Ich würde sagen, wir bitten Trent herunter und überzeugen uns davon, dass das Angebot noch immer steht."

„Ich hole ihn." C. C. stand auf und verließ eilig das Zimmer.

Sie konnte es nicht glauben. Selbst während sie durch die zahlreichen Räume und auf den Korridor hinaus und die Treppe hinaufging und mit einer Hand über das Geländer strich, konnte sie es nicht glauben. Nichts davon würde ihr noch lange gehören.

Eine Zeit würde kommen, da sie nicht mehr von ihrem Zimmer auf die hohe Steinbalustrade treten und auf die See blicken konnte.

Sie würde nicht mehr die Stufen zu Biancas Turm hinaufklettern und Lilah auf dem Fenstersitz zusammengekuschelt vorfinden, während sie ihren Blick durch das staubige Glas ins Freie richtete und träumte.

Oder Suzanna, die im Garten arbeitete, während die Kinder in ihrer Nähe über den Rasen jagten.

Amanda würde nicht mehr die Treppe herunterkommen, um hastig irgendwohin zu fahren oder irgendetwas zu tun.

Tante Coco würde sich nicht mehr am Küchenherd zu schaffen machen.

In wenigen Sekunden würde das Leben, das sie gekannt hatte, vorbei sein. Und das neue Leben musste erst beginnen. Sie hing irgendwo in einem Niemandsland, zu betäubt, um Schmerz zu verspüren.

Trent kauerte neben dem Kaminfeuer, während Fred auf dem leuchtend roten Kissen in seinem neuen Hundekörbchen schnarchte. Trent wurde klar, dass er den kleinen Teufel vermissen würde. Selbst wenn er daheim in Boston Zeit und Neigung für einen Hund gehabt hätte, wäre es ihm unmöglich gewesen, Fred den Kindern oder den Frauen wegzunehmen.

Er hatte gesehen, wie C. C. an diesem Nachmittag dem Welpen in dem kleinen Garten neben dem Haus ein Bällchen zugeworfen hatte, als sie von der Arbeit heimgekommen war. Es war so schön gewesen, sie lachen zu hören und sie mit dem Hund und Suzannas Kindern balgen zu sehen.

Seltsamerweise erinnerte es ihn an die Fantasie, die er gehabt hatte – an den Tagtraum, verbesserte er sich. An den Tagtraum, den er erlebt hatte, als während der Séance seine Gedanken abgeschweift waren. Jenen Tagtraum, wie er und C. C. auf einer sonnigen Veranda saßen und Kindern beim Spielen im Garten zuschauten.

Es war natürlich Albernheit, aber irgendetwas hatte sich an diesem Nachmittag in seinem Inneren geregt, als er an der Tür gestanden und mitbekommen hatte, wie sie Fred ein

Bällchen zuwarf. Es war ein gutes Gefühl gewesen, bis sie sich umdrehte und ihn entdeckte. Ihr Lachen war wie weggewischt gewesen, und ihre Augen hatten einen eigenartigen Glanz angenommen.

Er stand auf und betrachtete die Flammen im Kamin. Es war verrückt, aber er wünschte sich von ganzem Herzen, C. C. wurde noch einmal explodieren, noch einmal mit der Faust nach ihm schlagen, ihn mit Schimpfnamen belegen. Die schlimmste Form der Bestrafung war ihre gleich bleibende leidenschaftslose Höflichkeit.

Bei dem Klopfen an der Tür murmelte Fred leise im Schlaf.

Als Trent die Tür öffnete und C. C. vor sich sah, freute er sich ungemein und war gleichzeitig besorgt. Diesmal konnte er sie nicht wegschicken. Es war unmöglich, ihr zu sagen, dass es nicht sein konnte. Er musste … Dann schaute er in ihre Augen.

„Was ist denn los?“ Er streckte tröstend eine Hand aus, doch C. C. wich steif vor ihm zurück.

„Wir möchten, dass du nach unten kommst, wenn es dir nichts ausmacht.“

„Catherine …“

Doch sie ging bereits weg und machte immer größere Schritte, um schnellstens für Abstand zwischen ihnen beiden zu sorgen.

Trent fand sie alle gefasst um den Esszimmertisch herum versammelt. Und er war klug genug zu begreifen, dass er es hier mit einer vereinigten Willenskraft zu tun hatte.

Die Calhouns hatten die Reihen geschlossen.

„Ladies?“

„Trent, setzen Sie sich bitte!" Coco deutete auf den Stuhl neben sich. „Hoffentlich stören wir Sie nicht."

„Überhaupt nicht." Er blickte zu C. C., doch sie fixierte die Wand oberhalb seines Kopfes. „Halten wir noch eine Séance ab?"

„Diesmal nicht." Lilah deutete mit einem Kopfnicken auf Amanda. „Mandy?"

„Also gut." Sie holte tief Luft und war erleichtert, als Suzanna unter dem Tisch ihre Hand drückte. „Trent, wir haben Ihr Angebot für The Towers diskutiert und beschlossen, es zu akzeptieren."

Er warf ihr einen undefinierbaren Blick zu. „Es zu akzeptieren?"

„Ja." Amanda drückte ihre freie Hand auf ihren flauen Magen. „Das heißt, sofern Ihr Angebot noch steht."

„Ja, natürlich." Er ließ seinen Blick schweifen und schließlich auf C. C. verharren. „Sind Sie sich einig, dass Sie verkaufen wollen?"

„Wolltest du das nicht von Anfang an?" C. C.s Stimme klang schroff. „Bist du nicht deshalb hierher gekommen?"

„Ja." Aber er hatte wesentlich mehr erhalten, als er hatte haben wollen. „Meine Firma wird sehr gern den Besitz kaufen. Aber es muss sichergestellt sein, dass Sie alle zugestimmt haben, dass Sie alle genau das wollen – alle."

„Wir sind uns einig." C. C. vermied den Blickkontakt mit Trent.

„Die Anwälte werden sich um die Details kümmern", fuhr Amanda fort. „Doch bevor wir die Angelegenheit den Anwälten übergeben, möchte ich noch einmal die Bedingungen durchgehen, Trent."

„Natürlich." Er nannte erneut den Kaufpreis.

Tränen begannen in C. C.s Augen zu brennen.

„Es gibt keinen Grund, weshalb wir wegen des zeitlichen Ablaufs nicht flexibel sein sollten. Mir ist klar, dass Sie ein Inventarverzeichnis erstellen wollen, bevor Sie umziehen."

Sie wollen es so, erinnerte er sich. Es ist nur ein Geschäft. Deshalb werde ich mich nicht so fühlen, als wäre ich gerade unter einem Stein hervorgekrochen.

„Wir möchten den Umzug am liebsten schnell durchführen." Suzanna heischte am Tisch um Bestätigung. „Sobald wir ein anderes Haus gefunden haben."

„Wenn ich Ihnen irgendwie helfen kann ..."

„Du hast schon genug getan", unterbrach C. C. kühl. „Wir können für uns selbst sorgen."

„Ich möchte eine Bedingung hinzufügen." Lilah beugte sich vor. „Sie kaufen das Haus und das Land, aber nicht das Inventar."

„Natürlich bleiben die Einrichtung, die Erbstücke und Ihre persönlichen Besitztümer Ihr Eigentum."

„Einschließlich der Halskette." Sie neigte ihren Kopf. „Ob sie nun gefunden wird, bevor wir das Haus räumen oder danach, die Kette gehört den Calhouns. Ich will das schriftlich, Trent. Sollte irgendwann während Ihrer Renovierungsarbeiten die Halskette gefunden werden, gehört sie uns."

„In Ordnung." Die kleine Klausel wird die Anwälte zum Wahnsinn treiben, dachte er, aber das ist deren Problem. „Ich werde dafür sorgen, dass es in den Vertrag aufgenommen wird."

„Biancas Turm." Lilah sprach langsam, als hätte sie Angst, ihre Stimme könnte brechen. „Gehen Sie behutsam damit um."

„Wie wäre es mit Wein?" Coco stand auf und flatterte mit den Händen. „Wir sollten einen Schluck Wein trinken."

„Entschuldigt mich." C. C. zwang sich dazu, aufzustehen und dem Impuls zu widerstehen, aus dem Zimmer zu stürmen. „Wenn wir mit allem fertig sind, möchte ich nach oben gehen. Ich bin müde."

Trent wollte ihr folgen, aber Suzanna hielt ihn zurück. „Ich glaube nicht, dass sie jetzt aufnahmebereit ist. Ich werde gehen."

C. C. betrat die Terrasse, um sich über die Mauer zu lehnen und ihre Tränen von dem kalten Wind trocknen zu lassen.

Es sollte Sturm geben, dachte sie. Ich wünschte mir einen Sturm, so wütend und leidenschaftlich wie mein Herz.

Sie schlug mit der Faust auf die Mauer und verfluchte den Tag, an dem sie Trent kennen gelernt hatte. Er wollte nicht ihre Liebe, aber ihr das Haus nehmen.

Natürlich, hätte er ihre Liebe erwidert, hätte er ihr nie das Haus nehmen können.

„C. C." Suzanna trat ins Freie und legte einen Arm um ihre Schultern. „Es ist kalt. Lass uns hineingehen."

„Es ist nicht richtig."

„Nein." Sie drückte ihre Schwester an sich. „Das ist es nicht."

„Er weiß nicht einmal, was es bedeutet." Sie wischte die Zornestränen weg. „Er kann es nicht verstehen. Er wollte auch gar nicht."

„Vielleicht nicht. Vielleicht kann das niemand außer uns. Aber das ist nicht seine Schuld, C. C. Wir können nicht ihm die Schuld geben, weil wir das Haus nicht halten konnten."

Suzanna wandte ihren Blick von dem Garten ab, den sie liebte, und sah zu den Klippen, die sie stets anzogen.

„Ich bin hier schon einmal weggegangen, scheint ein ganzes Leben her zu sein, aber es sind erst sieben Jahre. Jetzt fast schon acht." Suzanna seufzte. „Ich dachte, es wäre der glücklichste Tag meines Lebens, als ich diese Insel verließ, um in mein neues Zuhause in Boston zu ziehen."

„Du brauchst nicht darüber zu sprechen. Ich weiß, dass es dir wehtut."

„Nicht mehr so sehr wie früher. Ich war verliebt, C. C., eine Braut, die ihre Zukunft in Händen hielt. Und als ich mich umdrehte und sah, wie The Towers hinter mir verschwand, weinte ich wie ein Kind. Ich dachte, diesmal würde es leichter sein." Als ihr die Tränen in die Augen zu steigen drohten, schloss sie die Lider. „Ich wünschte, es wäre so. Was ist nur mit diesem Haus, dass es uns dermaßen anzieht?" fragte sie versonnen.

„Ich weiß, dass wir ein anderes Haus finden können." C. C. verschlang ihre Finger mit denen ihrer Schwester. „Ich weiß, dass wir zurechtkommen und sogar glücklich sein werden. Aber es schmerzt. Du hast Recht, es ist nicht Trents Schuld. Aber …"

„Du musst irgendjemandem die Schuld geben." Suzanna lächelte verständnisvoll.

„Er hat mich verletzt. Ich gebe es wirklich nur ungern zu, aber es ist so. Ich möchte gern sagen können, dass er mich dazu gebracht hat, mich in ihn zu verlieben. Es würde mir schon genügen, wenn er zugelassen hätte, mich in ihn zu verlieben. Doch nichts davon trifft zu. Das habe ich alles ganz von selbst gemacht."

„Und Trent?"

„Er ist nicht interessiert."

„Nach der Art, wie er dich ansieht, müsstest du dich irren."

„O ja, er ist interessiert", entgegnete C. C. grimmig. „Aber Liebe hat nichts damit zu tun. Er hat sehr höflich abgelehnt, einen Nutzen aus meinem Mangel an Erfahrung zu ziehen, wie er es nennt."

„Oh!" Suzanna blickte wieder zu den Klippen. Sie wusste, dass Zurückweisung die schärfste aller Klingen war. „Es hilft nicht viel, aber es hätte noch schwieriger für dich sein können, wäre er nicht so vernünftig gewesen."

„Er ist vernünftig, o ja", räumte C. C. mit säuerlicher Miene ein. „Und da er ein vernünftiger und zivilisierter Mann ist, möchte er, dass wir Freunde bleiben. Er führt mich sogar morgen zum Dinner aus, um sicherzugehen, dass ich nicht hinter ihm hertrauere, sodass er ohne Schuldgefühle nach Boston zurückkehren kann."

„Was wirst du machen?"

„Nun, ich werde mit ihm zum Dinner ausgehen. Ich kann genauso verdammt zivilisiert sein wie er." Sie reckte ihr Kinn hoch. „Und wenn ich mit ihm fertig bin, wird es ihm Leid tun, jemals seine Augen auf Catherine Calhoun gerichtet zu haben." Sie wirbelte zu ihrer Schwester herum. „Hast du noch immer dieses rote Kleid, das mit den Steinchen besetzte, das bis zur Sünde ausgeschnitten ist?"

Suzannas Lächeln wurde breit. „Worauf du wetten kannst."

„Sehen wir es uns an."

Soso, dachte C. C., was doch ein Tag und ein enges Seidenkleid für einen Unterschied machen können.

Die Lippen gespitzt, drehte sie sich vor dem gesprungenen bodenlangen Spiegel in der Ecke ihres Zimmers hin und her.

Das Kleid war einen Hauch zu klein für sie, sogar trotz der hastig ausgeführten Änderungen, die Suzanna noch in letzter Minute angebracht hatte. Aber dadurch wirkte es sogar noch mehr.

Und es sprach für sich.

Wünschst du dir nicht, mich zu bekommen? fragte das Kleid sehr deutlich.

C. C. strich mit den Händen über ihre Hüften. Wenn es nach ihr ging, konnte Trent es sich wünschen, bis ihm der Schädel platzte.

Das Kleid war ein an den Körper geschmiegtes Glitzern von Flammen, die von dem tiefen Ausschnitt bis zu dem hochgezogenen Saum hinunter leckten. Suzanna hatte das Kleid bedenkenlos abgeschnitten, sodass es C. C. nur bis zum halben Schenkel reichte. Die langen Ärmel endeten in engen Stulpen an ihren Handgelenken. Und sie fügte noch Cocos Strassohrclips mit ihrem blendenden Funkeln dem Outfit hinzu.

Die halbe Stunde, die sie für das Make-up aufgewendet hatte, lohnte sich. Ihre Lippen waren so rot wie ihr Kleid, dank Amandas Beitrag. Ihre Lider waren in Kupfer- und

Smaragdtönen geschminkt, dank Lilah, ihr Haar schimmerte wie die Schwingen eines Raben und war an den Schläfen zurückgekämmt.

Alles in allem, dachte C. C., während sie sich umdrehte, steht Trenton St. James III eine Überraschung bevor.

„Suzanna sagte, du brauchst Schuhe." Lilah kam herein, stockte und war ganz hingerissen. Die Schuhe baumelten von ihren Fingern, während sie auf das Kleid starrte. „Ich muss in ein Paralleluniversum geraten sein."

C. C. wirbelte lächelnd im Kreis herum. „Was hältst du davon?"

„Trent wird Sauerstoff brauchen." Beifällig reichte sie C. C. ein hochhackiges Paar Schlangenlederschuhe. „Kleines, du siehst gefährlich aus."

„Gut." C. C. zog die Schuhe an. „Jetzt muss ich nur noch mit denen gehen können, ohne aufs Gesicht zu fallen."

„Dann übe. Ich muss Mandy holen."

Kurz darauf überwachten alle drei Schwestern C. C.s Gehversuche.

„Ihr seid zum Dinner verabredet", warf Amanda ein und zuckte bei jedem Wackeln zusammen. „Du wirst also die meiste Zeit sitzen."

„Ich kriege das schon hin", meinte C. C. „Ich bin nur nicht an hohe Absätze gewöhnt. Wie kannst du in diesen Dingern den ganzen Tag arbeiten?"

„Talent."

„Geh langsamer", schlug Lilah vor, „bedächtiger, als hättest du alle Zeit der Welt."

„Lass es dir von ihr sagen", stimmte Amanda zu. „Sie ist eine Expertin in Langsamkeit."

„In diesem Fall ..." Lilah warf Amanda einen pikierten Blick zu, „ist langsam gleichbedeutend mit sexy. Siehst du?"

C. C. nahm den Rat ihrer Schwester an und ging vorsichtig und mit Bedacht, was katzenhaft schleichend wirkte.

Amanda streckte die Arme aus. „Du hast mich überzeugt. Welchen Mantel ziehst du an, C. C.?"

„Darüber habe ich noch gar nicht nachgedacht."

„Du kannst mein schwarzes Seidencape nehmen", entschied Amanda. „Du wirst frieren, aber du wirst großartig beim Frieren aussehen. Parfüm. Tante Coco hat noch was von diesem teuflischen französischen Zeug von Weihnachten."

„Nein." Suzanna schüttelte den Kopf „Sie sollte bei ihrem üblichen Duft bleiben." Sie neigte den Kopf und betrachtete lächelnd ihre Schwester. „Der Kontrast wird ihn in den Wahnsinn treiben."

Ohne zu ahnen, was auf ihn wartete, saß Trent im Salon bei Coco. Seine Taschen waren gepackt, die Anrufe waren erledigt. Er wünschte sich, eine vernünftige Entschuldigung zu finden, um noch ein paar Tage zu bleiben.

„Wir haben es genossen, Sie bei uns zu haben", erklärte Coco, als er seinen Dank für ihre Gastfreundschaft ausgedrückt hatte. „Ich bin sicher, dass wir uns bald wieder sehen werden."

Ihre Kristallkugel log nicht, erinnerte sie sich. Diese Kristallkugel brachte noch immer Trent mit einer ihrer Nichten in Verbindung, und Coco war nicht bereit, das Handtuch zu werfen.

„Das hoffe ich. Ich muss Ihnen sagen, Coco, wie sehr ich Sie dafür bewundere, dass Sie vier so zauberhafte Frauen großgezogen haben."

„Manchmal glaube ich, dass wir uns gegenseitig großgezogen haben." Sie blickte sich verschwommen lächelnd in dem Raum um. „Dieses Haus wird mir fehlen. Um ehrlich zu sein, dachte ich nicht, dass es mir etwas ausmachen würde, bis – nun ja, bis jetzt. Ich bin nicht hier aufgewachsen wie die Mädchen. Wir reisten ziemlich viel, wissen Sie, und mein Vater kam nur sporadisch hierher zurück. Ich dachte stets, der Umstand, dass seine Mutter hier starb, hielte ihn fern. Und dann verbrachte ich natürlich die Zeit meiner Ehe und die ersten Jahre meiner Witwenschaft in Philadelphia. Als dann Judson und Deliah ums Leben kamen, zog ich wegen der Mädchen hierher." Sie warf ihm ein trauriges Lächeln zu. „Tut mir Leid, dass ich so sentimental werde, Trenton."

„Entschuldigen Sie sich nicht." Er nippte nachdenklich an seinem Aperitif. „Meine Familie hat nie zusammengehalten, und als Folge davon gab es nie ein Zuhause in meinem Leben wie dieses hier. Ich glaube, deshalb habe ich angefangen zu verstehen, was es bedeuten kann."

„Sie sollten sesshaft werden", sagte sie, schlauerweise – wie sie dachte. „Finden Sie ein nettes Mädchen, schaffen Sie sich ein Heim und eine Familie. Alle Menschen sind einsam, die niemanden haben, zu dem sie nach Hause kommen können."

Da er diesen Gedankengang vermeiden wollte, bückte er sich und warf Fred ein Bällchen zu. Zu zweit beobachteten sie, wie der Hund hinterher hoppelte, stolperte und auf dem Bauch landete.

„Nicht besonders anmutig“, murmelte Trent.

Er stand auf und holte den kleinen Ball, kraulte den Hund am Bauch und hob den Blick.

Als erstes sah er schlanke schwarze Schuhe mit hohen Absätzen.

Langsam wanderte sein Blick an langen, wohl geformten Beinen hoch. Während ihm der Atem stockte, kauerte er auf dem Fußboden und ließ sich auf seine Fersen zurücksinken.

Funkelndes Scharlachrot schmiegte sich schlank und glatt über kurvenreiche weibliche Formen.

„Was verloren?“ fragte C. C., als sich seine Augen auf ihr Gesicht richteten.

Ihre geschwungenen Lippen waren rot und schimmerten. Trent biss sich auf die Zunge, um sich davon zu überzeugen, dass er sie nicht geschluckt hatte. Auf unsicheren Beinen erhob er sich.

„C. C.?“

„Wir wollten heute zum Dinner ausgehen, nicht wahr?“

„Wir – ja. Du siehst wunderbar aus.“

„Gefällt es dir?“ Sie drehte sich im Kreis, damit er sehen konnte, dass das Kleid hinten sogar noch tiefer ausgeschnitten war als vorne. „Ich finde, rot ist eine so fröhliche Farbe.“ Und so machtvoll, dachte sie und lächelte unverändert.

„Es steht dir. Ich habe dich noch nie in einem Kleid gesehen.“

„Sehr unpraktisch, wenn es darum geht, eine Benzinpumpe auszutauschen. Bist du gehbereit?“

„Gehbereit, wohin?“

O ja, sie würde ihren Spaß haben. „Zum Dinner.“

„Richtig, ja.“

Sie neigte ihren Kopf so, wie Suzanna es ihr gezeigt hatte, und reichte ihm ihr Cape.

Es war eine Höflichkeitsgeste, die er Hunderte Male für Dutzende von Frauen ausgeführt hatte. Dennoch waren seine Hände unsicher.

„Warte nicht auf mich, Tante Coco."

„Nein, Liebes." Sobald die beiden ihr den Rücken zuwandten, lächelte sie breit und riss die Arme in die Luft.

In dem Moment, als sich die Haustür schloss, schlugen die übrigen drei Calhouns ihre hochgereckten Hände gegeneinander.

9. KAPITEL

„Ich bin froh, dass du mich dazu überredet hast, heute Abend auszugehen." C. C. tastete schon nach dem Griff, bevor sie daran dachte, sich von Trent die Wagentür öffnen zu lassen.

„Ich war mir nicht sicher, ob du noch immer mit mir ausgehen wolltest." Er umfasste ihre Hand.

„Wegen des Hauses?" So lässig wie möglich zog C. C. ihre Hand weg und ließ sich in die Polster gleiten. „Das ist erledigt. Ich möchte heute Abend lieber nicht darüber sprechen, einverstanden?"

„Einverstanden." Er schloss die Tür und umrundete die Kühlerhaube. „Amanda hat das Restaurant empfohlen." Er hatte seine Hand am Schlüssel, blickte jedoch C. C. weiterhin an.

„Stimmt etwas nicht?"

„Nein." Sofern man sein Nervensystem außer Acht ließ. Nachdem er den Motor gestartet hatte und angefahren war, versuchte er es noch einmal. „Ich dachte, du würdest gern nahe am Wasser speisen."

„Das klingt gut." Sein Radio war auf einen Sender mit klassischer Musik eingestellt. Nicht ihr üblicher Stil, fand sie. Aber es war auch keine übliche Nacht. C. C. lehnte sich zurück und bereitete sich darauf vor, die Fahrt zu genießen. „Hast du dieses Klappern wieder gehört?"

„Welches Klappern?"

„Das Klappern, das ich für dich beseitigen sollte."

„Oh, das Klappern." Er lächelte. „Nein. Es hat wohl nur in meiner Einbildung existiert." Als sie ihre Beine übereinander schlug, spannten sich seine Finger am Lenkrad an. „Du hast mir noch nicht erzählt, wieso du dich entschlossen hast, Automechanikerin zu werden."

„Weil ich gut darin bin." Sie drehte sich so auf dem Sitz, dass sie Trent ansah. Er fing einen Hauch von Flieder auf und hätte beinahe gestöhnt. „Als ich sechs war, nahm ich den Motor unseres Rasenmähers auseinander, um festzustellen, wie er funktioniert. Davon bin ich nicht mehr losgekommen. Warum bist du ins Hotelgewerbe gegangen?"

„Das wurde von mir erwartet." Er stockte, als er überrascht erkannte, dass dies die erste Antwort aus seinem Mund war. „Und ich nehme an, dass ich gut darin geworden bin."

„Gefällt es dir?"

Hatte ihn das jemals irgendjemand zuvor schon gefragt? Hatte er sich selbst das jemals gefragt? „Ja, ich schätze schon."

„Du schätzt?" Ihre Brauen verschwanden unter den Stirnfransen. „Ich dachte, du wärst dir in allem sicher."

Trent sah sie an und wäre beinahe von der Straße abgekommen. „Offenbar nicht."

Als sie vor dem Restaurant an der Küste hielten, hatte er sich an ihre Verwandlung gewöhnt. Oder er glaubte es wenigstens.

Er ging um den Wagen herum, um die Tür für C. C. zu öffnen. Sie stieg aus, und kurz danach standen sie einander Auge in Auge gegenüber, nur einen Hauch voneinander entfernt.

C. C. wich nicht aus und fragte sich, ob er hören konnte, wie ihr Herz gegen ihre Rippen trommelte.

„Bist du sicher, dass nicht doch etwas nicht stimmt?"

„Nein." Trent war nur sicher, dass niemand, der so ungeheuer sexy war, dazu bestimmt war, dass man ihm widerstand. Er legte eine Hand in ihren Nacken. „Lass mich nachprüfen."

Sie wich in dem Moment aus, als seine Lippen die ihren streifen wollten. „Das ist keine Verabredung, denk daran, nur ein freundschaftliches Dinner."

„Ich möchte die Spielregeln ändern."

„Zu spät." Lächelnd bot sie ihm ihre Hand. „Ich bin hungrig."

„Da bist du nicht allein", murmelte er und führte sie hinein.

Er überlegte noch, wie er mit ihr umgehen sollte. Die ansonsten sich so glatt vollziehenden Rituale, die er für selbstverständlich angesehen hatte, wirkten eingerostet.

Die Szenerie war perfekt. Der kleine Tisch stand neben dem Fenster, und die Wellen plätscherten gleich darunter. Als die Sonne im Westen versank, färbte sie die Bay dunkler. Trent bestellte Wein, während C. C. nach der Speisekarte griff und ihn anlächelte.

C. C. schlüpfte behutsam aus ihren Schuhen.

„Ich war hier noch nicht", erklärte sie Trent. „Es ist sehr hübsch."

„Ich kann nicht dafür garantieren, dass das Essen so außergewöhnlich sein wird wie das deiner Tante."

„Niemand kocht wie Tante Coco. Es wird ihr Leid tun, wenn du wegfährst. Sie kocht gern für einen Mann."

„Und du?"

„Und ich was?"

„Wird es dir auch Leid tun, wenn ich wegfahre?"

C. C. blickte in die Speisekarte und versuchte, sich auf ihre Wahl zu konzentrieren. Tatsache war, dass sie gar keine Wahl hatte. „Da du noch immer hier bist, müssen wir abwarten. Ich kann mir vorstellen, dass du in Boston eine ganze Menge nachzuholen hast."

„Ja, allerdings. Ich habe daran gedacht, Urlaub zu machen, wenn ich alles erledigt habe. Einen richtigen Urlaub. Bar Harbor könnte eine gute Wahl sein."

Sie blickte hoch und dann beiseite. „Tausende denken so", murmelte sie und war erleichtert, als der Kellner den Wein servierte.

„Wenn du überall hinfahren könntest, wohin du wolltest, was würdest du aussuchen?"

„Das ist eine schwierige Frage, weil ich nirgendwo war." C. C. nahm einen Schluck und fühlte den Wein auf ihrer Zunge glatt wie kühle Seide. „Ich glaube, irgendeinen Ort, an dem ich beobachten kann, wie die Sonne am fernen Horizont untergeht. Wo es warm ist." Sie zuckte die Schultern. „Wahrscheinlich hätte ich Paris oder London sagen sollen."

„Nein." Er legte eine Hand auf die ihre. „Catherine ..."

„Sind Sie bereit für die Bestellung?"

C. C. blickte zu dem Kellner hoch, der neben ihnen stand. „Ja." Sie entzog Trent ihre Hand und wählte willkürlich von der Speisekarte. Vorsichtshalber hielt sie eine Hand in ihrem Schoß, als sie ihr Weinglas hob. In dem Moment, als sie wieder allein waren, fragte sie: „Hast du jemals einen Wal gesehen?"

„Nein."

„Du wirst irgendwann zurückkommen, während du The Towers umbauen lässt. Du solltest dir einen Tag nehmen und mit einem der Walbeobachtungsboote hinausfahren. Beim letzten Mal habe ich drei Buckelwale gesehen. Du musst dich allerdings warm anziehen. Sogar im Hochsommer wird es kalt, wenn du erst einmal draußen auf dem Atlantik bist. Es kann eine raue Fahrt sein, aber sie lohnt sich. Vielleicht wirst du dir sogar überlegen, ob du selbst ein Ferienpaket anbieten solltest. Du weißt schon, ein Wochenendaufenthalt, kombiniert mit einer Walbeobachtungstour. Viele von den Hotels …"

„Catherine." Trent brachte sie zum Verstummen, indem er rasch ihr Handgelenk umfasste, bevor sie ihr Glas erneut heben konnte. Er konnte ihren raschen, ungleichmäßigen Pulsschlag fühlen. Keine Leidenschaft diesmal, dachte er, sondern ein verletztes Herz. „Die Papiere sind noch nicht unterschrieben", sagte er ruhig. „Es ist noch immer Zeit, um nach anderen Möglichkeiten zu suchen, Euch The Towers zu erhalten."

„Es gibt keine anderen Möglichkeiten." Sie erkannte, während sie ihn anschaute, dass ihm etwas daran lag. Sie sah es in seinen Augen. Sorge, Entschuldigung. Irgendwie war es das wert, dass sie nun wusste, dass ihm etwas daran lag. „Entweder verkaufen wir jetzt an dich, oder The Towers wird später wegen der Steuern verkauft. Das Endresultat bleibt gleich, und es liegt etwas mehr Würde darin, wenn wir es so machen."

„Ich könnte vielleicht helfen. Ein Darlehen."

C. C. zog sich augenblicklich zurück. „Wir können dein Geld nicht nehmen."

„Wenn ich euch das Haus abkaufe, nehmt ihr auch mein Geld."

„Das ist etwas anderes. Das ist ein Geschäft, Trent", sagte sie, bevor er widersprechen konnte. „Ich schätze dein Angebot, vor allem, weil ich weiß, dass du aus dem einzigen Grund hier bist, um The Towers zu kaufen."

Das ist der einzige Grund, dachte er. Oder er war es zumindest gewesen. „Es ist nur so, dass ich mir vorkomme, als würde ich Witwen und Waisen ihr Heim wegnehmen."

Sie brachte ein Lächeln zu Stande. „Wir sind fünf starke, selbstständige Frauen. Wir geben dir keine Schuld – das heißt, ich gebe dir ein wenig die Schuld, aber ich weiß wenigstens, dass es unfair von mir ist. Meine Gefühle für dich machen es nicht leicht, fair zu sein."

„Wie sind deine Gefühle?"

Sie stieß einen kleinen Seufzer aus, als der Kellner die Vorspeise servierte und die Kerze zwischen ihnen anzündete. „Du nimmst das Haus, dann kannst du auch alles haben. Ich bin in dich verliebt, aber ich werde darüber hinwegkommen." Sie neigte leicht den Kopf und nahm die Gabel auf. „Gibt es noch etwas, das du wissen willst?"

Als er erneut ihre Hand ergriff, zog sie sich nicht zurück, sondern wartete. „Ich wollte dir nie wehtun", sagte er behutsam. Wie gut doch ihre Hand in die seine passte, fand er, während er sie betrachtete. Wie beruhigend es war, seine Finger mit den ihren zu verschränken. „Ich bin nur nicht fähig, dir oder irgendeiner anderen Liebe und Treue zu schwören."

„Das ist traurig." C. C. schüttelte den Kopf, als Trent sie wieder anschaute. „Sieh mal, ich verliere nur ein Haus. Ich kann ein anderes finden. Du verlierst den Rest deines Lebens, und du hast nur eines." Sie zwang ein Lächeln auf ihre Lippen, als sie sich von ihm löste. „Es sei denn, du schließt dich Lilahs Vorstellungen von Wiedergeburt an. Das ist ein guter Wein", bemerkte sie. „Was ist das für einer?"

„Pouilly Fumé."

„Den muss ich mir merken." Sie plauderte fröhlich, während sie aß, ohne irgendetwas zu schmecken. Als der Kaffee serviert wurde, wusste C. C., dass sie lieber einen Motor mit ihren Fingernägeln auseinander nehmen würde, als noch einmal einen solchen Abend durchzustehen.

Ihn so verzweifelt zu lieben und doch so stark sein zu müssen, so stolz, dass sie so tat, als wäre sie fähig, ohne ihn zu leben. Hier zu sitzen und begierig jede Geste und jedes Wort in ihrem Gedächtnis zu speichern, während sie vorgab, alles wäre ganz lässig und locker.

Sie wollte ihn anschreien und wüten und ihn dafür verdammen, dass er ihre Gefühle zur Raserei hochgeputscht hatte und dann ganz ruhig von dem tobenden Gewitter wegging. Doch sie konnte sich nur an den kalten Trost des Stolzes klammern.

„Erzähl mir etwas über dein Zuhause in Boston", forderte sie ihn auf. Dann konnte sie ihn sich in seinem eigenen Heim vorstellen.

Trent konnte seinen Blick nicht von ihr abwenden. Wie die Clips an ihren Ohren Funken zu versprühen schienen. Wie der Widerschein der Kerzen träumerisch in ihren Augen schimmerte. Während des ganzen Abends hatte er das Gefühl gehabt, als würde sie einen Teil von sich abblocken. Den wichtigsten Teil. Und er würde vielleicht nie wieder alles von ihr sehen.

„Mein Zuhause?"

„Ja, wo du wohnst."

„Es ist einfach ein Haus." Ganz plötzlich wurde ihm bewusst, dass es ihm nichts bedeutete. Es war eine ausgezeichnete Investition, das war alles. „Es ist nur ein paar Minuten von dem Büro entfernt."

„Das ist praktisch. Wohnst du schon lange da?"

„Etwa fünf Jahre. Und zwar habe ich es von meinem Vater gekauft, als er und seine dritte Frau sich trennten. Sie beschlossen, ein paar Vermögenswerte flüssig zu machen."

„Ich verstehe." Und C. C. fürchtete, dass sie es wirklich tat. „Lebt deine Mutter auch in Boston?"

„Nein. Sie reist. Es gefällt ihr nicht, an einen Ort gebunden zu sein."

„Klingt nach Großtante Colleen." C. C. lächelte über den Rand ihrer Tasse hinweg. „Das ist die Tante meines Vaters, Biancas ältestes Kind."

„Bianca", murmelte Trent und dachte wieder an jenen Moment, als er diese sanfte und beschwichtigende Wärme auf seinen und C. C.s verschlungenen Händen gefühlt hatte.

„Sie lebt auf Kreuzfahrtschiffen. Von Zeit zu Zeit bekommen wir eine Postkarte aus irgendeinem Hafen, Aruba oder Madagaskar. Sie ist etwas über achtzig, Single aus Leidenschaft und gemein wie ein Hai mit einem Kater. Wir alle leben in der Angst, dass sie uns besuchen könnte."

„Ich wusste gar nicht, dass du andere noch lebende Verwandte hast außer Coco und deinen Schwestern." Er zog seine Brauen zusammen. „Sie könnte etwas über die Halskette wissen."

„Großtante Colleen?“ C. C. spitzte die Lippen, während sie darüber nachdachte. „Das bezweifle ich. Sie war noch ein Kind, als Bianca starb, und verbrachte den größten Teil ihrer Kindheit in Internaten.“ Ohne zu überlegen, nahm sie ihre Clips ab und massierte die zarten Ohrläppchen. Begierde breitete sich wie Buschfeuer in Trents Blut aus. „Jedenfalls, falls wir sie aufspüren könnten – was nicht wahrscheinlich ist – und ihr gegenüber diese ganze Sache erwähnen, würde sie wahrscheinlich dahergedampft kommen und sämtliche Mauern aufhacken. Sie mag The Towers nicht, dafür mag sie umso mehr Geld.“

„Das klingt nicht nach einer Verwandten von dir.“

„Ach, wir haben eine ganze Reihe von sonderbaren Dingen in unserem Familienschrank.“ Nachdem C. C. die Ohrclips in ihre Beuteltasche hatte fallen lassen, stützte sie einen Ellbogen auf den Tisch. „Großonkel Sean – er war Biancas Jüngster – wurde niedergeschossen, als er aus dem Fenster seiner verheirateten Geliebten kletterte. Einer seiner Geliebten, sollte ich wohl sagen. Er ging nach Westindien, und niemand hat mehr etwas von ihm gehört. Das war irgendwann in den dreißiger Jahren.“

Trent hörte fasziniert zu.

„Ethan, mein Großvater, verlor den größten Teil des Familienvermögens durch Karten und Pferde. Spielen war seine Schwäche, und das hat ihn auch umgebracht. Er schloss eine Wette ab, von Bar Harbor nach Newport und zurück innerhalb von sechs Tagen segeln zu können. Er schaffte es nach Newport und segelte früher als geplant zurück, als er in einen Orkan geriet und auf See verloren ging. Was bedeutet, dass er auch seine letzte Wette verlor.“

„Die beiden hören sich nach einem abenteuerlichen Paar an."

„Sie waren Calhouns", erklärte C. C., als würde das alles besagen.

„Tut mir Leid, dass die St. James' nichts Vergleichbares zu bieten haben."

„Ach ja. Ich habe mich immer gefragt, ob Bianca von diesem Turmfenster zurückgewichen wäre, hätte sie gewusst, wie schief es mit ihren Kindern laufen würde." C. C. blickte nachdenklich zu den Lichtern hinaus, die auf dem Wasser spielten. „Sie muss ihren Künstler wirklich sehr geliebt haben."

„Oder sie war sehr unglücklich in ihrer Ehe."

C. C. schaute ihm in die Augen. „Ja, das kann auch sein. Nun, wir sollten zurückfahren. Es wird schon spät." Sie wollte aufstehen, erinnerte sich dann und fuhr mit ihrem bloßen Fuß auf dem Boden unter dem Tisch herum.

„Was ist los?" wollte Trent wissen.

„Ich habe meine Schuhe verloren." Soviel, dachte sie, zu dem Image einer weltgewandten Frau.

Trent bückte sich, um zu suchen, und hatte freien Ausblick auf lange schlanke Beine. „Äh ..." Er räusperte sich und richtete seine Augen auf den Boden. „Da sind sie schon." Er griff nach beiden Schuhen, richtete sich auf und lächelte C. C. an. „Streck deinen Fuß aus! Ich helfe dir."

Er betrachtete sie, während er die Schuhe auf ihre Füße schob, und erinnerte sich daran, dass er einmal gedacht hatte, sie würde sich nicht zum Aschenputtel eignen.

Er fuhr mit seinem Finger über ihren Rist und fing ein Flackern in ihren Augen auf. Jenes Flackern vor Verlangen, dass er – ganz gleich, was ihm seine Vernunft auch einredete – so sehr wollte.

„Habe ich schon mal erwähnt, dass du unglaublich schöne Beine hast?"

„Nein." Sie hatte eine Hand an ihrer Seite zur Faust geballt und kämpfte darum, sich mehr auf diese Faust zu konzentrieren als auf die Empfindungen, die seine Berührungen durch ihren Körper jagten. „Nett von dir, dass du es festgestellt hast."

„Das ist kaum zu vermeiden. Es sind die einzigen Beine, die ich jemals gesehen habe, die in Overalls sexy aussehen."

Das Hämmern ihres Herzens ignorierend, beugte sie sich zu ihm. „Das erinnert mich …"

Trent hätte sie auf der Stelle küssen können. Er hätte sich nur noch einen oder zwei Zentimeter vorneigen müssen, damit sein Mund mit dem ihren verschmolz – genau, was er sich wünschte. „Woran erinnert es dich?"

„Ich glaube nicht, dass deine Stoßdämpfer noch mehr als zweitausend Meilen durchhalten." Lächelnd erhob sie sich. „An deiner Stelle würde ich mich darum kümmern, sobald du zu Hause bist." Zufrieden mit sich selbst, verließ C. C. vor ihm das Restaurant.

Als sie sich in den Wagen setzten, gratulierte sie sich. Ein sehr erfolgreicher Abend, alles in allem, dachte sie.

Vielleicht fühlte er sich nicht so elend wie sie, aber sie war verdammt sicher, dass sie ihm ein, zwei unangenehme Momente bereitet hatte. Er würde am nächsten Tag nach Boston zurückfahren …

C. C. wandte sich ab und starrte aus dem Fenster, bis sie sicher war, mit dem Schmerz fertig zu werden.

Trent würde zurückfahren, sie aber nicht so leicht vergessen. Sein letzter Eindruck von ihr würde der einer gefassten, absolut mit sich selbst zufriedenen Frau in einem sexy roten Kleid sein. Besser, entschied C. C., viel besser als das Bild einer Mechanikerin mit Schmieröl an den Händen.

Noch wichtiger war, dass sie sich selbst etwas bewiesen hatte. Sie konnte lieben, sich jedoch auch zurückziehen und den Geliebten freigeben.

Sie blickte auf, als der Wagen die Steigung in Angriff nahm. Sie konnte die dunklen Spitzen der zwei in den Nachthimmel ragenden Türme sehen.

Trent verlangsamte die Fahrt, als auch er das Haus betrachtete.

„In Biancas Turm brennt Licht."

„Lilah", murmelte C. C. „Sie sitzt oft da oben." Sie stellte sich ihre Schwester vor, wie sie am Fenster saß und in die Nacht blickte. „Du wirst das Haus doch nicht niederreißen, oder?"

„Nein." Trent verstand mehr, als sie ahnte. Behutsam ergriff er ihre Hand. „Ich verspreche dir, es wird nicht niedergerissen werden."

Das Haus geriet außer Sicht, als die Straße eine Kurve beschrieb, und füllte danach nahezu das gesamte Blickfeld aus. Sie hörten das Donnern und Brausen der See, während sie das Gebäude betrachteten. Lichter brannten überall und hoben sich schimmernd von dem grauen Stein ab. Ein schlanker Schatten bewegte sich vor dem Turmfenster, stand einen Moment still, glitt dann davon.

Im Haus rief Lilah die Treppe herunter: „Sie sind zurück!"

Vier Frauen eilten an die Fenster, um ins Freie zu spähen.

„Wir sollten sie nicht ausspionieren", murmelte Suzanna, schob jedoch den Vorhang noch ein Stück weiter zur Seite, um besser sehen zu können.

„Das tun wir doch gar nicht." Amanda strengte ihre Augen an. „Wir überprüfen lediglich, sonst nichts. Kannst du etwas erkennen?"

„Sie sind noch immer im Wagen", klagte Coco. „Wie sollen wir denn feststellen, was sich da draußen abspielt, wenn die beiden im Wagen sitzen?"

„Wir könnten unsere Fantasie einsetzen." Lilah schüttelte ihre Haare. „Wenn dieser Mann sie nicht bittet, mit ihm nach Boston zu gehen, ist er wirklich ein Kretin."

„Nach Boston?" Alarmiert blickte Suzanna zu ihr. „Du glaubst doch nicht, dass sie nach Boston gehen würde, oder?"

„Sie würde bis ans Ende der Welt gehen, hätte er soviel Verstand, sie darum zu bitten", bemerkte Amanda. „Seht nur, sie steigen endlich aus!"

„Wenn wir ein Fenster nur einen winzigen Spalt öffnen, könnten wir vielleicht hören ..."

„Tante Coco, das ist lächerlich." Lilah schnalzte missbilligend mit der Zunge.

„Du hast natürlich recht, Kleines." Röte überzog Cocos Wangen.

„Natürlich habe ich recht. Sie würden das Fenster quietschen hören, wenn wir es versuchen." Grinsend presste sie ihre Stirn gegen das Glas. „Wir müssen eben alles von ihren Lippen ablesen."

„Es war nett“, sagte C. C., als sie aus dem Wagen stieg. „Ich war schon eine ganze Weile nicht mehr zum Dinner aus.“

„Du hattest Dinner mit Finney.“

Sie sah ihn verblüfft an und lachte dann. „Oh, Finney! Ja, sicher.“ Die Brise spielte mit ihren Stirnfransen, während sie lächelte. „Du hast ein bemerkenswertes Gedächtnis.“

„Manche Dinge bleiben eben in meinem Gedächtnis hängen.“ Die Eifersucht, die er verspürte, war unglücklicherweise keine Erinnerung. „Führt er dich nie aus?“

„Finney? Nein, ich besuche ihn immer bei ihm zu Hause.“

Frustriert rammte Trent seine Hände in die Hosentaschen. „Er sollte dich ausführen.“

C. C. unterdrückte ein leises Lachen, als vor ihr das Bild des alten Finney entstand, wie er sie in ein Restaurant begleitete. „Ich werde daran denken, es ihm gegenüber zu erwähnen.“ Sie drehte sich um und wollte die Stufen hinaufsteigen.

„Catherine, geh noch nicht hinein.“ Er ergriff hastig ihre Hände.

An den Fenstern zogen sich vier Augenpaare schmal zusammen.

„Es ist schon spät, Trent.“

„Ich weiß nicht, ob ich dich noch einmal sehe, bevor ich abfahre.“

Es kostete sie ihre ganze Kraft, ihre Augen ruhig zu halten. „Dann verabschieden wir uns eben jetzt.“

„Ich muss dich wieder sehen.“

„Die Werkstatt öffnet um halb neun. Ich werde dort sein.“

„Verdammt, C. C., du weißt, was ich meine." Seine Hände lagen auf ihren Schultern.

„Nein, weiß ich nicht."

„Komm mit nach Boston", platzte er heraus und versetzte sich damit selbst einen Schock, während sie ruhig abwartend dastand.

„Warum?"

Um sich Zeit zu verschaffen, seine Selbstbeherrschung wiederzufinden, trat er einen Schritt zurück. „Ich könnte dich dort herumführen." Wie geistlos kann ich denn eigentlich noch werden? fragte sich Trent. Wie gut kann sie denn noch aussehen? „Du hast einmal gesagt, du wärst noch nie da gewesen. Wir könnten ein paar schöne Tage miteinander verbringen."

C. C. fröstelte unter ihrem Umhang, doch ihre Stimme klang gefestigt. „Bittest du mich, nach Boston zu kommen und eine Affäre mit dir zu haben?"

„Nein. Ja. O Gott! Warte doch!" Er drehte sich um und tat ein paar Schritte von ihr weg, um atmen zu können.

Im Haus lächelte Lilah. „Aber ja, er liebt sie doch, ist aber zu dumm, um es zu erkennen."

„Pst!" Coco winkte ab. „Ich kann fast hören, was sie sagen." Sie hatte ein Ohr am Ende des Wasserglases, das sie an die Fensterscheibe drückte.

Am Fuß der Stufen versuchte Trent es erneut. „Wenn ich mit dir zusammen bin, endet nichts so, wie ich es erwarte." Er wandte sich wieder um. Sie stand noch immer da, das Haus hinter ihr. Ihr Kleid schimmerte wie flüssige Lava in der Dunkelheit. „Ich weiß, dass ich nicht das Recht habe, dich zu bitten, und ich hatte es auch nicht vor. Ich hatte die

Absicht, mich zivilisiert von dir zu verabschieden und dich gehen zu lassen."

„Und jetzt?"

„Wünsche ich mir mehr, mit dir Liebe zu machen, als ich atmen möchte."

„Mit mir Liebe zu machen", wiederholte C. C. ruhig. „Aber du liebst mich nicht."

„Ich verstehe nichts von Liebe. Du bedeutest mir etwas." Er kam zurück und berührte ihr Gesicht. „Vielleicht könnte das genug sein."

Sie betrachtete ihn und erkannte, dass er nicht die geringste Ahnung hatte, ein bereits zersprungenes Herz zu zerbrechen. „Das könnte es sein, vielleicht für einen Tag oder eine Woche oder einen Monat. Aber du hattest Recht, was mich angeht, Trent. Ich erwarte mehr. Ich verdiene mehr." Ihre Augen auf ihn gerichtet, schob sie ihre Hände über seine Schultern. „Ich habe mich dir ein Mal angeboten. Das wird nicht wieder vorkommen. Und das hier auch nicht."

Sie presste ihren Mund auf seine Lippen und legte jedes Bruchstück ihrer verworrenen Gefühle hinein. Ihre Arme umschlangen ihn, während ihr Körper sich verführerisch an ihn schmiegte. Mit einem Seufzer öffnete sich ihr Mund und lud ihn ein, sich zu nehmen, was er wollte.

Aus dem Gleichgewicht gebracht und von großer Begierde erfüllt, zog er ihren Kopf zurück. Unsicher glitten seine Hände unter ihren Umhang und suchten drängend die Wärme ihrer Haut.

So viele Gefühle – zu viele Gefühle stürmten auf ihn ein. Er wollte nur ihren Geschmack in sich aufnehmen. Doch da war noch mehr. Sie ließ ihn nicht nur den Kuss nehmen, sondern auch die Gefühle, die damit verbunden waren. Trent ertrank darin, aber die Flut war so stark und zu Kopf steigend, dass er sich nicht dagegenstemmen konnte.

Liebe mich! Warum kannst du mich nicht lieben? Ihr Geist schien es zu schreien, während sie auf der Woge ihres Verlangens davongerissen wurde. Alles, was sie wollte, war hier im Kreis, den ihre Arme bildeten. Alles – ausgenommen sein Herz.

„Catherine …“ Er kam nicht zu Atem, zog sie näher, presste seinen Mund an ihren Hals. „Ich kann gar nicht nahe genug an dich herankommen.“

C. C. hielt ihn noch einen Moment fest, dann zog sie sich langsam, schmerzlich zurück. „Doch, du könntest es. Und das ist es, was am meisten wehtut.“ Sie wandte sich um und eilte die Stufen hinauf.

„Catherine!“

Sie blieb an der Tür stehen. Den Kopf hoch erhoben, drehte sie sich um. Trent folgte ihr bereits, als er die Tränen in ihren Augen schimmern sah. Nichts sonst hätte ihn aufhalten können.

„Leb wohl, Trent. Ich hoffe, dass dich das nachts wach halten wird.“

Während er noch dort stand und dem Echo der zuschlagenden Tür nachlauschte, war er sicher, dass genau das passieren würde.

Ich kann nicht mehr weiter. Ich kann nicht mehr so tun, als wäre ich meinem Ehemann nur in diesem Tagebuch untreu. Mein Leben, das in meinen vierundzwanzig Jahren so ruhig und geordnet war, wurde in diesem Sommer zu einer Lüge.

Zu einer Lüge, für die ich büßen muss.

Während der Herbst sich nähert und wir unsere Pläne für die Rückkehr nach New York machen, danke ich Gott, dass ich bald Mount Desert Island hinter mir lassen werde. Wie nahe, wie gefährlich nahe war ich in diesen letzten Tagen daran gekommen, mein Ehegelöbnis zu brechen.

Und dennoch, ich trauere.

In einer Woche werden wir fort sein. Vielleicht werde ich Christian nie wieder sehen. So sollte es sein. So muss es sein. Doch in meinem Herzen weiß ich, dass ich meine Seele für eine Nacht, selbst für eine Stunde in seinen Armen hergeben würde.

Ich bin davon besessen, mir vorzustellen, wie es sein könnte. Mit ihm würde ich endlich Leidenschaft und Liebe und sogar Freude finden. Mit ihm wäre es nicht nur einfach eine Pflicht – kalt und stumm und bald vorüber.

Ich bete um Vergebung für den Ehebruch, den ich im Geiste begangen habe. Mein Gewissen hat mich gedrängt, mich von den Klippen fern zu halten. Und ich habe es versucht. Mein Gewissen hat verlangt, dass ich für Fergus eine geduldigere, liebevollere und verständnisvollere Ehefrau bin. Ich habe es getan. Was immer er von mir verlangt hat, ich habe es erfüllt.

Auf seine Forderung hin habe ich einen Tee für mehrere der Damen veranstaltet. Wir sind ins Theater gegangen und zu unzähligen Dinnerpartys. Ich habe Gesprächen über Geschäfte und Mode und die Möglichkeit von Krieg zugehört, bis mein Kopf geschmerzt hat. Mein Lächeln schwindet nie, denn Fergus möchte, dass ich immer zufrieden aussehe. Weil es ihm gefällt, trage ich die Smaragde, wenn wir abends ausgehen.

Sie sind jetzt meine Buße, eine Erinnerung daran, dass eine Sünde nicht immer durch Taten begangen wird, sondern im Herzen.

Ich sitze hier in meinem Turm, während ich dies schreibe. Die Klippen liegen unter mir, die Klippen, auf denen Christian malt. Zu denen ich gehe, wenn ich mich aus dem Haus schleiche wie ein abenteuerlustiges Hausmädchen.

Es beschämt mich. Es hält mich aufrecht. Sogar jetzt blicke ich hinunter und sehe ihn. Er schaut auf die See hinaus und wartet auf mich.

Wir haben einander nie berührt, kein einziges Mal, obwohl wir beide von schmerzlichem Sehnen erfüllt sind. Ich habe erfahren, wie viel Leidenschaft in einem langen Schweigen liegen kann, in langen verwirrten Blicken.

Ich werde heute nicht zu ihm gehen, sondern nur hier sitzen und ihn beobachten. Wenn ich fühle, dass ich genug Kraft habe, werde ich zu ihm gehen, aber nur, um ihm Lebewohl zu sagen und ihm alles Gute zu wünschen.

In dem langen Winter, der mir bevorsteht, werde ich ständig daran denken, ob er wohl im nächsten Sommer wieder hier auf Mount Desert Island sein wird.

10. KAPITEL

„Hier sind die Papiere, nach denen Sie verlangt haben, Mr. St. James."

Ohne seine Sekretärin wahrzunehmen, stand Trent am Fenster und starrte ins Freie. Diese Gewohnheit hatte er seit seiner Rückkehr vor drei Wochen entwickelt.

Durch die breiten getönten Glasscheiben konnte er das geschäftige Boston zu seinen Füßen betrachten. Türme aus Stahl und Glas glitzerten neben eleganten Brownstone-Häusern in einer bunten architektonischen Mischung.

Der dichte Verkehr flutete durch die Straßen. In Sweatshirts und farbenfrohen Laufshorts trieben Jogger sich selbst über den Weg am Fluss entlang.

Dann war da auch noch der Fluss, von Booten wimmelnd, deren Segel sich voll in der warmen Frühlingsbrise blähten.

„Mr. St. James?"

„Ja?" Er blickte zu seiner Sekretärin.

„Ich habe Ihnen die Papiere gebracht, die Sie verlangt haben."

„Danke, Angela." Aus alter Gewohnheit sah er auf seine Uhr. Schmerzhaft fiel ihm ein, dass er selten an die Zeit gedacht hatte, als er mit C. C. zusammen gewesen war. „Es ist schon nach fünf. Sie sollten zu Ihrer Familie nach Hause fahren."

Angela zögerte.

Sie arbeitete seit sechs Jahren für Trenton. Erst in den letzten zwei Wochen hatte er begonnen, sie mit ihrem Vornamen anzusprechen oder sich nach ihrer Familie zu erkundigen. Am Vortag hatte er ihr sogar ein Kompliment wegen ihres Kleides gemacht. Seine Veränderung hatte die gesamte Belegschaft verblüfft. Als seine langjährige Sekretärin fühlte sie sich verpflichtet, nach der Ursache zu forschen.

„Könnte ich einen Moment mit Ihnen sprechen?"

„Gern. Möchten Sie sich setzen?"

„Nein, Sir. Hoffentlich halten Sie das nicht für unangebracht, Mr. St. James, aber ich wollte fragen, ob Sie sich gut fühlen."

Der Hauch eines Lächelns spielte um seinen Mund. „Sehe ich nicht gut aus?"

„O doch, natürlich. Ein wenig müde vielleicht. Es ist nur so, seit Sie von Bar Harbor zurück sind, wirken Sie zerstreut und irgendwie anders."

„Man könnte sagen, dass ich zerstreut bin. Und ich bin anders. Und um Ihre ursprüngliche Frage zu beantworten: Nein, ich glaube nicht, dass ich mich wirklich gut fühle."

„Mr. St. James, wenn es etwas gibt, das ich für Sie tun könnte …"

Er setzte sich auf die Kante seines Schreibtisches und schaute Angela an. Er hatte sie eingestellt, weil sie tüchtig und schnell war. Wie er sich erinnerte, hätte er sie beinahe übergangen, weil sie zwei kleine Kinder hatte. Er hatte sich darüber gesorgt, dass sie vielleicht ihre Verpflichtungen nicht richtig ausbalancieren könnte, doch er war, wie er es gesehen hatte, ein Risiko eingegangen. Und es hatte sehr gut geklappt.

„Angela, wie lange sind Sie verheiratet?"

„Verheiratet?" Sie blinzelte verwirrt. „Zehn Jahre."

„Glücklich?"

„Ja. Joe und ich sind glücklich."

Joe, dachte er. Er hatte nicht einmal den Namen ihres Mannes gekannt, hatte sich nicht die Mühe gemacht, ihn herauszufinden. „Warum?"

„Warum, Sir?"

„Warum sind Sie glücklich?"

„Ich nehme an, weil wir uns lieben."

Er nickte und gab ihr ein Zeichen weiterzusprechen. „Und das ist genug?"

„Es hilft ganz sicher, über schwierige Dinge hinwegzukommen." Sie lächelte, als sie an ihren Joe dachte. „Es gab ein paar schwierige Dinge, aber einer von uns schafft es immer, den anderen darüber hinwegzubringen."

„Dann betrachten Sie beide sich als Team. Sie beide haben demnach viel gemeinsam?"

„Das glaube ich gar nicht. Joe mag Football, was ich hasse. Er liebt Jazz, den ich nicht verstehe." Erst später sollte ihr bewusst werden, dass sie sich zum ersten Mal wirklich wohl in Trents Gesellschaft fühlte, seit sie den Job angenommen hatte. „Manchmal ist mir danach, mir das ganze Wochenende die Ohren zu verstopfen. Aber wann immer ich ihn ausquartieren möchte, stelle ich mir vor, wie mein Leben ohne ihn wäre. Und diese Vorstellung gefällt mir überhaupt nicht." Angela wagte sich noch einen Schritt weiter. „Mr. St. James, falls es darum geht, dass Maria Montblanc letzte Woche geheiratet hat, nun, dann möchte ich sagen, dass Sie ohne sie besser dran sind."

„Maria hat geheiratet?"

Ehrlich verblüfft schüttelte Angela den Kopf. „Ja, Sir. Letzte Woche, diesen Golfprofi. Es stand in allen Zeitungen."

„Das ist mir wohl entgangen." Es hatten andere Berichte in den Zeitungen gestanden, die seine Aufmerksamkeit in Anspruch genommen hatten.

„Ich weiß, dass Sie sich ziemlich lange mit ihr getroffen haben."

Mich mit ihr getroffen, dachte Trent. Dieser kühle, leidenschaftslose Satz beschrieb ihre Beziehung perfekt. „Ja, das stimmt."

„Sie sind nicht betroffen?"

„Wegen Maria? Nein." Tatsache war, dass er seit Wochen nicht mehr an sie gedacht hatte. Nicht mehr, seit er eine Werkstatt betreten und verschrammte Stiefel entdeckt hatte.

Eine andere Frau, erkannte Angela. Und wenn diese andere Frau eine derartige Wirkung auf den Boss hatte, besaß sie Angelas volle Unterstützung. „Sir, wenn Ihnen jemand anderes im Kopf herumgeht, könnten Sie unter Umständen die Situation überanalysieren."

Die Bemerkung überraschte ihn so, dass er wieder lächelte. „... Überanalysiere ich, Angela?"

„Sie sind sehr gründlich, Mr. St. James, und Sie analysieren gründlich jedes Detail, was im Geschäftsleben sehr gut ist. Mit persönlichen Angelegenheiten kann man allerdings nicht immer logisch umgehen."

„Zu diesem Schluss bin ich auch gekommen." Er stand wieder auf. „Ich bin Ihnen dankbar, dass Sie mir so viel von Ihrer Zeit geschenkt haben."

„Es war mir ein Vergnügen, Mr. St. James." Das war es tatsächlich gewesen. „Kann ich sonst irgendetwas für Sie tun?"

„Nein, danke.“ Er wandte sich wieder dem Fenster zu. „Gute Nacht, Angela.“

„Gute Nacht.“ Sie lächelte, während sie die Tür hinter sich schloss.

Trent blieb eine Weile an derselben Stelle stehen. Nein, er hatte die Ankündigung von Marias Hochzeit nicht gesehen. Die Zeitungen waren auch voll gewesen von dem bevorstehenden Verkauf von The Towers. „Bar-Harbor—Sehenswürdigkeit wird neuestes St.-James-Hotel!“ Er erinnerte sich deutlich an die Überschrift. „Gerüchte über verborgenen Schatz versüßen den Handel.“

Trent wusste nicht, wo das Leck entstanden war, aber es hatte ihn nicht weiter überrascht. Wie erwartet, hatten seine Anwälte über die Klausel gegrollt, auf der Lilah bestanden hatte. Auf den Korridoren war von Smaragden geflüstert worden. Es war nur natürlich, dass dieses Gerücht auf die Straße und in die Druckmedien gelangen musste.

Zeitungen und Klatschblätter schwelgten seit mehr als einer Woche in Spekulationen über die Calhoun-Smaragde. Man hatte sie eingestuft als unbezahlbar und tragikumwoben und legendär – all die richtigen Adjektive, um für noch mehr Zeitungsartikel zu sorgen.

Fergus Calhouns Geschäftsunternehmungen waren aufgewärmt worden, zusammen mit dem Selbstmord seiner Frau. Ein unternehmungslustiger Reporter hatte es sogar geschafft, Colleen Calhoun an Bord eines Kreuzfahrtschiffes im ionischen Meer aufzuspüren. Die prägnante Antwort der Grande Dame war gesperrt gedruckt worden.

„Humbug!"

Er fragte sich, ob C. C. die Zeitungen gelesen hatte. Natürlich hatte sie das. Und genauso wahrscheinlich war sie von der Presse gejagt worden.

Wie nahm sie es auf? War sie verletzt und fühlte sie sich elend, weil sie Fragen beantworten musste, während ein neugieriger Reporter ihr einen Kassettenrecorder unter die Nase hielt?

Trent lächelte unwillkürlich. Beantworten musste? Er konnte sich vorstellen, dass sie ein Dutzend Reporter hinausgeworfen hatte, wenn diese sich in ihre Werkstatt gewagt hatten.

Himmel, er vermisste sie!

Es fraß ihn bei lebendigem Leib auf. Er erwachte jeden Morgen und fragte sich, was sie gerade tat. Er ging jeden Abend zu Bett und wälzte sich dann unruhig herum, während Gedanken an sie durch seinen Kopf kreisten. Wenn er schlief, war sie in seinen Träumen.

C. C. war sein Traum.

Drei Wochen, dachte Trent. Es war drei Wochen her. Er hätte sich eigentlich schon daran gewöhnen müssen, doch mit jedem Tag, an dem er hier und sie woanders war, wurde es nur noch schlimmer.

Die revidierten Verträge für den Verkauf von The Towers lagen auf seinem Schreibtisch. Er hätte sie schon vor Tagen unterschreiben sollen. Aber er konnte sich nicht dazu durchringen, diesen endgültigen Schritt zu tun. Als er sie das letzte Mal angesehen hatte, konnte er sich nur auf drei Worte konzentrieren:

Catherine Colleen Calhoun.

Er las sie immer und immer wieder und erinnerte sich daran, wie sie ihm das erste Mal ihren Namen genannt hatte. Wie sie ihm ihren Namen wie eine Waffe entgegengeschleudert hatte. Sie hatte Schmierfett in ihrem Gesicht gehabt. Daran erinnerte Trenton sich. Und an das Feuer in ihren Augen.

Dann erinnerte er sich an andere Gelegenheiten, unbehagliche Momente, achtlose Worte. Daran, wie sie ihn finster angesehen hatte von ihrem Platz auf der Seitenlehne des Sofas, während er mit Coco Tee trank. An ihre Miene, als sie gemeinsam auf der Terrasse gestanden und die See betrachtet hatten. Wie perfekt ihr Mund zu dem seinen gepasst hatte, als sie sich unter einer Laube aus Glyzinien, die noch nicht blühten, geküsst hatten.

Die Glyzinien werden jetzt blühen, dachte er. Die ersten duftenden Blüten hatten sich bestimmt schon geöffnet. Ob C. C. überhaupt an ihn dachte, wenn sie dort spazieren ging?

Wenn sie es tat, fürchtete er, dass ihre Gedanken nicht freundlich waren.

Sie hatte ihn verwünscht, als sie ihn das letzte Mal sah. Sie hatte ihre grünen Augen auf ihn gerichtet und gehofft, dass der letzte Kuss, den sie sich gaben, ihn nachts wach halten würde.

Bestimmt ahnte sie nicht im entferntesten, wie sehr ihr Wunsch wahr geworden war.

Trent rieb seine müden Augen und ging zu seinem Schreibtisch, der sich wie immer in perfekter Ordnung befand. Genau wie sein Geschäftsleben – genau, wie sein Privatleben früher gewesen war.

Die Dinge hatten sich verändert, das musste er zugeben. Er hatte sich verändert. Doch vielleicht hatte er sich gar nicht so völlig verändert.

Erneut griff er nach den Verträgen, um sie zu studieren. Er war noch immer ein geschickter und methodisch arbeitender Manager, der es verstand, ein Geschäft zu steuern und es zu seinem Vorteil wirken zu lassen.

Er griff nach seinem Stift und tippte damit leicht auf die Papiere. Vor ein paar Tagen hatte sich das Samenkorn einer Idee in seinem Kopf festgesetzt. Jetzt saß er ruhig da und ließ es wachsen, sich bewegen, neue Wege suchen.

Ungewöhnlich, dachte Trent. Vielleicht auch leicht exzentrisch, aber, dachte er, während ein Lächeln sich um seinen Mund ausbreitete, wenn ich meine Karten richtig ausspiele, könnte es klappen.

Es war seine Aufgabe, dafür zu sorgen, dass es klappte. Langsam stieß er einen langen Atemzug aus. Möglicherweise war es das wichtigste Geschäft seines Lebens.

Er griff nach dem Telefon, bot den ganzen St.-James-Einfluss auf und begann, die ersten Rädchen in Bewegung zu setzen.

Hank war damit fertig, die Stoßstange des 69er Mustangs zu polieren, trat zurück und bewunderte seine Arbeit. „Sieht echt gut aus!“ rief er C. C. zu.

Sie blickte zu ihm, hatte jedoch die Hände voll mit dem Wechsel der Bremsbeläge an dem Wagen zu tun, der über ihrem Kopf schwebte. „Das wird eine richtige Schönheit. Ich bin froh, dass wir den Auftrag bekommen haben, ihn wieder herzurichten.“

„Soll ich jetzt mit der Zündung anfangen?“

Sie fluchte, als ihr Bremsflüssigkeit auf die Stirn tropfte. „Nein. Du hast mir heute drei Mal gesagt, dass du am Abend eine heiße Verabredung hast. Mach dich sauber und verschwinde!“

„Danke.“ Aber er war zu ordnungsliebend, um zu gehen, ohne vorher Werkzeug und Material an seinen Platz zu legen. „Haben Sie schon ein anderes Haus gefunden?“

„Nein.“ C. C. ignorierte den plötzlichen Schmerz in ihrer Magengrube und konzentrierte sich auf ihre Arbeit. „Morgen machen wir uns alle auf die Suche.“

„Wird nicht mehr dasselbe sein, wenn keine Calhouns mehr in The Towers sind. Eines hat diese Halskette aber bestimmt bewirkt. Die Zeitungen sind voll von Geschichten über die Smaragde.“

„Das wird sich bald legen.“ Sie hoffte es.

„Schätze, wenn Sie die Steinchen finden, sind Sie alle Millionäre. Dann können Sie sich zur Ruhe setzen und nach Florida ziehen.“

Trotz ihrer schlechten Stimmung musste sie lachen. „Nun ja, wir haben die Halskette ja noch nicht gefunden.“ Nur die Quittung, dachte sie, die Lilah während ihrer einzigen Schicht in dem Abstellraum zutage gefördert hatte. „Florida muss noch eine Weile warten. Die Bremsen warten allerdings nicht.“

„Dann mache ich mich jetzt auf den Weg. Soll ich das Büro zusperren?“

„Geh nur und unterhalte dich gut.“

Er ging pfeifend hinaus, und C. C. legte eine Pause ein, um Arme und Hals zu erholen. Sie wünschte sich, Hank noch eine Weile bei sich behalten zu haben, um Gesellschaft und Ablenkung zu haben. Selbst wenn er von dem Haus und der Halskette redete und kein Ende fand, beschäftigte er damit ihre Gedanken.

Ganz egal, wie laut C. C. das Radio einstellte, sobald sie allein war, erdrückte sie das Alleinsein.

Sie würden nun jeden Tag von dem Anwalt hören. Vielleicht hat Tante Coco heute Nachmittag einen Anruf von Stridley erhalten, in dem er ihr mitteilt, dass die Verträge unterschrieben und ein Ratifizierungsdatum festgelegt worden sind.

Ob Trent zu der endgültigen Ratifizierung kommen wird? Nein, nein, natürlich nicht. Er wird einen Stellvertreter schicken, und das ist auch bestimmt das Beste.

Außerdem hatte sie zu viel zu tun, um sich darüber den Kopf zu zerbrechen. Die Jagd nach einem Haus, die Suche in den alten Papieren nach einem Anhaltspunkt für den Ort, an dem sich die Smaragde befanden, den herrlichen Mustang, den sie perfekt aufpolieren wollte. Sie hatte kaum einen Moment Zeit zum Luftholen, noch viel weniger zum Brüten, ob sie Trent an dem Tisch sehen würde, an dem die Verträge rechtsgültig von beiden Parteien unterschrieben wurden.

Hätte es doch bloß aufgehört zu schmerzen, wenn auch nur für ein paar Sekunden.

Es wird schon besser werden, sagte C. C. sich, als sie sich wieder den Bremsen widmete. Es musste besser werden, nachdem sie ein neues Haus gefunden und sich darin eingerichtet hatten. Nachdem das Gerede über die Halskette verstummt war. Alles würde wieder normal sein. Oder zumindest würde sie es als normal akzeptieren müssen. Wenn der Schmerz nie ganz wegging, würde sie eben lernen, damit zu leben.

Sie hatte ihre Familie. Gemeinsam konnten sie mit allem fertig werden.

Ihre Schultern waren steif, als sie endlich fertig war. Sie rollte sie ein wenig, wollte unter dem Wagen hervorkommen und bemerkte, dass das Radio nicht mehr spielte. Sie warf einen Blick zu dem Apparat – und sah Trent neben der Werkbank stehen. Der Schraubenschlüssel fiel klirrend aus C. C.s Hand auf den Boden.

„Was machst du hier?“ fragte sie völlig überrascht.

„Ich warte darauf, dass du fertig wirst.“ Sie sah sagenhaft aus. Das war alles, was er denken konnte. Einfach fantastisch. „Wie geht es dir?“

„Ich habe viel zu tun.“ Von dem Schmerz voll getroffen, drehte sie sich um und schlug auf einen Schalter an der Wand. Der Wagen auf der Hebebühne senkte sich. „Du bist vermutlich wegen des Hauses hier.“

„Ja, man könnte sagen, das ist einer der Hauptgründe.“

„Wir haben erwartet, vom Anwalt zu hören.“

„Ich weiß.“

Als der Wagen sicher auf dem Boden stand, nahm sie einen Lappen und wischte sich damit ab, während sie ihre Augen auf ihre Hände gerichtet hielt. „Amanda kümmert sich um die Details. Sie ist im BayWatch, falls du etwas besprechen musst.“

„Was ich besprechen muss, betrifft dich – uns.“

Sie blickte auf und tat rasch einen Schritt rückwärts, als sie sah, dass er zu ihr gekommen war. „Ich habe dir wirklich nichts mehr zu sagen.“

„In Ordnung, dann übernehme ich das Sprechen. In einem Moment.“

Er bewegte sich schnell. Dennoch war C. C. sicher, ihm entwischen zu können, wäre sie darauf gefasst gewesen. Sie war allerdings nicht sicher, ob sie es versucht hätte.

Es fühlte sich so gut an und so richtig, dass sein Mund ihren Mund verschloss und seine Hände ihr Gesicht liebkosten. Ihr Stolz setzte gerade lange genug aus, dass sie nach seinen Handgelenken griff und sich daran festhielt, während sie ihre Sehnsüchte in den Kuss einfließen ließ.

„Seit dreieinhalb Wochen habe ich daran gedacht, das zu tun“, murmelte er.

Sie schloss fest ihre Augen. „Geh weg, Trent!“

„Catherine …“

„Zum Teufel mit dir! Ich habe gesagt, geh weg!“ Sie riss sich los, drehte sich um und stützte sich auf die Werkbank. „Ich hasse dich dafür, dass du hergekommen bist und mich wieder zum Narren gemacht hast.“

„Du bist kein Narr, du warst nie einer.“

Als seine Hand leicht über ihre Schulter strich, packte C. C. einen Hammer und wirbelte herum. „Wenn du mich noch einmal berührst, breche ich dir die Nase!“

Er sah sie an. Feuer schien in ihren Augen zu lodern. „Gott sei Dank, du bist wieder du selbst.“ Begeistert, aber vorsichtig, hob er eine Hand. „Hör mich bitte an. Zuerst das Geschäft.“

„Mein Geschäft mit dir ist beendet.“

„Die Pläne sind geändert worden.“ Er fischte etwas Kleingeld aus der Dose auf der Werkbank. „Darf ich dir einen Drink kaufen?“

„Nein. Sag, was du zu sagen hast, und dann verschwinde von hier.“

Mit einem Achselzucken ging Trent zum Automaten und warf die Münzen ein. Erst da bemerkte C. C., dass er ausgetretene Stiefel trug.

„Was ist das denn?“ fragte sie, wobei sie auf seine Füße starrte.

„Das?“ Trent grinste jungenhaft, als er den Verschluss der Dose öffnete. „Andere Schuhe. Was hältst du davon?“ Als sie nicht reagierte, nahm er einen langen Schluck. „Ich weiß, nicht ganz das übliche Image, aber die Dinge ändern sich. Etliche Dinge haben sich verändert. Würdest du bitte den Hammer weglegen?“

„Wie bitte? Oh! Na schön.“ Sie legte ihn weg. „Du hast gesagt, deine Pläne hätten sich geändert. Hast du jetzt inzwischen etwa beschlossen, The Towers doch nicht zu kaufen?“

„Ja und nein. Möchtest du lieber ins Büro gehen, wenn wir das alles besprechen?“

„Verdammt, Trent, sag mir doch einfach, was hier vor sich geht.“

„Na schön. So sieht die Abmachung aus. Wir nehmen einen Flügel, den Westflügel, würde ich sagen, damit Biancas Turm nicht mit einbezogen wird. Diesen Teil lassen wir gründlich renovieren. Am liebsten möchte ich so viel wie möglich von der ursprünglichen Bausubstanz erhalten, und wo immer etwas neu gebaut werden muss, sollten wir uns nach den ursprünglichen Plänen richten. Alles sollte die Atmosphäre der Jahrhundertwende behalten. Das wird einen Teil der Anziehungskraft ausmachen.“

„Anziehungskraft?“ wiederholte C. C. und wusste nicht, was sie sagen sollte.

„Wir könnten leicht zehn Suiten bauen, ohne gegen die Architektur zu sündigen. Wenn meine Erinnerung funktioniert, dann wäre der Billardraum ein ausgezeichneter Speisesaal, den man für mehr intime Mahlzeiten und Privatpartys herrichten könnte."

„Zehn Suiten?"

„Im Westflügel", bestätigte er. „Mit dem Akzent auf Ästhetik und Intimität. Wir müssen nur dafür sorgen, dass alle Kamine wieder funktionieren. Ich schätze, bei unserem Angebot werden wir eher Gäste haben, die das ganze Jahr hier wohnen, als nur Saisonbesucher."

„Was wirst du mit dem Rest des Hauses machen?"

„Das würde an dir und deiner Familie liegen." Trent setzte die Getränkedose ab und kam auf C. C. zu. „Wie ich das sehe, könntet ihr sehr gut im Erdgeschoss und im ersten Stock des Ostflügels wohnen. Wie du weißt, ist dort eine Menge Platz."

Verwirrt presste sie die Finger gegen ihre Schläfe. „Wir würden was? Von dir mieten?"

„Das ist es eigentlich nicht, was ich im Sinn hatte. Ich habe mehr an eine Partnerschaft gedacht." Er ergriff ihre Hand und betrachtete sie genau. „Deine Knöchel sind wieder verheilt."

„Was für eine Partnerschaft?"

„Die St. James Corporation streckt das Geld für die Renovierung und die Werbekampagne und so weiter vor. Sobald erst einmal der Gästelandsitz – ich mag in diesem Fall den Ausdruck ‚Gästelandsitz' lieber als ‚Hotel' – arbeitet, teilen wir die Gewinne fifty-fifty."

„Ich verstehe nicht."

„Es ist wirklich ganz einfach, C. C." Er hob ihre Hand an und küsste einen Finger. „Wir schließen einen Kompromiss.

Wir haben unser Hotel, ihr habt euer Zuhause. Niemand verliert etwas."

Sie unterdrückte das kleine Flackern von Hoffnung aus Angst, zu viel Hoffnung zu verspüren. „Ich begreife nicht, wie das funktionieren könnte. Warum sollte irgendjemand dafür bezahlen, um in dem Zuhause von jemand anderem zu wohnen?"

„Eine Sehenswürdigkeit", erinnerte Trent sie und küsste den nächsten Finger. „The Towers ist eine weithin bekannt gewordene Sehenswürdigkeit, mit einer Legende, einem Geist und einem Geheimnis. Die Leute werden alles bezahlen, um hier wohnen zu können. Und wenn sie erst einmal Cocos Bouillabaisse gekostet haben …"

„Tante Coco?"

„Ich habe ihr bereits die Position als Küchenchefin angeboten. Sie ist begeistert. Dann ist da noch die Frage des Managers, aber ich denke, Amanda wird in die Bresche springen, meinst du nicht auch?"

Seine Augen lächelten, als er einen Kuss auf ihren dritten Finger hauchte.

„Warum machst du das?" fragte C. C.

„Ich bin Geschäftsmann. Und mein Vorschlag entspricht gutem Geschäftssinn. Ich habe bereits mit einer Marktanalyse begonnen."

Er drehte ihre Hand herum und drückte seine Lippen auf die Handfläche.

„Das habe ich auch meinen Abteilungsleitern bei unserer letzten Versammlung erklärt. Allerdings glaube ich, dass du noch einen anderen Grund kennst."

„Ich weiß überhaupt nichts."

C. C. entzog ihm ihre Hand und ging zu der Werkstatttür, um sie zu öffnen.

„Ich weiß nur", sagte sie, ohne sich dabei umzudrehen, „dass du wieder hierher gekommen bist mit irgendeinem wilden Plan ..."

„Es ist ein sehr solider Plan", unterbrach er sie lächelnd. „Ich bin nicht der Typ für wilde Pläne. Zumindest war ich es bisher nie."

Er ging zu ihr, ergriff sie an den Schultern.

„Ich will, dass du dein Zuhause behältst, C. C."

Sie presste die Lippen fest aufeinander und schloss die Augen. „Dann tust du es also für mich?"

„Für dich, für deine Schwestern, Coco, sogar Bianca." Mit festen Händen drehte er C. C. so, dass sie ihn ansah. „Und ich tue es für mich. Du wolltest, dass ich nachts wach bleibe, und du hast es geschafft."

Sie brachte ein schwaches Lächeln zustande. „Schuldgefühle bewirkten wahre Wunder."

„Das hat nichts mit Schuldgefühlen zu tun. Hatte es nie. Es hat mit Liebe zu tun, damit, verliebt zu sein. Nein, zieh dich nicht zurück", sagte er ruhig, als sie sich gegen seinen Griff stemmte.

Sie wandte das Gesicht ab.

„C. C., das Geschäftliche ist für heute abgeschlossen. Jetzt geht es nur noch um dich und um mich."

Sie wich beharrlich seinem Blick aus.

„C. C., das ist jetzt so persönlich, wie es nur überhaupt möglich sein kann."

Sie ballte ihre Hände an ihren Seiten zu Fäusten und schüttelte den Kopf.

„Bei mir ist alles persönlich, verstehst du das denn nicht, Trent? Du bist aus heiterem Himmel hier aufgetaucht und hast alles in meinem Leben geändert." Sie versuchte vergeblich, sich von ihm loszureißen. „Dann bist du einfach wieder verschwunden. Jetzt wiederum kommst du zurück und erklärst mir großartig, dass du deine Pläne geändert hast."

Einen Moment war es in der Werkstatt so still, dass Trent glaubte, sie müsste sein Herz schlagen hören. Er räusperte sich.

„Du warst nicht die Einzige, für die sich alles verändert hat, C. C. Für mich ist auch nichts mehr so, wie es einmal war, bevor ich dich in deiner Werkstatt das erste Mal unter diesem Auto gesehen habe, deine abgeschabten Stiefel, dein ölverschmiertes Gesicht."

Panik stieg in ihm hoch.

Sie wollte ihm nicht noch eine Chance geben.

Seine Stimme bekam einen beschwörenden Ton. „Ich habe um das alles nicht gebeten. Ich wollte es ganz sicher nicht, glaub mir."

„Oh, du hast sehr deutlich zu verstehen gegeben, was du nicht wolltest." C. C. stemmte sich gegen ihn und erreichte gar nichts. Genauso gut hätte sie versuchen können, eines der hier in der Werkstatt abgestellten Autos von der Stelle zu rücken. „Du hast kein Recht, das alles noch einmal von vorne zu beginnen."

„Zum Teufel mit Rechten!"

Seine Hände spannten sich an ihren Schultern an, während er ihr beschwörend in die Augen sah. Als sie nicht reagierte, schüttelte er sie heftig.

„Ich versuche dir zu erklären, Catherine, dass ich dich liebe. Das ist für mich eine ganz neue Erfahrung, und du wirst nicht einen Streit daraus machen."

Ihre Augen flammten so wütend auf, wie er das aus ihrer gemeinsamen Anfangszeit her nur zu gut kannte.

„Ich mache daraus, was immer ich will", schleuderte sie ihm entgegen, und ihr Zorn steigerte sich gewaltig, als ihre Stimme brach. „Ich lasse nicht zu, dass du mich noch einmal verletzt. Ich werde auch nicht zulassen …"

Von einer Sekunde auf die andere verstummte sie, und ihre Augen weiteten sich.

„Hast du gesagt, dass du mich liebst?" fragte sie, zwischen Zorn, Überraschung und Erstaunen schwankend. „Hast du es wirklich gesagt, oder habe ich mich verhört?"

„Sei einfach still und hör zu!" fauchte Trent sie an. „Ich habe dreieinhalb lange Wochen damit verbracht, mich ohne dich leer und einsam und elend zu fühlen."

„Geschieht dir recht …"

Doch er ließ sie nicht zu Wort kommen. „Ich bin von dir weggegangen, weil ich dachte, ich könnte es. Weil ich dachte, es wäre richtig und fair und das Beste für uns beide."

„Richtig – fair – das Beste …" murmelte sie. „Was für ein …"

„Logischerweise", schnitt er ihr das Wort ab, „logischerweise war das auch so. Und ist es auch noch immer."

„Logischerweise …"

„Würdest du aufhören, mich ständig zu unterbrechen?" Seine Finger drückten gegen ihre Schultern. „Wir haben so überhaupt nichts gemeinsam."

„Was hat Liebe …"

„Ich sah keinen Sinn darin", fiel er ihr erneut ins Wort, „deine und meine Zukunft zu riskieren, wenn du ganz sicher mit jemand anderem besser dran wärst."

„Und mit wem, wenn ich vielleicht fragen darf?" zischelte sie, während in ihren Augen wieder einige jener Funken sprühten, die er lieben und fürchten gelernt hatte.

„Zum Beispiel mit jemandem wie Finney."

„Finney?" Ein schallendes Lachen entrang sich ihr und fachte sein Temperament an.

„Ja, Finney!" rief er.

„Das ist köstlich!"

Seine Augen zogen sich zusammen. „Mit jemandem wie Finney wäre das Risiko für deine Zukunft, in Prozenten ausgedrückt, viel geringer."

Während ihre Gefühle durcheinander wirbelten, klopfte C. C. ihm mit ihrer Faust gegen die Brust.

„Ich sage dir etwas, Trent", erklärte sie gefährlich leise. „Warum nimmst du nicht deine Prozente mit zurück nach Boston und zeichnest eine Graphik? Davon verstehst du doch sicher eine ganze Menge mehr als von Liebe und …"

„C. C.!"

Sie schüttelte den Kopf und stemmte beide Fäuste gegen seine Brust. „Lass mich jetzt allein! Ich habe noch eine Menge Arbeit."

„Ich bin noch nicht fertig."

Als sie den Mund öffnete, um ihn zu verwünschen und mit Schimpfnamen zu belegen, ließ er sich von seinem Instinkt leiten und küsste sie.

Zuerst leistete C. C. Widerstand, und ihrem verschlossenen Mund entrangen sich erstickte Protestlaute, doch Trent küsste sie immer leidenschaftlicher, bis sie still war.

Als er schließlich seine Stirn gegen die ihre lehnte, war er genauso atemlos wie sie.

„Das hat nichts mit Logik oder Prozenten zu tun", sagte er leise.

Ohne sie freizugeben, trat er einen Schritt zurück, um sie betrachten zu können.

„Catherine, jedes Mal, wenn ich mir ins Gedächtnis rief, dass ich nicht an Liebe oder eine Ehe für ein ganzes Leben glaube, erinnerte ich mich daran, wie ich mich gefühlt habe, wenn ich mit dir zusammen war, tags und nachts. Es ist mir nicht mehr aus dem Sinn gegangen."

Sie betrachtete ihn forschend. „Wie hast du dich mit mir gefühlt?"

„Lebendig, glücklich. Und ich wusste, dass ich mich nie wieder so fühlen würde, es sei denn, ich käme zu dir hierher zurück."

Er ließ seine Hände von ihren Schultern gleiten.

„C. C., du hast mir einmal gesagt, was wir zusammen hatten, hätte der beste Teil meines Lebens werden können. Du hattest Recht. Ich weiß nicht, ob ich dafür sorgen kann, dass es funktioniert, aber ich muss es versuchen. Ich brauche dich."

Sie erkannte, dass er Angst hatte, dass er sogar mehr Angst hatte als sie.

Ihre Augen auf die seinen gerichtet, hob sie ihre Hand an seine Wange. „Ich kann dir eine Garantie auf einen Auspuff geben, Trent, aber nicht auf Liebe und Glück für ein ganzes Leben."

„Ich wäre auch damit zufrieden, wenn du mir sagst, dass du mich noch immer liebst und mir noch eine Chance gibst."

„Ich liebe dich noch immer. Aber ich kann dir nicht noch eine Chance geben."

„Catherine!"

„Weil du die erste noch nicht ergriffen hast." Sie berührte seinen Mund mit ihren Lippen – ein Mal, zwei Mal. „Warum ergreifen wir sie nicht gemeinsam?" fragte sie und lachte, als er sie fest an sich zog. „Jetzt hast du es doch gemacht. Jetzt hast du überall Öl an dir."

„Ich werde mich daran gewöhnen müssen." Trent wirbelte sie ein paar Mal herum, ehe er sie wieder abstellte und sich zurückbog, um ihr Gesicht zu betrachten. Alles, wonach es ihn verlangte, war da, in ihren Augen. „Ich liebe dich, Catherine. Ich liebe dich sehr."

Sie zog seine Hand an ihre Wange. „Daran werde ich mich gewöhnen müssen. Und vielleicht werde ich das auch tun, wenn du es hundertmal gesagt hast."

Er sagte es ihr, während er sie festhielt und ihr Gesicht mit Küssen bedeckte, während er sich an dem Geschmack ihres Mundes aufhielt.

„Ich glaube, das funktioniert", murmelte C. C. „Vielleicht sollten wir die Werkstattore schließen."

„Lass sie offen." Er trat wieder zurück und kämpfte um einen klaren Kopf. „Ich bin noch immer genug St. James, um die Dinge in ihrer richtigen Reihenfolge zu machen, aber ich habe nicht mehr viel Selbstbeherrschung."

„Und was ist die richtige Reihenfolge?" Lächelnd fuhr sie mit einem Finger an seinem Hemd hoch, um mit dem obersten Knopf zu spielen.

„Warte!“ Innerlich aufgewühlt, hielt er ihre Hand fest. „Ich habe darüber auf dem ganzen Weg von Boston hierher nachgedacht. Ich habe mir ein paar unterschiedliche Methoden ausgedacht. Ich könnte dich wieder ausführen. Ein wenig Wein und viel Kerzenschein. Oder wir könnten wieder im Garten in der Abenddämmerung miteinander sprechen.“

Er sah sich in der Werkstatt um. Flieder und Motoröl, dachte er. Perfekt.

„Aber dies hier scheint der richtige Ort und der richtige Zeitpunkt zu sein.“ Er zog aus seiner Tasche eine kleine Schatulle, öffnete sie und reichte sie C. C. „Du hast einmal gesagt, sollte ich dir einen Diamanten anbieten, würdest du mir ins Gesicht lachen. Ich dachte, ich könnte mit einem Smaragd mehr Glück haben.“

Tränen schnürten ihr die Kehle zu, als sie den dunkelgrünen Stein in seiner schlichten Goldfassung betrachtete. Er leuchtete ihr entgegen, voll Hoffnung und Versprechen. „Wenn das ein Heiratsantrag sein soll, brauchst du gar kein Glück.“ Feucht und strahlend richteten ihre Augen sich wieder auf ihn. „Die Antwort war immer ja.“

Trent schob ihr den Ring auf den Finger. „Lass uns heimfahren.“

„Ja.“ Sie nahm seine Hand. „Lass uns heimfahren“, stimmte sie ihm zu.

– ENDE –

Nora Roberts

Die Hochzeit

Roman

Aus dem Amerikanischen von
M. R. Heinze

PROLOG

Bar Harbor
8. Juni 1913

Am Nachmittag ging ich zu den Klippen. Der Tag, unser erster Tag zurück in The Towers, war sonnig und warm. Das Grollen der See klang wie vor zehn langen Monaten.

Ein Fischerboot tuckerte über das blaugrüne Wasser, und eine Schaluppe glitt fröhlich dahin.

Zwei Möwen segelten friedlich nebeneinander durch den blauen Himmel des beginnenden Sommers.

Es war alles wie früher, und doch verdüsterte ein lebenswichtiger Unterschied meinen Tag.

Er war nicht da.

Es war falsch von mir zu hoffen, ihn da anzutreffen, wo ich ihn vor so vielen Monaten verlassen habe. Ihn beim Malen vorzufinden, was er stets getan hatte, indem er mit dem Pinsel gegen die Leinwand vorging, wie ein Duellant in der Hitze des Gefechts.

Es war falsch von mir zu wünschen, er würde sich umdrehen und mich mit seinen eindringlichen grauen Augen ansehen – mir zulächeln, meinen Namen sagen.

Dennoch habe ich es mir gewünscht.

Mein Herz raste in meiner Brust, als ich aus dem Haus stürmte und über den Rasen lief, am Garten vorbei und den Abhang hinunter.

Die Klippen waren da. Hoch und stolz ragten sie in den klaren Sommerhimmel auf.

Die See, heute fast ruhig, spiegelte die Farbe des Himmels wider, sodass es fast schien, als wäre ich in eine wunderschöne blaue Kugel eingeschlossen.

Die Felsen stürzten vor mir in die Tiefe, weit, weit hinunter, wo die Wellen schlugen und zischten.

Hinter mir erhoben sich die Türme unseres Sommerhauses, des Hauses meines Ehemannes, arrogant und schön.

Wie seltsam, dass ich dieses Haus liebe, obwohl ich darin solches Unglück erlebt habe.

Ich erinnere mich daran, dass ich Bianca Calhoun bin, Ehefrau von Fergus Calhoun, Mutter von Colleen und Ethan und Sean. Ich bin eine respektierte Frau, eine pflichtbewusste Ehefrau, eine hingebungsvolle Mutter.

Meine Ehe ist nicht herzlich, doch das ändert nichts an dem Schwur, den ich geleistet habe. Es gibt in meinem Leben keinen Raum für romantische Schwärmereien und sündige Träume.

Dennoch stand ich da und wartete.

Er kam jedoch nicht.

Christian, der nur in meinem Herzen mein Liebhaber geworden ist, kam nicht.

Vielleicht ist er überhaupt nicht mehr auf der Insel. Vielleicht hat er seine Bilder und seine Pinsel eingepackt und ist aus seinem Cottage ausgezogen, um ein anderes Meer und einen anderen Himmel zu malen.

Das wäre das Beste. Ich weiß, dass es das Beste wäre. Seit ich ihn im letzten Sommer kennen gelernt habe, verbrachte ich kaum eine Stunde, ohne an ihn zu denken. Doch ich habe einen Ehemann, den ich respektiere, und drei Kinder, die ich mehr als mein Leben liebe. Ihnen muss ich treu sein, nicht dem Andenken an etwas, das nie stattgefunden hat. Und nie stattfinden dürfte.

Die Sonne geht unter, während ich hier am Fenster meines Turmes sitze und schreibe. Bald muss ich nach unten gehen und Nanny helfen, meine Babys zu Bett zu bringen.

Der kleine Sean ist sehr gewachsen und versucht schon seine ersten Schritte. Bald wird er so schnell wie Ethan sein. Colleen, mit vier schon eine richtige junge Lady, wünscht sich ein neues rosa Kleid.

Sie sind es, an die ich denken muss, meine Kinder, meine kostbaren Lieben, und nicht an Christian.

Es wird ein ruhiger Abend sein, einer der wenigen, die wir während unseres Sommeraufenthalts auf Mount Desert Island verbringen werden.

Fergus hat schon davon gesprochen, nächste Woche ein Dinner mit Tanzabend zu geben. Ich muss … Er ist da! Da unten auf den Klippen! Durch die Entfernung und das schwindende Licht ist er kaum mehr als ein Schatten. Dennoch weiß ich, dass er es ist. Genau wie ich wusste, als ich am Fenster stand und meine Hand an die Glasscheibe legte, dass er hier heraufsieht, zu mir sieht. Auch wenn es unmöglich ist, könnte ich schwören, dass ich ihn meinen Namen rufen höre. Ganz leise. Bianca.

1. KAPITEL

Sie prallte gegen eine solide Wand aus Jeansstoff und Muskeln.

Der Zusammenstoß raubte Amanda Calhoun die Luft und ihre Päckchen fielen zu Boden. In ihrer Eile machte sie sich nicht einmal die Mühe, dem Mann auch nur einen Blick zuzuwerfen, sondern bückte sich, um die herumliegenden Päckchen aufzuheben.

Hätte er darauf geachtet, wohin er ging, wäre sie nicht mit ihm zusammengestoßen. Amanda gelang es, sich rechtzeitig auf die Zunge zu beißen, bevor ihr dieser Gedanke vorwurfsvoll herausplatzte.

Stattdessen betrachtete sie finster die schiefen Absätze seiner Cowboystiefel.

„Lassen Sie mich helfen, Honey."

Der schleppende Südstaatenakzent ließ sie noch gereizter werden. Sie hatte unzählige Dinge zu erledigen, und mit einem Touristen auf dem Bürgersteig herumzukriechen stand nicht in ihrem Terminkalender.

„Ich habe es schon", murmelte sie und beugte sich so nach unten, dass ihr kinnlanges Haar wie ein Schleier über ihr Gesicht fiel. Alles nervte sie an diesem Tag, stellte sie fest, während sie hastig die Tüten und Kartons wieder übereinander stapelte. Dieser kleine Ärger war nur der letzte in einer wesentlich längeren Reihe von Ärger.

„Das ist für eine einzelne Person schrecklich viel zu tragen."

„Ich schaffe das schon, danke." Sie griff nach einem Karton, als ihr hartnäckiger Helfer genau das gleiche tat. Ein kurzes Tauziehen, und der Deckel sprang auf. Der Inhalt fiel auf den Bürgersteig.

„Na, das ist aber sehr hübsch." Amüsierte maskuline Zustimmung schwang in seiner Stimme, als er den Hauch roter Seide aufhob, der sich als Nachthemdchen entpuppte.

Amanda riss ihm das Ding aus der Hand und stopfte es in eine der Tüten. „Sie erlauben!"

„Sicher, Ma'am, ganz sicher."

Amanda strich sich ihre zerzausten Haare hinters Ohr zurück und betrachtete ihn zum ersten Mal genauer. Bisher hatte sie von ihm nur ein Paar Cowboy-Boots gesehen sowie ausgebleichten Jeansstoff von den Knien bis zu den Knöcheln.

Es war jedoch noch viel mehr an ihm dran.

Sogar während er neben ihr kauerte, wirkte er imposant. Breite Schultern, große Hände. Vor allem der Mund, dachte sie gehässig. In diesem Moment grinste er sie an. Unter anderen Umständen hätte sie es für ein ansprechendes Lächeln halten können. Aber im Augenblick stand es mitten in einem Gesicht, von dem sie beschlossen hatte, es auf den ersten Blick nicht zu mögen.

Nicht, dass es kein schönes Gesicht gewesen wäre mit den kräftig hervorstehenden Wangenknochen eines Kriegers, samtgrünen Augen und einer tiefen Sonnenbräune.

Wie sich seine rötlichblonden Haare über dem Kragen seines Jeanshemds kräuselten, hätte sogar charmant wirken können, wäre ihr nicht der ganze Mann im Weg gewesen.

„Ich habe es eilig", erklärte sie ihm.

„Das habe ich bemerkt." Er fuhr mit einem langen Finger durch ihre Haare, um sie ihr hinters Ohr zu schieben. „Sah so aus, als wären Sie zu einem Brand unterwegs, als Sie in mich hineinliefen."

„Wären Sie ausgewichen …", setzte sie an und schüttelte den Kopf. Eine Diskussion hätte sie nur Zeit gekostet, die sie einfach nicht hatte. „Schon gut." Sie schnappte sich ihre Päckchen und stand auf. „Entschuldigen Sie mich."

„Warten Sie."

Er richtete sich auf, während Amanda dastand, mit ihrem Fuß wippte und wartete. Verunsichert blickte sie finster zu ihm auf. Mit ihren einsfünfundsiebzig war sie daran gewöhnt, dass sich ihre Augen mit denen der meisten Männer auf gleicher Höhe befanden. Bei diesem Exemplar hier musste sie jedoch etliche Zentimeter höher blicken. „Was ist?"

„Ich kann Sie in meinem Wagen zu diesem Brand bringen, wenn Sie möchten", sagte er lächelnd.

Sie zog ihre Augenbrauen hoch, während sie ihm ihren frostigsten Blick zuwarf. „Das wird nicht nötig sein."

Mit der Fingerspitze schob er einen Karton zurück, bevor er ihr entgleiten konnte. „Sie machen auf mich den Eindruck, als könnten Sie ein wenig Hilfe brauchen."

„Ich bin durchaus in der Lage, selbst dorthin zu gelangen, wohin ich will, danke."

Er zweifelte keinen Moment daran. „Dann könnten vielleicht Sie mir helfen." Er mochte es, wie ihr die Haare über die Augen fielen und wie sie sie ungeduldig wieder aus ihrem Gesicht blies. „Ich bin erst heute Morgen hier angekommen." Sein Blick glitt träge über ihr Gesicht. „Ich meine, vielleicht könnten Sie mir ein paar Tipps geben … was ich mit mir hier anfangen könnte."

In diesem Moment hätte Amanda etliche Tipps für ihn auf Lager gehabt. „Versuchen Sie es bei der Handelskammer." Sie wollte an ihm vorbeigehen und wirbelte herum, als er seine Hand auf ihren Arm legte. „Hören Sie, Kumpel, ich weiß nicht, wie ihr das bei euch zu Hause in Tucson macht ..."

„Oklahoma City", verbesserte er sie.

„Wo auch immer, aber hier bei uns sieht die Polizei nicht gern Männer, die Frauen auf der Straße belästigen."

„Ist das so?"

„Darauf können Sie wetten."

„Na, dann muss ich wohl vorsichtig sein, weil ich eine Weile hier bleiben möchte."

„Ich werde eine Bekanntmachung aushängen. Und jetzt entschuldigen Sie mich."

„Nur noch eins." Er hielt ein knappes schwarzes, mit roten Rosen besticktes Höschen hoch. „Ich glaube, das haben Sie vergessen."

Sie entriss ihm das Höschen und hastete davon, während sie den Stoffstreifen zusammengeballt in ihre Tasche stopfte.

„War nett, Sie kennen zu lernen!" rief er hinter ihr her und lachte, als sie ihr ohnedies schon hohes Tempo noch beschleunigte.

Zwanzig Minuten später holte Amanda die Päckchen vom Rücksitz des Wagens, hielt sie mit dem Kinn fest und schloss die Tür mit ihrem Fuß.

Das Zusammentreffen hatte sie fast schon vergessen. Zu viel ging ihr im Kopf herum.

Hinter ihr ragte das Haus in den Himmel, die grauen Steine altehrwürdig, die Türme und Spitzen unwirklich und die Veranden baufällig.

Außer ihrer Familie gab es nichts, das Amanda mehr liebte als The Towers.

Sie jagte die Stufen hinauf, wich einem verrottenden Brett aus und kämpfte dann darum, eine Hand soweit zu befreien, dass sie die hohe Eingangstür öffnen konnte.

„Tante Coco!“

In dem Moment, in dem sie die Eingangshalle betrat, jagte ein überdimensionaler schwarzer Welpe die Treppe herunter. Auf der vorletzten Stufe stolperte er, schlug einen Purzelbaum und landete, alle Viere von sich gestreckt, auf dem schimmernden Fußboden aus Kastanienholz.

„Diesmal hättest du es fast geschafft, Fred.“

Mit sich selbst zufrieden, tanzte Fred um Amandas Beine herum, während sie weiterhin nach ihrer Tante rief.

„Ich komme! Komme ja schon!“ Cordelia Calhoun McPike, groß und beeindruckend, eilte aus dem hinteren Teil des Hauses herbei. Sie trug eine pfirsichfarbene Leinenhose unter einer fleckigen Schürze. „Ich war in der Küche. Wir probieren heute Abend mein neues Rezept für Cannelloni.“

„Ist C. C. zu Hause?“

„O nein, Liebste.“ Coco zupfte an ihren Haaren, die sie am Vortag „Mondschein-Blond“ gefärbt hatte. Einer alten Gewohnheit folgend spähte sie in den Spiegel in der Eingangshalle, um sich davon zu überzeugen, dass ihr die Farbe stand – zumindest für den Moment. „Sie ist in ihrer Werkstatt. Irgendetwas mit den Federn, glaube ich – obwohl ich nicht sagen kann, was Federn mit Autos und Motoren zu tun haben."

„Großartig. Komm mit nach oben. Ich möchte dir zeigen, was ich besorgt habe."

„Sieht so aus, als hättest du die Läden leergekauft. Komm, lass dir von mir helfen." Coco gelang es, zwei Tüten zu packen, ehe Amanda die Treppe hinaufjagte.

„Ich habe mich herrlich unterhalten."

„Aber du hasst doch Shopping."

„Für mich selbst. Aber das hier war anders. Allerdings hat alles länger gedauert, als ich dachte. Ich hatte schon Angst, ich käme nicht mehr rechtzeitig nach Hause, um alles zu verstauen, bevor C. C. zurückkommt." Sie hetzte in ihr Zimmer und warf alles auf ihr großes Himmelbett. „Dann ist mir auch noch dieser dumme Kerl in den Weg gelaufen, und alles ist auf den Bürgersteig geflogen." Amanda zog ihre Jacke aus, faltete sie zusammen und legte sie ordentlich über die Rückenlehne eines Sessels. „Und dann hatte er auch noch den Nerv mit mir anbändeln zu wollen."

„Wirklich?" Stets an Liaisons, Romanzen und Verabredungen interessiert, neigte Coco ihren Kopf auf die Seite. „War er attraktiv?"

„Wenn man auf den rauen ländlichen Typ steht. Jedenfalls habe ich es rechtzeitig nach Hause geschafft, was ich garantiert nicht ihm zu verdanken habe."

Während Amanda die Tüten durchwühlte, versuchte Fred zwei Mal vergeblich, auf das Bett zu springen. Zuletzt blieb er auf dem Teppich sitzen und sah zu. Coco stand daneben.

„Ich habe ein paar wunderbare Dekorationen für die Geschenkeparty der Braut gefunden." Sie holte silberweiße

Glocken, Schwäne aus Krepppapier und Luftballons hervor. „Ich liebe diesen gekräuselten Sonnenschirm", fuhr sie fort. „Vielleicht nicht C. C. s Stil, aber ich dachte, wenn wir ihn über dem … Tante Coco." Seufzend setzte Amanda sich auf das Bett. „Fang doch nicht schon wieder zu weinen an."

„Ich kann nicht anders." Schniefend holte Coco ein besticktes Taschentuch aus ihrer Schürzentasche und betupfte vorsichtig ihre Augen. „Sie ist doch mein Baby. Die Jüngste von meinen vier kleinen Mädchen."

„Nicht eine einzige der Calhoun-Frauen kann man klein nennen", wandte Amanda ein.

„Ihr seid noch immer meine Babys. Das wart ihr, seit eure Eltern starben." Coco setzte das Taschentuch geschickt ein. Sie wollte ihren Mascara nicht verwischen. „Jedes Mal, wenn ich sie mir verheiratet vorstelle – und in ein paar Tagen wird sie es tatsächlich sein – schießen mir die Tränen in die Augen. Ich bete Trenton an, das weißt du." Bei dem Gedanken an ihren zukünftigen Neffen blies sie delikat in das Taschentuch. „Er ist ein wundervoller Mann, und ich wusste von Anfang an, dass die beiden perfekt zusammenpassen würden, aber es passiert alles so schnell."

„Wem sagst du das?" Amanda fuhr sich mit den Fingern durch ihre glatten Haare. „Ich hatte kaum Zeit, alles zu organisieren. Ich werde nie begreifen, wie irgendjemand erwarten kann, dass man eine Hochzeit innerhalb von knapp drei Wochen auf die Beine stellt – auch nicht, warum sie es überhaupt versucht haben. Es wäre besser, sie wären durchgebrannt."

„Sag das nicht!" Geschockt steckte Coco das Taschentuch zurück in ihre Schürze. „Also, ich wäre empört, hätten sie mich um diese Hochzeit betrogen. Und wenn du glaubst, du könntest das machen, wenn es bei dir soweit ist, solltest du es dir lieber noch einmal überlegen."

„Bei mir wird es noch jahrelang nicht soweit sein, falls überhaupt jemals." Amanda legte die Dekorationen wieder sorgfältig zusammen. „Männer stehen auf meiner Liste von Prioritäten so weit unten wie nur irgend möglich."

„Du und deine Listen." Coco schnalzte missbilligend mit der Zunge. „Lass dir von mir sagen, Mandy, dass es eines in diesem Leben gibt, das du nicht planen kannst, und das ist das Sich-Verlieben. Deine Schwester hat es ganz bestimmt nicht geplant, und nun sieh sie dir bloß an. Jetzt quetscht sie Anproben für ein Hochzeitskleid zwischen ihre Vergaser und Kurbelwellen. Deine Zeit mag schneller kommen, als du glaubst. Also, erst heute Morgen, als ich in meinen Teeblättern die Zukunft las …"

„Ach, Tante Coco, nicht die Teeblätter!"

Würdevoll richtete Coco sich zu ihrer beachtlichen Größe auf. „Ich habe ein paar sehr faszinierende Dinge in den Teeblättern gelesen. Ich hätte gedacht, du wärst nach unserer letzten Séance etwas weniger zynisch."

„Vielleicht ist bei dieser Séance irgendetwas geschehen, aber …"

„Vielleicht?"

„Also schön, irgendetwas ist tatsächlich passiert." Amanda stieß einen tiefen Seufzer aus und zuckte die Schultern. „Ich weiß, dass C. C. eine Erscheinung hatte …"

„Eine Vision."

„Was auch immer … von Urgroßmutter Biancas Smaragdhalskette." Und es war unheimlich gewesen, das gestand sie sich selbst ein, wie C. C. die Halskette beschreiben konnte, obwohl seit Jahrzehnten niemand mehr die zwei Reihen Smaragde und Diamanten gesehen hatte. „Und niemand, der in diesem Haus lebt, kann abstreiten, irgendetwas gefühlt zu haben – die Anwesenheit von irgendetwas, und zwar oben in Biancas Turm."

„Aha!"

„Aber das bedeutet noch lange nicht, dass ich von jetzt an in Kristallkugeln starren werde."

„Du bist zu nüchtern in deinem Denken, Mandy. Ich kann mir gar nicht vorstellen, woher du das hast. Vielleicht von meiner Tante Colleen. Fred, man darf nicht in irische Spitze beißen", mahnte Coco, als Fred an Amandas Bettdecke zu knabbern begann. „Wie auch immer, wir sprachen von Teeblättern. Als ich heute Morgen in ihnen las, sah ich einen Mann."

Amanda stand auf, um die Braut-Dekorationen ganz hinten in ihrem Schrank zu verstecken. „Du hast tatsächlich einen Mann in deiner Teetasse gesehen?" Sie sah Coco spöttisch an.

„Du weißt genau, dass das nicht wörtlich zu nehmen ist. Ich sah einen Mann, und ich hatte das überaus starke Gefühl, dass er sehr nahe ist."

„Vielleicht ist es der Klempner. Er sollte schon seit Tagen kommen."

„Nein, es ist nicht der Klempner. Dieser Mann – er ist nahe, aber er stammt nicht von der Insel." Sie richtete ihren Blick ins Nichts, wie sie das stets tat, wenn sie sich hellseherisch gab. „Er kommt sogar aus ziemlich weiter Ferne. Und er wird eine wichtige Rolle in unserem Leben spielen. Und –

darin bin ich mir ganz sicher – er wird eine ungeheuer wichtige Rolle für eines von euch Mädchen spielen."

„Lilah kann ihn haben", entschied Amanda und dachte an ihre freigeistige ältere Schwester. „Wo ist sie denn überhaupt?"

„Oh, sie wollte jemanden nach der Arbeit treffen. Rod oder Tod oder Dominick."

„Verdammt." Amanda griff nach ihrer Jacke, um sie ordentlich in den Schrank zu hängen. „Wir sollten eigentlich noch mehr von diesen Papieren durchsehen. Sie weiß, dass ich auf sie zähle. Wir müssen einen Anhaltspunkt finden, wo die Smaragde versteckt sind."

„Wir werden sie finden, Liebste." Zerstreut forschte Coco in den anderen Päckchen. „Wenn die Zeit reif ist. Bianca möchte, dass wir ihre Halskette finden. Ich glaube, sie wird uns bald den nächsten Schritt zeigen."

„Wir brauchen mehr als blinden Glauben und mystische Visionen. Bianca könnte die Halskette überall versteckt haben." Mit einer finsteren Miene ließ Amanda sich wieder auf das Bett fallen.

Sie machte sich nichts aus dem Geld – obwohl die Calhoun-Smaragde angeblich ein Vermögen wert waren. Dafür aber störte sie die öffentliche Aufmerksamkeit, die entstanden war, als Trent, der Verlobte ihrer Schwester, die Kaufverträge für The Towers unterschrieben hatte und die Legende an die Öffentlichkeit gedrungen war. Amandas Vorstellung von einer geordneten Existenz war ins Chaos gestürzt worden, seit der erste Artikel über diese Story erschienen war.

Die Legende gab ganz bestimmt gute Zeitungsartikel ab, fand Amanda, während ihre Tante in Begeisterungsrufe über die Dessous ausbrach, die sie für die Geschenkeparty ihrer Schwester gekauft hatte.

Zu Beginn des ersten Jahrzehnts dieses Jahrhunderts, als der Urlaubsort Bar Harbor seine elegante Blütezeit erlebte, hatte Fergus Calhoun den luxuriösen Sommersitz The Towers erbaut. Dort oben auf den Klippen, mit Blick auf die Frenchman Bay, hatten er, seine Frau Bianca und ihre drei Kinder die Sommer verbracht.

Erlesene Partys für andere Mitglieder der wohlbetuchten Gesellschaft hatten stattgefunden. Und bei einer dieser Gelegenheiten hatte Bianca auch einen jungen Künstler kennen gelernt. Sie hatten sich ineinander verliebt. Es hieß, dass Bianca zwischen ihrem Pflichtgefühl und ihrem Herzen hin- und hergerissen wurde.

Ihre Ehe, die zielstrebig von ihren Eltern gestiftet worden war, war kalt gewesen. Ihrem Herzen folgend, hatte sie ihren Ehemann verlassen wollen. Sie hatte eine Kassette voll gepackt, auch mit den Smaragden, die Fergus ihr zur Geburt ihres zweiten Kindes und ersten Sohns geschenkt hatte.

Es war ein Rätsel, wo sich diese Halskette jetzt befand, da Bianca sich der Legende nach aus dem Turmfenster gestürzt hatte, überwältigt von Schuldgefühlen und Verzweiflung.

Jetzt, Jahrzehnte danach, war das Interesse an der Halskette wieder erwacht. Während die noch verbliebenen Calhouns die im Laufe der Zeit angesammelten Papiere und Ordner nach einem Hinweis durchsuchten, waren Reporter und hoffnungsvolle Glücksritter zu einem täglichen Ärgernis geworden.

Amanda nahm es persönlich.

Die Legende und die Menschen darin gehörten ihrer Familie. Je eher die Halskette aufgespürt wurde, desto besser. Sobald ein Geheimnis aufgeklärt war, schwand das Interesse rasch.

„Wann kommt Trent wieder?“ fragte sie ihre Tante.

„Bald.“ Seufzend strich Coco über das rote Seidenhemd. „Sobald er in Boston alles geregelt hat, macht er sich auf den Weg. Er erträgt es nicht, von C. C. fort zu sein. Es wird kaum genug Zeit sein, um mit der Renovierung im Westflügel zu beginnen, bevor sie in ihre Flitterwochen abreisen.“ Tränen füllten erneut ihre Augen. „Ihre Flitterwochen ...“

„Fang nicht wieder damit an, Tante Coco. Denk daran, wie großartig du für das Essen auf dem Hochzeitsempfang sorgen wirst. Das wird für dich eine ausgezeichnete praktische Übung sein. Nächstes Jahr um diese Zeit beginnst du deine neue Karriere als Küchenchefin im ‚The Towers Gästelandsitz‘, dem intimsten aller St. James-Hotels!“

„Man stelle sich vor.“ Coco tippte sich mit der Hand auf die Brust.

Ein Klopfen an der Haustür ließ Fred aufspringen und bellen.

„Du bleibst hier und stellst es dir vor, Tante Coco. Ich gehe und mache auf.“

In einem Wettrennen mit Fred lief Amanda die Treppe hinunter. Als sich die vier Beine des Hundes verhedderten und er einen Purzelbaum beschrieb, hob sie ihn lachend hoch. Sie drückte den Hund an ihre Wange, als sie die Tür öffnete.

„Sie!“

Der Ton in Amandas Stimme ließ Fred erzittern.

Nicht so den Mann, der auf der Schwelle stand und sie anlächelte. „Wie klein die Welt doch ist", sagte er in dem gleichen lang gezogenen Akzent, den sie gehört hatte, als sie beide auf dem Bürgersteig gekauert hatten. „Das gefällt mir immer besser."

„Sie sind mir gefolgt."

„Nein, Ma'am. Obwohl das im Grunde eine verdammt gute Idee gewesen wäre. Mein Name ist jedenfalls O'Riley. Sloan O'Riley."

„Es ist mir egal, wie Sie heißen. Von mir aus können Sie augenblicklich kehrtmachen und verschwinden."

Sie wollte ihm die Tür vor der Nase zuschlagen, doch er legte seine Hand dagegen und drückte sie weit auf.

„Ich halte das für keine gute Idee. Ich bin sehr weit gefahren, um einen Blick auf das Haus zu werfen."

Amandas dunkelblaue Augen wurden schmal. „Ach, tatsächlich? Nun, dann lassen Sie sich von mir etwas sagen. Das hier ist ein Privathaus. Es ist mir egal, was Sie in den Zeitungen gelesen haben oder wie gern Sie unter lockeren Steinen nach den Smaragden suchen wollen. Wir sind hier nicht auf der Schatzinsel, und ich habe die Nase voll von Leuten wie Ihnen, die glauben, dass sie einfach an die Tür klopfen oder sich nachts mit Hacke und Schaufel in unseren Garten schleichen können."

Gut sieht sie aus, dachte Sloan, während er das Ende der Tirade abwartete. Jeder wütende Zoll von ihr. Sie war groß für eine Frau und dazu auch schlank – aber nicht zu schlank. Hübsche Kurven an den richtigen Stellen. Sie sah so aus, als könnte sie einen ganzen Tag hart reiten und abends immer noch jede Menge Energie aufbringen.

Starrsinniges Kinn, bemerkte er wohlwollend. Wenn sie dieses Kinn vorreckte, schwangen ihre Haare mit dem warmen Braunton über der Stirn.

Große blaue Augen. Selbst während sie Funken sprühten, erinnerten sie ihn an Kornblumen. Und ihr voller, schön geformter Mund war bestimmt sanft, wenn er nicht gerade wütend verzogen wurde oder schimpfte.

Sanft und köstlich.

„Sind Sie fertig?" fragte er gelassen, als sie sich unterbrach, um Luft zu holen.

„Nein, und wenn Sie nicht sofort verschwinden, hetze ich meinen Hund auf Sie."

Wie auf ein Stichwort sprang Fred von ihren Armen, sträubte das Nackenfell und entblößte knurrend seine Zähne.

„Sieht reichlich wild aus", kommentierte Sloan, kauerte sich hin und hielt dem Hund den Handrücken hin. Fred schnüffelte daran und begann freudig zu wedeln, als Sloan ihn streichelte. „Ja, ein ziemlich wildes Tier, das Sie hier haben."

„Das reicht." Amanda stemmte die Hände in die Hüften. „Ich hole das Gewehr."

Bevor Amanda sich nach drinnen wenden konnte, um die fiktive Waffe zu suchen, kam Coco die Treppe herunter.

„Wer ist da, Amanda?"

„Totes Fleisch."

„Wie bitte?" Coco trat an die Tür. Sobald sie Sloan entdeckte, kam ihre angeborene Eitelkeit zu Tage. Blitzartig riss sie sich die Schürze herunter. „Hallo!" Ihr Lächeln fiel warm und weiblich aus, als sie die Hand ausstreckte. „Ich bin Cordelia McPike."

„Ist mir ein Vergnügen, Ma'am." Sloan hob ihre Hand an seine Lippen. „Wie ich gerade Ihrer Schwester hier erklären wollte ..."

„Ach, du liebe Güte!" Coco stieß ein begeistert tirilierendes Lachen aus. „Amanda ist nicht meine Schwester. Sie ist meine Nichte. Die dritte Tochter meines verstorbenen Bruders – meines wesentlich älteren Bruders."

„Mein Fehler."

„Tante Coco, dieser Kerl hat mich vor der Boutique über den Haufen gerannt und ist mir nach Hause gefolgt. Er will sich nur wegen der Halskette in das Haus einschleichen."

„Also, Mandy, du solltest nicht so unfreundlich sein."

„Es stimmt teilweise, Mrs. McPike." Sloan nickte Amanda zu. „Ihre Nichte und ich hatten tatsächlich einen Zusammenstoß. Ich bin ihr wohl nicht rechtzeitig ausgewichen. Und ich versuche, in das Haus zu gelangen."

„Verstehe." Hin- und hergerissen zwischen Hoffnung und Zweifel, seufzte Coco. „Es tut mir schrecklich leid, aber es geht nicht, dass wir Sie ins Haus lassen. Sehen Sie, wir haben so viel zu tun mit der Hochzeit ..."

Sloans Augen zuckten zu Amanda. „Sie heiraten?"

„Meine Schwester", erwiderte sie knapp. „Was Sie allerdings nichts angeht. Wenn Sie uns jetzt entschuldigen wollen ..."

„Ich möchte mich nicht aufdrängen. Also mache ich mich wieder auf den Weg. Wenn Sie nur Trent sagen, dass O'Riley hier war, dann wäre ich Ihnen schon sehr dankbar."

„O'Riley?" wiederholte Coco und fuchtelte mit den Händen. „Du liebe Güte, Sie sind Mr. O'Riley? Bitte, kommen Sie herein. Oh, ich muss mich aber wirklich bei Ihnen entschuldigen."

„Tante Coco …"

„Das ist Mr. O'Riley, Amanda."

„Das ist mir klar. Warum, zum Teufel, hast du ihn ins Haus gelassen?"

„Mr. O'Riley", fuhr Coco fort, „ist derjenige, dessentwegen Trenton heute Morgen angerufen hat. Erinnerst du dich nicht? Natürlich erinnerst du dich nicht, weil ich dir nichts davon gesagt habe." Sie schlug ihre Hände vors Gesicht. „Ich bin völlig verwirrt, dass ich Sie so unhöflich draußen habe stehen lassen!"

„Machen Sie sich darüber keine Gedanken", beruhigte er Coco. „Es war ganz einfach ein Missverständnis."

„Tante Coco." Amanda hielt die Hand am Türknauf und war bereit, den Eindringling notfalls buchstäblich hinauszuwerfen. „Wer ist dieser O'Riley, und warum hat Trent dir gesagt, du sollst ihn erwarten?"

„Mr. O'Riley ist der Architekt." Coco strahlte.

Aus schmal zusammengezogenen Augen betrachtete Amanda ihn von den Spitzen seiner Boots bis hinauf zu seinen welligen, zerzausten Haaren. „Das ist ein Architekt?"

„Unser Architekt. Mr. O'Riley wird die Renovierungsarbeiten für den Gästelandsitz und für unseren Wohnbereich überwachen und leiten. Wir alle werden mit Mr. O'Riley zusammenarbeiten und …"

„Sloan", korrigierte er charmant.

„Sloan." Coco klimperte mit den Wimpern. „Und zwar für ziemlich lange Zeit."

„Großartig." Amanda ließ die Tür ins Schloss fallen.

Sloan hakte seine Daumen in die Taschen seiner Jeans und schenkte ihr ein träges Lächeln. „Genau das habe ich auch soeben gedacht."

2. KAPITEL

„Wo bleiben unsere guten Manieren?" fragte Coco. „Wir lassen Sie hier einfach in der Eingangshalle stehen. Bitte, kommen Sie weiter und setzen Sie sich. Was darf ich Ihnen anbieten? Kaffee, Tee?"

„Bier aus der Flasche", murmelte Amanda.

Sloan lächelte sie direkt an. „Sie sagen es."

„Bier?" Coco führte ihn in den Salon und wünschte sich, noch einen Moment Zeit zu haben, um frische Blumen in die Vase zu stellen und die Kissen aufzuschütteln. „Ich habe ein sehr gutes Bier in der Küche, das ich für meine gewürzten Shrimps nehme. Amanda, du unterhältst dich mit Mr. Sloan, nicht wahr?"

„Sicher, warum nicht?" Obwohl sie sich absolut nicht in freundlicher oder aufgeschlossener Stimmung fühlte, deutete Amanda auf einen Sessel und setzte sich ihm gegenüber, genau vor den Kamin. „Ich glaube, ich sollte mich bei Ihnen entschuldigen."

Sloan fasste nach unten und streichelte Fred, der ihnen in den Salon gefolgt war. „Wofür?"

„Ich wäre nicht so unhöflich gewesen, hätte ich gewusst, wer Sie sind."

„Tatsächlich?" Als Fred sich auf dem Teppich zwischen ihnen hinlegte, lehnte Sloan sich in seinem Sessel zurück, um seine unwillige Gastgeberin zu betrachten.

Nach zehn Sekunden unbehaglicher Stille hatte Amanda Mühe, nicht nervös zu werden. „Es war nur ein allzu verständliches Missverständnis."

„Wenn Sie das sagen. Worum genau handelt es sich bei diesen Smaragden, von denen Sie meinten, ich wäre hinter ihnen her?“

„Die Calhoun-Smaragde.“ Als er nur eine Augenbraue hochzog, schüttelte sie den Kopf. „Die Smaragdhalskette meiner Urgroßmutter. Es hat in allen Zeitungen gestanden.“

„Ich hatte nicht viel Zeit zum Zeitung lesen. Ich war in Budapest.“

Er fasste in seine Tasche und zog eine lange, schlanke Zigarre heraus. „Stört es Sie?“

„Rauchen Sie nur.“ Automatisch stand sie auf, um einen Aschenbecher zu holen. Sloan empfand es als Genuss, ihren Geht-mir-aus-dem-Weg-Gang zu beobachten. „Es überrascht mich, dass Trent es nicht erwähnt hat.“

Sloan riss ein Streichholz an und ließ sich beim Anzünden der Zigarre Zeit. Er nahm einen genießerischen Zug und blies den Rauch in einem trägen Strom wieder aus. Währenddessen machte er eine Bestandsaufnahme des Raums mit seinem durchhängenden Sofa, dem glitzernden Baccarat-Kristall, der eleganten Wandtäfelung und der abblätternden Farbe.

„Ich habe ein Fax von Trent bekommen, in dem er mich über seine Pläne wegen des Hauses informierte und mich bat, den Auftrag zu übernehmen.“

„Sie haben einen Job wie diesen übernommen, ohne sich das Objekt vorher überhaupt anzusehen?“

„Es erschien mir ganz einfach richtig.“ Ganz eindeutig hat sie hübsche Augen, dachte Sloan. Misstrauisch, aber hübsch. Er fragte sich, wie ihre Augen wohl aussehen würden, wenn es ihm einmal gelang, ihr ein Lächeln zu entlocken. „Außerdem hätte Trent mich nicht darum gebeten, hätte er nicht gedacht, dass es mir Spaß macht."

Amanda begann, mit dem Fuß zu wippen, wie sie das immer tat, wenn sie zu lange an einem Platz saß. „Dann kennen Sie Trent gut?"

„Schon seit Jahren. Wir waren zusammen in Harvard."

„Harvard?" Ihr Fuß hörte auf zu wippen, als sie ihn anstarrte. „Sie waren in Harvard?"

Ein anderer wäre vielleicht beleidigt gewesen. Sloan war belustigt. „Tja, was sagt man dazu, Ma'am?" murmelte er und übertrieb seine gedehnte Sprechweise, während er zusah, wie ihre Wangen sich rot färbten.

„Ich wollte nicht … es ist nur so, dass Sie nicht wirklich so aussehen wie …"

„Von einer Eliteuniversität?" warf er ein, bevor er noch einen Zug an seiner Zigarre tat. „Man kann damit hereinfallen, wenn man jemanden nach seinem Äußeren beurteilt. Nehmen Sie zum Beispiel dieses Haus hier."

„Das Haus?"

„Man wirft von außen den ersten Blick darauf und kann sich nur schwer entscheiden, ob es eine Festung, eine Burg oder der Alptraum eines Architekten sein soll. Aber dann nimmt man sich die Zeit für einen zweiten Blick, und man erkennt, dass es nichts anderes sein soll als das, was es ist. Eine zeitlose Arbeit, arrogant, stark, vielleicht starrsinnig genug, um sich zu behaupten, aber mit gerade genug Schnörkelwerk, um etwas Charme hinzuzufügen." Er lächelte sie an. „Manche Leute glauben, dass ein Haus die Persönlichkeit seiner Bewohner widerspiegelt."

Sloan stand auf, als Coco einen Servierwagen hereinrollte. „Oh, bitte, bleiben Sie sitzen", sagte sie. Es ist doch so eine Freude, einen Mann im Haus zu haben, nicht wahr, Mandy?"

„Ich bin ganz begeistert." Amandas Stimme klang trocken.

„Hoffentlich ist das Bier so recht." Sie hob ein randvolles Glas mit Pils von dem Servierwagen.

„Ganz bestimmt."

„Probieren Sie diese Kanapees. Mandy, ich habe für uns Wein gebracht." Erfreut über den Besuch, lächelte sie Sloan über ihr Glas hinweg an. „Hat Amanda Ihnen von dem Haus erzählt?"

„Wir waren gerade dabei." Sloan nahm einen langen Schluck Bier. „Trent hat geschrieben, dass es seit Anfang des Jahrhunderts im Besitz der Familie sei."

„O ja. Mit Suzannas Kindern – Suzanna ist meine älteste Nichte – hatten wir jetzt fünf Generationen von Calhouns in The Towers. Fergus ..." Sie deutete auf das Porträt eines düster dreinblickenden Mannes über dem Kamin – „mein Großvater, erbaute The Towers 1904 als Sommerhaus. Er und seine Frau Bianca bekamen drei Kinder, bevor sie sich aus dem Turmfenster stürzte." Wie immer brachte die Vorstellung, aus Liebe zu sterben, Coco zum Seufzen. „Ich glaube, Großpapa war danach nie wieder ganz bei Sinnen. In seinem späteren Leben verlor er den Verstand vollständig, aber wir hatten ihn in einem sehr hübschen Heim untergebracht."

„Tante Coco, ich bin sicher, Mr. O'Riley interessiert sich nicht für die Familiengeschichte."

„Ich interessiere mich nicht", bestätigte Sloan Amandas Einwand, während er seine Zigarre ausdrückte. „Ich bin fasziniert. Hören Sie nicht auf, Mrs. McPike."

„Oh, nennen Sie mich Coco. Das machen alle." Sie schüttelte ihre Haare. „Das Haus ging an meinen Vater, Ethan. Er war das zweite Kind, aber der erste Sohn. Großpapa war eisern, was die Calhoun-Linie anging. Ethans ältere Schwester, Colleen, war über diese Regelung verärgert. Bis heute spricht sie kaum mit einer von uns."

„Wofür wir alle ewig dankbar sind", warf Amanda ein.

„Nun, ja. Sie kann ein wenig – überwältigend sein. Dann wäre da noch Onkel Sean, der jüngere Bruder meines Vaters. Er hatte etwas Ärger mit einer Frau und ging nach Westindien, bevor ich geboren wurde. Als mein Vater ums Leben kam, ging das Haus an meinen Bruder Judson. Nach seiner Hochzeit beschlossen er und seine Frau, hier das ganze Jahr über zu leben. Sie haben dieses Haus geliebt." Sie sah sich in dem Salon mit seinen abblätternden Wänden und den ausgebleichten Vorhängen um. „Judson hatte wunderbare Pläne, das Haus wieder in vollem Glanz erstrahlen zu lassen, aber er und Deliah kamen auf tragische Weise ums Leben, bevor er beginnen konnte, sie in die Tat umzusetzen. Danach kam ich hierher, um mich um Amanda und ihre drei Schwestern zu kümmern. Nehmen Sie noch ein Kanapee."

„Danke. Darf ich fragen, warum Sie beschlossen haben, einen Teil Ihres Zuhauses in ein Hotel umzuwandeln?"

„Das war Trents Idee. Wir sind ihm alle so dankbar, nicht wahr, Amanda?"

Da sie sich damit abgefunden hatte, dass sich Tante Coco nicht bremsen ließ, lächelte Amanda. „Ja, das sind wir."

Coco nippte behutsam an ihrem Glas. „Um ehrlich zu sein, wir stecken in finanziellen Schwierigkeiten. Glauben Sie an Schicksal, Sloan?“

„Ich bin Ire und Cherokee.“ Er hob seine Hände mit den langen Fingern. „Das lässt mir keine andere Wahl.“

„Nun, dann werden Sie es verstehen. Es war Schicksal, dass Trents Vater, während er in der Frenchman Bay segelte, The Towers sah und ein tiefes Verlangen danach entwickelte. Als die St. James's Corporation anbot, das Haus zu kaufen und in ein Erholungshotel umzuwandeln, waren wir hin- und hergerissen. Es war schließlich unser Zuhause, das einzige Zuhause, das meine Mädchen jemals kennen gelernt haben, aber der Unterhalt …“

„Ich verstehe.“

„Die Dinge haben sich zum Besten entwickelt“, warf Coco ein. „Und es war wirklich in letzter Zeit alles sehr aufregend und romantisch. Wir standen am Abgrund, absolut am Abgrund, unmittelbar davor, verkaufen zu müssen, als Trent sich in C. C. verliebte. Natürlich verstand er, wie viel ihr das Haus bedeutet, und er entwickelte diesen wundervollen Plan, den Westflügel in Hotelsuiten umzuwandeln. Auf diese Weise können wir das Haus behalten und trotzdem die finanziellen Schwierigkeiten des Unterhalts überwinden.“

„Jeder bekommt, was er will“, stimmte Sloan zu.

„Genau.“ Coco beugte sich vor. „Bei Ihrem Erbgut vermute ich, dass Sie auch an Geister glauben.“

„Tante Coco …“

„Also, Mandy, ich weiß, wie nüchtern du denkst. Was mich sehr verblüfft“, sagte sie, zu Sloan gewandt. „Dieses ganze keltische Blut, und dann hat sie keinen einzigen mystischen Knochen im Leib."

Amanda gestikulierte mit ihrem Glas. „Das überlasse ich dir und Lilah."

„Lilah ist ebenfalls eine meiner Nichten", erklärte Coco. „Sie hat übersinnliche Fähigkeiten. Wie ist denn Ihre Meinung zu Übernatürlichem?"

Sloan stellte sein Glas beiseite. „Ich glaube nicht, dass man so ein Haus wie dieses ohne einen oder zwei Geister haben kann."

„Na bitte." Coco schlug die Hände zusammen. „Ich wusste es, sobald ich Sie sah, dass wir seelenverwandt sind. Bianca ist noch immer hier, wissen Sie? Deshalb habe ich sie auf unserer letzten Séance auch so stark gefühlt." Sie ignorierte Amandas Stöhnen. „C. C. ist es genauso ergangen, und sie hat einen fast so nüchternen Verstand wie Amanda. Bianca will, dass wir die Halskette finden."

„Die Calhoun-Smaragde?" fragte Sloan.

„Ja. Wir haben in alten Papieren nach Anhaltspunkten gesucht, aber die Unordnung von mehreren Jahrzehnten nimmt einem den Mut. Und das öffentliche Aufsehen zur Zeit ist sehr lästig."

„Das ist ein sehr mildes Wort dafür." Amanda blickte finster in ihr Glas.

„Vielleicht taucht die Halskette während der Renovierung auf", meinte Sloan.

„Das hoffen wir." Coco tippte mit einem sorgfältig manikürten Finger gegen ihre Lippen. „Ich denke, eine weitere Séance wäre angebracht. Ich bin sicher, Sie sind sehr sensitiv."

Amanda erstickte fast an ihrem Wein. „Tante Coco, ich bitte dich! Mr. O'Riley ist zum Arbeiten hergekommen, nicht um mit Geistern und Kobolden zu spielen."

„Ich verknüpfe gern Geschäft und Vergnügen." Er prostete Amanda mit seinem Glas zu. „Ich habe es mir sogar zur Gewohnheit gemacht."

Ein neuer Gedanke durchzuckte Coco. „Sie sind nicht von der Insel, Sloan."

„Nein, aus Oklahoma."

„Wirklich? Das ist doch eine ziemlich große Entfernung." Sie lenkte ihren Blick zufrieden auf Amanda. „Als Architekt für die Renovierungen werden Sie für uns alle sehr wichtig sein."

„Das möchte ich gern glauben", erwiderte er, verblüfft von dem viel sagenden Blick, den Coco ihrer Nichte zuwarf.

„Teeblätter", murmelte Coco und stand auf. „Ich muss nach dem Dinner sehen. Sie leisten uns dabei doch Gesellschaft, nicht wahr?"

Sloan hatte geplant, nur einen schnellen Blick auf das Haus zu werfen und danach in sein Hotel zurückzufahren, um zehn Stunden zu schlafen. Amandas verärgerte Miene änderte seine Meinung. Ein Abend mit ihr mochte eine viel versprechende Kur gegen den Jetlag sein. „Das würde ich sehr gern tun."

„Wundervoll. Mandy, warum zeigst du Sloan nicht den Westflügel, während ich alles fertig mache?"

„Teeblätter?" fragte Sloan, als Coco aus dem Raum schwebte.

„Es ist besser, ich lasse Sie im Ungewissen." Resigniert stand sie auf und deutete auf die Tür. „Wollen wir?"

„Das ist eine sehr schöne Idee."

Sloan folgte Amanda in die Eingangshalle und eine geschwungene Treppe hinauf.

„Was ziehen Sie vor, Amanda oder Mandy?"

Sie zuckte die Schultern. „Ich reagiere auf beides."

„Aber es ergibt unterschiedliche Images. Amanda ist kühl und beherrscht. Mandy ist ... sanfter." Sie duftet kühl, dachte er. Wie eine ruhige Brise an einem heißen, staubigen Tag.

Auf der obersten Stufe blieb sie stehen und drehte sich zu ihm um. „Was für ein Image ergibt Sloan?"

Er stand eine Stufe unter ihr, sodass ihre Augen sich auf gleicher Höhe befanden. Sein Instinkt sagte ihm, dass es ihnen beiden so lieber war. „Sagen Sie es mir."

Er besaß das frechste Lächeln, das sie je gesehen hatte. Wann immer er es bei ihr einsetzte, verspürte sie ein ganz leichtes Beben, das ganz sicher Ärger war. „Dodge City?" fragte sie süß. „Wir haben nicht viele Cowboys so weit im Osten."

Sie wandte sich ab und war schon den halben Korridor entlang gegangen, als er ihren Arm ergriff. „Haben Sie es immer so eilig?"

„Ich verschwende nicht gern Zeit."

Er ließ seine Hand auf ihrem Arm liegen, während sie weitergingen. „Ich werde es mir merken."

Himmel, das Haus ist sagenhaft, dachte Sloan, während sie kreisförmig angeordnete Stufen hinaufstiegen. Kassettendecken, geschnitzte Fensterstöcke, dicke Mahagonitäfelung. Er blieb an einem Bogenfenster stehen, um das Glas zu berühren. Es muss noch original sein, dachte er, so wie der

Fußboden aus Kastanienholz und die kunstvollen Stuckarbeiten.

Sicher, es gab Risse in den Wänden – einige breit genug, dass er seinen Finger halb hineinschieben konnte. Hier und da waren in den Decken faustgroße Löcher entstanden, und Teile des Putzes waren abgebröckelt.

Es war eine Herausforderung, dieses Haus in seiner früheren Pracht wiedererstehen zu lassen. Und es musste eine Freude sein.

„Wir haben diesen Teil des Hauses seit Jahren nicht benützt." Amanda öffnete eine geschnitzte Eichentür und schob die Spinnweben beiseite. „Es wäre unsinnig gewesen, hier während des Winters zu heizen."

Sloan trat ein. Der durchhängende Fußboden knarrte bedrohlich, als er darüber ging. Irgendwann waren schwere Möbel herein- oder hinausgezogen worden und hatten tiefe Kratzer und Furchen im Fußboden hinterlassen.

Zwei Scheiben der schmalen Terrassentüren waren zerbrochen und durch Sperrholz ersetzt worden. Mäuse hatten hier ihre Feste abgehalten. Über seinem Kopf entdeckte er ein verblassendes Deckengemälde pausbäckiger Cherubine.

„Das war das beste Gästezimmer", erklärte Amanda. „Fergus reservierte es für Leute, die er beeindrucken wollte. Angeblich haben hier einige der Rockefellers gewohnt. Es hat ein eigenes Bad und einen Ankleideraum." Sie stieß eine zerbrochene Tür auf.

Ohne sich um Amanda zu kümmern, ging Sloan zu dem schwarzen Marmorkamin. Die Wand darüber war mit Seide tapeziert und wies alte Flecken von Rauch auf. Die abgeschlagene Ecke des Simses brach ihm das Herz.

„Sie sollten erschossen werden."

„Wie bitte?"

„Sie sollten dafür erschossen werden, dass Sie dieses Haus so haben herunterkommen lassen." Der Blick, den er ihr zuwarf, war nicht träge und amüsiert, sondern heiß und schnell wie eine Kugel. „Ein solcher Kaminsims ist unersetzlich."

Verlegen starrte sie schuldbewusst auf den italienischen Marmor. „Nun ja, ich habe das bestimmt nicht abgebrochen."

„Und sehen Sie sich diese Wände an. Stuckarbeiten dieses Kalibers sind eine Kunst, genau wie ein Rembrandt Kunst ist. Sie würden doch gut auf einen Rembrandt achten, oder?"

„Natürlich, aber …"

„Zumindest hatten Sie soviel Verstand, die Friese nicht zu übermalen." Er schob sich an ihr vorbei und spähte in das angrenzende Bad. Und begann zu fluchen. „Das sind handgemachte Kacheln, um Himmels willen! Sehen Sie sich an, wie sie angeschlagen sind. Die werden seit dem Ersten Weltkrieg nicht mehr hergestellt."

„Ich begreife nicht, was das …"

„Nein, Sie begreifen nicht." Er wandte sich ihr wieder zu. „Sie haben nicht die geringste Ahnung, was Sie hier besitzen. Dieses Haus ist ein Denkmal für die Handwerkskunst des frühen zwanzigsten Jahrhunderts, und Sie lassen es unter Ihren Händen zerfallen. Das sind authentische Gaslichter."

„Ich weiß sehr genau, was das ist", schnappte Amanda zurück. „Für Sie mag das ein Denkmal sein, aber für mich ist es mein Zuhause. Wir haben alles getan, was wir konnten, damit das Dach oben blieb. Wenn der Stuck Sprünge hat, kommt das daher, dass wir uns auf die Heizung konzentrieren mussten. Und wenn wir uns nicht darum gekümmert haben, dass die Kacheln in einem Raum ersetzt werden, den niemand benützt hat, kommt das daher, dass wir die Installation in einem anderen Raum reparieren mussten. Sie wurden zum Renovieren eingestellt, nicht zum Philosophieren."

„Sie kriegen beides zum selben Preis." Als er die Hand nach ihr ausstreckte, knallte sie rücklings gegen die Wand.

„Was machen Sie da?"

„Ganz ruhig, Honey. Sie haben Spinnweben in den Haaren."

„Das kann ich selbst machen", sagte sie irritiert und verkrampfte sich, als er mit seinen Fingern durch ihre Haare fuhr. „Und nennen Sie mich nicht ‚Honey'!"

„Sie gehen offensichtlich sehr schnell hoch. Ich hatte einmal ein Mustangfohlen, das hat genau das gleiche getan."

Sie schlug seine Hand beiseite. „Ich bin kein Pferd."

„Nein, Ma'am." In einem abrupten Stimmungsumschwung lächelte er wieder. „Das sind Sie ganz sicher nicht. Warum zeigen Sie mir nicht, was Sie noch alles haben?"

Vorsichtig schob sie sich seitlich an ihm vorbei, bis sie sich wieder sicher fühlte. „Ich sehe keinen Sinn darin. Sie haben nicht einmal ein Notizbuch."

„Manche Dinge setzen sich in meinem Gedächtnis fest." Sein Blick glitt zu ihrem Mund, verharrte darauf und kehrte zu ihren Augen zurück. „Ich sehe mir gern erst einmal das ganze Land an, bevor ich anfange, mich um … Details zu kümmern."

„Dann könnte ich Ihnen eine Landkarte zeichnen."

Er lächelte daraufhin. „Sind Sie immer so spitz?"

„Nein.“ Sie senkte ihren Kopf. Es stimmte, sie war nicht so spitz. Sie hätte kaum eine erfolgreiche Karriere als stellvertretende Managerin in einem der besten Hotels des Urlaubsortes machen können, wäre sie es gewesen. „Offensichtlich bringen Sie nicht das Beste in mir an die Oberfläche.“

„Ich begnüge mich mit dem, was ich bekomme.“ Er legte seine Hand um ihren Arm. „Gehen wir weiter.“

Sie führte ihn durch den ganzen Flügel und bemühte sich dabei, auf Abstand zu achten. Doch Sloan neigte dazu, sie in die Ecke zu drängen, eine Tür zu blockieren, ihr den Weg abzuschneiden und unerwartet seine Position zu verändern, dass sie einander nahe gegenüberstanden.

Er hatte eine langsame, sparsame Art sich zu bewegen, und er tat nichts, was Amanda vorher einen Hinweis darauf geben konnte, in welche Richtung er sich wenden würde.

Sie waren im Westturm, als Amanda zum dritten Mal mit ihm zusammenstieß. Jeder Nerv in ihr war angespannt, als sie zurückwich. „Ich wünschte, Sie würden das nicht machen, Sloan.“

„Was nicht machen?“

„Da sein.“ Verärgert schob sie einen Karton beiseite. „Da in meinem Weg.“

„Auf mich macht es eher den Eindruck, als wären Sie zu sehr in Eile, irgendwohin zu gelangen, um darauf zu achten, wo Sie sich gerade befinden.“

„Noch mehr hausgemachte Philosophie“, murmelte sie und trat an das Bogenfenster, das zum Garten hinausführte.

Der Mann, das musste sie zugeben, störte sie auf einer tiefen, elementaren Ebene. Vielleicht war es seine Größe –

die breiten Schultern und die kräftigen Hände. Die beeindruckende Gestalt. Sie war eher daran gewöhnt, mit Männern auf einer Ebene zu stehen.

Vielleicht war es seine schleppende Redeweise, langsam und träge und genau so frech wie sein Lächeln.

Oder die Art, wie sein Blick sich hartnäckig und mit einem halb amüsierten Grinsen auf ihr Gesicht richtete.

Was immer es auch war, fand Amanda und gab sich einen unmerklichen Ruck, sie würde lernen müssen, damit vernünftig umzugehen.

„Hier ist unsere letzte Station", erklärte Amanda und sah Sloan an. „Trent hat die Vorstellung, dies hier in einen Speiseraum umzuwandeln, und zwar in einen intimeren Speiseraum als den, den er auf der unteren Etage möchte. Fünf Tische für zwei Personen sollten bequem hereinpassen, mit Ausblick auf den Garten oder die Bucht."

Sie drehte sich um, während sie sprach, und ein Strahl der frühen Abendsonne schoss durch das Fenster herein, verwandelte ihr Haar in einen Lichthof und umfloss sie leuchtend.

Ihre Hände unterstrichen ihre Worte mit anmutig fließenden Bewegungen, die davon zeugten, dass sie angespannt war.

Sie hob eine Hand, um ihre Haare zurückzustreichen. Das Licht strömte über die honigbraunen Strähnen und vergoldete die Spitzen. In dem hellen Lichtstrahl umtanzten Staubkörnchen sie wie winzige Silberflocken.

Sloans Kopf war plötzlich wie leer gefegt, während er dastand und sie anstarrte.

„Stimmt etwas nicht?"

„Nein." Er trat einen Schritt näher. „Sie tun dem Auge wirklich gut, Amanda."

Sie tat einen Schritt rückwärts. Jetzt fand sie in seinem Blick keine Belustigung, auch nicht das rasche Aufflackern von Ärger, das sie etwas früher beobachtet hatte. „Wenn Sie, äh, irgendwelche Fragen haben zu dem Turm oder dem Rest des Flügels des Hauses ..."

„Das war ein Kompliment. Vielleicht kein so gewandtes, wie Sie gewöhnt sind, aber es war trotzdem ein Kompliment."

„Danke." Ihr Blick glitt durch den Raum auf der Suche nach einer Gelegenheit zu würdevoller Flucht, während sie noch einen Schritt zurückwich. „Wenn wir vielleicht ..." Sie brach ab und holte tief Luft, als er seinen Arm um ihre Taille schob, um sie fest an sich zu ziehen. „Was, zum Teufel, machen Sie denn da?"

„Ich bewahre Sie davor, den gleichen Sprung auszuführen wie Ihre Urgroßmutter." Er deutete mit einem Kopfnicken auf das Fenster hinter ihr. „Wenn Sie nämlich weiterhin rückwärts tanzen, könnten Sie direkt durch die Scheibe sausen. Dieses Glas sieht nicht sehr stark aus."

„Ich tanze nirgendwohin." Ihr Herz hämmerte jedoch, als hätte sie soeben eine schnelle Rumba beendet. „Gehen wir, wenn Sie nichts dagegen haben."

„Sie füllen einem hübsch den Arm aus." Er beugte sich näher, um an ihrem Haar zu riechen. „Sogar mit all diesen Stacheln." Er genoss es, dass er seinen Arm um sie geschlungen hatte. „Sie hätten danke sagen können, Calhoun. Möglicherweise habe ich Ihnen soeben das Leben gerettet."

Ihr Puls mochte heftig schlagen, aber sie weigerte sich, von einem langsam redenden Cowboy, der sich aufspielte, eingeschüchtert zu werden. „Wenn Sie mich nicht auf der Stelle loslassen, wird Ihnen jemand das Leben retten müssen."

Er lachte und geriet in Versuchung, sie auf der Stelle auf seine Arme zu nehmen. Das nächste, was in sein Bewusstsein drang, war, dass er zwei Meter weiter auf seinem Hinterteil landete.

Mit einem zufriedenen Lächeln legte Amanda ihren Kopf schief.

„Damit ist unsere Führung für diesen Abend beendet. Wenn Sie mich jetzt bitte entschuldigen wollen."

Als sie an Sloan vorbeigehen wollte, schoss seine Hand vor und umschloss ihren Knöchel. Amanda hatte kaum Zeit genug, um einen schrillen Schrei auszustoßen, ehe sie neben ihm auf dem Fußboden landete.

„Also, Sie … Lümmel!" rief sie und schleuderte ihre Haare mit einer heftigen Bewegung aus ihrem Gesicht.

„Wie du mir, so ich dir." Er legte seinen Finger unter ihr Kinn. „Noch mehr hausgemachte Philosophie. Sie haben schnelle Bewegungen, Calhoun, aber Sie müssen daran denken, Ihr Opfer im Auge zu behalten."

„Wäre ich ein Mann …"

„… wäre das alles nicht halb so lustig." Leise lachend gab er ihr einen raschen. festen Kuss und neigte dann seinen Kopf zurück, um sie zu betrachten, während sie ihn nur anglotzte. „Na ja", sagte er leise, während in seiner Brust ein ganzes Gewitter losbrach. „Ich glaube, das sollten wir gleich noch einmal versuchen."

Sie hätte ihn weggeschoben. Sie wusste, dass sie ihn ganz bestimmt weggeschoben hätte. Trotz der Hitze, die ihr den Rücken hinunterlief. Ungeachtet des schweren Verlangens, das anstelle ihres kochenden Blutes durch ihre Adern floss. Sie hätte ihn von sich geschoben, hätte sogar die Hand gehoben, um das zu machen – und ganz sicher nicht, um ihn näher an sich heranzuziehen – wären nicht klappernde Schritte von der Treppe her zu hören gewesen.

Sloan blickte hoch und sah eine große, kurvenreiche Frau in der Tür stehen.

Sie trug eine Jeans, die am Knie eingerissen war, und dazu ein einfaches weißes T-Shirt, das sie unter den Hosenbund geschoben hatte. Ihr Haar war kurz und glatt mit einem flotten Pony. Darunter verrieten ihre Augen Überraschung und gleich darauf Belustigung.

„Hi." Sie sah zu Amanda und grinste, als sie das gerötete Gesicht und die zerzausten Haare ihrer Schwester bemerkte.

Der einzige Ort, an dem man die stets geschäftsmäßige Amanda Calhoun nicht erwartete, war der Fußboden, noch dazu zusammen mit einem fremden und sehr attraktiven Mann. „Was geht denn hier vor sich?"

„Wir haben so etwas Ähnliches gespielt wie Bäumchenwechsle-dich", erklärte Sloan. Er stand auf und zog Amanda am Arm hoch.

Mit einem fauchenden Laut riss Amanda sich von seinem Griff los und putzte eingehend den Staub von ihrer Hose.

„Das ist meine Schwester C. C." murmelte sie dabei.

„Und Sie müssen Sloan sein." Catherine Calhoun, C. C. genannt, kam näher und streckte die Hand aus. „Trent hat mir von Ihnen erzählt.“ Ihre grünen Augen funkelten, als sie einen Blick auf ihre Schwester warf und dann wieder ihn ansah. „Ich schätze, er hat nicht übertrieben.“

Sloan hielt die dargebotene Hand einen Moment fest. C. C. Calhoun war das genaue Gegenteil einer Frau, von der er erwartet hätte, dass sein alter Freund sie für eine Beziehung aussuchte. Und weil Trent sein Freund war, hätte Sloan nicht begeisterter sein können. „Ich kann verstehen, warum Trent sich mit dem Lasso einfangen und in einen Korral sperren ließ.“

„Das ist eines von Sloans sonderbaren Komplimenten“, warf Amanda ein.

Lachend schlang C. C. einen Arm um Amandas Schultern. „Darauf bin ich von selbst gekommen. Freut mich, Sie kennen zu lernen, Sloan, freut mich wirklich. Als ich vor zwei Wochen mit Trent nach Boston fuhr, waren alle, die ich kennen lernte, so …“

„Steif?“ Er grinste.

„Na ja.“ Ein wenig verlegen zuckte sie die Schultern. „Vermutlich ist es für einige von diesen Leuten schwer zu akzeptieren, dass Trent eine Mechanikerin heiraten wird, die mehr über Motoren als über Opern weiß.“

„Mir scheint es so, als würde Trent sich da auf einen verteufelt guten Handel einlassen.“

„Wir werden sehen.“ Sie wusste, dass sie nicht mehr viel Ermutigung brauchte, um rührselig zu werden und sich durch Tränen zu blamieren. „Tante Coco sagte, Sie würden zum Dinner bleiben. Ich habe gehofft, dass Sie in einem unserer Gästezimmer wohnen, während Sie auf der Insel sind.“

Sloan konnte es nicht sehen, aber er hätte alles darauf gewettet, dass Amanda sich auf die Zunge biss. Die Vorstellung, etwas zu tun, das ihr gegen den Strich ging, lockte ihn, seine Pläne zu ändern. „Danke, aber ich bin restlos versorgt. Abgesehen davon …“ Jetzt grinste er Amanda an. „Wie es aussieht, werde ich schon weit genug im Weg sein.“

„Wie es Ihnen am bequemsten ist“, erwiderte C. C. „Sie sollen nur wissen, dass Sie in The Towers jederzeit herzlich willkommen sind.“

„Ich gehe nach unten und sehe nach, ob Tante Coco Hilfe braucht.“ Amanda nickte Sloan kühl zu. C. C. führt Sie hinunter, wenn Sie bereit sind.“

Er blinzelte ihr zu. „Danke für die Führung, Honey.“

Er konnte förmlich hören, wie sie mit den Zähnen knirschte, während sie hinausging.

Als Amanda draußen war, sah Sloan die Braut seines Freundes an. „Da haben Sie vielleicht eine Schwester.“

„Ja, das stimmt.“ C. C.s Lächeln war warm und herzlich. „Trent hat mir erzählt, dass Sie ein ziemlicher Frauenheld sind.“

„Er ist noch immer böse auf mich, weil ich ihm eine Frau vor der Nase weggeschnappt habe, als wir beide noch jung und albern waren.“ Sloan ergriff C. C.s Hand, und sie verließen den Raum. „Sind Sie sicher, dass Sie bei ihm bleiben wollen?“

Sie musste lachen. „Jetzt verstehe ich, warum er mir geraten hat, meine Schwestern einzusperren.“

„Wenn sie alle auch nur annähernd so sind wie diese eine, können sie vermutlich sehr gut auf sich selbst aufpassen, meinen Sie nicht?“

„O ja, das können sie. Die Calhoun-Frauen sind so eigenständig wie man sich das nur vorstellen kann." Sie blieb oben an der eisernen Wendeltreppe stehen. „Ich möchte Sie lieber warnen. Tante Coco behauptet, sie hätte Sie heute Morgen in den Teeblättern gesehen."

„In den … aha!"

Sie zuckte halb entschuldigend, halb amüsiert die Schultern. „Das ist so eine Art Hobby von ihr. Jedenfalls könnte es sein, dass sie zu manipulieren anfängt, besonders wenn sie zu der Überzeugung gelangt, dass das Schicksal Sie mit einer meiner Schwestern verbandelt hat. Sie meint es gut, aber …"

„O'Rileys können auch sehr gut selbst auf sich aufpassen, glauben Sie mir."

Sie brauchte nur einen kurzen Blick auf ihn zu werfen, um ihm das zu glauben. C. C. klopfte ihm auf die Schulter. „Na schön, dann sind Sie von jetzt an auf sich allein gestellt, Sloan."

Er ging hinter ihr die Treppe hinunter. „C. C., gibt es irgendwelche Männer, mit denen Amanda zu tun hat und die ich aus dem Weg räumen muss?"

C. C. blieb stehen und betrachtete ihn durch die offene Wendeltreppe hindurch. „Nein", sagte sie nach einem Moment. „Amanda hat das Aus-dem-Weg-räumen schon ganz von selbst besorgt."

„Das ist fein." Er lächelte in sich hinein, während er weiter die Treppe hinunterging.

Als sie den ersten Stock erreichten, hörte Sloan von der Eingangstür unten schrille hohe Schreie und das hektische Kläffen des Hundes.

„Die Kinder meiner Schwester Suzanna“, erklärte C. C., bevor er fragen konnte. Alex und Jenny sind die typischen stillen, in sich zurückgezogenen Kinder.“

„Das kann ich hören.“

Ein stämmiges blondes Geschoss jagte die Stufen herauf. Aus einem Reflex heraus fing Sloan das Geschoss ab und blickte in ein neugieriges kleines Gesicht mit einem Schmollmund und großen blauen Augen.

„Du bist vielleicht groß“, bemerkte Jenny.

„Nein, du bist vielleicht klein.“

Mit fünf Jahren begann sie gerade, die Tricks und Kniffe eines weiblichen Wesens zu lernen und schenkte ihm ein strahlendes Lächeln. „Darf ich auf deinen Schultern reiten?“

„Hast du einen Dollar?“ Kichernd schüttelte sie auf seine Frage hin den Kopf. „Na schön“, meinte er, „dann ist der erste Ritt gratis.“

Nachdem sie auf seine Schultern geklettert war, stieg er weiter hinunter.

Am Fuß der Treppe hielt Amanda einen dunkelhaarigen kleinen Jungen im Schwitzkasten.

„Wo ist Suzanna?“ fragte C. C.

„In der Küche. Ich wurde beauftragt, auf diese beiden hier aufzupassen.“ Sie betrachtete Jenny aus schmalen Augen. „Die kleine Schweinebacke ist mir ausgerückt.“

„Oink, oink.“ Von ihrem turmhohen Sitz auf Sloans Schultern kicherte und grunzte Jenny herunter.

„Wer ist der denn?“ wollte Alex wissen.

„Sloan O’Riley.“ Sloan streckte ihm von Mann zu Mann die Hand entgegen, die Alex misstrauisch beäugte, ehe er sie ergriff.

„Du redest komisch. Bist du aus Texas?"

„Oklahoma."

Nachdem er einen Moment überlegt hatte, nickte Alex. „Das ist fast genau so gut. Hast du schon einmal jemanden richtig erschossen?"

„Nicht in der letzten Zeit."

„Das reicht, du Wildfang." C. C. übernahm das Kommando. „Vorwärts, abmarschiert und wascht euch für das Abendessen." Sie schwenkte Jenny von Sloans Rücken.

„Niedliche Kinder", bemerkte Sloan, als C. C. sie die Treppe hinaufschleppte.

„Wir mögen sie." Amanda zeigte ihm ein ehrliches Lächeln. Der Anblick der auf seinen Schultern reitenden Jenny hatte sie weicher gestimmt. „Sie werden die meiste Zeit des Tages in der Schule sein und sollten Sie bei der Arbeit daher nicht stören."

„Ich könnte mir nicht vorstellen, dass sie in irgendeiner Weise stören könnten. Ich habe daheim selbst einen Neffen. Das ist vielleicht eine Kanone."

„Diese beiden können Panzer sein, fürchte ich." Doch die Zuneigung schwang in ihrer Stimme mit. „Es ist schön für die beiden, von Zeit zu Zeit einen Mann um sich zu haben."

„Den Ehemann Ihrer Schwester?"

Das Lächeln erlosch. „Sie sind geschieden. Vielleicht kennen Sie ihn? Baxter Dumont?"

Ein Schleier schien sich vor Sloans Augen zu senken. „Ich habe von ihm gehört."

„Nun, das ist schon Geschichte. Das Abendessen ist fast fertig. Darf ich Ihnen zeigen, wo Sie sich frisch machen können?"

„Danke."

Zerstreut folgte Sloan ihr. Er fand, dass es einige Punkte in der Geschichte gab, die sich unglücklicherweise überlappten.

3. KAPITEL

Auf den Schock vorbereitet sprang Amanda in das kalte Wasser des Pools. Sie kam mit einem köstlichen Schaudern wieder an die Oberfläche und begann mit der ersten ihrer gewöhnlich fünfzig Bahnen.

Sie liebte nichts mehr, als den Tag mit einem harten Training zu beginnen. Das löste alle alten Spannungen und schaffte Platz für die neuen, die sich während des bevorstehenden Arbeitstages entwickeln würden.

Es war nicht so, dass sie ihren Job als Assistentin des Managers im BayWatch Hotel nicht mochte. Vor allem, weil sie dadurch das Privileg genoss, den Hotel-Pool benützen zu dürfen, bevor sich die Gäste zu drängen begannen.

Es war Ende Mai, und die Saison hatte gerade erst angefangen. Natürlich war das noch nichts im Vergleich dazu, wie es im Hochsommer sein würde, aber die meisten Zimmer im Hotel waren belegt, was bedeutete, dass sie alle Hände voll zu tun hatte.

Diese Stunde, die sie sich zugestand, wann immer das Wetter es erlaubte, war kostbar.

Sie näherte sich einem Ende des Pools, machte eine Rolle, schlug an und stieß sich ab.

In einem Jahr, dachte sie, während die Wassertropfen hoch spritzten, würde sie Managerin im The Towers Gästelandsitz sein, einem St. James-Hotel. Das Ziel, für das sie gearbeitet und gekämpft hatte, seit sie mit sechzehn Jahren ihren ersten Teilzeitjob als Rezeptionsangestellte angenommen hatte, war greifbar nahe.

Es nagte manchmal an ihr, dass sie den Job bloß bekommen würde, weil Trent ihre Schwester heiratete. Doch jedes Mal wurde sie nur noch überzeugter, dass sie es verdiente und es sich erarbeitet hatte.

Sie würde ein exklusives Hotel für eine der Topketten des Landes führen. Und nicht nur einfach ein Hotel, dachte sie, während sie sauber durch das Wasser schnitt, sondern The Towers. Teil ihres eigenen Erbes, ihrer eigenen Geschichte, ihrer eigenen Familie.

Die zehn luxuriösen Suiten, die Trent in dem zerfallenden Westflügel schaffen wollte, würden ihr anvertraut sein. Sie würde dafür verantwortlich sein. Wenn Trent recht behielt, würden der Name St. James und die Legende von The Towers diese Suiten rund ums Jahr füllen.

Sie wollte gute Arbeit leisten. Außergewöhnlich gute Arbeit. Jeder Gast, der von The Towers heimkehrte, sollte sich an den exzellenten Service, das beruhigende Ambiente und die wie geschmiert laufende Organisation erinnern.

Die Sache war bereits sicher. Keine Sklavenarbeit mehr für einen fordernden Vorgesetzten, der nichts anerkannte. Keine Frustration mehr dadurch, dass sie die Arbeit leistete und einem anderen das Lob überlassen musste. Endlich würden ihr die Lorbeeren zufallen – genau wie jeder Fehlschlag.

Es ging nur noch darum, das Ende der Umbauarbeiten abzuwarten.

Und damit landeten ihre Gedanken kopfüber bei Sloan O'Riley. Sie hoffte inständigst, dass Trent wusste, was er tat. Was sie am meisten verblüffte, war, wie ein so zivilisierter und polierter Mann wie Trenton St. James III sich jemals mit einem so ungehobelten Klotz wie O'Riley hatte anfreunden können. Der Mann hatte sie doch tatsächlich zu Boden geworfen! Natürlich hatte sie ihn zuerst zu Boden geworfen, doch das spielte absolut keine Rolle.

Amanda stieß sich erneut ab. Ihre schlanken, muskulösen Arme schnitten durch das Wasser, ihre langen Beine schlugen zusammen.

Sie bereute keinen Augenblick, dass sie das Geschick und die Kraft besaß, um ihn zuerst zu überrumpeln. Er war von dem Moment an, in dem sie ihn getroffen hatte, zu bedrängend und zu vertraulich und zu sehr von sich selbst eingenommen gewesen.

Und er hatte sie geküsst!

Sie hob ihren Kopf, um Luft zu holen, und tauchte dann wieder ihr Gesicht ins Wasser.

Sie hatte ihm nicht die geringste Ermutigung zukommen lassen. Das Gegenteil war der Fall. Aber er hatte dagesessen, hämisch gegrinst und sie geküsst.

Bei der Erinnerung daran musste sie sofort wieder nach Luft schnappen.

Nicht, dass ihr die Situation keinen Spaß gemacht hatte, versicherte Amanda sich selbst. Wäre C. C. nicht hereingeplatzt, hätte sie diesem arroganten Mr. O'Riley schon eine Kostprobe ihrer Gedanken verpasst. Abgesehen davon, dass sie in jenem Moment keinen einzigen Gedanken mehr im Kopf gehabt hatte …

Aber nur, weil sie wütend gewesen war, aus keinem anderen Grund. Sie fühlte sich kein bisschen hingezogen zu diesem rauen, unerzogenen Typ mit den schwieligen Händen und den staubigen Boots.

Sie war nicht dumm genug, um auf dunkelgrüne Augen hereinzufallen, um deren Winkel Lachfältchen auftauchten, wenn er sie anstrahlte.

Ihr Bild von dem idealen Mann verlangte nach einer gewissen weltmännischen Gewandtheit, geschliffenen Manieren, Kultur und einer stillen Aura von Erfolg. Falls sie sich jemals für eine Beziehung interessieren sollte, würde sie auf diesen Voraussetzungen bestehen. Langsam sprechende Cowboys brauchten sie gar nicht erst zu umwerben.

Vielleicht hatte er etwas Süßes an sich gehabt, als er mit den Kindern sprach, aber das war nicht genug, um die unzähligen Fehler in seiner Persönlichkeit auszugleichen.

Sie erinnerte sich daran, wie er am Abend beim Dinner mit Tante Coco geflirtet und sie mit Charme eingewickelt hatte. Er hatte C. C. mit Geschichten aus Trents Collegetagen unterhalten, und er hatte nachsichtig und leicht Alex' und Jennys viele Fragen über Pferde, Indianer und Revolver beantwortet.

Aber er hatte Suzanna ein wenig zu genau, ein wenig zu eingehend betrachtet, als dass es Amanda gefallen hätte.

Ein Frauenjäger, dachte Amanda. Wäre Lilah beim Abendessen dabei gewesen, hätte er wahrscheinlich auch mit ihr geflirtet. Aber Lilah konnte auf sich selbst aufpassen, wenn es um Männer ging.

Suzanna war da anders. Sie war schön, sensibel und verwundbar. Ihr Exmann hatte sie zutiefst verletzt, und niemand, nicht einmal der freche, unverschämte Sloan O'Riley, sollte jemals wieder die Chance erhalten, Suzanna noch einmal zu verletzen.

Dafür wollte Amanda sorgen!

Als Amanda diesmal das Ende des Pools erreichte, hielt sie sich an der Kante fest und tauchte ihren Kopf noch einmal in das Wasser, um ihre Haare aus dem Gesicht zu spülen.

Sie kam wieder an die Oberfläche und hatte vor sich einen Anblick, der ihr nur allzu vertraut war.

„Morgen!“ Sloan grinste auf sie herunter. Die Sonne stand in seinem Rücken und hob die rötlichen Töne in seinen zerzausten Haaren hervor. „Sie machen da eine wirklich hübsche Figur, Calhoun.“

Sie blinzelte, um das Wasser aus ihren Augen zu entfernen. „Was, zum Teufel, machen Sie hier?“

„Hier?“ Er blickte über seine Schulter zu dem weiß strahlenden Hotel. „Man könnte sagen, ich habe hier meinen Hut aufgehängt.“ Er betrachtete sie, während er mit dem Daumen nach hinten zeigte. „Zimmer 320.“

„Sie sind Gast im BayWatch?“ Amanda stützte sich mit den Ellbogen auf den Rand. „Das hätte ich mir denken sollen.“

Sloan ging in die Hocke. Sie hatte die klare, helle Calhoun-Haut, wie er feststellte, äußerst ansprechend und zart und jetzt ohne Make-up. „Schöne Art, den Tag zu beginnen.“

Ihre vollen, feuchten Lippen verzogen sich unwillig. „Das war es.“

„Wenn wir schon dabei sind, Fragen zu stellen, was machen Sie hier?“

„Ich arbeite hier.“

Es wird immer interessanter, dachte er. „Im Ernst?“

„Im Ernst“, erwiderte sie trocken. „Ich bin die Assistentin des Managers.“

„Na, so was!“ Er tauchte prüfend seinen Finger in das Wasser. „Kontrollieren Sie für die Gäste die Wassertemperatur? Das nenne ich Hingabe.“

„Der Pool ist erst ab zehn geöffnet.“

„Keine Angst.“ Er hakte seine Daumen in die Taschen seiner Jeans. „Ich hatte nicht vor, jetzt einen Hechtsprung hinzulegen.“ Was er vorgehabt hatte, war ein Spaziergang, ein langer, einsamer. Doch das war sein Plan gewesen, bevor er gesehen hatte, wie sie ihre Runden schwamm. „Na prima. Wenn ich also irgendwelche Fragen bezüglich des Hotels habe, wende ich mich an Sie.“

„Das stimmt.“ Amanda watete zu den Stufen, um herauszusteigen. Der saphirfarbene Einteiler schmiegte sich wie eine zweite Haut an sie, während Wasser von ihr abfloss. „Ist Ihr Zimmer zu Ihrer Zufriedenheit?“

„Hmm?“ Sie hatte Beine, die dafür bestimmt waren, einen Mann zum Schwitzen zu bringen. Schlank und gut geformt und endlos lang.

„Ihr Zimmer“, wiederholte sie, während sie nach ihrem Handtuch griff. „Gefällt es Ihnen?“

„Es gefällt mir gut. Einfach gut.“ Er ließ seinen Blick über diese nassen Waden und Schenkel höher gleiten, über die schlanken Hüften, weiter zu einer trägen Wanderung über ihr Gesicht. „Die Aussicht lohnt den Eintrittspreis.“

Amanda schlang das Handtuch um ihren Hals. „Die Aussicht auf die Bay ist gratis – wie das kontinentale Frühstück, das jetzt in der ‚Kombüse‘ serviert wird. Sie werden es sich sicher nicht entgehen lassen wollen.“

„Ich habe festgestellt, dass zwei Croissants und eine Tasse Kaffee den Hunger nicht eindämmen.“ Weil er noch nicht bereit war, sie so einfach gehen zu lassen, hielt er beide Enden des Handtuchs leicht fest. „Warum leisten Sie mir nicht bei einem richtigen Frühstück Gesellschaft?"

„Tut mir Leid." Ihr Herz begann, unbehaglich zu hämmern. „Angestellten wird nahe gelegt, sich nicht privat mit den Gästen einzulassen."

„Ich vermute, Sie könnten in diesem Fall eine Ausnahme machen, da wir ja schon … alte Freunde sind."

„Wir sind nicht einmal neue Freunde."

Da war wieder dieses Lächeln, langsam, hartnäckig und nur allzu wissend. Und dann sagte er: „Das ist etwas, das wir beim Frühstück beheben können."

„Tut mir Leid, kein Interesse." Sie wollte sich von ihm abwenden, doch er verstärkte seinen Griff an dem Handtuch und hielt sie auf der Stelle fest.

„Wo ich herkomme, da sind die Leute unvergleichlich freundlicher."

Da er ihr keine andere Wahl ließ, behauptete sie sich gegen ihn. „Wo ich herkomme, da sind die Leute unvergleichlich höflicher. Wenn Sie während Ihres Aufenthalts im Bay-Watch irgendwelche Probleme mit dem Service haben, werde ich Ihnen sehr gern zu Diensten stehen. Wenn Sie irgendwelche Fragen bezüglich The Towers haben, werde ich dafür sorgen, dass ich Ihnen zu einer Antwort zur Verfügung stehe. Aber darüber hinaus haben wir beide nichts zu besprechen."

Sloan betrachtete Amanda geduldig und bewunderte, wie sie ihre heisere Stimme mit Frost überziehen konnte, obwohl ihre Augen gleichzeitig funkelten. Das war eine Frau mit einer ganzen Menge Selbstbeherrschung. Und mit einer Menge Zunder, auch wenn er sicher war, dass sie über diesen Ausdruck wütend gefaucht hätte.

„Wann treten Sie hier Ihren Dienst an?"

Sie stieß den Atem zischend aus. Offenbar hatte dieser Mann einen echten Dickschädel. „Um neun Uhr. Wenn Sie mich also jetzt entschuldigen wollen. Ich möchte mich gern anziehen."

Sloan blinzelte zur Sonne hinauf „Sieht so aus, als hätten sie noch ungefähr eine Stunde, bevor sie die Stechuhr drücken müssen. Und bei dem Tempo, mit dem Sie sich bewegen, brauchen Sie nicht mal die halbe Zeit, um sich herauszuputzen."

Amanda schloss kurz ihre Augen für ein Stoßgebet um Geduld. „Sloan, versuchen Sie vielleicht, mich zu ärgern?"

„Ich glaube nicht, dass ich das versuchen muss. Das scheint Ihnen ganz natürlich zuzufliegen." Lässig schlang er die Enden des Handtuchs um seine Fäuste und zog sie näher zu sich heran. Er grinste, als ihr Kopf nach oben flog. „Sehen Sie, es geht schon los."

Sie nahm es sich selbst bitter übel, dass ihr Puls tanzte und ihr Magen sich zusammenzog. „Was ist los mit Ihnen, O'Riley?" fragte sie. „Ich habe es Ihnen doch klar gemacht, dass ich nicht interessiert bin."

„Ich werde Ihnen sagen, wie die Dinge stehen, Calhoun." Er vollführte mit seinen Handgelenken noch eine Drehung und verkürzte das Handtuch. Im Zeitraum eines Herzschlages veränderte sich der Humor, den sie für gewöhnlich in seinen Augen sah, zu etwas anderem. Und dieses andere war dunkel und gefährlich. Und erregend. „Sie sind wie frisches, kühles Wasser", murmelte er. „Und jedes Mal, wenn ich in Ihrer Nähe bin, kriege ich diesen gewaltigen Durst." Mit einem letzten Ruck ließ er sie gegen ihn taumeln und nahm ihre Hände fest zwischen ihren Körpern gefangen. „Der kleine Schluck, den ich gestern abbekommen habe, langt bei weitem nicht."

Er beugte sich herunter und knabberte an ihrer Unterlippe.

Er fühlte ihr Beben, aber als er mit seinem Blick ihren gefangen hielt, sah er, dass es nicht von Angst ausgelöst wurde. Vielleicht von einem Hauch Unsicherheit, aber nicht von Angst.

Dennoch wartete er noch ab, ob sie ihm ein klares Nein entgegensetzen würde. Das hätte er respektieren müssen, wie heiß auch das Verlangen in ihm brodeln mochte.

Amanda sagte jedoch nichts, sondern starrte ihn nur mit ihren großen, jetzt alarmierten Augen an.

Sachte strich er mit seinen Lippen über die ihren und beobachtete, wie ihre Wimpern sich flatternd senkten. „Ich will mehr", murmelte er. Und nahm es sich.

Amandas Hände ballten sich zwischen ihren Körpern zu Fäusten, doch sie stieß ihn nicht von sich. Der Kampf spielte sich vollständig in ihr ab, eine wilde und heftige Schlacht, die sie aufrüttelte, während er ihre Sinne bombardierte. In dem Kreuzfeuer gefangen, stellten ihre Gedanken einfach ihre Arbeit ein.

Sein Kuss war nicht träge. Und seine Berührungen waren nicht gelassen. Hart und heiß nahmen seine Lippen, was sie von ihren Lippen haben wollten, während er seine Hände gegen ihren feuchten Rücken drückte. Sie rang nach Luft, als er mit seinen Zähnen über ihre Lippen strich, und stöhnte, als seine Zunge verführerisch über ihre Zunge glitt.

Sie streckte ihre Finger, um sich an seinem Hemd festzukrallen und sich dann zu seinen Schultern und in seine Haare vorzutasten. Dieses verzweifelte Sehnen war neu, erschreckend und wundervoll. Es trieb sie dazu, sich gegen ihn zu pressen, während ihr Mund von dem Verlangen brannte, sich mit seinem zu vereinen.

Die Veränderung ging ihm durch und durch. Er war daran gewöhnt, dass ihm eine Frau die Sinne vernebelte, dass sein Körper pulsierte und sein Blut kochte.

Aber nicht so!

In dem Moment, in dem Amanda von benommener Auslieferung zu fiebrigem Drängen überging, erlebte Sloan ein so scharfes Verlangen, dass es durch seine Seele zu schneiden schien.

Dann gab es nur noch sie. Alles, was er fühlen konnte, war die kühle, feuchte, seidige Haut. Alles, was er schmecken konnte, war die süße Hitze ihres Mundes. Alles, was er sich wünschen konnte, war mehr.

Amanda war sicher, dass ihr Herz in ihrer Brust zerspringen musste. Die Hitze von Sloans Körper schien das Wasser auf ihrer Haut in Dampf zu verwandeln, und diese Dämpfe zogen durch ihr Gehirn. Und sie lösten sich auch nicht auf, als er sie sanft beiseite schob.

„Amanda." Er sog tief die Luft ein, war jedoch nicht sicher, jemals wieder zu Atem zu kommen. Ein winziger Blick auf sie, wie sie da mit schweren Lidern und leicht geöffneten Lippen stand, genügte, und das scharfe Verlangen durchzuckte ihn erneut. „Komm in mein Zimmer hinauf."

„Zimmer?“ Sie fasste sich mit unsicheren Fingern an ihre Lippen, dann an ihre Schläfe. „Zimmer?“

Himmel, diese heisere Stimme und dieser benommene Blick zwangen ihn noch in die Knie! Dabei hatte er bisher noch nie um eine Frau gebettelt. Aber bei ihr, so fürchtete er, würde sich das Betteln nicht vermeiden lassen.

„Komm mit mir.“ Besitzergreifend strich er mit seinen Händen über ihre Schultern. Irgendwann war das Handtuch unbemerkt auf den Boden gefallen. „Wir müssen das in aller Abgeschiedenheit zu Ende bringen.“

„Zu Ende bringen?“

Mit einem Aufstöhnen presste er seine Lippen wieder zu einem letzten, langen, gierigen Kuss auf ihren Mund. „Frau, ich denke, du wirst zu spät zur Arbeit kommen.“

Er hatte sie am Arm schon in Richtung Tor gezogen, als sie endlich wieder klar denken konnte. In sein Zimmer? dachte sie verwirrt. Zu Ende bringen? Himmel, was hatte sie getan? Was stand sie im Begriff zu tun?

„Nein!“ Sie riss sich los und nahm einen tiefen, reinigenden Atemzug, der jedoch ihr Beben nicht beenden konnte. „Ich gehe nirgendwohin.“

Er versuchte, seine Fassung wiederzugewinnen, doch es gelang ihm nicht. „Es ist ein wenig spät, um Spielchen zu spielen.“

Er legte seine Hand in ihren Nacken. „Ich begehre dich. Und es besteht, verdammt noch mal, nicht die geringste Aussicht, dass du mich davon überzeugst, dass du mich nicht genauso begehrst. Nicht nach diesem Kuss!“

„Ich spiele keine Spielchen“, sagte sie ruhig und fragte sich, ob er sie überhaupt bei ihrem lärmenden Herzschlag hören konnte. Ihr war kalt, so schrecklich kalt. „Und ich habe nicht die Absicht, jetzt damit zu beginnen." Sie war die Vernünftige, ermahnte sie sich. Sie war nicht der Typ Frau, die in ein Hotelzimmer raste, um sich mit einem Mann zu lieben, den sie kaum kannte. „Ich möchte, dass Sie mich in Ruhe lassen."

„Keine Chance." Er zwang sich dazu, seine Finger ganz ruhig zu halten, während Zorn und Verlangen in ihm miteinander kämpften. „Ich bringe immer zu Ende, was ich anfange."

„Sie können diese Angelegenheit als zu Ende gebracht betrachten. Eigentlich hätte sie gar nicht beginnen sollen."

„Warum nicht?"

Sie wandte sich ab, um ihren Bademantel aufzuheben. Der dünne Frotteestoff reichte bei weitem nicht aus, um sie zu wärmen. „Ich kenne Ihren Typ, O'Riley."

Er kratzte seine letzten Reserven an Gelassenheit zusammen und wippte auf den Zehenspitzen. „Tatsächlich?"

Ungeschickt vor Zorn kämpfte sie darum, ihre Arme durch die Ärmel zu stecken. „Sie wandern von Stadt zu Stadt und füllen ein paar freie Stunden mit irgendeiner zur Verfügung stehenden Frau aus, indem Sie sich schnell mit ihr auf der Matratze wälzen." Sie zog den Gürtel ihres Bademantels eng zusammen. „Nun, ich stehe nicht zu Verfügung."

„Sie denken, Sie haben mich in meine Schranken gewiesen, wie?" Er berührte sie nicht, doch der Blick in seine Augen reichte aus, dass sie sich innerlich wappnete. Er machte sich nicht die Mühe zu erklären, dass es mit ihr anders war. Er hatte es sich bisher ja nicht einmal selbst erklärt. „Sie können das als Warnung betrachten, Calhoun. Diese Angelegenheit zwischen uns ist noch nicht erledigt. Ich werde Sie kriegen."

„Mich kriegen? Mich kriegen?" Von Stolz und Wut getrieben, trat sie mit einem heftigen Schritt auf ihn zu. „Sie eingebildeter, selbstgefälliger Mistkerl ..."

„Sie können sich Ihre Schmeicheleien für später aufheben", unterbrach er sie. „Es wird auf jeden Fall ein Später kommen, Amanda. Dann wird es nur Sie und mich geben. Und ich verspreche Ihnen, es wird nicht schnell ablaufen."

Weil ihm diese Vorstellung gefiel, lächelte er. „Nein, Ma'am, wenn ich Sie liebe, werde ich mir unendlich viel Zeit lassen." Er fuhr mit einem Finger über den Kragen ihres Bademantels. „Und ich werde Sie zum Wahnsinn treiben."

Sie schlug seine Hand weg. „Das tun Sie bereits."

„Danke." Er nickte ihr freundlich zu. „Ich glaube, ich werde mich jetzt um mein Frühstück kümmern. Wünsche noch einen guten Tag!"

Den würde sie auch haben, dachte sie, als er pfeifend wegging. Sie würde einen schönen Tag haben, wenn Sloan nicht darin vorkam.

Es wäre schon schlimm genug gewesen, dass Amanda so lange arbeiten musste, auch wenn sie sich keinen der eintönigen Vorträge von Mr. Stenerson über Effizienz hätte anhören müssen.

Als Manager des BayWatch leitete Stenerson seine Mitarbeiter mit ungeschickten Methoden und Gejammer. Seine bevorzugte Methode der Oberaufsicht war das Delegieren. Auf diese Weise konnte er anderen die Schuld geben, wenn etwas schief lief, und den Verdienst für sich beanspruchen, wenn alles glatt ging.

Amanda stand in seinem luftigen, pastellfarbenen Büro und blickte auf seinen kahl werdenden Schädel hinunter, während er seine wöchentliche Liste von Klagen durchging.

„Das Reinigungspersonal braucht zwanzig Minuten zu lang. Bei meiner Stichprobe im dritten Stock habe ich diese Verpackung unter dem Bett in 302 entdeckt." Er winkte mit der winzigen, durchsichtigen Hülle wie mit einer Fahne. „Ich erwarte von Ihnen, dass Sie die Dinge besser im Griff haben, Miss Calhoun."

„Ja, Sir." Du aufgeblasener kleiner Jammerlappen, setzte sie im stillen hinzu. „Ich werde persönlich mit dem Reinigungspersonal sprechen."

„Vergessen Sie es nicht." Er hob sein stets griffbereites Klemmbrett hoch. „Das Tempo des Zimmerservice liegt um acht Prozent zurück. Wenn die Verschlechterung weiter anhält, wird die Effizienz bis zum Höhepunkt der Saison auf zwölf Prozent zurückgehen."

Im Gegensatz zu Stenerson hatte Amanda zu den Spitzenzeiten von Frühstück und Dinner Dienst in der Küche getan. „Wenn wir vielleicht noch einen oder zwei Kellner einstellen würden", setzte sie an.

„Die Lösung liegt nicht darin, dass wir mehr Mitarbeiter einstellen, sondern mehr Effizienz aus denen herausholen, die wir bereits haben." Er tippte mit einem Finger auf das Klemmbrett. „Ich erwarte, dass der Zimmerservice am Ende der nächsten Woche sein Maximum erreicht."

„Ja, Sir." Du anmaßender Gartenzwerg, war diesmal ihr stummer Kommentar.

„Ich erwarte, dass Sie die Ärmel hochkrempeln und einspringen, wann immer es nötig ist, Miss Calhoun." Er verschränkte seine weichen weißen Hände und lehnte sich zurück. Noch bevor er den Mund öffnete, wusste Amanda, was kommen würde. Sie hätte seine Ansprache auswendig hersagen können.

„Vor fünfundzwanzig Jahren habe ich genau in diesem Hotel den Gästen die Tabletts gebracht. Durch bloße Entschlossenheit und eine positive Einstellung habe ich meinen Weg zu der Position erarbeitet, die ich heute innehabe. Wenn Sie Erfolg haben wollen, vielleicht sogar dieses Büro übernehmen wollen, wenn ich mich einmal zur Ruhe setze, müssen sie ganz von dem BayWatch durchdrungen sein. Ganz gleich, ob sie essen, schlafen oder trinken – alles muss das BayWatch sein. Die Effizienz unserer Mitarbeiter spiegelt direkt Ihre eigene Effizienz wider, Miss Calhoun."

„Ja, Sir." Sie wollte ihm sagen, dass sie in einem Jahr ihre eigenen Mitarbeiter und ihr eigenes Büro haben würde und er seinem Prügelknaben einen Abschiedskuss geben konnte. Aber sie sagte es ihm nicht. Bis es soweit war, brauchte sie den Job und den wöchentlichen Gehaltsscheck. „Ich werde sofort eine Besprechung mit dem Küchenpersonal ansetzen."

„Gut, gut. Also, ich möchte, dass Sie heute Abend zur Verfügung stehen, da ich nicht erreichbar sein werde."

Wie immer, dachte sie, murmelte jedoch ihre Zustimmung.

„Oh, und überprüfen Sie die Augustreservierungen. Ach ja, und sprechen Sie mit dem Poolaufseher wegen fehlender

Handtücher. Uns sind in diesem Monat schon fünf weggekommen."

„Ja, Sir." Noch etwas? fragte sie sich. Soll ich dir die Schuhe putzen, den Wagen waschen?

„Das wäre alles."

Amanda öffnete die Tür und kämpfte darum, ihre makellos professionelle Maske nicht verrutschen zu lassen. Im Moment wollte sie nichts anders tun, als ihren Kopf ein paar Minuten lang hingebungsvoll gegen die Wand zu schlagen.

Bevor sie sich jedoch an einen abgeschiedenen, ruhigen Platz zurückziehen konnte, um ihrem Wunsch nachzugeben, wurde sie an die Rezeption gerufen.

Sloan suchte sich einen Platz in der Hotelhalle, nur um sie zu beobachten. Er war überrascht, dass Amanda noch immer arbeitete. Er hatte einen vollen Tag in The Towers gearbeitet, und die verschrammte Aktentasche neben seinem Sessel beulte sich von Notizen, Skizzen und Vermessungsplänen aus. Er war bereit für ein großes Bier und ein ordentliches Steak medium.

Aber da war sie, beschwichtigte Gäste, gab den Angestellten an der Rezeption Anweisungen, unterschrieb Papiere. Und sah dabei so kühl und frisch aus wie Wasser im Frühling. Er beobachtete, wie sie einen Ohrclip abzog und in ihrer Handfläche hin- und herrollen ließ, während sie einen Anruf entgegennahm.

Es war eine der kleinen Freuden des Lebens, sie zu beobachten, fand er. All dieser Schwung, diese Energie und diese Selbstbeherrschung.

Beinahe mühelos, dachte er lächelnd.

Zwischen ihren Augenbrauen stand eine tiefe Falte – Enttäuschung, dachte er. Ärger. Oder schlichter Starrsinn. Er verspürte den mächtigen Drang, aufzustehen, zu ihr zu gehen und diese Linie wegzuwischen.

Sloan tat es jedoch nicht und gab stattdessen einem Pagen einen Wink.

„Ja, Sir."

„Gibt es hier einen Floristen?"

„Ja, Sir, gleich die Straße hinunter."

Amanda unverwandt beobachtend, zog Sloan seine Brieftasche hervor und holte eine 20-Dollar-Note heraus. „Würden Sie für mich hinlaufen und mir eine rote Rose bringen? Eine langstielige, die noch geschlossen ist. Und behalten Sie den Rest."

„Ja, Sir. Danke, Sir."

Während er wartete, bestellte Sloan an der Bar in der Halle ein Bier und steckte sich eine Zigarre an. Dann streckte er seine Füße von sich und lehnte sich zurück, um zu genießen.

Amanda befestigte den Ohrclip wieder und presste eine Hand auf ihren Magen. Wenn sie nach unten ging, um dem Küchenchef eine aufmunternde Rede zu halten, konnte sie sich wenigstens irgendetwas zu essen besorgen.

Ein Blick auf ihre Uhr zeigte ihr, dass sie nicht die Zeit haben würde, um zu Hause ihre Abendschicht beim Durchforsten der Papiere auf der Suche nach einem Anhaltspunkt wegen der Halskette zu übernehmen. Wenn es bei den aufgezwungenen Überstunden eine positive Seite gab, war es, dass

Sloan nicht mehr in The Towers sein würde, wenn sie zurückkam.

„Verzeihung!"

Amanda blickte hoch und sah sich einem schlanken, attraktiven Mann in einem eierschalfarbenen Anzug gegenüber. Seine dunklen Haare waren aus seiner hohen Stirn zurückgekämmt. Mit hellblauen Augen betrachtete er sie freundlich. Der leichte britische Akzent erhöhte den Charme in seiner Stimme.

„Ja, Sir. Kann ich Ihnen helfen?"

„Ich möchte mit dem Manager sprechen."

Amanda fühlte, wie ihr Herz ein wenig sank. „Es tut mir Leid. Mr. Stenerson ist nicht zu erreichen. Falls es um ein Problem geht, werde ich mich sehr gern für Sie darum kümmern."

„Kein Problem, Miss …" Sein Blick glitt kurz zu ihrem Namensschild. „Calhoun. Ich werde ein paar Wochen bei Ihnen wohnen. Ich glaube, ich habe die Island Suite."

„Natürlich, Mr. Livingston. Wir haben Sie schon erwartet." Rasch und gekonnt tippte sie die Angaben in den Computer. „Haben Sie schon einmal bei uns gewohnt?"

„Nein." Er lächelte erneut. „Bedauerlicherweise."

„Ich bin sicher, Sie werden die Suite sehr bequem finden." Sie reichte ihm ein Anmeldeformular, während sie sprach. „Wenn es irgendetwas gibt, wodurch wir Ihnen Ihren Aufenthalt angenehmer gestalten können, sagen Sie es, ohne zu zögern."

„Ich bin jetzt schon sicher, dass der Aufenthalt angenehm sein wird." Er bedachte sie erneut mit einem langen Blick, während er das Formular ausfüllte. „Unglücklicherweise muss er auch produktiv sein. Ich wollte mich nach einer

Möglichkeit erkundigen, während meines Aufenthalts ein Fax-Gerät zu mieten."

„Wir bieten unseren Gästen Fax-Service", erklärte sie.

„Ich brauche mein eigenes Gerät." Der Diamant an seinem kleinen Finger blitzte, als er das Formular über die Theke schob. „Ich kann leider nicht alle meine Geschäfte zum Abschluss bringen, wie ich gehofft hatte. Es wäre für mich einfach nicht praktisch, jedes Mal hier herunterkommen zu müssen, wenn ich ein Dokument abschicken oder empfangen möchte. Natürlich bin ich bereit zu zahlen, was für eine solche Einrichtung erforderlich wäre. Wenn Mieten nicht möglich ist, kann ich ein Gerät kaufen."

„Ich werde sehen, was sich arrangieren lässt."

„Dafür wäre ich Ihnen sehr dankbar." Er reichte ihr seine Kreditkarte. „Ich werde außerdem den Salon in der Suite als Büro benutzen. Und ich ziehe es vor, wenn das Reinigungspersonal meine Papiere und meine Unordnung nicht anrührt."

„Natürlich."

„Darf ich fragen, ob Sie mit der Insel vertraut sind?"

Lächelnd überreichte sie ihm seine Karte und seine Schlüssel. „Ich bin eine Einheimische."

„Wunderbar." Den Blick auf sie gerichtet, hielt er leicht ihre Hand. „Dann weiß ich, dass ich mich an Sie wenden kann, wenn ich irgendwelche Fragen habe. Sie waren mir eine große Hilfe, Miss Calhoun." Er blickte erneut auf ihr Namensschild. „Amanda. Danke."

„Gern geschehen." Ihre Finger zitterten ein wenig, als sie ihm ihre Hand entzog, um nach einem Pagen zu winken. „Genießen Sie Ihren Aufenthalt, Mr. Livingston."

„Das tue ich bereits."

Als er wegging, stieß die junge Rezeptionistin neben Amanda einen langen und sehr verlangenden Seufzer aus. „Wer war das?"

„William Livingston." Amanda ertappte sich dabei, dass sie ihm hinterher starrte, riss sich zusammen und heftete ein Formular ab.

„Sagenhaft. Hätte er mich so angesehen wie Sie, ich wäre auf der Stelle dahingeschmolzen."

„Dahinschmelzen gehört nicht zu diesem Job, Karen."

„Nein." Mit verträumtem Blick legte Karen ihre Hand auf ein klingelndes Telefon. „Aber es gehört ganz sicher dazu, eine Frau zu sein. Rezeption, Karen am Apparat. Was kann ich für Sie tun?"

William Livingston, dachte Amanda, während sie mit seinem Anmeldeformular gegen ihre Handfläche tippte. New York, New York. Wenn er sich ein paar Wochen in der Island Suite leisten konnte, bedeutete das, dass er Geld besaß. Dazu Charme, gutes Aussehen und einen makellosen Geschmack, was Kleidung betraf. Hätte sie einen Mann gesucht, hätte er sehr gut die Anforderungen erfüllt.

Während sie das Telefonbuch aufschlug, ermahnte Amanda sich, dass sie jetzt gerade ein Fax-Gerät und keinen Mann suchte.

„Hey, Calhoun."

Ihren Finger auf „Bürogeräte" im Branchenverzeichnis gelegt, blickte sie hoch. Die Ärmel seines Hemdes hochgerollt, die Haare zerzaust über dem Kragen hängend, so lehnte Sloan an ihrem Schreibtisch.

„Ich bin beschäftigt", sagte sie abweisend.

„Sie arbeiten so spät?"

„Erraten."

„Sie sehen wirklich hübsch aus in diesem Kostüm." Er griff über den Schreibtisch und strich mit Daumen und Zeigefinger den steifen roten Aufschlag ihrer Jacke entlang. „So richtig proper."

Diesmal zitterten ihre Finger nicht, wie bei der Berührung durch William Livingston, als er ihre Hand ergriff. Bei Sloans Berührung spielte ihr Puls verrückt. Verärgert schob sie seine Hand weg. „Haben Sie ein Problem mit Ihrem Zimmer?"

„Nein. Das ist bildschön."

„Mit dem Service?"

„Glatt wie ein bemooster Stein."

„Wenn Sie mich dann entschuldigen wollen, ich habe zu arbeiten."

„Oh, das dachte ich mir. Ich habe zugesehen, wie Sie hier in der letzten halben Stunde den Laden geschmissen haben."

Die tiefe Falte erschien zwischen ihren Brauen. „Sie haben mich beobachtet?"

Sein Blick hing an ihrem Mund, während er sich daran erinnerte, wie ihr Kuss schmeckte. „Dabei ist das Bier leichter hinuntergeflossen."

„Es muss schön sein, so viel freie Zeit zu haben. Also …"

„Es kommt nicht so sehr darauf an, wie viel man hat, sondern was man damit anfängt. Da Sie beim Frühstück … verhindert waren, wie wäre es denn mit Abendessen?"

Sich völlig der Tatsache bewusst, dass ihre Mitarbeiter die Ohren spitzten, beugte Amanda sich näher zu Sloan und senkte ihre Stimme. „Bekommen Sie es nicht in Ihren Kopf hinein, dass ich nicht interessiert bin?“

„Nein.“ Er grinste und blinzelte dann Karen zu, die sich so nahe heranschob, wie es die Diskretion überhaupt erlaubte. „Sie sagten, Sie verschwenden nicht gerne Zeit. Also dachte ich, wir könnten uns ein kleines Abendessen gönnen und dann da weitermachen, wo wir heute Morgen aufgehört haben.“

In seinen Armen, dachte sie, für einen Moment verloren, während ihre Gedanken sich verwirrten und ihr Puls raste. Sie betrachtete seinen Mund, sah ihn lächeln und kehrte ruckartig in die Realität zurück. „Ich bin beschäftigt, und ich habe nicht das geringste Verlangen …“

„Davon haben Sie eine ganze Menge, Amanda.“

Sie biss die Zähne zusammen und wünschte sich von ganzem Herzen, ihn ehrlich einen Lügner nennen zu können. „Ich will kein Abendessen mit Ihnen, ist das klar?“

„Glasklar.“ Er fuhr mit einem Finger über ihre Nase. „Ich bin oben, wenn Sie hungrig werden sollten. Drei-zwanzig, erinnern Sie sich noch?“ Er hob die bisher hinter dem Rücken verborgene Rose und drückte sie ihr in die Hand. „Arbeiten Sie nicht zu hart.“

„Zwei sagenhafte Typen an einem Abend“, murmelte Karen und sah Sloan nach. „Himmel, er versteht es wirklich, eine Jeans zu tragen, nicht wahr?“

Das tut er, dachte Amanda und verwünschte sich gleich anschließend. „Er ist unerzogen, langweilig und unerträglich.“ Doch sie strich mit der Rosenknospe über ihre Wange.

„Na schön, ich nehme den Junggesellen Nummer zwei. Sie können sich auf Mister Schönheit aus New York konzentrieren, Amanda.“

Verdammt, warum war sie so atemlos? „Ich werde mich auf meinen Job konzentrieren“, wehrte Amanda ab. „Und Sie auch. Stenerson ist auf dem Kriegspfad, und das letzte, was ich jetzt gebrauchen kann, ist ein Cowboy, der meine Routine stört.“

„Ich wünschte, er würde sich anbieten, mir mal meine Routine zu stören“, murmelte Karen seufzend und beugte sich wieder über ihren Computerterminal. Ich werde nicht an ihn denken, versprach Amanda sich selbst. Sie legte die Rose beiseite und griff dann doch wieder danach. Immerhin trug die Blume keine Schuld, sondern verdiente es, in Wasser gestellt und um ihrer selbst willen geschätzt zu werden.

Ein wenig sanfter gestimmt roch Amanda an der Rose und lächelte. Irgendwie war es süß von ihm gewesen, ihr die Rose zu schenken. Ganz gleich, wie ärgerlich er auch sein mochte, sie hätte sich bei ihm bedanken sollen.

Geistesabwesend griff sie zum Hörer, als das Telefon klingelte. „Rezeption, Amanda am Apparat. Was kann ich für Sie tun?“

„Ich wollte nur hören, wie Sie das sagen, Calhoun.“

Eine Verwünschung unterdrückend, knallte Amanda den Hörer auf den Apparat. Sie konnte einfach nicht begreifen, wieso sie lachte, als sie die Rose in ihr Büro mitnahm, um eine Vase zu suchen.

Ich lief zu ihm.

Es war, als würde im Zwielicht eine andere Frau zu Tage kommen, die über den Rasen lief, den Abhang hinunter und über die Felsen.

In diesem Moment gab es richtig und falsch nicht, keine Pflicht, nur mein Herz. Und tatsächlich war es mein Herz, das meine Füße, meine Augen und meine Stimme lenkte.

Er hatte sich wieder der See zugewandt. Als ich ihn das erste Mal sah, wandte er sein Gesicht der See zu und kämpfte seinen ganz persönlichen Krieg mit Farben und Leinwand. Jetzt starrte er auf das Wasser hinaus.

Als ich ihn rief, wirbelte er herum. In seinem Gesicht sah ich meine eigene Freude widergespiegelt. Mein und sein Lachen vermischten sich, als er mir entgegenlief.

Er schlang seine Arme fest um mich. Meine Träume hatten mich wissen lassen, wie es sein würde, endlich von seinen Armen gehalten zu werden. Sein Mund verschmolz wahrhaftig mit dem meinen, so süß, so eindringlich.

Die Zeit bleibt nicht stehen. Während ich hier sitze und diese Zeilen schreibe, weiß ich das. Doch in jenem Augenblick o ja, da blieb die Zeit stehen.

Es gab nur noch den Wind, das Geräusch der See und die pure, schlichte Freude, in seinen Armen zu sein.

Es war, als hätte ich mein ganzes Leben gewartet, hätte geschlafen, gegessen und geatmet, nur um diesen einen kostbaren Moment in der Zeit zu erleben. Sollte ich noch hundert Jahre vor mir haben, würde ich niemals auch nur einen Moment davon vergessen.

Er zog sich zurück. Er ließ seine Hände an meinen Armen hinuntergleiten, schloss sie um meine Hände und zog sie an seine Lippen. Seine Augen waren so dunkel wie grauer Rauch.

„Ich hatte schon gepackt", sagte er. „Ich hatte alle Vorbereitungen getroffen, um nach England zu fahren. Ohne dich

hier zu bleiben, war die Hölle. Der Gedanke, dass du zurückkommen würdest, ohne dass ich dich berühren konnte, trieb mich zum Wahnsinn. Jeden Tag und jede Nacht habe ich mich nach dir gesehnt."

Ich streichelte sein Gesicht, wie ich es oft ersehnt hatte. „Ich dachte, ich würde dich nie wieder sehen. Ich versuchte, darum zu beten, dass ich dich nie wieder sehen würde." Als Scham sich mit meiner Freude vermischte, versuchte ich mich abzuwenden. „Oh, was musst du von mir denken? Ich bin die Frau eines anderen Mannes, die Mutter seiner Kinder!"

„Nicht hier." Seine Stimme war rau, obwohl seine Hände sanft blieben. „Hier gehörst du mir. Hier, wo ich dich vor einem Jahr zum ersten Mal sah. Denk nicht an ihn."

Er küsste mich wieder, und ich konnte nicht denken, konnte mir um nichts Sorgen machen.

„Ich habe auf dich gewartet, Bianca, während der Kälte des Winters, der Wonne des Frühlings. Wenn ich zu malen versuchte, hat dein Bild mich verfolgt. Ich konnte dich dort stehen sehen, mit dem Wind in deinem Haar, das von dem Sonnenschein zu Kupfer verwandelt wurde, dann zu Gold, danach zu Feuer. Ich habe versucht, dich zu vergessen."

Er legte seine Hände auf meine Schultern und hielt mich ein Stück von ihm weg, während er mich mit Blicken zu verschlingen schien.

„Ich habe versucht, mir zu sagen, dass es falsch ist, dass ich von hier weggehen sollte, wenn schon nicht um meinetwillen, dann um deinetwillen. Ich habe an dich gedacht, wie du mit ihm zusammen bist, auf einem Ball tanzt, das Theater besuchst, ihn in dein Bett nimmst." Seine Finger spannten

sich fester um meine Schultern. „Sie ist seine Frau, habe ich mir immer wieder gesagt. Du hast kein Recht, sie zu begehren, dir zu wünschen, dass sie zu dir kommt. Dass sie dir gehören könnte.“

Ich legte meine Finger an seine Lippen. Sein Schmerz war mein Schmerz. Ich glaube, so wird es immer sein. „Ich bin zu dir gekommen“, erklärte ich ihm. „Ich gehöre dir.“

Er wandte sich von mir ab. Der Kampf zwischen Gewissen und Liebe war in ihm genauso stark wie in mir. „Ich kann dir nichts bieten.“

„Deine Liebe. Ich wünsche mir nichts anderes.“

„Die gehört dir schon, hat dir von dem ersten Moment an gehört, in dem ich dich gesehen habe.“ Er kam zu mir zurück und berührte meine Wange. Ich sah das Bedauern und das Verlangen in diesen schönen Augen. „Bianca, es gibt keine Zukunft für uns. Ich kann und werde dich nicht bitten, alles aufzugeben, was du jetzt hast.“

„Christian …“

„Nein. Welche Fehler auch immer ich begehen werde, das werde ich nicht tun. Ich weiß, dass du mir geben würdest, worum ich dich bitte, ohne ein Recht darauf zu haben, und dann würdest du mich dafür hassen.“

„Nein.“ Tränen stiegen mir in diesem Moment in die Augen, bittere Tränen in dem kühler werdenden Wind. „Ich könnte dich nie hassen.“

„Dann würde ich mich selbst hassen.“ Er presste erneut meine Finger gegen seine Lippen. „Aber ich werde dich um den Sommer bitten, um ein paar Stunden, wenn du herkommen kannst, damit wir so tun, als würde es niemals Winter werden.“ Er lächelte und küsste mich vorsichtig. „Komm im

Sonnenschein hierher und triff dich mit mir, Bianca. Lass dich von mir malen. Ich werde damit zufrieden sein.“

Und so werde ich morgen und an jedem Tag dieses süßen, endlosen Sommers zu ihm gehen. Auf den Klippen über der See werden wir uns vom Glück so viel nehmen, wie wir nur können.

4. KAPITEL

„Ähm, hallo.“

Bei dem heiseren Gruß sah Sloan von seinen Notizen über das Billardzimmer auf und erblickte eine gertenschlanke Frau in einem fließenden geblümten Kleid. Lange Strähnen roten Haares strömten über ihre Schultern und ihren Rücken. Der Blick von träumerischen grünen Augen schätzte ihn ein, bevor die Unbekannte in den Raum glitt wie jemand, der alle Zeit der Welt hat und gewillt ist, sie sich auch großzügig zuzugestehen.

„Hi.“ Sloan fing einen flüchtigen Duft auf – wie von zerriebenen Wildblumen – bevor sie ihm die Hand hinstreckte.

„Ich bin Lilah.“ Ihr Tonfall war sehr träge und flirtete wie ihre Augen. „Wir haben uns in den letzten zwei Tagen verpasst.“

Wenn es einen Mann gibt, der von dieser Frau nicht aufgerüttelt wird, dachte Sloan, dann ist er tot und begraben. „Das tut mir wirklich leid.“

Sie lachte und drückte seine Hand kameradschaftlich. Lilah gab sehr viel auf den ersten Eindruck, und sie hatte bereits beschlossen, ihn zu mögen. „Mir auch. Besonders jetzt. Was haben Sie bisher unternommen?“

„Ich habe mir ein Gefühl für das Haus und die darin lebenden Menschen verschafft. Wie war es mit Ihnen?“

„Ich war damit beschäftigt herauszufinden, ob ich verliebt bin.“

„Und?“

„Nein.“ Sie zuckte behutsam die Schultern, doch er fing ihren betrübten Blick auf, bevor sie sich abwandte und durch den Raum ging. „Also, wie sieht der Plan für dieses Zimmer aus, Sloan O'Riley?"

„Elegantes Speisen in der Atmosphäre der Jahrhundertwende." Er lehnte sich auf dem Windsor-Stuhl zurück und deutete auf die Papiere, die auf dem Tisch ausgebreitet waren. „Wir nehmen einen Teil dieser Wand hier heraus, öffnen den Raum zu dem angrenzenden Arbeitszimmer, bauen noch zwei Glastüren ein und bekommen eine Lounge."

„Einfach so?"

„Einfach so – nachdem wir uns mit den Schwierigkeiten der Konstruktion auseinandergesetzt haben. In zwei Tagen werde ich einige vorläufige Skizzen angefertigt haben, die Ihre Familie und Trent sich ansehen können."

„Irgendwie ist es sonderbar", murmelte sie und fuhr mit einem Finger über die alte, staubige Stuhllehne. „Sich vorzustellen, dass dieses Haus wieder wie neu sein wird und dass Menschen darin leben werden." Doch wenn sie die Augen schloss, konnte sie es perfekt vor sich sehen, genau, wie es einst gewesen war. „Hier wurden gewaltige Partys gegeben, sehr üppig und sehr schick. Ich kann mir meinen Urgroßvater vorstellen, wie er neben einem Billardtisch stand, Scotch nippte und dabei Beziehungen spielen ließ und Geschäfte machte." Sie wandte sich wieder an Sloan. „Denken Sie an diese Dinge, wenn Sie Ihre Skizzen machen und Belastung und Statik berechnen?"

„Allerdings, das tue ich. Genau dort drüben gibt es auf dem Fußboden einen Brandfleck." Er deutete mit seinem Bleistift auf den Punkt. „Ich stelle mir vor, dass irgendein fetter Kerl in einem Dinneranzug seine Zigarre fallen ließ, während er über den Krieg in Europa diskutierte. Zwei andere standen am Fenster, hemdsärmelig, während sie Brandy in ihren Gläsern kreisen ließen und über den Aktienmarkt sprachen."

Lachend ging Lilah wieder zu ihm. „Und die Damen waren unten im Salon."

„Ja. Sie haben Klaviermusik gelauscht und über die letzte Mode aus Paris geklatscht."

Lilah neigte ihren Kopf. „Oder über die Aussichten, das Wahlrecht zu erhalten."

„Oder das."

„Ich glaube, Sie sind genau, was The Towers braucht", entschied sie anerkennend. „Darf ich einen Blick auf Ihre Konstruktions-Zeichnungen werfen, oder sind Sie in diesem Punkt heikel?"

„Ich habe es zu meiner Politik gemacht, niemals eine schöne Frau abzuweisen."

„Intelligent und schlau." Sie beugte sich über seine Schulter und wühlte in seinen Papieren herum. „Das ist ja das Kaiserzimmer."

„Das was?"

„Das Kaiserzimmer. So nenne ich unser bestes Gästezimmer Es muss an den Harfen und Cherubinen an der Decke liegen." Sie schob ihr Haar über ihre Schulter zurück und beugte sich tiefer. „Das ist großartig."

Aus dem Ankleidezimmer sollte ein gemütlicher Salon entstehen, ausgestattet mit einer Bar und einem Unterhaltungs-Center, das hinter der originalen Wandtäfelung verborgen wurde. Das Bad sollte fast so bleiben, wie es war, nur dass noch ein eigener Whirlpool in einem ehemaligen Abstellkämmerchen untergebracht werden sollte.

„Anfang und Ende eines Jahrhunderts", murmelte Lilah. „Sie haben kaum etwas von der ursprünglichen Anlage verändert."

„Trent hat darauf bestanden, den Luxus und die Bequemlichkeit zu erhalten, ohne die Grundstimmung zu verändern. Wie werden das meiste der Originalsubstanz erhalten und kopieren lassen, was nicht mehr zu retten ist."

„Sie werden es schaffen." Und weil sie das so klar erkannte, wurden ihre Augen feucht, als sie eine Hand auf seine Schulter legte. „Mein Vater wollte es so machen. Meine Mutter und er sprachen immer darüber. Ich wünschte, sie hätten das hier sehen können."

Gerührt legte Sloan seine Hand auf die ihre. Als Amanda an die Tür kam, hatten die beiden ihre Finger ineinander verschlungen. Ihre erste Reaktion war Schock, als sie sah, dass die Wange ihrer Schwester fast Sloans Wange berührte. Dann kam der Stich der Eifersucht. Es war nicht abzuleugnen, dass zwischen den beiden etwas Persönliches, sogar Intimes vor sich ging. Nach diesem scharfen Stich meldete sich ihr Stolz. Hatte sie nicht sofort gesagt, dass er ein Schützenjäger war?

„Ich bitte um Entschuldigung." Ihre Stimme war wie eine dünne Eisschicht, als sie den Raum betrat. „Ich habe dich gesucht, Lilah."

„Und du hast mich gefunden." Sie blinzelte, um ihre Tränen zu unterdrücken, richtete sich jedoch nicht auf „Ich dachte, ich schaue mal hier herein und mache mich mit Sloan bekannt."

„Wie ich sehe, hast du das getan." Entschlossen, ganz lässig zu bleiben, steckte Amanda ihre Hände in die Taschen ihres Freizeitanzugs. „Du bist jetzt mal an der Reihe, die Papiere in dem Abstellraum durchzusehen."

„Das ist meine Strafe dafür, dass ich mir einen Tag freigenommen habe." Sie rümpfte die Nase und schenkte Sloan ein Lächeln. „Die Calhouns sind zu Detektiven geworden und suchen nach Anhaltspunkten für das Versteck der verschwundenen Smaragde."

„Das habe ich bereits gehört."

„Vielleicht hacken Sie mal ein wenig an einer Mauer herum, und sie fallen so herrlich und glitzernd heraus wie an dem Tag, an dem Bianca sie versteckt hat." Mit einem Seufzer wich Lilah zurück. „Nun, da die Pflicht ruft, ziehe ich mich besser dafür um. Mandy, du solltest einen Blick auf einige von Sloans Skizzen werfen. Sie sind großartig."

„Das glaube ich gern."

Ihr Ton hätte sie direkt verraten, selbst wenn Lilah ihre Schwester nicht so gut gekannt hätte. So, so, dachte Lilah und hob eine Augenbraue. So ist das also! Und da sie noch nie der Versuchung hatte widerstehen können, ihre Schwester auf den Arm zu nehmen, beugte sie sich herunter und küsste Sloan auf die Wange. „Willkommen in The Towers."

Er hatte nicht den geringsten Zweifel, worauf sie hinauswollte. Die Augen mochten träumerisch sein, aber dahinter steckte ein schlauer, ja manchmal teuflischer Kopf „Danke. Ich fühle mich täglich mehr wie zu Hause."

„Ich treffe dich in einer Viertelstunde in der Tretmühle", sagte sie zu Amanda und lächelte in sich hinein, während sie hinausging.

„Ist das Ihre neue Uniform?" fragte Sloan Amanda, nachdem Lilah gegangen war. Sie stand mit finsterer Miene mitten im Raum, die Hände noch immer in den Taschen ihres türkisen Freizeitanzugs zu Fäusten geballt.

„Ich muss heute erst um zwei zur Arbeit."

„Das ist nett." Er schlug seine ausgestreckten Beine an den Knöcheln übereinander. „Ich mag Ihre Schwester."

„Das war offensichtlich."

Er lächelte bloß. „Was macht sie eigentlich?"

„Wenn Sie beruflich meinen, so ist sie im Arcadia National Park beschäftigt."

„Wildblumen und dieses Zeug. Das passt."

Als würde sie die Bewunderung in seiner Stimme nicht im geringsten stören, zuckte Amanda die Schultern und ging zu den Terrassentüren. „Ich dachte, Sie würden Maß nehmen oder etwas Ähnliches." Sie blickte über ihre Schulter und warf ihm einen Blick aus schmalen Augen zu. „Von den Zimmern, meine ich."

Diesmal lachte er laut auf. „Sie sind sehr putzig, wenn Sie eifersüchtig sind, Calhoun."

Jetzt drehte sie sich um und warf ihm einen überheblichen Blick von oben herab zu. „Ich weiß überhaupt nicht, wovon Sie sprechen."

„Sicher tun Sie das, aber Sie können sich entspannen. Ich habe Sie bereits ins Visier genommen."

Erwartete er von ihr, geschmeichelt zu sein? Das Teuflische daran war, dass sie es auf sonderbare Weise sogar war. „Sehe ich wie ein Ziel aus?"

„Ich würde eher sagen wie ein Hauptgewinn." In einer um Frieden bittenden Geste hob er eine Hand, als sie tief Luft holte, um ihn zu beschimpfen. „Bevor Sie noch wütender werden, könnten wir uns doch ums Geschäftliche kümmern."

„Ich bin nicht wütend“, log sie. „Ich wüsste allerdings nicht, was wir Geschäftliches miteinander zu tun haben sollten.“

„Trent sagte, Sie wären diejenige, mit der ich ... zusammenarbeiten sollte, bis er zurückkommt. Es geht darum, dass Sie sich meistens um die Familiengeschäfte kümmern und Hotels aus erster Hand kennen.“

Weil das logisch klang, beruhigte Amanda sich soweit, dass sie darüber nachdachte. „Was wollen Sie wissen?“

Wie lange werde ich wohl brauchen, um diese Mauer um dich herum einzureißen, überlegte er. „Ich dachte, Sie wollten sich ansehen, was ich angefangen habe. Ich möchte mich bald ans Reißbrett stellen.“

Tatsächlich starb Amanda vor Neugierde, hielt ihre Zustimmung jedoch grollend kühl. „Na schön, aber ich habe nur ein paar Minuten Zeit.“

„Ich nehme, was ich kriegen kann.“

Sloan wartete, während Amanda den Raum durchquerte. Sie vertraute ihm nicht einen Steinwurf weit. Das sah Sloan ihr an. Und das reichte für den Moment.

„Ich habe hier zwei der Suiten aufgezeichnet“, erklärte er ihr und rückte die Papiere zurecht. „Dazu den Turm und fast den ganzen Speiseraum.“

Sie beugte sich näher und blinzelte ein wenig, um ohne ihre Lesebrille klar zu sehen. Genau wie Lilah war auch sie von den Skizzen beeindruckt. Sie waren nicht nur gut gemacht, sondern zeigten auch Verständnis für die Stimmung, die Grundnote und die praktischen Erfordernisse eines glatt laufenden Service.

„Sie arbeiten schnell“, bemerkte sie überrascht.

„Wenn es nötig ist." Er genoss es, wie sie eine Hand hob, um ihre nach vorne fallenden Haare zurückzustreichen, nicht mit einer fließenden Bewegung, wie ihre rothaarige Schwester, sondern mit einem kurzen, geistesabwesenden Ruck. Sie duftete nach Seife und irgendetwas Kühlem.

„Was ist das?"

„Was ist was?" Er war zu sehr davon abgelenkt, wie das Sonnenlicht über ihr Haar floss, als dass er sich um irgendetwas anderes gekümmert hätte.

„Das hier." Sie tippte mit einem Finger auf eine Skizze.

„Hm. Das ist eine alte Personaltreppe. Wir nehmen diese Wand hier heraus, um die Treppe mit einzubeziehen." Er ergriff ihre Finger und fuhr damit über die Skizze, wobei sie seine raue Handfläche auf ihrer glatten Haut spürte. „Dadurch bekommt diese Suite zwei Ebenen. Wohnraum und Bad hier unten, zwei Schlafzimmer und ein Privatbad hier oben ... und da die Treppe bereits offen ist, erhalten wir eine Trennung der Funktionen, ohne den Fluss des Raums zu unterbrechen."

„Das ist hübsch." Etwas unbehaglich über den Kontakt, bog sie ihre Hand, erreichte damit jedoch nur, dass ihre Finger sich mit den seinen verschlangen. „Ich nehme an, Sie werden Kostenvoranschläge und Angebote einholen."

„Ich habe schon ein paar Anrufe gemacht."

Irgendetwas schien mit ihren Beinen von den Knien abwärts zu geschehen. Sie wurden so schwach, als wäre sie sehr lang und sehr weit gelaufen. „Nun, Sie ..." Amanda wappnete sich und drehte den Kopf, um ihn anzusehen. Seine Augen waren sehr nahe, sehr ruhig. „Offensichtlich wissen Sie, was Sie tun."

„Ja, allerdings."

O ja, er weiß es, dachte sie, als sie sich zu ihm hingezogen fühlte – nicht von seiner Hand, sondern von einem sanften und warmen Verlangen in ihr. Sie brauchte es ihm nur zu geben, sich ein wenig näher zu beugen. Ihr Mund konnte den seinen berühren, und sie würde eine schlagartige Erregung verspüren, ein benebelndes Genießen, genau wie am Vortag. Sloan wartete, beobachtete sie mit seinen dunkelgrünen Augen, die ihre Ruhe verloren, eindringlich wurden und sie förmlich hypnotisierten, damit sie diesen kleinen und doch so bedeutungsvollen Schritt auf ihn zu tat. Als sie auf ihn zuzugleiten begann, hörte sie sich selbst seufzen.

Dann jedoch erinnerte sie sich!

Noch vor wenigen Minuten hatte er sich mit Lilah in fast genau der gleichen Haltung befunden. Gesichter nahe beisammen, Finger ineinander verschlungen. Nur eine Närrin ließ sich von einem Mann manipulieren, der mit den Gefühlen einer Frau so lässig umging. Und Amanda Kelly Calhoun war keine Närrin.

Sie zuckte zurück und entzog ihm ihre Hand.

Sloan fühlte, wie sich sein ohnedies schon verspannter Magen noch heftiger zusammenzog. „Ist mir irgendetwas entgangen?" fragte er Amanda mit einer Lässigkeit, die ihm sehr schwer fiel.

„Ich weiß nicht, was Sie meinen", kam die frostige Antwort.

„Sie wissen es verteufelt genau. Sie waren nur noch Haaresbreite davon entfernt, mich zu küssen, Mandy. Es hat in Ihren Augen gestanden, die Sie jetzt wieder haben einfrieren lassen."

Sie wünschte sich, dass es genauso leicht gewesen wäre, auch ihr Blut wieder einfrieren zu lassen. „Sie werden zu sehr von Ihrer Überheblichkeit beeinflusst. Aber wahrscheinlich ist das typisch. Wenn Sie sich wieder die Zeit nehmen wollen, mit einer Frau zu flirten und herumzuschmusen, dann versuchen Sie es doch noch einmal mit Lilah."

Er war daran gewöhnt, sein Temperament im Zaum zu halten. Wenn ein Mann ein gefährliches Temperament besaß, lernte er früh, es zu beherrschen. Aber es war nicht einfach, nicht bei ihr, nicht wenn sie so beharrlich sein Innerstes erschütterte. „Wollen Sie damit sagen, dass Lilah für jeden Mann zu haben ist, der sie fragt?"

Amanda verwandelte sich so schnell von Frost zu Feuer, dass er sie nur erstaunt und anerkennend anstarren konnte. „Sie wissen überhaupt nichts über meine Schwester, O'Riley. Achten Sie darauf, was Sie sagen, sonst landen Sie wieder auf Ihrem Hintern!"

„Ich habe nur gefragt, was Sie damit sagen wollten", erinnerte er sie.

„Ich kann sagen, was ich will. Sie nicht! Lilah hat ein großzügiges, warmes Herz. Wenn Sie irgendetwas tun, das sie verletzt, werde ich ..."

„Aufhören!" Er hob lachend beide Hände. „Ich habe nichts dagegen, wenn Sie Ihre Zähne in mich schlagen, Calhoun, aber dann hätte ich es lieber, Sie tun es für etwas, das ich verbrochen habe – oder das ich wenigstens verbrechen wollte. Erstens bin ich nicht ganz der Kater, für den Sie mich zu halten scheinen. Und zweitens bin ich nicht daran interessiert, mit Lilah – was war es noch mal? Herumzuschmusen."

Amandas Kinn schob sich noch ein Stückchen weiter trotzig vor. „Was stimmt denn nicht mit ihr?“

Langsam ließ er seine Hände wieder sinken. „Absolut nichts. Sagen Sie, ist der Wahnsinn Ihres Urgroßvaters auf Sie übergegangen, oder sind Sie einfach schwer von Begriff?“

„Suchen Sie sich aus, was Ihnen mehr zusagt.“ Jetzt war sie genauso verlegen wie wütend, trat ans Fenster und blickte ins Freie. Ob er ein Kater war, wie er sich ausgedrückt hatte, oder nicht, ging sie nichts an. Es war ihr Problem, dass sie auf sein Zusammentreffen mit Lilah überreagiert hatte. Du braust völlig ohne Grund auf, sagte sie sich. Wenn sie weiterhin jedes Mal nach ihm schnappte, sobald sie auch nur fünf Minuten zusammen waren, würde ihre Geschäftsbeziehung darunter leiden. Und das Geschäft war immer noch ihre stärkste Seite. Sie ließ sich einen Moment Zeit, bis sie sicher war, ihr Gleichgewicht wieder gefunden zu haben, ehe sie sich umwandte.

„Wir scheinen vom Thema abgekommen zu sein. Bringen wir das Gespräch wieder auf eine professionelle Ebene, und verlassen wir sie nicht mehr.“

„Das machen Sie wirklich gut“, bemerkte er.

„Was?“

„Sich zusammennehmen. Das kann nicht einfach sein, wenn Sie meine Nähe auch nur halb so aufwühlt, wie mich Ihre Nähe aufwühlt.“ Lächelnd schlug er die Beine wieder übereinander. „Vorwärts, seien Sie professionell. Für diese Seite von Ihnen habe ich aufrichtige Bewunderung.“

Sie war sich nicht sicher, ob sie schreien, lachen oder einfach resignierend die Hände heben sollte. Sie tat nicht dergleichen und versuchte es noch einmal. „Ich mag Ihre Arbeit."

„Danke."

„Trent und ich haben das Budget für das Projekt besprochen. Er und C. C. könnten noch in den Flitterwochen sein, wenn die ersten Angebote eintreffen. Sollte das der Fall sein, müssen wir beide sie durchgehen. Was den Hotelteil angeht, haben Sie freie Hand. Was den anderen Teil des Hauses betrifft, den Teil der Familie, so sind wir nur an grundlegenden Reparaturen interessiert."

„Wieso? Alles benötigt eine gründliche Überholung."

„Weil das Hotel ein Geschäftsunternehmen ist und die Calhouns und die St. James darin Partner sein werden. Wir haben den Besitz, Trent hat die Mittel. Wir sind uns alle einig, dass wir seine Großzügigkeit nicht ausnützen werden, auch nicht die Tatsache, dass er C. C. heiraten wird."

Sloan überlegte einen Moment. „Trent scheint andere Vorstellungen zu haben. Und es ist mir nicht bekannt, dass er sich jemals von irgendjemandem hat ausnützen lassen."

Das jetzt auftauchende Lächeln machte ihr Gesicht weicher. „Ich weiß, und wir alle wissen es zu schätzen, dass er helfen will, aber wir entwickeln in diesem Punkt sehr starke Gefühle. The Towers, unser Teil davon, ist ein Problem der Calhouns. Unsere Position ist, dass wir die nötigen Reparaturen an der Installation akzeptieren, an den elektrischen Leitungen sowie an anderen unaufschiebbaren Stellen. Später werden wir es Trent von unserem Anteil an dem Gästelandsitz zurückzahlen. Wenn das Geschäft gut läuft, werden wir uns in den nächsten paar Jahren selbst um den Rest kümmern können."

Er stellte fest, dass hier Stolz auf dem Spiel stand. Und darüber hinaus Integrität. Er nickte. „Sie arbeiten das mit Trent aus. In der Zwischenzeit konzentriere ich mich auf den Westflügel."

„Fein. Wenn Ihr Zeitplan es erlaubt, können Sie einen Blick auf den Rest werfen. Es würde uns helfen, eine Vorstellung davon zu bekommen, wie hoch sich die Kosten für den Teil der Familie belaufen."

Sloan wollte Amanda schon darauf hinweisen, dass er ein Architekt und kein Bauunternehmer war, zuckte dann jedoch nur die Schultern. Es konnte nicht schaden, wenn er sich alles ansah. „Sicher, ich werde eine Schätzung ausarbeiten."

„Dafür wäre ich Ihnen dankbar. Wenn Sie fertig damit sind, möchte ich, dass Sie sie mir geben. Nur mir."

„Sie sind der Boss."

Amanda zog eine Augenbraue hoch. Seltsam, aber so hatte sie es bisher nicht gesehen. Sie lächelte, während sie das verdaute. „Dann verstehen wir einander. Ach, da wäre übrigens noch etwas."

Er verschränkte seine Hände hinter dem Kopf. „So viel Sie nur wollen."

„Nur eine Sache", sagte sie, obwohl ihre Lippen bebten. „Als ich die Pläne für die Hochzeit machte, stellte ich fest, dass Sie als Trauzeuge vorgesehen sind. Ich habe Ihre Liste bei Tante Coco gelassen."

„Meine Liste?"

„Ja, die Liste mit dem Zeitplan und den Pflichten, für die Sie verantwortlich sind, und so weiter. Es liegt auch eine Fotokopie mit allen nötigen Informationen bei – Name und Telefonnummer des Fotografen, die Kontaktadresse für die Musiker, den Barkeeper, den wir eingestellt haben ... Ach, und ich habe die Namen der drei Geschäfte aufgeschrieben, in denen Sie einen Smoking mieten können." Wieder einmal betrachtete sie ihn im Hinblick auf seine Körpergröße. „Sie sollten wirklich schnellstens zu einer Anprobe gehen."

„Habe schon verstanden." Beeindruckt schüttelte er den Kopf. „Sie sind verdammt tüchtig, Calhoun."

„Ja, das bin ich. Also, dann. Ich überlasse Sie wieder Ihrer Arbeit. Ich werde bis eins in dem Abstellraum im zweiten Stock des anderen Flügels sein. Danach erreichen Sie mich im BayWatch, wenn Sie irgendwelche Fragen haben."

„Oh, ich weiß, wo ich Sie finde, Calhoun. Viel Spaß bei der Arbeit."

Er beobachtete, wie sie wegging, und malte sich aus, wie sie in dem Lagerraum saß, umgeben von staubigen Kartons und Haufen von vergilbten Papieren.

Wahrscheinlich hatte sie schon eine Methode gefunden, um alles säuberlich zu ordnen. Er lächelte bei der Vorstellung. Und er fragte sich, ob ihr wohl klar war, was für einen süßen Kontrast das darstellte. Sie durchforschte, stapelte, katalogisierte und ordnete auf die praktischste denkbare Art, während sie in Zeugen der Vergangenheit nach einem alten Traum suchte.

Amanda fand an diesem Vormittag keine Träume. Als sie im BayWatch eintraf, hatte sie bereits einen fünfstündigen Arbeitstag hinter sich. Als sie vor Wochen die Suche nach der Halskette begonnen hatte, hatte sie sich selbst versprochen, sich nicht entmutigen zu lassen, ganz gleich, wie lange es dauern oder wie wenig sie auch finden mochte.

Bisher hatte sie eine Quittung für die Reparatur der Halskette gefunden sowie ein Notizbuch, in dem Bianca das Collier erwähnt hatte. Das reichte, hatte Amanda entschieden, um zu beweisen, dass die Halskette tatsächlich existierte, und um die Hoffnung am Leben zu erhalten, dass man sie wieder finden konnte.

Sie dachte oft darüber nach, darüber, was die Smaragde für Bianca Calhoun wohl bedeutet hatten und warum sie die Kette versteckt hatte. Sofern sie das tatsächlich getan hatte.

Ein anderes Gerücht besagte, dass Fergus die Halskette ins Meer geworfen hatte. Nach allen Geschichten, die Amanda über Fergus Calhouns hingebungsvolle Liebe für jeden Dollar gehört hatte, war es schwer zu glauben, dass er absichtlich eine Viertelmillion in Juwelen weggeworfen hatte.

Außerdem wollte sie es nicht glauben.

Während Amanda sich das Namensschild ansteckte, räumte sie ein – obwohl sie nicht wollte, dass irgendjemand davon wusste – dass sie einen starken Hang zum Romantischen hatte. Und dieser Teil von ihr hielt daran fest, dass Bianca die Smaragde versteckt hatte, wie ein Geschenk oder ein Versprechen, und dass die Smaragde nur auf die Zeit warteten, wenn sie wieder gebraucht wurden.

Es stürzte sie ein wenig in Verlegenheit zu wissen, dass sie so empfinden konnte. Amanda bevorzugte ansonsten das Handfeste und Logische, das Durchgehen von Papieren, das Ordnen eben dieser Papiere, die praktische Seite des Lebens eben. So wie jetzt, bei den Nachforschungen nach einem wertvollen Erbstück.

Bianca blieb für Amanda genauso ein Geheimnis wie die Halskette. Ihr angeborenes praktisches Denken machte es ihr unmöglich, eine Frau zu verstehen, die alles für die Liebe riskiert hatte und letztlich auch dafür gestorben war. Dermaßen intensive und verzweifelte Gefühle erschienen ihr unwahrscheinlich, es sei denn, sie standen auf den Seiten eines Buches.

Wie ist es wohl, so stark zu lieben? fragte sie sich. Zu fühlen, dass das eigene Leben so vollständig mit dem eines anderen verbunden ist, dass es unmöglich wird, ohne ihn zu leben? Unpraktisch, entschied sie, unangenehm und unklug. Sie konnte nur dankbar sein, dass sie diese gefährliche Leidenschaft nicht geerbt hatte.

Zufrieden über ihr eigenes unangetastetes Herz machte sie sich an die Arbeit.

„Amanda?"

Sie hatte die Augustreservierungen halb durch und hob die Hand. „Moment", murmelte sie und machte die Zwischensumme bis zu dieser Stelle. „Was gibt es, Karen? Oh!" Sie schob ihre Brille auf ihrer Nase hoch und betrachtete den sagenhaften Rosenstrauß im Arm der Rezeptionistin. „Was haben Sie gemacht? Einen Schönheitswettbewerb gewonnen?"

„Die sind nicht für mich." Karen vergrub ihr Gesicht in den Blüten. „Das hätte ich zwar gern, aber die Blumen sind gerade für Sie gekommen."

„Für mich?"

„Sie sind doch noch immer Amanda Calhoun?" Karen streckte ihr die Karte des Floristen entgegen. „Obwohl – wenn Sie mit mir tauschen wollen, bis diese drei Dutzend langstieliger Schönheiten verwelken, mache ich mit."

„Drei Dutzend?“

„Ich habe sie gezählt.“ Lächelnd legte Karen den Strauß auf den Schreibtisch. „Drei Dutzend und eine“, fügte sie hinzu und deutete mit einem Kopfnicken auf die einzelne Rose, die neben dem Strauß in einer Vase stand.

Sloan! dachte Amanda und fühlte, wie ihr Herz aufseufzte. Kurz und erstickt.

Wie sollte sie einen Mann in den Griff bekommen, der jedes Mal, wenn sie dachte, seinetwegen zu einer Entscheidung gekommen zu sein, süße, unerwartete Dinge tat? Woher konnte er von ihrer geheimen Schwäche für rote Rosen wissen? Sie hatte sich bei ihm nicht einmal für die erste bedankt.

„Wollen Sie nicht die Karte lesen?“ fragte Karen. „Wenn ich an die Rezeption zurückgehen muss, ohne zu erfahren, wer die Rosen geschickt hat, werde ich zerstreut sein und meine Arbeit wird darunter leiden. Der satanische Albert Stenerson wird mich hinauswerfen, und das alles wird Ihre Schuld sein.“

„Ich weiß bereits, von wem sie sind“, begann Amanda, ohne sich bewusst zu sein, wie sanft ihr Blick wurde. „Es ist wirklich süß von ihm, mir … oh …“ Verblüfft betrachtete sie den Namen auf der Karte. Nicht Sloan, erkannte sie mit einer scharfen Enttäuschung, die sie überraschte. Sie waren nicht von Sloan.

„Na, möchten Sie, dass ich bettle?“

Noch immer verwirrt, reichte Amanda die Karte weiter.

„Als Zeichen meiner Wertschätzung, William Livingston. Wow!“ Karen hatte laut gelesen und strich ihre langen dunklen Haare zurück. „Was mussten Sie machen, um diese Dankbarkeit auszulösen?“

„Ich habe ihm ein Fax-Gerät besorgt."

„Sie haben ihm ein Fax-Gerät besorgt", wiederholte Karen und gab Amanda die Karte zurück. „Am letzten Sonntag habe ich einen Schmorbraten mit allen erdenklichen Beilagen gekocht, und alles, was ich bekommen habe, war eine Flasche billigen Weins."

Amanda zog ein unverändert finsteres Gesicht und tippte mit der Karte auf die Schreibtischkante. „Ich sollte mich wohl bei ihm bedanken."

„Das sollten Sie allerdings." Karen hob eine der Rosen hoch und roch verzückt daran. „Es sei denn, Sie möchten das lieber delegieren. Ich würde mich anbieten – ich würde mit Begeisterung nach oben gehen und Ihre Dankbarkeit bei Mr. ‚Augen-für-die-man-sterben-könnte' Livingston zum Ausdruck bringen."

„Danke, aber das erledige ich selbst." Sie griff nach dem Telefon und warf Karen eine hoheitsvollen Blick zu. „Hauen Sie schon ab!" fügte sie freundlich hinzu.

„Spaßverderberin." Lachend ging Karen hinaus und schloss diskret hinter sich die Tür.

Amanda wählte die Island Suite an.

„Livingston."

„Mr. Livingston, hier ist Amanda Calhoun."

„Ah, die tüchtige Miss Calhoun." Ein Lachen schwang in seiner Stimme mit, angenehm und schmeichelnd. „Was kann ich für Sie tun?"

„Ich wollte Ihnen für die Blumen danken. Sie sind wunderschön. Das war sehr aufmerksam von Ihnen."

„Nur eine bescheidene Art, Ihnen zu zeigen, dass ich für Ihre Hilfe und die rasche Arbeit dankbar bin."

„Das ist mein Job. Bitte, lassen Sie es mich wissen, wenn ich Ihnen während Ihres Aufenthalts noch einmal behilflich sein kann."

„In der Tat, da gibt es etwas, wobei Sie mir behilflich sein können."

„Selbstverständlich." Automatisch griff sie nach einem Stift und machte sich zum Mitschreiben bereit.

„Ich möchte, dass Sie mit mir zu Abend essen."

„Wie bitte?"

„Ich möchte Sie zum Dinner ausführen. Allein zu essen ist so wenig appetitanregend."

„Es tut mir Leid, Mr. Livingston, es verstößt gegen die Hotelpolitik, dass sich Angestellte privat mit Gästen treffen. Es war aber sehr freundlich von Ihnen, mich einzuladen."

„Das hat nichts mit Freundlichkeit zu tun. Darf ich fragen, ob Sie es in Betracht zögen, sollte die Hotelpolitik … gebeugt werden?"

Dafür gab es nicht die geringste Chance. Das wusste Amanda. Nicht bei Stenerson. „Dann würde ich es mit Freuden in Betracht ziehen", erwiderte sie taktvoll. „Unglücklicherweise, solange Sie Gast im BayWatch sind …"

„Ja, ja. Ich melde mich bald wieder bei Ihnen."

Amanda betrachtete verblüfft den verstummten Hörer, zuckte die Schultern, legte auf und kehrte an ihre Arbeit zurück.

Zehn Minuten später öffnete Stenerson ihre Tür.

„Miss Calhoun, Mr. Livingston würde Sie gern zum Dinner einladen." Sein Mund war noch verkniffener als sonst. „Sie können ruhig gehen. Natürlich erwarte ich, dass Sie sich in einer Weise verhalten, die auf das Hotel ein gutes Licht wirft."

„Aber ..."

„Lassen Sie es sich nicht zur Gewohnheit werden."

„Ich ..." Doch er schloss bereits die Tür. Amanda starrte noch darauf, als das Telefon klingelte. „Calhoun."

„Sagen wir, um acht Uhr?"

Tief durchatmend lehnte sie sich auf ihrem Stuhl zurück. Sie wollte schon ablehnen, als sie sich dabei ertappte, dass sie die einzelne Rose streichelte, die Sloan ihr geschenkt hatte. Amanda zog heftig ihre Hand zurück und ballte sie in ihrem Schoß zur Faust.

„Tut mir Leid, aber ich habe Dienst bis zehn heute Abend."

„Dann morgen. Wo soll ich Sie abholen?"

„Morgen passt gut", nahm sie impulsiv an. „Warten Sie, ich werde Ihnen den Weg beschreiben."

5. KAPITEL

Sloan bemerkte genau den Moment, in dem Trent nach The Towers zurückkehrte. Sogar in der Bibliothek am Ende eines langen Korridors konnte er das schrille freudige Kläffen des Hundes, die Rufe der Kinder und das Lachen hören.

Trent war nicht weiter als bis in die Eingangshalle gekommen. Jenny hing an seinen Beinen, während Fred ihn umtanzte. Alex sprang auf und ab, um Aufmerksamkeit auf sich zu lenken, während Coco, Suzanna und Lilah alle gleichzeitig Fragen auf ihn abfeuerten.

C. C. stand nur strahlend da, fest an Trents Seite gepresst.

Sloan hörte einen Ruf von oben, blickte hinauf und sah Amanda die Treppe herunterjagen. Ihr Gesicht leuchtete mit einem Lachen, wie er es noch nie gesehen hatte. Sie drängte sich zwischen ihren Schwestern durch und holte sich ihren Teil an Umarmungen.

„Wärest du heute nicht zurückgekommen, hätte ich eine Söldnertruppe losgeschickt", erklärte sie Trent. „Vier Tage vor der Hochzeit, und du bist da unten in Boston."

„Ich wusste, dass du mit den Details fertig werden würdest."

„Sie hat ellenlange Listen angefertigt", warf Coco ein. „Es jagt einem Angst ein."

„Na, was habe ich gesagt?" Trent gab Amanda einen raschen Kuss.

„Was hast du mir mitgebracht? Was hast du mir mitgebracht?" wollte Jenny wissen.

„Da wir schon von Söldnertruppen sprechen." Lachend hob Suzanna ihre Tochter hoch. Als sie Sloan in dem Korridor entdeckte, schwand ihr gelöstes Lächeln. Sie versuchte, sich selbst davon zu überzeugen, dass sich sein Blick nur in ihrer Einbildung veränderte, als er ihn auf sie richtete. Welchen Grund sollte er schon haben, sie auf den ersten Blick nicht zu mögen?

Sloan betrachtete sie noch einen Moment. Eine große, schlanke Frau mit hellblonden Haaren, die zu einem Pferdeschwanz zurückgebunden waren, mit einem klassisch schönen Gesicht und traurigen blauen Augen. Er verbannte sie aus seinen Gedanken und blickte wieder zu Trent. Sein Lächeln kehrte ganz natürlich zurück.

„Ich störe nur ungern, wenn du von schönen Frauen umringt bist, aber die Zeit ist knapp."

„Sloan!" Seinen Arm noch immer um C. C. gelegt, trat Trent vor und ergriff Sloans Hand. Unter allen Bekannten, Geschäftspartnern und Kollegen war dies der einzige Mann, den er als wahren Freund betrachtete. „Schon an der Arbeit?"

„Ich bin dabei."

„Du siehst aus, als würdest du gerade von einem langen Urlaub in den Tropen zurückkommen und nicht von einem sechswöchigen Aufenthalt in Budapest. Schön, dich zu sehen."

„Die Freude ist ganz meinerseits." Sloan blinzelte C. C. zu. „Tut richtig gut zu sehen, dass du endlich Geschmack entwickelst."

„Ich mag ihn", sagte C. C.

„Frauen neigen dazu", bemerkte Trent spöttisch. „Wie geht es deiner Familie?"

Sloans Blick glitt erneut zu Suzanna. „Gut."

„Ihr zwei habt einander bestimmt viel zu erzählen." Suzanna fühlte sich unbehaglich und griff nach der Hand ihres Sohns. „Wir machen noch einen Spaziergang vor dem Abendessen."

Amanda wartete, bis Coco alle in den Salon gescheucht hatte, ehe sie eine Hand auf Sloans Arm legte. „Einen Moment noch."

Er lächelte sie an. „Ich habe auf Sie gewartet, Calhoun."

Sie geriet nicht einmal in Versuchung, auf den Köder anzubeißen. „Ich möchte wissen, wieso Sie Suzanna auf diese Weise ansehen."

Der Humor schwand aus seinen Augen. „Auf welche Weise?"

„Als würden Sie sie verachten."

Es ärgerte ihn, dass sich diese ganz besonderen und äußerst persönlichen Gefühle so deutlich zeigten. „Sie besitzen mehr Einbildungskraft, als ich Ihnen zugetraut hätte."

„Das ist nicht meine Einbildungskraft." Verwirrt schüttelte sie den Kopf. „Was können Sie denn gegen Suzanna haben? Sie ist der freundlichste und gutherzigste Mensch, den ich je kennen gelernt habe."

Es fiel Sloan schwer, nicht wütend zu grinsen, doch er hielt sein Gesicht ausdruckslos. „Ich habe nicht behauptet, dass ich etwas gegen sie habe. Das haben Sie gesagt."

„Sie brauchten es nicht zu sagen. Offenbar kann ich Sie nicht dazu bringen, darüber zu sprechen, aber …"

„Vielleicht kommt das daher, dass ich lieber über *uns* sprechen möchte." Lässig legte er seine Hände auf das Geländer hinter ihr und hielt sie so gefangen.

„Es gibt kein *uns*."

„Sicher gibt es das. Es gibt Sie, und es gibt mich. Daraus entsteht *uns*. Das ist die grundlegendste Grammatik."

„Wenn Sie das Thema wechseln wollen …"

„Sie bekommen schon wieder diese Falte zwischen Ihren Augenbrauen." Er fuhr mit seinem Daumen über ihre Stirn. „Diese Calhoun-Linie. Woher kommt es, dass Sie mich nie so anlächeln, wie Sie das mit Trent getan haben?"

„Es kommt daher, dass ich Trent mag."

„Es ist ulkig, aber die meisten Leute halten mich für einen liebenswerten Kerl."

„Nicht von meinem Standpunkt aus."

„Warum kommen Sie dann nicht ein wenig näher?"

Sie musste lachen. Hätte es einen Wettbewerb in Hartnäckigkeit gegeben, hätte Sloan O'Riley ihn mit links gewonnen. „Das ist nahe genug, danke." Mehr als nahe genug, fügte sie in Gedanken hinzu, während sie den Wunsch unterdrücken musste, mit ihren Fingern durch die unordentliche Mähne seiner rötlichblonden Haare zu fahren. „Liebenswert ist nicht gerade das Wort, dass ich benützen würde. Frech, ärgerlich, hartnäckig – diese Worte könnten passen."

„Irgendwie gefällt mir ‚hartnäckig'." Er beugte sich näher, um ihren Duft einzuatmen. „Ein Mann kommt nicht weit, wenn er jedes Mal nachgibt, sobald er gegen eine Mauer rennt. Man klettert darüber, gräbt sich unten durch oder reißt das ganze verdammte Ding einfach ein."

Sie legte eine Hand an seine Brust, bevor er die noch trennenden Zentimeter zunichte machen konnte. „Oder man rennt immer wieder mit dem Kopf dagegen, bis man eine Gehirnerschütterung bekommt."

„Das ist ein kalkuliertes Risiko und der Mühe wert, wenn sich hinter der Mauer eine Frau befindet, die einen so ansieht wie Sie mich."

„Ich sehe Sie in keiner Weise besonders an."

„Wenn Sie vergessen, dass Sie professionell sein wollen, sehen Sie mich mit Ihren großen blauen Augen ganz sanft und ein wenig verschreckt an. Und sehr neugierig. Dann möchte ich Sie am liebsten auf der Stelle auf meine Arme heben und an einen wirklich ruhigen Ort tragen, wo ich diese Neugierde befriedigen kann."

Amanda konnte es sich viel zu deutlich vorstellen, es viel zu genau fühlen. Es gab nur eine einzige Lösung: Flucht. „Nun, so weit hat es Spaß gemacht, aber ich muss mich jetzt umziehen."

„Fahren Sie wieder zur Arbeit?"

„Nein." Geschickt tauchte sie unter seinem Arm durch und schwang sich die Treppe hinauf. „Ich habe eine Verabredung."

„Eine Verabredung?" wiederholte er, aber sie hetzte bereits durch den ersten Stock.

Sloan sagte sich, dass er nicht auf Amanda wartete, obwohl er seit gut zwanzig Minuten in der Halle auf und ab ging.

Er würde nicht hier herumhängen und tatenlos zusehen, wie sie mit einem anderen Mann wegging – nachdem sie seine Nerven allein dadurch gereizt hatte, dass sie einfach dastand und ihn ansah.

Es gab eine Menge für ihn zu tun, einschließlich das Dinner zu genießen, zu dem Coco ihn eingeladen hatte, mit

Trent über alte Zeiten und neue Pläne zu sprechen oder sogar, sich an sein Zeichenbrett zu setzen.

Er wollte jedenfalls nicht den Abend damit zubringen, dass er einer Frau nachtrauerte, die die Gesellschaft eines anderen Mannes der seinen vorzog.

Immerhin war sie frei und konnte kommen und gehen, wie es ihr gefiel. Genau wie er. Keiner von ihnen war in irgendeiner Form gebunden.

Nur weil er ein wenig für sie schwärmte, hieß das noch lange nicht, dass er sich darüber aufregte, wenn sie ein paar Stunden mit einem anderen Mann zusammen verbrachte.

Zum Teufel, und ob es ihn aufregte!

Er wirbelte herum und machte doppelt so lange Schritte wie sonst.

„Calhoun?" Er stürmte den Korridor entlang und schlug gegen Türen. „Verdammt, Calhoun, ich will auf der Stelle mit Ihnen sprechen!"

Er war schon am Ende des Korridors angelangt und drehte sich gerade um, als Amanda ihre Tür öffnete.

„Was ist los?" fragte sie völlig gelassen.

Einen Moment lang starrte er nur ins Helle, während sie in dem Lichtstrom dastand, der sich aus dem Zimmer hinter ihr ergoss. Es fiel ihm auf, dass sie irgendetwas mit ihrem Haar angestellt hatte, irgendetwas Tolles, sodass es verführerisch zerzaust aussah. Sie hatte auch mit ihrem Gesicht herumgespielt, und zwar auf diese verdammenswert aufreizende Art, für die manche Frauen ein Talent haben.

Ihr Kleid war eisblau, der Rockteil bauschig, die Taille schmal, nur zwei dünne Träger auf ihren Schultern. Große

Steine in einem tieferen Blau schimmerten an ihren Ohren und ihrem Hals.

Jetzt sieht sie nicht tüchtig aus, dachte er wütend. Jetzt sieht sie nicht kompetent aus. Jetzt sieht sie so köstlich aus wie eine Cremetorte auf einem eleganten Tablett. Und der Teufel sollte ihn holen, wenn irgend ein anderer Mann daran auch nur knabberte.

Ihr Fuß wippte bereits, als er auf sie zuging.

Liebenswert? dachte sie und musste sich gegen den Drang wehren, in ihr Zimmer zurückzuweichen und die Tür abzuschließen. Niemand würde ihn jetzt liebenswert nennen. Er sah aus, als hätte er soeben einen Haufen Glasscherben verschlungen und würde sich für den zweiten Gang vorbereiten.

„Was für eine Verabredung ist das?" fauchte er sie an und wurde noch wütender, weil ihre Haut einfach köstlich duftete.

Amanda neigte langsam ihren Kopf. Die Hände, die sie an ihren Hüften zu Fäusten geballt hatte, glitten behutsam herunter. Wenn man einem wilden Stier gegenüberstand, winkte man nicht mit einem roten Tuch, sondern versuchte, über den nächsten Zaun zu klettern. „Die übliche Art von Verabredung, absolut nichts Besonderes."

„Ziehen Sie sich so für die übliche Art, absolut nichts Besonderes, an?"

Gereizt blickte sie an sich hinunter und strich über ihr Kleid. „Was stimmt nicht mit der Art, wie ich mich anziehe?"

Als Antwort ergriff er ihren Arm und schwenkte sie herum. Ich habe Recht gehabt, dachte er. Diese zwei schmalen

Träger waren alles, was ihren Rücken bedeckte. Bis hinunter zur Taille. „Wo ist der Rest?“

„Der Rest von was?“

„Von dem Kleid!“

Sie drehte sich, noch immer vorsichtig, wieder zu ihm um und forschte in seinem Gesicht. „Sloan, ich glaube, Sie haben den Verstand verloren.“

Sie weiß gar nicht, wie recht sie hat, dachte er. „Ich habe so viel Verstand, wie irgend ein Mann haben kann, der sich zehn Minuten in Ihrer Nähe aufgehalten hat. „Absagen.“

„Absagen?“ wiederholte sie.

„Die Verabredung, verdammt.“ Er schob sie nicht gerade sanft in Richtung ihres Schlafzimmers. „Gehen Sie da hinein, rufen Sie ihn an und sagen Sie ihm, dass Sie es nicht schaffen. Niemals schaffen werden.“

„Sie sind wirklich verrückt.“ Amanda vergaß alles über wütende Stiere und rote Tücher und legte los. „Ich gehe hin, wohin ich will und mit wem ich will. Wenn Sie glauben, dass ich eine Verabredung mit einem attraktiven, charmanten und intelligenten Mann absage, weil das irgendein aufgeblasener Kerl von mir verlangt, dann stimmt etwas an Ihrer Weltanschauung nicht.“

„Sie müssen sich zwischen der Verabredung oder Ihrem hübschen Hals entscheiden“, warnte er. „Eines von beidem übersteht den heutigen Abend nicht.“

Ihre Augen zogen sich zu zwei Schlitzen zusammen, die blaues Feuer sprühten. „Drohen Sie mir bloß nicht, Sie Dummkopf! Ich habe eine Dinnerverabredung mit Ihrem genauen Gegenteil, einem Gentleman.“ Sie stieß ihn mit dem Ellbogen beiseite. „Und jetzt gehen Sie mir aus dem Weg.“

„Ich gehe Ihnen aus dem Weg“, versprach er. „Nachdem ich Ihnen etwas gegeben habe, woran Sie denken können.“

Er hatte sie mit dem Rücken zur Wand und verschloss ihren Mund mit dem seinen, bevor sie auch nur blinzeln konnte. Sie konnte die Wut schmecken. Dagegen hätte sie bis zum letzten Atemzug gekämpft. Sie konnte jedoch auch das Verlangen schmecken, und das zwang sie, sich zu ergeben, weil es ein so perfektes Echo ihres eigenen Verlangens war.

Sloan war es egal, ob es unvernünftig war. Es war ihm egal, ob es falsch war oder dumm oder irgend eines der anderen Dinge, die sich so leicht über seine Handlungen sagen ließen. Er wollte Amanda dafür verwünschen, dass sie ihn dazu brachte, sich wie ein rücksichtsloser Teenager aufzuführen. Doch er konnte nur sie schmecken und sich in dem Geschmack verlieren, nach dem er sich immer sehnen würde. Er konnte sie nur näher an sich ziehen, um die Hitze zu fühlen, die von ihrem Körper auf den seinen übersprang.

Er konnte jede Veränderung spüren, die sie durchzog.

Zuerst die Wut, die ihr eine steife und arrogante Haltung aufzwang. Dann die Übergabe, zuerst zögernd, dann so vollständig, dass ihr Körper zu schmelzen schien.

Und dann die Leidenschaft, die so schnell kam, dass es ihm den Atem raubte. Sloan erkannte, dass er ohne diese Leidenschaft nicht leben konnte.

Sie schlang ihre Arme um seinen Hals, als gehörten sie dorthin, und presste ihren Körper pulsierend gegen ihn. Das erweckte ein süßes, schmerzliches Verlangen in ihr, das sie nie mehr vergessen konnte, jetzt, wo sie es empfunden hatte. Ein Verlangen, nach dem sie sich immer sehnen würde. Begierig knabberte sie an seinem Mund und wusste, dass im nächsten Moment das Delirium folgen musste. Sie wollte dieses Delirium, wollte diesen befreienden Wirbel des Verlangens, den nur er in ihr auslösen konnte.

Nur er …

Besitzergreifend ließ Sloan seine Hände von Amandas Schultern zu ihren Handgelenken gleiten, hielt sie fest, während ihr Puls unter seinen Fingern raste. Als er den Kopf anhob, lehnte sie sich schwach gegen die Wand und betrachtete ihn, während sie um Atem rang. Dabei versuchte sie die Sturzflut von Empfindungen zu durchbrechen und die darunter liegenden Gefühle zu verstehen.

Der Gedanke, ein anderer Mann könne sie berühren, ihr ins Gesicht blicken und es von Leidenschaft erhitzt sehen, wie es jetzt war, könne ihre Augen von dieser Leidenschaft verschleiert sehen, versetzte ihn in Entsetzen. Weil er gute, saubere Wut der Angst vorzog, packte er Amanda wieder an den Schultern und hob sie fast vom Boden hoch.

„Denken Sie daran", murmelte er gefährlich leise. „Denken Sie sehr eingehend daran."

Was hatte er bloß mit ihr angestellt, dass sie ein so ungeheures Sehnen verspürte? Wenn er auch nur einen Blick auf sie warf, musste er wissen, dass er sie bloß in ihr Zimmer zu ziehen brauchte, um alles nehmen zu können, was er angeblich haben wollte. Er brauchte sie nur noch einmal zu berühren, damit sie alles geben wollte. Er hätte nicht einmal darum zu bitten brauchen. Es beschämte Amanda, das zu erkennen. Es traf sie vernichtend, dass irgendjemand eine derartig vollkommene Macht über ihren Stolz und ihren Willen hatte.

„Sie haben Ihren Standpunkt klar gemacht", begann sie, unsicher und wütend darüber, dass Tränen in ihren Augen und in ihrer Kehle brannten. „Möchten Sie von mir hören, dass Sie mich dazu bringen können, Sie zu begehren? Na fein, Sie können es."

Das Glitzern von Tränen in ihren Augen erreichte, was ihrem Zorn zuvor nicht gelungen war. Es schlug Sloan vollständig. In seiner Stimme schwang entschuldigendes Bedauern, als er seine Hand behutsam an ihr Gesicht hob. „Amanda …" Sie verkrampfte sich und schloss die Augen. Wenn er sanft war, wenn er ihr auch nur ein Fünkchen Sanftheit zeigte, würde sie zusammenbrechen. „Sie haben Ihre Eroberung gemacht, Sloan. Jetzt wäre ich Ihnen sehr dankbar, würden Sie mich loslassen."

Er ließ seine Hand sinken und trat zurück. „Ich werde Ihnen nicht sagen, dass ich es bedauere." Doch die Art, wie sie ihn ansah, erzeugte in ihm das Gefühl, als habe er soeben etwas Zartes und Zerbrechliches zerschlagen.

„Das geht schon in Ordnung. Mein Bedauern reicht für uns beide."

„Amanda!" Lilah stand auf der obersten Stufe und betrachtete sie beide mit ihrer schläfrigen Neugierde. „Deine Verabredung ist hier."

„Danke." Amanda konnte es nicht erwarten zu fliehen, lief in ihr Zimmer hinein und holte ihre Jacke sowie ihre Handtasche.

Sorgfältig vermeidend, Sloan anzusehen, hastete sie wieder heraus und die Treppe hinunter.

Lilah blickte ihr nach, ging dann langsam durch den Korridor und legte ihre Hände auf Sloans Schultern. „Wissen Sie, großer Junge, Sie sehen aus, als könnten Sie einen Freund gebrauchen."

Er konnte die Emotionen, die neuerdings in ihm tobten, nicht im entferntesten klar bezeichnen. „Vielleicht sollte ich einfach nach unten gehen und diesen Typ aus dem Haus werfen."

„Das könnten Sie machen", stimmte Lilah nach einem Moment des Überlegens zu. „Aber Mandy hatte schon immer eine Schwäche für die Schwachen."

Sloan fluchte und beschloss, einen Teil der Enttäuschung dadurch abzuarbeiten, dass er im Korridor hin- und herlief. „Wer ist es denn überhaupt?"

„Ich habe ihn noch nie zuvor gesehen. Sein Name ist William Livingston."

„Und?"

Lilah zuckte leicht die Schultern. „Groß und attraktiv. Sehr schwacher, charmanter britischer Akzent, italienischer Anzug, Manieren der Oberklasse. Diese Patina von Reichtum und guter Erziehung, ohne aufdringlich zu wirken."

Sloan fluchte erneut und zog in Betracht, mit der Faust gegen die Wand zu schlagen. „Klingt reichlich gelackt."

„Klingt so", stimmte sie zu, doch ihr Blick fiel besorgt aus.

„Was ist los?" fragt er aufhorchend.

„Ungute Energien." Geistesabwesend fuhr sie sich mit der Hand über den Arm. „Und er hatte eine sehr verschwommene Aura." Sie lächelte ihm zu. „Ich bin auf Ihrer Seite, Sloan. Ich glaube nämlich, dass Sie genau das sind, was meine alles viel zu ernst nehmende Schwester braucht." In ihrer lässigen Art hakte Lilah sich freundlich bei Sloan unter. „Entspannen Sie sich. Mr. William Livingston hat keine Chance. Er ist nicht ihr Typ."

Sie lachte, während sie mit ihm zur Treppe ging. „Sie glaubt, dass er es ist, aber er ist es nicht. Gehen wir zum Essen. Es gibt nichts, was einen so schnell in gute Stimmung versetzen kann, wie Tante Cocos Forelle ‚Amandine'."

Amanda täuschte Appetit vor, während sie die Speisekarte studierte.

Das Restaurant, das William ausgesucht hatte, war ein hübsches kleines Lokal mit Blick auf die Frenchman Bay. Da die Nacht warm war, konnten sie die Terrasse, flackernden Kerzenschein, die Brise von der See und den zarten Duft der Frühlingsblumen genießen.

Amanda überließ William die Wahl des Weines und versuchte, sich davon zu überzeugen, dass sie einen wundervollen Abend verbringen würde.

„Gefällt Ihnen Bar Harbor?" fragte sie.

„Sehr sogar. Ich hoffe, bald segeln zu können, aber in der Zwischenzeit gebe ich mich damit zufrieden, die Umgebung zu genießen."

„Waren Sie schon im Park?"

„Noch nicht." Er betrachtete die Flasche, die ihm der Kellner hinhielt, kontrollierte das Etikett und nickte.

„Sie sollten ihn nicht versäumen. Der Ausblick vom Cadillac Mountain ist sagenhaft."

„Das habe ich schon gehört." Er kostete den Wein, war einverstanden und wartete, bis Amandas Glas gefüllt war. „Vielleicht finden Sie etwas Zeit, um mich zu führen."

„Ich glaube nicht ..."

„Die Hotelpolitik wurde bereits gebeugt", unterbrach er sie und stieß leicht mit ihr an.

„Ich wollte Sie fragen, wie Sie das geschafft haben."

„Sehr einfach. Ich habe Ihren Mr. Stenerson vor die Wahl gestellt. Entweder macht er eine Ausnahme von seiner Politik, oder ich könnte in ein anderes Hotel ziehen, sodass ich kein Gast mehr bin."

„Ich verstehe." Sie nippte nachdenklich an dem Wein. „Das erscheint mir ein wenig drastisch nur für ein Dinner."

„Für ein sehr erfreuliches Dinner. Ich wollte Sie besser kennen lernen. Hoffentlich haben Sie nichts dagegen."

Welche Frau hätte schon etwas dagegen haben können? fragte sie sich, lächelte jedoch lediglich. Es war unmöglich, sich nicht zu entspannen, sich nicht von seinen Geschichten bezaubern zu lassen und nicht von seiner Aufmerksamkeit geschmeichelt zu sein.

Livingston redete nicht – wie so viele erfolgreiche Männer – ständig von seinem Geschäft. Als Antiquitätenhändler hatte er die ganze Welt bereist, und während des Essens bot er Amanda Schilderungen von Paris und Rom, London und Rio.

Wenn ihre Gedanken hier und da zu einem anderen Mann wanderten, verdoppelte sie ihre Entschlossenheit, sich da zu vergnügen, wo sie war, und sich mit dem Mann zu vergnügen, mit dem sie zusammen war.

„Der kleine Schubladenschrank aus Rosenholz in Ihrer Eingangshalle", bemerkte er, als sie bei Kaffee und Dessert angelangt waren. „Das ist ein wunderschönes Stück."

„Danke. Er stammt aus der Regency-Periode … vermute ich."

Er lächelte. „Sie vermuten richtig. Hätte ich ihn auf einer Auktion entdeckt, würde ich mich sehr glücklich schätzen."

„Mein Urgroßvater ließ ihn aus England herüberbringen, als er das Haus erbaute."

„Ah, das Haus." William lächelte, als er seine Tasse hob. „Sehr beeindruckend. Ich habe beinahe mittelalterliche Jungfern erwartet, die auf dem Rasen tanzen."

„Oder Fledermäuse, die aus den Türmen ausschwärmen."

Mit einem heiteren Lachen drückte er ihre Hand. „Nein, aber vielleicht Rapunzel, die ihr Haar herunterlässt."

Die Vorstellung gefiel ihr und brachte sie zum Lächeln. „Wir lieben das Haus. Wir haben es immer geliebt. Vielleicht wohnen Sie bei Ihrem nächsten Besuch auf der Insel im The Towers Gästelandsitz."

„The Towers Gästelandsitz", murmelte er und tippte mit einem Finger nachdenklich gegen seine Lippen. „Wo habe ich das schon gehört?"

„Das Projekt eines neuen ‚St. James-Hotels'?"

Seine Augen leuchteten auf. „Natürlich. Vor ein paar Wochen habe ich etwas darüber gelesen. Wollen sie damit sagen, dass Ihr Haus The Towers ist?"

„Ja, allerdings. Wir hoffen, dass der Gästelandsitz in ungefähr einem Jahr bewohnbar sein wird."

„Das ist faszinierend. Aber gab es nicht auch eine Legende, die mit diesem Haus verbunden war? Etwas über Geister und verschwundene Juwelen?"

„Die Calhoun-Smaragde, Sie gehörten einst meiner Urgroßmutter."

Mit der Andeutung eines Lächelns neigte er seinen Kopf. „Dann gibt es sie wirklich? Ich dachte, sie wären nur ein schlauer Reklametrick. ‚Wohnen Sie in einem Spukhaus und suchen Sie den verschwundenen Schatz' oder so ähnlich."

„Nein. Wir sind überhaupt nicht begeistert, dass die ganze Sache an die Öffentlichkeit gedrungen ist." Schon der bloße Gedanke daran ärgerte sie so, dass sie mit ihren Fingern auf den Tisch zu trommeln begann. „Die Halskette ist real – war jedenfalls einmal real. Wir wissen nicht, wo sie versteckt sein könnte. Jetzt werden wir von Reportern belästigt oder müssen Schatzjäger von unserem Grund und Boden vertreiben."

„Tut mir Leid. Das ist sehr unangenehm."

„Wir hoffen, dass wir die Halskette bald finden und diesem ganzen Gerede ein Ende bereiten. Wenn erst einmal die Renovierungsarbeiten beginnen, taucht die Kette vielleicht unter einem Dielenbrett auf."

„Oder hinter der üblichen Geheimtür in der Holztäfelung", warf er lächelnd ein und brachte sie damit zum Lachen.

„So etwas haben wir nicht – zumindest wissen wir nichts davon."

„Dann hat Ihr Vorfahre etwas versäumt. Ein Haus wie dieses braucht zumindest eine Geheimtür und ein Geheimfach." Er legte seine Hand auf die ihre. Vielleicht erlauben Sie mir, Ihnen bei der Suche zu helfen … oder lassen Sie mich das zumindest als Entschuldigung dafür benützen, dass ich Sie wieder sehen möchte."

„Es tut mir Leid, aber in den nächsten Tagen bin ich voll beschäftigt. Meine Schwester heiratet am Samstag."

Er lächelte sie über ihre miteinander verbundenen Hände hinweg an. „Dann wäre da noch der Sonntag. Ich möchte Sie gern wieder sehen, Amanda. Sehr gern.“ Er ließ das Thema fallen, und ihre Hand entglitt ihm behutsam.

Während der Heimfahrt beschränkte er sich auf allgemeine Themen. Kein Druck, dachte Amanda dankbar. Keine arroganten Behauptungen und kein freches Lächeln. Das war ein Mann, der es verstand, eine Frau mit dem nötigen Respekt und der erforderlichen Aufmerksamkeit zu behandeln. William würde sie nicht zu Boden werfen und ihr ins Gesicht lachen. Er würde ihr nicht wie ein Revolverheld auflauern und Forderungen abfeuern.

Weshalb fühlte sie sich dann so enttäuscht, als sie vor dem Haus hielten und Sloans Wagen nirgendwo zu sehen war? Sie schüttelte die Stimmung ab und wartete, bis William auf ihre Seite kam und ihr die Tür öffnete.

„Vielen Dank für den heutigen Abend“, sagte sie. „Es war sehr schön.“

„Ja, das war es … und Sie sind es.“ Sehr behutsam legte er seine Hände auf ihre Schultern, bevor seine Lippen die ihren berührten. Der Kuss war sehr warm, sehr sanft – eine expertenhafte Zärtlichkeit von Lippen und Händen. Eine Zärtlichkeit, die Amanda zu ihrer Enttäuschung völlig unberührt ließ.

„Lassen Sie mich wirklich bis Sonntag warten, bevor ich Sie wieder sehen darf?“

Sein Blick sagte ihr, dass er nicht unberührt geblieben war. Amanda wartete darauf, dass irgendeine Saite von der zurückhaltenden Leidenschaft in seinen Augen angeschlagen wurde. Doch da wurde nichts angeschlagen.

„William, ich …“

„Mittagessen“, sagte er mit einem charmanten Lächeln. „Ein ganz zwangloser Lunch im Hotel. Dabei können Sie mir mehr über das Haus erzählen.“

„In Ordnung, sofern ich es einrichten kann.“ Sie löste sich von ihm, bevor er sie noch einmal küssen konnte. „Vielen Dank für alles.“

„Es war mir ein Vergnügen, Amanda.“ Er wartete, wie es sich gehörte, bis sie ins Haus ging. Als sich die Tür hinter ihr schloss, veränderte sich sein Lächeln, wurde härter, kälter. „Glaube mir, es wird mir ein Vergnügen sein.“

Er ging zurück zu seinem Wagen. Er wollte so weit fahren, bis er von The Towers aus nicht mehr zu sehen war. Danach wollte er zurückkommen und rasch und leise das Grundstück besichtigen, um sich die einfachsten Zugänge zu dem Haus zu merken.

Falls Amanda Calhoun ihm Zutritt zu The Towers bot, war das schön und gut – und brachte ihm zusätzlich den Vorteil ein, dass er einer schönen Frau den Hof machen konnte. Bot sie ihm diese Möglichkeit nicht, würde er eben einen anderen Weg finden.

So oder so, er hatte jedenfalls nicht die Absicht, Mount Desert Island ohne die Calhoun-Smaragde zu verlassen.

„Hast du dich gut unterhalten?“ fragte Suzanna, als Amanda zur Haustür hereinkam.

„Suze!“ Amüsiert, aber nicht überrascht, schüttelte Amanda den Kopf „Du bist wieder wach geblieben.“

„Nein, bin ich nicht.“ Als Beweis dafür winkte Suzanna mit der Henkeltasse in ihrer Hand. „Ich bin gerade heruntergekommen, um mir einen Tee zu machen.“

Lachend ging Amanda zu ihrer Schwester und legte ihr die Hände auf die Schultern. „Wieso können wir ur-irischen Calhouns eigentlich nicht anständig lügen?"

Suzanna gab auf. „Ich weiß es nicht. Vielleicht sollten wir mehr üben."

„Süße, du siehst müde aus."

„Mhm." Erschöpft wäre das richtige Wort gewesen, aber sie verzichtete darauf, es auszusprechen. Suzanna nippte an ihrem Tee, während sie zusammen die Treppe hinaufstiegen. „Frühling. Alle wollen, dass ihre Blumen schon gestern gemacht wurden. Ich beklage mich nicht. Es sieht so aus, als würde mein Geschäft endlich einen echten Gewinn abwerfen."

„Ich finde noch immer, du solltest mehr Hilfskräfte einstellen. Du zerreißt dich zwischen dem Geschäft und den Kindern."

„Wer führt sich denn da wie eine Mutter auf? Wie auch immer, Island Gardens braucht noch eine gute Saison, bevor ich mir mehr leisten kann als eine Teilzeit-Hilfskraft. Noch dazu mag ich es, wenn ich viel zu tun habe." Obwohl die Müdigkeit an ihr nagte, blieb sie vor Amandas Tür stehen. „Mandy, kann ich einen Moment mit dir sprechen?"

„Sicher. Komm herein." Amanda ließ die Tür ein Stück offen stehen, während sie aus ihren Schuhen schlüpfte. „Stimmt etwas nicht?"

„Nein. Zumindest ist es nichts, auf das ich meinen Finger legen könnte. Darf ich dich fragen, was du von Sloan hältst, Amanda?"

„Was ich von Sloan halte?" Um Zeit zu gewinnen, stellte Amanda ihre Schuhe säuberlich in den Schrank.

„Welchen Eindruck du von ihm hast. Er macht eigentlich einen sehr netten Eindruck. Beide Kinder sind schon verrückt nach ihm, und das ist für mich ein fast narrensicheres Barometer."

„Er geht fantastisch mit ihnen um." Amanda nahm ihre Ohrclips ab und legte sie in ihre Schmuckschatulle zurück.

„Ich weiß, Tante Coco wäre glatt bereit, ihn zu adoptieren. Er hat zu Lilah ganz mühelos eine Beziehung gefunden. C. C. mag ihn, und das nicht nur, weil er ein Freund von Trent ist."

Amanda schmollte ein wenig, während sie ihre Halskette öffnete. „Sein Typ kommt immer wunderbar mit Frauen aus."

Zerstreut schüttelte Suzanna kaum merklich den Kopf. „Nein, das hat gar nichts mit einer Beziehung zwischen Mann und Frau zu tun. Das ist bloß eine angeborene Entspanntheit."

Amanda konnte dazu nichts sagen, weil sie sich an die fiebrige Anspannung erinnerte, die sie vor ein paar Stunden in ihm gefühlt hatte.

„Er wirkt wie ein lässiger, freundlicher Mann", behauptete Suzanna.

„Aber?"

„Vielleicht bilde ich es mir nur ein, aber wann immer er mich ansieht, schlägt mir eine Woge von Feindseligkeit entgegen." Mit einem halbherzigen Lachen zuckte sie die Schultern. Jetzt höre ich mich schon an wie Lilah."

Amandas Blick begegnete dem Blick ihrer Schwester im Spiegel. „Nein, ich selbst habe auch so etwas gefühlt. Ich kann es nicht erklären. Ich habe ihn sogar darauf angesprochen."

„Hat er irgendetwas gesagt? Ich erwarte von niemandem, dass er mich mag, aber wenn ich eine dermaßen starke Abneigung fühle, möchte ich wenigstens den Grund wissen."

„Er hat es abgeleugnet. Ich weiß nicht, was ich dazu sagen soll, Suzanna, nur, dass ich ihn nicht für einen Mann halte, der so auf jemanden reagiert, den er nicht einmal kennt." Sie gestikulierte hilflos. „Er kann einen ganz sicher ärgern, aber ich glaube nicht, dass er absichtlich unfair ist. Vielleicht sind wir beide übersensibel."

„Vielleicht." Suzanna schob die unbehaglichen Gefühle beiseite. „Wir sind alle ein wenig überdreht durch C. C.s Hochzeit und die Renovierungsarbeiten. Nun, ich werde seinetwegen keinen Schlaf versäumen." Sie küsste Amanda auf die Wange. „Gute Nacht."

„Gute Nacht."

Als Amanda sich auf ihr Bett fallen ließ, stieß sie einen langen Seufzer aus.

Es ist unselig, dachte sie.

Es ist ärgerlich …

Aber sie wusste bereits, dass sie wegen Sloan sehr wohl Schlaf versäumen würde.

6. KAPITEL

Sie war auf die Sekunde pünktlich. Wenn man sich bei Amanda Calhoun auf eines verlassen kann, dachte Sloan, dann ist es, dass sie pünktlich ist.

Sie bewegte sich schnell – typisch. Also beschleunigte er seinen Schritt und überquerte den Innenhof des Hotels, um ihr an dem Türchen zum Pool aufzulauern.

Er legte seine Hand auf ihre, als sie nach der Klinke tastete.

Sie zuckte zurück, wie er erwartet hatte.

„Haben Sie nichts Besseres zu tun?" fragte sie.

„Ich möchte mit Ihnen sprechen."

„Diese Zeit gehört mir." Sie stieß die Tür auf, ging hindurch und wirbelte herum. „Das ist meine ganz persönliche Zeit. Ich muss jetzt nicht mit Ihnen sprechen." Um es zu beweisen, schlug sie ihm die Tür vor der Nase zu.

Sloan holte tief und langsam Atem und öffnete das Türchen wieder. „Nun gut, dann können Sie einfach zuhören." Er holte sie ein, als sie ihr Handtuch auf einen Liegestuhl warf.

„Ich werde nicht mit Ihnen sprechen, und ich werde Ihnen nicht zuhören. Sie haben absolut nichts zu sagen, was mich interessieren könnte." Sie streifte ihren Bademantel ab, schleuderte ihn beiseite und tauchte in den Pool.

Sloan beobachtete sie, während sie die erste Bahn schwamm. Sie ist so wütend, dass sie faucht und Feuer spuckt, dachte er und zuckte die Schultern. Na schön, dann mussten sie es eben auf die harte Tour machen.

Mit jeder Schwimmbewegung verfluchte Amanda ihn. Die halbe Nacht hatte sie damit zugebracht, ihr letztes Zusammentreffen immer und immer wieder in ihren Gedanken ablaufen zu lassen. Als sie an diesem Morgen erwacht war, hatte sie sich geschworen, er würde nie wieder eine Chance bekommen, sie zu berühren, sie dazu zu bringen, sich hilflos und dem Verlangen ausgeliefert zu fühlen.

Ihr Leben begann gerade, in den Bahnen zu verlaufen, die sie sich wünschte. Es war ausgeschlossen, es war ganz verteufelt ausgeschlossen, dass Sloan O'Riley oder sonst jemand ihr den Weg versperrte.

Sie prallte mit Wucht gegen ihn. Ein Blindgänger von einem Torpedo gegen ein Schlachtschiff. Prustend kam sie an die Wasseroberfläche und sah ihn vor sich bis zur Brust im Wasser stehen.

Bis zur nackten Brust.

„Was machen Sie denn?"

„Ich dachte, ich würde Sie hier drinnen leichter zum Zuhören bringen, als wenn ich am Beckenrand stehe und auf Sie herunterbrülle."

Die Augen schmal zusammengezogen, strich sie sich die Haare aus ihrem Gesicht zurück. Ein Lachen stieg in ihrer Kehle hoch, dem sie jedoch nicht nachgeben wollte. „Der Pool ist nicht vor zehn Uhr für Gäste offen."

„Ja, ich glaube, das haben Sie schon einmal erwähnt. Allerdings haben Sie nicht erwähnt, dass das Wasser eisig kalt ist."

„Ja." Jetzt lächelte sie, und ihre Lippen verrieten ebenso viel Humor wie satte Befriedigung. „Ich weiß. Deshalb möchte ich in Bewegung bleiben."

Amanda stieß sich ab und schnitt sauber durch das Wasser. Weniger als einen halben Meter entfernt, hielt Sloan mit ihr mit.

Er hatte mehr als nur sein Hemd ausgezogen, wie sie bemerkte. Seinen äußerst kräftigen Körper bedeckte nichts weiter als ein Paar kurze marineblaue Shorts. Jedes Mal wenn ihr Gesicht ins Wasser tauchte, glitt ihr Blick hinüber, um noch einen Zipfel von ihm zu erhaschen.

Seine breiten Schultern und sein mächtiger Oberkörper liefen zu einer schmalen Taille und schlanken Hüften zusammen. Seine Haut spannte sich über kein Gramm Fett. Sein Bauch war flach wie ein Brett, und ... ach, du liebe Zeit! Als sie beinahe Wasser anstelle von Luft einsog, zwang Amanda ihren Blick, etliche Zentimeter zu überspringen und zu den Schenkeln mit den harten Muskeln und zu den Waden zu wandern.

Sonnenbräune überzog jeden Zentimeter nackter Haut, die wie nasses Kupfer schimmerte.

Wie würde es sich anfühlen, mit der Hand jetzt darüber zu streichen? Diese schlanken, straffen Muskeln unter ihren Fingern zu fühlen? Wie würden ihre Körper jetzt zusammenpassen, wenn sie sich nass und glatt in dem kalten Wasser aneinander rieben?

Kalt? dachte sie. Der Pool fühlte sich allmählich wie eine Sauna an.

Ganz bewusst stieß sie sich hart ab und beschleunigte ihr Tempo. Wenn sie ihn abhängte, konnte sie vielleicht ihre davongelaufenen Gedanken ebenfalls abhängen.

Er war noch immer an ihrer Seite und passte ihr sein Tempo und seine Bewegungen so an, dass sie den Pool in einer nicht einstudierten Harmonie durchquerten. Es war schön und beinahe sinnlich, wie sie ihre Arme hoben und im selben Moment das Wasser durchzogen, wie ihre Beine sich öffneten und schlossen und ihre Körper sich streckten ... Als würden sie sich lieben, dachte Amanda verträumt und nahm sich zusammen, um die heiße Vorstellung aus ihrem Kopf zu verbannen.

Amanda legte noch einen Zahn zu und verwandelte all diese enttäuschte Leidenschaft in Geschwindigkeit. Dennoch schlugen ihre Hände gleichzeitig gegen die Wand.

Sie begann, es als das zu genießen, was es war, als einen Wettbewerb zwischen zwei Menschen, die auf gleicher Ebene lagen.

Amanda wusste nicht mehr, wie viele Bahnen sie geschwommen hatten, und es spielte für sie auch keine Rolle. Als ihre Lungen zu brennen begannen und ihre Muskeln schwächer wurden, entschied sie, dass dies die letzte Bahn sein würde. Sie erreichte die Kante des Pools, hielt sie sich an ihr fest und kam lachend hoch.

Für Sloan hatte sie nie schöner ausgesehen als jetzt – mit ihrem Haar und ihrem Gesicht voll Wasser und der Begeisterung in ihren Augen. Mehr als er sich jemals irgendetwas anderes gewünscht hatte, wollte er sie an sich ziehen und sie einfach festhalten, während ihr Lachen durch die Morgenluft flirrte. Doch er hatte sich irgendwann während seiner schlaflosen Nacht selbst ein Versprechen gegeben. Und er wollte es halten.

Er warf ihr ein freundliches Lächeln zu. „Das hat alles ein wenig aufgewärmt."

„Sie sind ziemlich gut – für einen Cowboy."

„Sie sind auch nicht schlecht – für eine Frau."

Amanda lachte wieder und lehnte ihren Kopf gegen den Beckenrand, um ihn anzusehen. Seine Haare waren dunkel vor Nässe und kräuselten sich so über seiner Stirn und seinem Nacken, dass es sie in den Fingern juckte, damit zu spielen. „Ich schwimme gern ein Rennen."

„Rennen? Haben wir ein Rennen geschwommen? Ich dachte, wir hätten nett und träge herumgeplätschert."

Sie spritzte ihm Wasser ins Gesicht und stand auf. „Ich muss reingehen."

„Lassen sie mich jetzt mit Ihnen sprechen?"

Das Lachen verschwand aus ihren Augen. „Verzichten wir lieber darauf", wehrte sie ab und schwang sich aus dem Pool.

Er legte seine Hand auf ihr Bein. „Mandy …"

„Ich will nicht wieder mit Ihnen streiten. Nachdem wir fast fünf Minuten lang friedlich miteinander ausgekommen sind, warum können wir es nicht dabei belassen?"

„Weil ich mich entschuldigen will."

„Wenn Sie doch bloß …" Sie unterbrach sich und starrte ihn an. „Sie wollen was?"

„Ich möchte mich entschuldigen." Er stand auf und legte seine Hände leicht an ihre Arme. „Ich habe mich gestern Abend danebenbenommen, sehr daneben, und es tut mir Leid."

„Oh." Verwirrt blickte sie nach unten und begann, die Wassertropfen auf ihrem Schenkel zu verreiben.

„Jetzt sollten Sie sagen ‚In Ordnung, Sloan, ich nehme Ihre Entschuldigung an'."

Sie blickte durch lange, nasse Wimpern hoch und lächelte. Alles war plötzlich viel zu angenehm, als dass sie an ihrem Ärger hätte festhalten können. „Ich nehme Ihre Entschuldigung an. Sie haben sich tatsächlich ziemlich unmöglich aufgeführt."

Er verzog das Gesicht. „Vielen herzlichen Dank."

„Sie haben es wirklich getan. Haben mit Drohungen und Befehlen um sich geworfen. Und dann kam da dieser ganze Dampf aus Ihren Ohren."

„Möchten Sie wissen, warum?"

Sie schüttelte den Kopf und wollte aufstehen, aber er hielt sie fest.

„Sie haben es zur Sprache gebracht", wandte er ein. „Ich habe die Vorstellung nicht ertragen, dass Sie mit jemand anderem zusammen ausgehen. Sehen Sie mich an." Sanft legte er seine Hand unter ihr Kinn und drehte ihren Kopf so, dass ihr Gesicht ihm wieder zugewandt war. „Sie haben etwas in mir ausgelöst. Ich kann das nicht abschütteln. Und ich möchte es auch gar nicht abschütteln."

„Ich denke nicht …"

„Denken hat damit nichts zu tun. Ich weiß, was ich fühle, wenn ich Sie ansehe."

Amanda verlor schnell ihre Abwehr. Das kurze Aufflackern von Panik konnte nicht mit der Flut von Freude mithalten. „Ich muss nachdenken", murmelte sie. „So bin ich nun einmal gemacht." Ein wenig von der Seite sah sie Sloan an.

„In Ordnung. Dann habe ich noch eine Neuigkeit, über die Sie nachdenken können. Ich bin dabei, mich in Sie zu verlieben."

Jetzt kam die Panik nicht in einem kurzen Aufflackern, sondern als harter Schlag und durchzuckte sie so, dass sie ihn fassungslos anstarrte. „Das meinen Sie doch nicht im Ernst."

„Doch, das tue ich. Und Sie wissen das, sonst würden Sie nicht hier sitzen wie ein Kaninchen, das in den Kegel eines Scheinwerfers geraten ist."

„Ich sitze nicht ..."

„Ich frage nicht danach, wie Sie empfinden", unterbrach er sie. „Ich stelle Ihnen meinen Zustand dar, damit Sie sich daran gewöhnen können."

Sie glaubte nicht, dass sie sich jemals daran gewöhnen könnte, genauso wenig, wie sie sich an ihn gewöhnen konnte. Und ganz sicher würde es unmöglich sein, sich an die Gefühle zu gewöhnen, die in ihr explodierten.

Ist so die Liebe? fragte sie sich. Diese angespannte und leuchtende Empfindung, die sich ohne Vorwarnung in Wärme und Sanftheit verwandeln kann?

„Ich kann nicht ... Ich bin nicht sicher, wie ..." Sie atmete heftig aus. „Haben Sie das jetzt nur gesagt, um mich zum Wahnsinn zu treiben?"

Es half, lächeln zu können. „Ja. Gib mir einen Kuss, Calhoun."

Sie wand sich und entglitt seinem Griff wie ein Aal. „Ich küsse dich nicht mehr, weil das jeden intelligenten Gedanken aus meinem Kopf vertreibt."

Jetzt grinste er. „Honey, das ist das Netteste, was du jemals zu mir gesagt hast."

Als Sloan sich mit einer eleganten Bewegung aus dem Pool stemmte, packte Amanda ihr Handtuch und ließ es einmal hart genug schnalzen, dass es wie eine Peitsche knallte.

„Bleib mir fern. Ich meine es ernst. Entweder lässt du mir Zeit, um das alles durchzudenken, oder ich ziele und feuere. Und ich ziele unterhalb der Gürtellinie." Es lagen Belustigung und Herausforderung in ihrem Blick, als sie ihr Kinn anhob. „Und im Moment bist du nicht sehr gut geschützt."

Er fuhr sich mit der Zungenspitze über die Lippen. „Du hast mich überzeugt. Wie wäre es, wenn ich dich nach der Arbeit spazierenfahre?"

Es wäre hübsch, dachte sie, mit ihm in die Berge hinauf zu fahren und die Luft durch die offenen Fenster hereinströmen zu lassen. Doch bedauerlicherweise kam die Pflicht zuerst.

„Ich kann nicht. C. C.s Geschenkeparty ist heute Abend. Wir überraschen sie, wenn sie von der Arbeit heimkommt." Sie runzelte ein wenig die Stirn. „Das steht auf deiner Liste für die Hochzeit."

„Vermutlich ist es mir nur entfallen. Also, dann morgen."

„Da habe ich das letzte Zusammentreffen mit dem Fotografen, und dann muss ich Suzanna mit den Blumen helfen. Übermorgen auch nicht", fügte sie schnell hinzu, bevor er fragen konnte. „Die meisten Gäste von auswärts werden eintreffen, und noch dazu haben wir das Probedinner."

„Danach die Hochzeit." Er nickte. Also dann, nach der Hochzeit, Calhoun."

„Nach der Hochzeit werde ich ..." Sie lächelte, als sie erkannte, dass sie die Situation genoss. „Ich werde es dich wissen lassen." Sie griff nach ihrem Bademantel und steuerte die Tür an.

„Hey, ich habe kein Handtuch."

Sie lachte über die Schulter zurück. „Ich weiß!"

Am späten Nachmittag dieses Tages stand Sloan auf der Terrasse und fertigte Skizzen von dem Äußeren von The Towers an. Er wollte noch eine weitere Außentreppe hinzufügen, ohne den Gesamteindruck des Gebäudes zu stören. Er unterbrach seine Arbeit, als Suzanna herauskam. Sie trug zwei Weidenkörbchen voll Frühlingsblumen.

„Tut mir Leid." Sie zögerte und versuchte dann ein Lächeln. „Ich wusste nicht, dass Sie hier draußen sind. Ich will alles für die Geschenkeparty vorbereiten."

„Nur eine Minute, dann gehe ich Ihnen aus dem Weg."

„Ist schon in Ordnung." Sie stellte die Körbe ab und ging wieder hinein.

Während der nächsten Minuten lief sie hin und her, trug Stühle und Papierdekorationen heraus. Die ganze Zeit über bewahrten sie die nervenzermürbende Stille, bis Suzanna einen von Amandas Schwänen beiseite legte und Sloan ansah.

„Mr. O'Riley, sind wir einander schon irgendwann einmal begegnet?"

Er zeichnete einfach weiter. „Nein."

„Ich habe mich das gefragt, weil Sie mich zu kennen scheinen und offenbar eine schlechte Meinung von mir haben."

Er hob seinen kalten Blick zu ihr. „Ich kenne Sie nicht – Mrs. Dumont."

„Aber warum ..." Sie brach ab. Sie hasste Konfrontationen. Der Magen zog sich ihr dabei zusammen. Schon wandte sie sich ab, um wieder hineinzugehen, doch sie fühlte seinen Blick eisig und voll Groll auf sich gerichtet. Die Hand gegen den Türrahmen gestützt, zwang sie sich dazu, sich wieder zu ihm umzudrehen. „Nein, ich werde mich nicht zurückziehen. Sie sind in meinem Haus, Mr. O'Riley, und ich weigere mich, jemals wieder in meinem eigenen Haus wie auf rohen Eiern zu gehen. Ich will auf der Stelle wissen, welches Problem Sie mit mir haben."

Er warf den Skizzenblock auf einen kleinen Glastisch. „Sagt Ihnen mein Name denn gar nichts, Mrs. Dumont? O'Riley bringt keine Saite zum Klingen?"

„Nein, sollte er das?"

Sein Mund wurde schmal. „Vielleicht sollte ich noch einen Namen hinzufügen. Megan. Megan O'Riley. Hören Sie jetzt das Klingen einer Saite?"

„Nein." Seufzend fuhr sie sich mit den Fingern durch die Haare. „Wollen Sie nicht endlich zum springenden Punkt kommen?"

„Vermutlich ist es für jemanden wie Sie leicht zu vergessen. Sie war für sie wohl nichts weiter als eine geringfügige Unannehmlichkeit."

„Wer?"

„Megan. Meine Schwester Megan."

Suzanna schüttelte völlig verwirrt den Kopf. „Ich kenne Ihre Schwester nicht."

Die Tatsache, dass ihr der Name nichts bedeutete, machte ihn nur noch wütender. Sloan trat auf Suzanna zu und ignorierte das rasche Aufflackern von Angst in ihren Augen.

„Nein, Sie sind ihr nie von Angesicht zu Angesicht begegnet. Wozu denn auch diese Mühe? Sie haben dafür gesorgt, dass sie einfach beiseite geschoben wird. Was Ihnen allerdings nichts eingebracht hat. Baxter Dumont war immer ein Mistkerl, aber sie hat ihn geliebt."

„Ihre Schwester?“ Suzanna rieb sich mit unsicherer Hand die Schläfe. „Ihre Schwester und Bax?“

„Begreifen Sie allmählich?“ Als sie sich abwenden wollte, packte er sie am Arm und wirbelte sie zu ihm herum. „Ging es um Liebe oder um Geld?“ fragte er. „Wie auch immer, Sie hätten wenigstens etwas Mitgefühl zeigen können. Verdammt, sie war siebzehn und schwanger. Konnten Sie sich selbst nicht soweit zurücknehmen, dass dieser rückgratlose Dreckskerl seinen Sohn sehen konnte?“

Suzanna wirkte durchsichtig, so bleich war sie geworden. Ihr Arm wurde unter seinem Griff schlaff. „Seinen Sohn …“ flüsterte sie.

„Sie war noch ein Kind, ein verängstigtes Kind, das jede Lüge glaubte, die dieser Dumont ihr erzählte. Ich hätte ihn am liebsten umgebracht, aber das hätte es für Meg nur noch schlimmer gemacht. Doch Sie, Sie haben nicht einmal so viel Herz gehabt, um ihr die vom Tisch abfallenden Krümel zu überlassen. Sie haben Ihr feines Leben weitergeführt, als würde es Meg und den Jungen überhaupt nicht geben. Und als meine Schwester anrief und Sie anflehte, Baxter wenigstens ein oder zwei Mal im Jahr den Jungen sehen zu lassen, haben Sie sie eine Hure genannt und ihr sogar noch gedroht, ihr ihren Sohn wegnehmen zu lassen, falls sie jemals wieder Kontakt zu Ihrem kostbaren Ehemann aufnehmen würde.“

Suzanna bekam keine Luft. Seit ihrem letzten hässlichen Streit mit Bax war es ihr nicht mehr so schwer gefallen zu atmen. Schwach schlug sie gegen die Hand, die ihren Arm festhielt. „Bitte … bitte, ich muss mich hinsetzen.“

Doch Sloan sah sie weiterhin an, und als sein Zorn verebbte, erkannte er, dass es nicht Scham war, was er in ihren

Augen sah, auch nicht Geringschätzigkeit und nicht einmal Wut. Es war purer Schock. „Himmel“, sagte er ruhig. „Sie haben es nicht gewusst.“

Sie konnte nur den Kopf schütteln. Als er seinen Griff lockerte, drehte sie sich um und rannte ins Haus.

Sloan stand einen Moment da und presste die Finger gegen seine Stirn. Der ganze Hass, den er gegen Suzanna empfunden hatte, wandte sich scharf gegen ihn selbst. Er wollte ihr folgen und stieß in der Tür mit der wütenden Amanda zusammen.

„Was hast du ihr angetan?“ Mit beiden Händen schob sie ihn zurück. „Was, zum Teufel, hast du zu ihr gesagt, dass sie dermaßen schluchzt?“

Die Faust, die seinen Magen umkrampft hielt, drückte noch fester zu. „Wohin ist sie gegangen?“

„Du kommst ihr nicht mehr in die Nähe. Wenn ich mir vorstelle, dass ich angefangen habe zu glauben, ich könnte … zum Teufel mit dir, O'Riley!“

„Du kannst nichts zu mir sagen, das schlimmer wäre, als das, was ich bereits von mir denke. Also, wo ist sie?“

„Scher dich zum Teufel.“ Sie knallte die Terrassentür zu und legte den Riegel vor.

Sloan überlegte einen Moment, ob er die Tür eintreten sollte, fluchte und ging zu den Steinstufen auf der Seite des Hauses. Er fand Suzanna. Sie stand auf dem Balkon im ersten Stock und blickte auf die Klippen hinaus. Er hatte gerade den ersten Schritt auf sie zugetan, als Amanda zur Tür herausschoss.

„Du bleibst weg von ihr.“ Amanda legte schützend einen Arm um ihre Schwester. „Dreh dich um und geh! Und bleib nicht stehen, bevor du nicht wieder in Oklahoma bist!“

„Das betrifft dich gar nicht“, sagte Sloan zu ihr, und Suzanna musste Amanda festhalten, die sich sonst auf ihn geworfen hätte.

„Ist schon gut.“ Suzanna drückte Amandas Hand. „Ich muss mit ihm sprechen, Mandy. Allein.“

„Aber …“

„Bitte. Es ist wichtig. Geh hinunter und beende die Vorbereitungen, einverstanden?“

Zögernd wich Amanda zurück. „Wenn du das willst.“ Sie richtete einen vernichtenden Blick auf Sloan. „Sei bloß vorsichtig!“

Als sie allein waren, kämpfte Sloan um die richtigen Worte. „Mrs. Dumont … Suzanna …“

„Wie heißt er?“ fragte sie.

„Wie bitte?“

„Der Junge. Wie er heißt.“

„Ich …“

„Verdammt, wie heißt er?“ Sie wirbelte zu ihm herum. Der Schock war von Zornestränen überwältigt worden. „Er ist der Halbbruder meiner Kinder. Ich will seinen Namen wissen.“

„Kevin. Kevin O’Riley.“

„Wie alt ist er?“

„Sieben.“

Sie wandte sich wieder dem Meer zu und schloss die Augen. Sieben Jahre … Vor sieben Jahren war sie eine junge Braut gewesen, voll von Hoffnung, Träumen und blinder Liebe. „Und Baxter wusste Bescheid? Er wusste, dass sie dieses Kind bekommen hatte?“

„Ja, er wusste es. Zuerst wollte Megan niemandem sagen, wer der Vater war, aber nachdem sie angerufen und mit Ihnen gesprochen hatte … aber sie hat gar nicht mit Ihnen gesprochen, nicht wahr?"

„Nein." Suzanna blickte starr geradeaus. „Vielleicht mit Baxters Mutter."

„Ich möchte mich bei Ihnen entschuldigen."

„Das ist nicht nötig. Hätte das eine meiner Schwestern betroffen, hätte ich mehr als ein paar harte Worte für Sie gehabt." Um sich zu wärmen, umschlang sie ihre Ellbogen mit ihren Händen. „Sprechen Sie weiter."

Sie ist widerstandsfähiger, als sie aussieht, dachte Sloan, doch das erleichterte nicht sein Gewissen. „Nachdem sie angerufen hatte, brach sie zusammen. Danach erzählte sie endlich alles. Wie sie Dumont kennen gelernt hatte, als sie in New York Freunde besuchte. Er war geschäftlich da und führte sie in der Stadt herum. Sie war noch nie zuvor in New York gewesen, und es … und vor allem er selbst beeindruckte sie zutiefst, blendete sie. Sie war wirklich noch ein Kind."

„Siebzehn", murmelte Suzanna.

„Und dazu noch naiv. Nun, das zumindest hat sie sehr schnell verloren." Die Bitterkeit kam wieder durch. „Er servierte ihr den ganzen üblichen Mist von Heirat und dass er nach Oklahoma kommen würde, um ihre Familie kennen zu lernen. Sobald sie erst einmal zu Hause war, meldete er sich nicht mehr bei ihr. Ein- oder zwei Mal ist sie telefonisch zu ihm durchgekommen. Er brachte Entschuldigungen vor und speiste sie mit noch mehr Versprechungen ab. Dann fand sie heraus, dass sie schwanger war."

Er nahm sich zusammen und versuchte, sich nicht daran zu erinnern, wie wütend und ängstlich er gewesen war, als er erfuhr, dass seine kleine Schwester ein Baby bekommen würde.

„Als sie es Baxter sagte, änderte er sehr rasch seine Taktik. Er sagte ein paar ziemlich schreckliche Dinge zu ihr, und sie wurde schnell erwachsen. Zu schnell."

Suzanna verstand das besser, als er wissen konnte. „Es muss entsetzlich schwierig für sie gewesen sein, ein Kind ohne den Vater zu bekommen."

„Sie ist damit zurechtgekommen. Meine Familie ist sehr hilfreich. Sie hat bedingungslos zu ihr gehalten. Nun, das kennen Sie ja auch, Ihre Familie ist genauso."

„Ja."

„Glücklicherweise spielte Geld keine Rolle, sodass sie alle Fürsorge erhielt, die sie und das Baby brauchten. Sie wollte niemals sein Geld, Suzanna."

„Nein. Das verstehe ich auch."

Sloan nickte langsam, als er erkannte, dass Suzanna es tatsächlich verstand. „Und als Kevin geboren wurde … nun, Meg war großartig. Um des Jungen willen versuchte sie, noch einmal Kontakt zu Dumont aufzunehmen, und irgendwann beschloss sie, sich an seine Frau zu wenden. Sie wollte nichts anderes, als dass ihr Sohn ein wenig Kontakt zu seinem Vater hat."

„Verstehe." Suzanna war gefasster, als sie sich zu ihm umdrehte. „Sloan, hätte ich irgendwelchen Einfluss auf Baxter, würde ich ihn einsetzen." Sie hob die Hände und ließ sie wieder sinken. „Aber ich habe keinen, nicht einmal, wenn es um die Kinder geht, die er anerkannt hat."

„Ich glaube, Kevin ist besser so dran, wie die Dinge liegen. Suzanna …" Er fuhr sich mit den Fingern durch seine zerzausten Haare. „Wie, zum Teufel, ist eine Frau wie Sie an einen Mann wie Dumont geraten?"

Sie lächelte ein wenig. „Ich war einmal ein junges, naives Mädchen, das daran glaubte, dass sie noch heute glücklich miteinander leben, wenn sie nicht gestorben sind."

Er wollte ihre Hand ergreifen, war jedoch nicht sicher, ob sie das akzeptieren würde. „Sie haben gesagt, dass Sie keine Entschuldigung möchten, aber ich würde mich wesentlich besser fühlen, wenn Sie trotzdem eine annehmen."

Sie war diejenige, die die Hand ausstreckte. „Das fällt leicht, wenn es sich um ein Familienmitglied handelt. Und ich denke, dass Sie das auf eine sehr seltsame Art sind." Sie drückte ihre freie Hand auf seine verschlungenen Hände. Später, versprach sie sich, würde sie ein paar Momente ganz allein für sich finden, um sich ihrem Kummer hinzugeben und ihn hinter sich zu bringen. „Ich möchte Sie um einen Gefallen bitten. Ich möchte, dass meine Kinder von Kevin erfahren, und sofern es Ihrer Schwester nicht unangenehm ist, möchte ich auch, dass sie sich alle kennen lernen können."

„Wenn ich mich schon einmal irre, dann aber gründlich. Es würde meiner Schwester sehr viel bedeuten."

„Jenny und Alex werden begeistert sein." Sie blickte auf ihre Uhr. „Da wir gerade davon sprechen, sie sind wahrscheinlich schon aus der Schule zurück und treiben Tante Coco zum Wahnsinn. Ich sollte jetzt gehen."

Er blickte die Stufen hinunter zur Terrasse. „Ich auch. Ich muss noch andere Zäune flicken."

Suzanna hob eine Augenbraue. „Viel Glück."

Er hatte das Gefühl, dass er das gebrauchen konnte.

Als Sloan die Terrasse erreichte, war Amanda da und befestigte Luftschlangen, während Lilah träge Luftballons an die Rückenlehne der Stühle band. Ein langer Tisch war bereits mit einem dünnen weißen Tuch bedeckt.

Amanda hörte das Scharren der Absätze von Boots auf Stein und drehte sich um, um ihm einen tödlichen Blick zuzuwerfen. Lilah brauchte keinen zusätzlichen Hinweis.

„Nun ja." Sie tippte einen Luftballon mit einer Fingerspitze an und ließ ihn tanzen. „Ich denke, ich sehe mal nach, ob Tante Coco schon einen von ihren Schokoladenkuchen fertig hat." Als sie an Sloan vorbeiging, blieb sie einen Moment stehen. Im Gegensatz zu Amanda waren ihre Augen kühl, doch ihr Ausdruck war unmissverständlich. „Ich möchte nur ungern glauben, dass ich mich in Ihnen getäuscht habe." Sie ging durch die Terrassentür und schloss sie nach kurzem Zögern, um ihrer Schwester Abgeschiedenheit zu geben.

Amanda wartete nicht mit ihrem Angriff. „Du hast vielleicht Nerven, oder vielleicht bist du einfach blöde, dass du nach allem, was du getan hast, dein Gesicht noch hier zeigst, Sloan!"

„Du hast überhaupt keine Ahnung, worum es geht. Suzanna und ich haben alles geklärt."

„Ach ja, denkst du?" Bereit zum Gefecht, knallte Amanda einen Stapel hübscher rosa und silberner Teller auf den Tisch und begann sie zu verteilen. „Noch lange nicht. Erst vor ein paar Stunden hast du mich fast davon überzeugt, dass du ein Mann bist, der mir etwas bedeuten könnte, und dann komme ich nach Hause und sehe, dass meine Schwester vor dir wegläuft und am Boden zerstört ist. Ich will wissen, was du ihr angetan hast!"

„Ich war falsch informiert. Und das tut mir Leid."

„Das reicht nicht aus."

Seine eigenen Emotionen waren ein wenig zu sehr aufgewühlt, als dass er auf Vernunft besonderen Wert gelegt hätte. „Nun, das muss aber ausreichen. Wenn du mehr wissen willst, musst du Suzanna fragen."

„Ich frage dich."

„Und ich sage dir, dass es nur sie und mich etwas angeht, was sich zwischen uns abgespielt hat. Es hat wirklich absolut nichts mit dir zu tun."

„Und genau da irrst du dich." Amanda kam über die Terrasse, bis sie dicht vor ihm stand. „Legst du dich mit einer Calhoun an, hast du es mit allen zu tun. Ich muss vielleicht bis nach der Hochzeit warten, um mit dir abzurechnen, weil du Trauzeuge sein sollst. Aber wenn das vorüber ist, werde ich dafür sorgen, dass du dorthin verschwindest, wo du hergekommen bist."

Sloans Geduldsfaden riss, er packte sie an den Aufschlägen. „Ich habe dir schon mal gesagt, dass ich zu Ende bringe, was ich einmal angefangen habe."

„Du bist bereits am Ende, O'Riley. The Towers braucht dich nicht, und ich auch nicht."

Er wollte ihr gerade das Gegenteil beweisen, als Trent die Terrassentür öffnete. Trent warf einen Blick auf seinen Freund und seine zukünftige Schwägerin, die versuchten, einander mit Blicken zu erdolchen, und räusperte sich.

„Sieht so aus, als müsste ich mein Timing verbessern."

„Dein Timing ist perfekt." Amanda stieß Sloan ihren Ellbogen in den Magen, ehe sie zurückwich. „Männer haben heute Abend bei uns nichts zu suchen. Nimm doch diesen Mistkerl, den du uns aufs Auge gedrückt hast, und unternehmt etwas Männliches." Sie stürmte an Trent vorbei und verschwand im Haus.

„Nun ja." Trent stieß einen langen Seufzer aus. „Ich glaube, ich habe das Calhoun-Temperament nicht erwähnt, als ich dich bat, diesen Job zu übernehmen."

„Nein, das hast du nicht." Sloan betrachtete finster die Tür, hinter der Amanda verschwunden war, während er sich die Magengrube rieb. „Gibt es irgendwo in dieser Stadt eine dunkle, laute Bar?"

„Wir könnten bestimmt eine finden."

„Gut. Gehen wir und betrinken wir uns."

Sloan fand die Bar, und er fand eine Flasche. Er lehnte sich auf einer Eckbank zurück und zischte durch die Zähne, als der Whisky in seinem Hals brannte.

Beim ersten und beim zweiten Drink erzählte er Trent von seinem Streit mit Suzanna.

„Baxter Dumont ist Kevins Vater? Das hast du mir nie gesagt."

„Ich habe Meg mein Wort gegeben, es niemandem zu sagen. Nicht einmal unsere Angehörigen wissen es."

Trent schwieg einen Moment und nippte nachdenklich an seinem Sodawasser. „Man kann sich nur schwer vorstellen, dass ein solch selbstsüchtiger Kerl drei so großartige Kinder in die Welt gesetzt hat."

„Das ist wirklich ein Rätsel." Sloan bestellte per Handzeichen noch eine Runde. „Und ich marschiere los und feuere aus allen Rohren auf Suzanna!" Er fluchte. „Verdammt, Trent, ich werde nie vergessen, wie sie ausgesehen hat, als ich auf sie losging."

„Sie wird damit fertig. Nach allem, was C. C. mir erzählt hat, ist sie schon mit Schlimmerem fertig geworden."

„Ja, vielleicht. Vielleicht. Aber es macht mir keinen Spaß, Frauen klein zu machen. Nachdem Amanda mit mir fertig war, habe ich mich wie etwas gefühlt, das man von der Schuhsohle abkratzt."

„Diese Frauen halten zusammen."

„Allerdings." Mit finsterer Miene nahm Sloan noch einen Schluck. „Wie Pech und Schwefel."

„Warum hast du es ihr nicht erklärt?"

Sloan zuckte die Schultern und kippte noch mehr Whisky in sich hinein. Auch er hatte seinen Stolz. „Es ging sie nichts an."

„Mir hast du es gerade erklärt."

„Das ist was anderes."

„Na schön. Willst du eine Brezel dazu haben?"

„Nein."

Sie saßen eine Weile schweigend da, nippten an ihren Drinks, zwei total unterschiedliche Männer. Der eine in ausgebeulten Jeans, der andere in einer maßgeschneiderten Flanellhose. Der eine bequem hingelümmelt, der andere aufrecht.

Beide kamen aus einem Hintergrund mit Geld – Trent aus dem Immobiliensektor, Sloan aus dem Ölgeschäft, doch ihr Background und ihre Familien waren entgegengesetzt.

Trent hatte erste Erfahrungen mit wirklichem Familienzusammenhalt erst bei den Calhouns gesammelt, Sloan hatte ihn immer gekannt.

Sie hatten fast nichts gemeinsam, und doch waren sie in ihrem ersten Semester am College sofort Freunde geworden und waren es seither mehr als zehn Jahre lang geblieben.

Weil er Mitleid mit sich selbst hatte, genoss Sloan das Gefühl, allmählich betrunken zu werden. Weil er die Symptome erkannte, blieb Trent peinlichst nüchtern.

Beim nächsten Drink betrachtete Sloan seinen Freund. „Wann hast du angefangen, Basketballschuhe zu tragen?“

Trent blickte auf seine Füße hinunter und grinste vor sich hin. Sie waren ein viel sagendes Symbol dafür, wie eine heißblütige Frau sein Leben verändert hatte. „Das sind keine Basketballschuhe, das sind Laufschuhe.“

„Wo ist da der Unterschied?“ Sloan zog die Augenbrauen zusammen. „Und du trägst keine Krawatte. Wie kommt es, dass du keine Krawatte trägst?“

„Weil ich verliebt bin.“

„Ja.“ Mit einem knappen Fluch lehnte Sloan sich zurück. „Siehst du, was die Liebe aus einem macht? Sie macht einen verrückt.“

„Du hasst Krawatten.“

„Genau. Diese verdammte Frau treibt mich zum Wahnsinn, seit ich sie zum ersten Mal gesehen habe.“

„C. C.?“

„Nein, verdammt. Wir sprechen von Amanda.“

„Richtig.“ Trent lehnte sich lächelnd zurück. „Nun ja, irgendeine Frau treibt dich immer zum Wahnsinn. Ich habe noch nie jemanden kennen gelernt mit einer …

bewunderungswürdigeren Zuneigung zum schwachen Geschlecht."

„Schwach, von wegen. Zuerst knallt sie in mich hinein, dann befördert sie mich auf meinen Hintern. Ich kann kaum zwei Worte sagen, ohne dass sie auf mich losgeht." Nachdem er noch einen Drink bestellt hatte, beugte er sich über den Tisch. „Du kennst mich seit zehn Jahren. Sogar länger. Würdest du nicht sagen, dass ich ein freundlicher, ausgeglichener und liebenswerter Mann war?"

„Absolut." Trent grinste. „Ausgenommen, wenn du es nicht warst."

Sloan schlug mit der Hand auf den Tisch. „Da hast du es." Er nickte und holte eine Zigarre hervor. „Also, was zum Teufel stimmt nicht mit ihr?"

„Sag du es mir."

„Ich sage es dir." Er stocherte mit der Zigarre vor Trents Gesicht herum. „Sie hat das Temperament des Teufels und die Sturheit eines Mulis noch dazu. Wenn mal ein Mann seinen Blick von ihren Beinen abwenden kann, fällt das sofort auf." Er griff nach dem neuen Whisky und starrte finster ins Glas. Todsicher hat sie erstklassige Beine."

„Das habe ich bemerkt. Das liegt in der Familie."

Als Sloan noch mehr Alkohol in sich hineinschüttete, zuckte Trent zusammen. „Werde ich dich heimtragen müssen?"

„Höchstwahrscheinlich." Er ließ den Whisky seine Kehle herunterrinnen. „Warum willst du dich denn eigentlich verheiraten, Trent? Wir beide wären besser dran, wenn wir von hier abhauten."

„Weil ich sie liebe."

„Ja." Seufzend stieß Sloan träge den Rauch aus. „So kriegen sie einen. Sie wickeln einen völlig ein, bis man nicht mehr gerade denken kann. Ich habe immer gedacht, Frauen wären ein Geschenk des Himmels, aber jetzt weiß ich es besser. Sie sind nur aus einem einzigen Grund auf der Welt ... damit sie einem Mann das Leben zur Hölle machen." Er kniff die Augen zusammen, während er Trent betrachtete. „Hast du gesehen, wie sich ihr Rock schwingt, wenn sie geht – besonders wenn sie es eilig hat, und sie hat es immer eilig?"

Leise lachend hob Trent erneut sein Glas. „Darauf verweigere ich jegliche Aussage."

„Und wie flott sich ihre Haare bewegen, wenn sie einen anschreit. Ihr Blick wird dann ganz scharf. Dann packst du sie, um sie zum Schweigen zu bringen, und ... ach, du lieber Himmel!" Er kippte noch einen Whisky, doch das löschte nicht das Feuer. „Bist du jemals gestolpert und in einen elektrischen Zaun gefallen?"

„Kann ich nicht von mir behaupten."

„Das brennt", murmelte Sloan. „Brennt wie Feuer und legt dich für einen Moment auf die Matte. Wenn du wieder zu dir kommst, bist du wie taub und zitterig."

Vorsichtig stellte Trent sein Glas ab, beugte sich vor und betrachtete seinen Freund genauer. „Sloan, führt das dahin, wohin ich denke, oder bist du einfach betrunken?"

„Nicht betrunken genug." Verärgert schob er das Glas beiseite. „Ich habe keine einzige Nacht mehr anständig geschlafen, seit ich sie zum ersten Mal gesehen habe. Und seit ich sie gesehen habe, kommt es mir so vor, als hätte es nie eine andere gegeben. Und als würde es nie eine andere mehr geben." Die Ellbogen auf den Tisch gestützt, rieb er sich mit den Händen über das Gesicht. „Ich bin irrsinnig verliebt in sie, Trent, und könnte ich sie jetzt in die Finger kriegen, würde ich sie erwürgen."

„Calhoun-Frauen haben ein Talent dafür, solche zarten Gefühle hervorzurufen." Er grinste Sloan zu. „Willkommen im Club."

Es regnete den ganzen Tag, sodass ich nicht zu den Klippen gehen konnte, um Christian zu sehen. Fast den ganzen Vormittag spielte ich mit den Kindern, damit sie nicht darüber klagten, dass sie im Haus bleiben mussten.

Sie jammerten natürlich, aber Nanny lenkte sie mit Plätzchen ab. Selbst den Jungs gefiel die Teeparty, die wir mit Colleens kleinen Porzellantassen veranstalteten. Für mich war es einer jener süßen, ganz besonderen Tage, an die eine Mutter sich immer erinnert – daran, wie ihre Kinder lachen, was für komische Fragen sie stellen, wie sie ihre Köpfe in deinen Schoß legen und schlafen, wenn sie müde werden.

Die Erinnerung an diesen einen Tag ist für mich so wertvoll wie an alle, die ich davor erlebt habe oder noch erleben werde. Die Kinder werden nicht mehr lange meine Babys sein. Colleen spricht schon von Ballveranstaltungen und Kleidern.

Ich frage mich, wie mein Leben wäre, könnte es Christian sein, der in den Salon hereinkommt. Er würde nicht geistesabwesend nicken, während er die Karaffe mit Brandy öffnet. Er würde nicht vergessen, sich nach den Kindern zu erkundigen.

Nein, mein Christian würde zuerst zu mir kommen und mir die Hände entgegenstrecken, während ich aufstehe, um ihn zu küssen. Er würde lachen, wie ich ihn während unserer gestohlenen Stunden auf den Klippen lachen höre.

Und ich wäre glücklich. Ohne diesen bittersüßen Schmerz in meinem Herzen. Ohne diese Schuldgefühle. Dann müsste ich nicht die Ruhe und Einsamkeit meines Turms suchen oder alleine dasitzen und dem grauen Regen zusehen, während ich meine Träume in dieses Buch schreibe.

Ich würde meine Träume erleben.

Aber es ist alles nur Phantasie, genau wie die Geschichten, die ich den Kindern vor dem Schlafengehen erzähle. Ein Märchen, in dem sie alle immer glücklich sind, die schmucken Prinzen und die schönen Mädchen.

Mein Leben ist kein Märchen. Aber vielleicht wird eines Tages irgendjemand diese Seiten aufschlagen und meine Geschichte lesen.

Ich hoffe, diese Menschen werden ein freundliches und großzügiges Herz haben und mich nicht wegen der Untreue meinem Ehemann gegenüber verdammen, den ich nie geliebt habe, sondern sich mit mir freuen über diese wenigen kurzen Stunden mit einem Mann, den ich sogar bis über den Tod hinaus lieben werde.

7. KAPITEL

Sloans Kopf war mit winzig kleinen Männchen angefüllt, die mit Hämmern gegen die Wand schlugen. Um sie zur Ruhe zu bringen, versuchte er sich umzudrehen.

Eindeutig ein Fehler.

Das erkannte er, als auf die leichte Bewegung hin ein ganzes Orchester mit Pauken und Trompeten losdonnerte.

Sehr, sehr vorsichtig zog er ein Kissen über sein Gesicht in der Hoffnung, damit das Dröhnen zu ersticken – oder wenn das nicht klappte, sich selbst.

Das Hämmern ging jedoch weiter, bis ihm seine leidenden Sinnesorgane mitteilten, dass es die Tür war und nicht nur sein Kater.

Ergeben taumelte er aus dem Bett und war bloß dankbar dafür, dass niemand da war, der ihn jammern hörte. Während die Pauken in seinen Schläfen tobten, ließ er die Luft zwischen der Schlaf- und der Wohnzimmertür unter seinen Verwünschungen erglühen.

Als er die Tür aufriss, warf Amanda einen Blick auf ihn und bemerkte die blutunterlaufenen Augen, die Bartstoppeln und die schmerzlich verzogenen Lippen. Er trug die am Bund geöffnete Jeans, in der er eingeschlafen war, und sonst nichts.

„Na ja", bemerkte sie steif, „du siehst aus, als hättest du es dir letzte Nacht wirklich gut gehen lassen."

Und dabei sah sie so ordentlich und makellos aus wie ein frisch gestärktes Hemd. Seiner Überzeugung nach war das Grund genug, einen Mord zu begehen. „Wenn du zu mir heraufgekommen bist, um mir den Tag zu verderben, bist du zu spät dran." Er wollte die Tür zuschlagen, aber Amanda hielt sie offen und trat ein.

„Ich muss dir etwas sagen."

„Das hast du bereits getan." Er bereute es auf der Stelle, dass er sich scharf abwandte. Als sein Kopf gemein hämmerte, gelobte er sich, den letzten Rest an Würde aufrechtzuerhalten. Nein, er wollte weggehen, nicht wegkriechen.

Weil er so jämmerlich aussah, beschloss sie, ihm zu helfen. „Ich nehme an, du fühlst dich ziemlich elend."

„Elend?" Er zog die Augen zu einem Strich zusammen. „Nein, ich fühle mich blendend. Einfach blendend. Kater sind der einzige Grund, warum ich auf der Welt bin."

„Was du brauchst, ist eine kalte Dusche, ein paar Kopfschmerztabletten und ein anständiges Frühstück."

Nachdem er einen unartikulierten Laut von sich gegeben hatte, tastete er sich in sein Schlafzimmer. „Calhoun, du begibst dich auf ein gefährliches Gebiet."

„Ich störe dich nicht lange." Entschlossen, ihre Mission auszuführen, folgte sie ihm. „Ich will nur mit dir reden, und zwar über ..." Sie brach ab, als er ihr die Badezimmertür vor der Nase zuknallte. „Na ja." Sie stieß den Atem aus und stützte die Hände in die Hüften.

Im Bad zog Sloan seine Jeans aus und stieg unter die Dusche. Mit einer Hand stützte er sich an den Kacheln ab, als er das kalte Wasser voll aufdrehte.

Sein knapper, wilder Fluch prallte von den Wänden ab und das Echo krachte mit voller Wucht gegen seinen Schädel.

Dennoch war er etwas fester auf den Beinen, als er aus der Dusche trat. Er kämpfte mit dem Verschluss des Kopfschmerztablettenfläschchens und schluckte schließlich drei Stück.

Der Kater war zwar nicht vergangen, aber jetzt war Sloan wenigstens so weit wach, dass er ihn richtig genießen konnte. Er schlang ein Handtuch um seine Taille und ging in das Wohnzimmer zurück.

Er hatte gedacht, Amanda hätte die Botschaft verstanden, aber da stand sie, über sein Zeichenbrett gebeugt, eine Brille auf der Nase.

Außerdem räumte sie auf, wie er feststellte, leerte Aschenbecher, stapelte Tassen auf einem Tablett und hob fallen gelassene Kleidungsstücke auf. Genaugenommen hatte sie ihre Hände voll mit seinen Kleidern, während sie seine Zeichnungen studierte.

„Was, zum Teufel, machst du da?“

Sie blickte auf, und weil sie entschlossen war, fröhlich zu sein, lächelte sie. „Ach, da bist du ja wieder.“ Sein Anblick mit nichts an als einem feuchten Handtuch sorgte dafür, dass sie vorsichtshalber ihre Augen ausschließlich auf sein Gesicht richtete. „Ich habe nur eben einen Blick auf deine Arbeit geworfen.“

„Das habe ich nicht gemeint. Ich habe gemeint, wie kommst du dazu, hinter mir herzuräumen? Es gehört nicht zu deinem Job, hier bei mir im Zimmer das Hausmütterchen zu spielen.“

„Ich dachte, dass du nicht in einem Schweinestall arbeiten kannst“, schoss sie zurück. Also habe ich ein wenig aufgeräumt, während du nicht hier warst.“

„Ich arbeite gern in einem Schweinestall. Andernfalls hätte ich das verdammte Zeug schon selbst aufgehoben.“

„Fein!" Wütend schleuderte sie seine Kleider in die Luft, sodass sie sich über den Fußboden verteilten. „Besser so?"

Langsam zog er das T-Shirt weg, das auf seinem Kopf gelandet war. „Calhoun, weißt du, was noch gefährlicher ist als ein Mann mit einem Kater?"

„Nein."

„Nichts." Er tat einen Schritt auf sie zu, als es wieder an der Tür klopfte.

„Das ist dein Frühstück." Amandas Stimme klang knapp, als sie zur Tür ging. „Ich habe dafür gesorgt, dass sie sich damit beeilen."

Besiegt sank Sloan auf die Couch und stützte den Kopf in seine Hände, sodass er ihn leicht hätte auffangen können, falls er abfiel. „Ich will kein verdammtes Frühstück."

„Nun, du wirst es essen, und du wirst mit diesem Selbstmitleid aufhören." Sie unterschrieb die Rechnung, übernahm dann das Tablett und stellte es auf den Tisch vor ihm. „Vollweizentoast, schwarzer Kaffee und eine Virgin Mary, sehr scharf gemacht. Das wird deinem Magen helfen."

„Eine Vollnarkose würde meinem Magen helfen." Dennoch griff er nach dem Kaffee.

Mit dem guten Anfang zufrieden, nahm Amanda ihre Brille ab und schob sie in ihre Tasche. Er sah tatsächlich Mitleid erregend aus. Die nassen Haare hingen ihm tropfend ins Gesicht. Sie verspürte das heftige Verlangen, sich neben ihn zu knien und diese feuchten Strähnen zurückzuschieben. Aber er hätte ihr möglicherweise die Hand abgebissen, und sie verspürte ein ebenso heftiges Verlangen zu überleben.

„Trent hat erwähnt, dass du in der letzten Nacht ganz schön viel getrunken hast."

Nachdem er den gewürzten Tomatensaft gekostet hatte, betrachtete Sloan sie mit zusammengekniffenen Augen. „Und darum bist du hierher gekommen, um einen persönlichen Blick auf den Morgen danach zu werfen."

„Nicht direkt." Nervös spielte sie zuerst mit ihrem Namensschild, danach mit dem obersten Knopf ihrer Jacke. „Ich dachte, da es meine Schuld war, dass du in diesen Zustand geraten bist, sollte ich …"

„Moment! Wenn ich mich betrinke, dann kommt es daher, dass meine Hand zur Flasche greift."

„Ja, aber …"

„Ich will dein Mitgefühl und dein schlechtes Gewissen genauso wenig wie deine Dienste als Zimmermädchen, Calhoun."

„Fein." Stolz und Zorn kämpften miteinander. Der Stolz gewann. „Ich bin heute Morgen bloß vorbeigekommen, um mich bei dir zu entschuldigen."

Er biss ein Stück Toast ab. Es besänftigte seinen aufgewühlten Magen. „Wofür?"

„Für das, was ich gesagt habe und wie ich mich gestern aufgeführt habe."

Unfähig, noch länger stillzustehen, ging Amanda ans Fenster und zog die Jalousien hoch, ohne sich um Sloans schmerzliches Zischen zu kümmern. „Obwohl ich finde, dass ich mich absolut gerechtfertigt verhalten habe. Immerhin wusste ich nur, dass du etwas gesagt hattest, das Suzanna böse verletzt hat."

In ihrem Blick schimmerte jedoch Bedauern, als sie sich wieder zu Sloan umwandte. „Als Suzanna mir von deiner Schwester erzählte und von Bax, wurde mir klar, was du empfunden haben musst. Verdammt, Sloan, du hättest es mir selbst erzählen können."

„Vielleicht. Vielleicht hättest du mir aber auch vertrauen können."

Sie holte wieder ihre Brille hervor und spielte mit den Bügeln, um ihre Hände zu beschäftigen. „Es ging eigentlich gar nicht um Vertrauen, sondern um einen automatischen Reflex. Du weißt nicht, was Suzanna durchgemacht hat und wie tief sie verletzt wurde. Oder wenn du es wegen deiner Schwester weißt, dann solltest du verstehen, wieso ich es nicht ertragen konnte, sie wieder so verletzt zu sehen." Sie steckte die Brille weg. Als sie ihn ansah, waren ihre Augen feucht. „Und es war dadurch schlimmer, dass ich Gefühle für dich entwickle."

Wenn es etwas gab, wogegen Sloan keine Abwehr besaß, dann waren es Tränen. Um sie aufzuhalten und ebenso, um Frieden zu schließen, stand er auf und ergriff ihre Hände. „Ich habe gestern auch mein Teil an Fehlern begangen." Lächelnd streichelte er mit ihrer Hand über seine Wange. Es fühlte sich gut an, verdammt gut. „Ich vermute, dir fällt das Entschuldigen genauso schwer wie mir."

„Wenn du meinst, dass es sich so anfühlt, als würde man irgendetwas herunterwürgen, dann hast du recht."

„Warum rufen wir dann nicht ein Unentschieden aus?" Als er jedoch den Kopf senkte, um sie zu küssen, wich sie zurück.

„Ich muss wirklich eine Weile über alles vernünftig nachdenken."

Er ergriff wieder ihre Hand. „Und ich muss wirklich eine Weile Liebe mit dir machen."

Ihr Herz machte einen Satz in ihrer Kehle. Wie kam er für jemanden, der sich so langsam bewegte, so schnell von einem Punkt zum nächsten? „Ich bin … äh … im Dienst. Ich habe bereits meine Pause überzogen, und Stenerson …"

„Ich könnte ihn doch anrufen." Noch immer lächelnd, begann er, ihre Finger zu küssen. Der Kater war zu einem dumpfen Ziehen zusammengeschrumpft, bei weitem nicht so bemerkenswert wie ein anderes angenehmeres Ziehen in seiner Magengrube. „Ich könnte ihm sagen, dass ich die Assistentin des Managers für ein paar Stunden brauche."

„Ich denke …"

„Jetzt fängst du schon wieder damit an", murmelte er und berührte ihre Lippen leicht mit den seinen.

„Nein, wirklich, ich muss …" Ihre Gedanken verschleierten sich, als er seine Lippen über ihren Hals hinuntergleiten ließ. „Ich muss wirklich an meinen Schreibtisch zurück. Und ich …" Sie holte tief und schaudernd Luft. „Ich muss sicher sein." Um das nackte Überleben kämpfend, wich sie zurück. „Ich möchte wissen, was ich tue."

Sloan presste seine Hand auf den brennenden Magen. Das Gefühl war ihm schon vertraut, und er würde wohl noch eine Weile damit leben müssen.

„Ich sage dir etwas, Calhoun. Du denkst darüber nach, und denk gut nach, und zwar bis nach der Hochzeit. Wie wir ja schon gesagt haben." Bevor sie sich entspannen konnte, legte er seine Hand fest an ihr Kinn. „Und wenn du nach der Hochzeit nicht zu mir kommst, solltest du lieber sehr schnell laufen."

Die tiefe Falte erschien zwischen ihren Augenbrauen. „Das klingt wie ein Ultimatum."

„Nein, das ist eine Tatsache. An deiner Stelle würde ich jetzt durch diese Tür verschwinden, solange du dazu noch eine Chance hast."

Die Würde in Person, ging sie zur Tür, wo sie sich mit einem Lächeln umdrehte, das ihm eine Warnung hätte sein sollen. „Lass dir dein Frühstück schmecken", sagte sie und donnerte die Tür mit voller Kraft zu.

Sie konnte ihn förmlich vor sich sehen, wie er sich seinen angeschlagenen Kopf hielt.

„Ich hätte nicht gedacht, dass ich nervös sein würde." C. C. betrachtete aufgeregt das Hochzeitskleid aus schneeweißer Seide und Spitze, das zum Anziehen bereit an ihrer Schranktür hing. „Vielleicht wäre es besser, wenn ich ganz normale Sachen anziehe."

„Mach dich nicht lächerlich. Und hör auf herumzurutschen." Amanda beugte sich näher zu ihrer Schwester, um etwas mehr Rouge auf ihren Wangen aufzutragen. „Du sollst doch nervös sein."

„Warum?" Zornig auf sich selbst, presste C. C. eine Hand auf ihren flatternden Magen. „Ich liebe Trent und möchte ihn heiraten. Warum sollte ich jetzt nervös sein, wo es soweit ist?" Sie blickte wieder auf ihr Kleid und schluckte. „In weniger als einer Stunde."

Amanda lächelte breit. „Vielleicht sollte ich Tante Coco rufen, damit sie dir einen Schnellkursus über die Bienchen und die Blüten gibt."

„Sehr witzig." Doch die Vorstellung amüsierte C. C. zumindest so sehr, dass sie lächeln konnte. „Wann kommt Suzanna wieder?"

„Ich sagte doch schon, sobald sie die Kinder angezogen hat. Jenny mag ja die Aussicht gefallen, ein Blumenmädchen zu sein, aber Alex ist nur ein sehr widerstrebender Ringträger. Lieber würde er eine Maschinenpistole auf einem Satinkissen zum Altar tragen. Und bevor du noch einmal fragst, Lilah ist unten und sorgt dafür, dass alle Details in letzter Minute reibungslos ablaufen. Obwohl ich nicht begreife, wieso wir auf die Idee verfallen sind, wir könnten ihr vertrauen."

„Sie wird schon zurechtkommen. Sie macht sich immer gut, wenn etwas wichtig ist." C. C. legte ihre Hand auf Amandas Finger. „Und es ist wichtig, Mandy."

„Ich weiß, Süße. Es ist der wichtigste Tag in deinem Leben." Mit verschleiertem Blick lehnte sie ihre Wange gegen C. C.s Wange. „Ach, irgendwie habe ich das Gefühl, ich sollte etwas Tiefschürfenderes von mir geben, aber ich kann nur sagen, sei glücklich."

„Das werde ich sein, und es ist auch nicht so, als würde ich wirklich weggehen. Wir werden die meiste Zeit hier leben, ausgenommen wenn wir … wenn wir in Boston sind." Es schnürte ihr die Kehle zu.

„Fang bloß nicht an", warnte Amanda. „Ich meine es ernst. Nach den ganzen Verschönerungsarbeiten wirst du nicht mit roten Augen und laufender Nase in den Garten hinausgehen." Sie putzte sich ihre eigene Nase und trat zurück. „So, und jetzt helfe ich dir beim Anziehen."

Als Suzanna kurze Zeit später hereinkam, an jeder Hand ein Kind, musste sie mit Tränen kämpfen. „Oh, C. C., du siehst wunderbar aus."

„Findest du wirklich?" Hektisch zupfte die Braut an der Spitze, die sich um ihren Hals schmiegte. Das Kleid fiel schmal und war elegant schlicht mit einem Hauch von Spitze am Hals und einem weiteren Hauch am Saum. „Vielleicht hätte ich etwas weniger Formelles auswählen sollen."

„Nein, es ist perfekt." Suzannas eigenes Kleid raschelte, als sie sich zu ihrem Sohn herunterbeugte. „Alex, steh bitte fünf Minuten lang still."

Er probierte das geringschätzige Grinsen aus, das er vor dem Spiegel einstudiert hatte. „Ich hasse den Kummerbund."

„Ich weiß, aber wenn du nicht willst, dass ich ihn dir um den Mund wickle, wirst du stillstehen." Sie kniff ihm liebevoll in die Nase und richtete sich auf. „Ich habe etwas für dich." Sie reichte C. C. eine kleine Schatulle. Darin lag ein einzelner tropfenförmiger Saphir an einer goldenen Gliederkette.

„Mamas Halskette", flüsterte C. C. atemlos.

„Tante Coco gab sie mir, als ich ... an meinem Hochzeitstag." Suzanna nahm die Kette heraus, um sie ihrer Schwester umzulegen. „Ich will, dass du sie an deinem Hochzeitstag trägst."

C. C. hob eine Hand und schloss ihre Finger um den Stein. „Jetzt bin ich nicht mehr nervös."

„Das ist mein Stichwort zum Ausbruch von Panik." Amanda hatte Angst, mehr zu sagen, und gab ihr einen raschen Kuss. „Ich laufe nach unten und überzeuge mich davon, dass alles nach Plan klappt."

„Mandy ..."

Amanda lächelte über ihre Schulter zurück. „Ja, ich schicke Lilah herauf." Sie ging hinaus und hastete die Treppe hinunter, während sie in Gedanken ihre Pflichten durchging.

Amanda nahm sich einen Moment Zeit, blieb vor dem Spiegel in der Halle stehen und ordnete die Myrte in ihrem Haar.

„Du siehst großartig aus." Sie wandte ihren Blick herum und entdeckte Sloan. „Einfach großartig."

„Danke." Sie standen einander einen Moment befangen gegenüber. Ein Mann in einem Smoking und eine Frau in einem wadenlangen Kleid von der Farbe reifer Pfirsiche. „Ich … äh … wo ist Trent?"

„Er musste ein paar Minuten allein sein. Sein Vater hat ihm einige Ratschläge erteilt." Sloan entspannte sich langsam und lächelte. „Wenn ein Mann so oft verheiratet war wie Mr. St. James, gelangt er zu einigen überaus interessanten Ansichten." Der Ausdruck auf Amandas Gesicht brachte ihn zum Lachen. „Keine Sorge, ich habe den Senior zusammen mit einem Glas Champagner und Coco ins Freie befördert. Die beiden scheinen alte Freunde zu sein."

„Ich glaube, sie hat ihn vor langer Zeit kennen gelernt." Als Sloan einen Schritt auf sie zu machte, begann sie hastig zu sprechen. „Du siehst großartig aus. Ich hatte nicht erwartet, dass du in einem Smoking gut aussehen würdest." Noch bevor er aufgehört hatte zu lachen, redete sie schon weiter. „Ich habe gemeint, ich hätte nicht gedacht, dass er dir passt. Ich habe gemeint …"

„Du bist entzückend, wenn du verlegen bist."

Endlich lächelte sie ihn an. Soweit sie sich erinnern konnte, war er der einzige Mensch, der jemals behauptet hatte, sie wäre entzückend. „Ich muss jetzt wirklich gehen." Und zwar bevor sie dem Drang nachgab, mit seiner Fliege herumzuspielen oder irgendetwas Rührseliges zu machen. „Ich muss mich um die Gäste kümmern."

„Fast alle sind schon im Garten."

„Der Fotograf."

„Alles bereit."

„Der Champagner."

„Auf Eis." Er tat den letzten Schritt auf sie zu und hob ihr Kinn mit einer Fingerspitze an. „Hochzeiten machen dich nervös, Calhoun?"

„Diese hier schon."

„Reservierst du mir einen Tanz?"

„Natürlich."

Er spielte mit den Myrtenzweigen in ihrem Haar. „Und später?"

„Ich …"

„C. C. ist fertig!" rief Alex von oben herunter. „Bringen wir die dumme Sache hinter uns!"

Lachend küsste Sloan Amandas Finger. „Keine Sorge, ich kümmere mich darum, dass der Bräutigam an Ort und Stelle ist."

„Also gut, und … verdammt!" Sie fluchte und griff dann nach dem klingelnden Telefon. „Hallo? Oh, William, ich kann jetzt wirklich nicht sprechen. Wir fangen gleich mit der Hochzeit an … Morgen?" Sie hob zerstreut ihre Hand zu ihren Haaren. „Nein, natürlich. Hmmm … . ja, das passt. Am Nachmittag wäre es am besten … Drei Uhr? Ich sehe Sie dann." Als sie sich umdrehte, sah sie, dass Sloan sie mit seinen kühlen, abschätzenden grünen Augen betrachtete.

„Du gehst ein großes Risiko ein, Calhoun."

„Das war eben nicht so, wie es klang." Sie ertappte sich dabei, dass sie es erklären wollte, und runzelte die Stirn. „Was meinst du mit ‚Risiko'?"

„Das sollten wir besser später diskutieren. Wir müssen jetzt eine Hochzeit ins Rollen bringen."

„Du hast absolut recht." Sie gingen in entgegengesetzte Richtungen.

Kurz darauf schritten Suzanna, dann Lilah, danach Amanda, gefolgt von einer strahlenden Jenny und einem durch und durch verlegenen Alex, den Gartenweg entlang.

Sie nahmen ihre Plätze ein, wobei Amanda sich bemühte, nicht in Sloans Richtung zu blicken. Dann aber vergaß sie alles andere, als C. C. nach vorne schritt, einen hauchdünnen Schleier über dem Haar. An ihrer Seite hielt Coco ihren Arm, bereit, ihre jüngste Nichte dem Bräutigam zuzuführen – in Tränen aufgelöst.

Amanda sah zu, wie ihre Schwester unter der Laube aus zart duftenden Glyzinien heiratete. Durch einen Schleier von Tränen beobachtete sie, wie der Mann, der jetzt ihr Schwager war, den Smaragdreif auf C. C.s Finger schob. Der Blick, den die beiden austauschten, sprach beredter von gegenseitigen Versprechungen als irgendein Gelöbnis. Ihre Hände mit denen ihrer Schwestern verschlungen, sah sie, wie C. C. ihr Gesicht dem von Trent näherte, als sie ihren ersten Kuss als Mann und Frau tauschten.

„Ist es endlich vorbei?" wollte Alex wissen.

„Nein", hörte Amanda sich selbst sagen, während ihr Blick zu Sloan wanderte. „Es fängt jetzt erst an."

„Schöne Hochzeit!"

Nachdem Amanda von Trents Vater gründlich geküsst worden war, gelang ihr ein zustimmendes Nicken.

„Trent hat mir erzählt, dass Sie den größten Teil der Organisation übernommen haben."

„Ich bin gut, was Details angeht", erwiderte sie und bot ihm einen Teller für das Büfett an.

„Das habe ich gehört." St. James, schlank, gebräunt und überschwänglich, lächelte sie an. „Ich habe auch gehört, dass alle Calhoun-Schwestern hübsch sind. Das kann ich jetzt voll und ganz bestätigen."

Elegant, charmant und immer für einen Flirt zu haben, dachte Amanda und erwiderte sein Lächeln, während sie alle erdenklichen Köstlichkeiten auf seinen Teller häufte. „Wir freuen uns, Sie in der Familie willkommen heißen zu können."

„Ist schon merkwürdig, wie sich alles entwickelt hat", meinte er. „Vor einem Jahr habe ich von meinem Boot aus zu diesem Haus heraufgesehen. Ich musste es einfach haben. Und jetzt ist es nicht nur teilweise zu einem Stück meiner Firma geworden, sondern auch zu einem Teil meiner Familie." Er blickte zu Trent und C. C., die auf der Terrasse tanzten. „Sie hat ihn glücklich gemacht", sagte er ruhig. „Ich selbst hatte diesbezüglich nie eine gute Hand." Mit einem vagen Schulterzucken schob er den Gedanken beiseite. „Möchten Sie tanzen?"

„Sehr gern."

Sie hatten kaum drei Schritte auf der Tanzfläche getan, als Sloan Tante Coco herumschwenkte und nahtlos die Partnerinnen tauschte.

„Du hättest wenigstens fragen können", murmelte Amanda, als er seine Arme um sie legte.

„Das habe ich schon vorher getan. Außerdem wird sie mit ihm so flirten, wie er das möchte, anstatt ihn wie einen entfernten Verwandten zu behandeln."

„Er ist ein entfernter Verwandter." Amanda warf einen Blick hinüber und bemerkte, dass Coco den eleganten St. James bereits zum Lachen brachte. „Ich glaube, alles läuft gut."

„Glatt wie Schmierseife." Genauso glatt, stellte Sloan fest, wie sie in seine Arme passte. „Du hast gute Arbeit geleistet."

„Danke, aber ich hoffe, dass es für eine Weile die letzte Hochzeit ist, die ich planen muss!"

„Denkst du nicht daran, selbst einmal zu heiraten?"

Sie verpasste einen Schritt und wäre beinahe über seine Füße gestolpert. „Nein ... das heißt, ja, aber nicht wirklich."

„Das nenne ich eine entschiedene Antwort."

„Ich meine damit, da es nicht zu meinen kurzfristigen Plänen gehört." Wobei es keine Rolle spielte, welche Sehnsüchte sie in sich verspürt hatte, als ihr Blick unter der Laube auf Sloans Blick getroffen war. „In den nächsten paar Jahren werde ich mit dem Gästelandsitz beschäftigt sein. Ich wollte schon immer ein First-Class-Hotel managen, um selbst Politik zu machen, anstatt sie auszuführen. Dafür habe ich gearbeitet, und da Trent mir jetzt diese Chance gibt, kann ich es mir nicht leisten, meine Loyalität zu teilen."

„Eine interessante Art, es zu sehen. Bei mir war es immer so, dass ich mich an eine bestimmte Person an einem bestimmten Ort gebunden und dann herausgefunden habe, dass ich einen Fehler gemacht hatte."

„Das kommt auch noch dazu." Erleichtert darüber, dass sie nicht stritten, lächelte sie. „Ich habe nie gefragt, aber ich nehme an, dass du viel herumreist."

„Gelegentlich. Ein Zeichenbrett lässt sich leicht transportieren. Vielleicht möchtest du auch reisen und die Konkurrenz auf dem Hotelsektor überprüfen. Warum gehen wir nicht an einen ruhigen Platz und reden darüber?"

„Tut mir Leid, ich bin im Dienst. Und wenn du dich nützlich machen willst, spielst du den Assistenten und holst noch ein paar Flaschen Champagner aus der Küche." Sie hakte sich bei ihm unter. „Ich muss nach oben und die Luftschlangen holen."

„Luftschlangen?"

„Um das Auto zu schmücken. Sie sind in meinem Zimmer."

„Ich sage dir etwas", begann Sloan, als sie gemeinsam die Küche betraten. „Ich könnte doch mit in dein Zimmer kommen und dir helfen, die Luftschlangen zu holen."

„Das geht nicht, weil ich das Auto schmücken möchte, bevor die beiden aus den Flitterwochen zurückkommen." Lachend jagte sie davon.

Amanda hatte schon den halben Korridor im ersten Stock hinter sich gebracht, als sie plötzlich ein lautes Knacken des Fußbodens im darüber liegenden Stock hörte und erschrocken stehen blieb.

Weil sie an das Ächzen und Knarren des alten Hauses gewöhnt war, runzelte sie die Stirn.

Schritte!

Eindeutig Schritte ...

Sie fragte sich, ob einer der Hochzeitsgäste einen spontanen Rundgang durch das Haus unternahm, und kehrte zu der Treppe zurück.

Auf dem Treppenabsatz im zweiten Stock entdeckte sie Fred, der zusammengerollt schlief.

„Schöner Wachhund“, murmelte sie und bückte sich, um ihn zu rütteln. Er rollte jedoch nur mit einem benommenen Schnaufen herum. „Fred?“ Alarmiert schüttelte sie ihn erneut, doch anstatt aufzuspringen, um zu spielen, lag er still. Als sie ihn hochhob, rollte sein Kopf in ihrer Hand schlaff hin und her.

Noch während sie ihn an sich drückte, versetzte ihr jemand von hinten einen Stoß, der sie mit dem Gesicht voran gegen die Wand schleuderte.

Benommen landete sie halb auf dem Hund und raffte sich mühselig hoch.

Jemand rannte die Treppe hinunter.

Der Zorn der Calhoun-Sippe erfüllte sie. Sie sprang auf, hielt Fred unter ihrem Arm wie einen pelzigen Ball und jagte hinter dem Unbekannten her. Angestrengt lauschend, bog sie scharf um den Treppenabsatz im ersten Stock.

Fluchend hetzte sie die Treppe ins Erdgeschoss hinunter. Ihre Absätze klapperten auf Holz.

Sloan fing sie auf, als sie auf der letzten Stufe stolperte.

„Wow, warum so eilig?“ Grinsend betrachtete er ihre zerzausten Haare und die Myrte, die ihr jetzt auf der Schulter hing. „Was ist los, Calhoun? Bist du über den Hund gestolpert?

„Hast du ihn gesehen?“ fragte Amanda atemlos, riss sich von Sloan los und jagte zur Tür.

„Wen gesehen?“

„Da oben war jemand.“ Ihr Herz pochte schnell und heftig. Bisher war ihr das gar nicht aufgefallen. Auch nicht, dass ihre Beine zitterten. „Jemand ist im zweiten Stock herumgeschlichen. Ich weiß nicht, was er mit Fred angestellt hat.“

„Immer langsam."

Sanft führte Sloan sie zur Treppe zurück und setzte Amanda auf eine Stufe. „Sehen wir uns das mal an." Er nahm den Hund, zog ein Lid hoch und fluchte. Als er Amanda wieder ansah, waren seine Augen so grimmig, wie sie das noch nie an ihm beobachtet hatte. „Jemand hat ihn mit einem Mittel betäubt."

„Betäubt?" Amanda drückte Fred wieder an ihre Brust. „Wer würde einen armen kleinen Hund betäuben?"

„Vermutlich jemand, der nicht wollte, dass er bellt. Erzähl mir, was geschehen ist!"

„Ich habe jemanden im zweiten Stock gehört und ging hinauf, um nachzusehen. Ich habe Fred gefunden. Er lag einfach da!" Sie drückte das kleine Tier an sich. „Als ich ihn hochhob, stieß mich jemand gegen die Wand."

„Bist du verletzt?" Seine Hände legten sich sofort an ihr Gesicht.

„Nein." Sie stieß wütend den Atem aus. „Wäre ich nicht einen Moment wie betäubt gewesen, hätte ich ihn erwischt."

Sloan zog die Augen zusammen, während er sich hinkauerte. „Ist es dir nicht in den Sinn gekommen, um Hilfe zu rufen, Amanda?"

„Nein." Die Myrte kitzelte sie an der Schulter. Amanda zupfte sie weg.

„Dummkopf."

„Hör mal, O'Riley, niemand schnüffelt in meinem Haus herum, tut meinem Hund etwas an und kommt damit durch. Hätte er nicht einen Vorsprung gehabt, hätte ich ihn erwischt."

„Und was dann?“ fragte er. „Himmel Amanda, ist dir denn nicht klar, dass er dir mehr als einen Stoß versetzt hätte?“

Daran hatte sie tatsächlich nicht gedacht. Doch das änderte nichts am Prinzip. „Ich kann auf mich selbst aufpassen. Es ist schon schlimm genug, wenn Leute an die Tür kommen oder auf dem Grundstück herumschleichen. Aber wenn sie jetzt auch noch anfangen, in das Haus einzubrechen, werden sie dafür büßen müssen.“ Sie nickte entschlossen, als sie aufstand. „Ich habe dem Kerl auf jeden Fall einen schönen Schreck eingejagt. Wie der gelaufen ist, ist er jetzt schon halb unten im Dorf. Ich glaube nicht, dass der wieder kommt. Was machen wir mit Fred?“

„Ich kümmere mich um ihn.“ Sloan nahm ihr den schlafenden Welpen ab. „Er muss sich einfach ausschlafen. Und du musst die Polizei rufen.“

„Das mache ich nach der Hochzeit.“ Sie schüttelte den Kopf, bevor er widersprechen konnte. „Ich werde C. C. und Trent nicht ihr Fest verderben, nur weil irgendein Kerl sich hier im Haus auf Schatzsuche begeben hat. Ich werde allerdings im zweiten Stock nachsehen, ob etwas fehlt. Danach gehe ich wieder in den Garten und achte darauf, dass alles reibungslos abläuft, bis es Zeit wird, Reis auf den Bräutigam und die Braut zu werfen. Hinterher rufe ich dann die Polizei.“

„Das hast du dir alles hübsch und ordentlich zurechtgelegt, wie üblich.“ Sloans aufbrausendes Temperament klang in seiner Stimme durch. „Die Dinge laufen allerdings nicht immer so, wie man sich das vorstellt.“

„Ich bringe sie schon zum Laufen.“

„Sicher, das wirst du schaffen. Es geht doch nicht, dass ein versuchter Raubüberfall und ein kleiner Angriff alle deine kurzfristigen Pläne durcheinander bringen. Genauso wenig wie du es haben kannst, dass dir jemand wie ich deine langfristigen Pläne durcheinanderbringt."

„Ich begreife nicht, worüber du dich so aufregst."

„Natürlich begreifst du es nicht", konterte er hitzig. „Du hörst jemanden im Haus, wo der Betreffende nichts zu suchen hat, und du erhältst einen harten Stoß, aber du denkst überhaupt nicht daran, mich zu rufen. Du denkst überhaupt nicht daran, irgendjemanden zur Hilfe zu rufen, nicht einmal jemanden, der in dich verliebt ist."

Der Druck auf ihrer Brust kehrte zurück und ließ ihre Stimme gepresst klingen. „Ich habe nur getan, was ich tun musste."

„Ja", stimmte er mit einem langsamen Kopfnicken zu. „Mach nur weiter, du Dickschädel, und tu, was du jetzt zu tun hast. Ich werde dir aus dem Weg gehen."

8. KAPITEL

Und ob ich ihr aus dem Weg gehen werde, versprach Sloan sich später am Abend felsenfest. Diese Frau hatte ihm lange genug sein Gehirn vernebelt.

Er stand auf dem Balkon vor seinem Schlafzimmer und versuchte, den balsamischen Maiabend zu genießen.

Er hatte The Towers so schnell wie möglich verlassen. Oh, er hatte seine Pflicht erfüllt. Amanda war nicht der einzige Mensch, der tun konnte, was von ihr erwartet wurde. Mit Hilfe von Suzanna und den Kindern hatte er den Wagen der Jungverheirateten geschmückt. Ein Lächeln im Gesicht festgeklebt, hatte er Reis geworfen. Und er hatte Coco sein Taschentuch gegeben, als ihr eigenes für ihre Glückstränen nicht mehr ausreichte. Dann hatte er mit der besorgten Lilah gewartet, bis Fred sein erstes, benommenes Bellen von sich gegeben hatte.

Anschließend war er verschwunden, als wäre der Teufel hinter ihm her.

Amanda brauchte ihn nicht. Die Tatsache, dass er bisher nicht erkannt hatte, wie sehr er es brauchte, dass sie ihn brauchte, machte es nicht einfacher.

Da war er, wartete darauf, sie auf seine Arme heben und wegbringen zu können, und sie jagte Diebe und traf Verabredungen mit Kerlen namens William.

Nun, die Zeiten waren vorbei, in denen er aus sich einen Narren gemacht hatte.

Sie musste einen Job erledigen, und er ebenfalls. Sie hatte ein Leben zu leben, und er ebenfalls.

Es wurde Zeit, die Dinge wieder in die richtige Perspektive zu rücken.

Ein Mann musste verrückt sein, wenn er daran dachte, sich mit einer dermaßen starrsinnigen und eigenwilligen Frau zu belasten. Ein Mann mit klarem Verstand wollte eine nette, ruhige Frau, die ihm nach einem langen Tag etwas Frieden bot, nicht eine, die ihn jedes Mal wütend machte, wenn er auch nur Luft holte.

Also wollte er Amanda Calhoun aus seinen Gedanken verbannen und endlich wieder ein glücklicher Mann sein.

„Sloan!"

Sich mit einer Hand an das Geländer stützend, drehte er sich um.

Sie stand in der Tür, ihre Finger fest ineinander verschränkt. Sie hatte das Seidenkleid gegen eine Bluse und eine lange Hose eingetauscht. Sehr schlank, sehr schlicht vom Schnitt und Material her, sicher nicht sexy genug, um sein Herz dermaßen zum Hämmern zu bringen, wie es das jetzt tat.

„Ich habe geklopft", setzte sie an und kam mit einem unbehaglichen Achselzucken auf die Terrasse heraus. „Ich hatte Angst, du würdest mich nicht hereinlassen. Darum habe ich mir den Hauptschlüssel genommen."

„Verstößt das nicht gegen die Regeln?"

„Ja. Tut mir Leid, aber ich konnte nicht zu Hause mit dir sprechen. Ich wollte es nicht einmal. Nachdem dann die Polizei da war und wieder abrückte und alles fast normal war, kam ich einfach nicht zur Ruhe."

Sie stieß einen langen Seufzer aus. Offenbar wollte er nichts sagen, was es ihr leichter gemacht hätte. Er stand nur da, sein weißes Hemd aus seiner Smokinghose gezogen, barfuß, die Augen wachsam.

Amanda hob die Schultern. „Ich mag unerledigte Angelegenheiten nicht."

„Na schön." Nachdem er sich eine Zigarre angesteckt hatte, lehnte Sloan sich gegen das Geländer zurück. „Erledige sie."

„Das ist nicht so einfach." Ein Windstoß verwehte ihr Haar. Sie schüttelte es ungeduldig zurück. „Ich war verwirrt und wütend, weil ein Fremder im Haus war. In meinem Haus. Ich weiß, dass du dir Sorgen um mich gemacht hast und ich sehr schroff mit dir umgesprungen bin. Und als ich mich dann ein wenig beruhigte, erkannte ich, dass du verletzt warst, weil ich dich nicht um Hilfe gebeten habe."

Er stieß den Rauch aus. „Ich werde darüber hinwegkommen."

„Es ist nur so, dass …"

Amanda brach ab, um auf dem schmalen Balkon hin- und herzugehen. Nein, Sloan machte es ihr wirklich nicht leicht. „Ich bin daran gewöhnt, die Dinge selbst in die Hand zu nehmen. Ich war immer diejenige, die eine logische Lösung gefunden hat oder den praktischen Weg. Das ist ein Teil von mir. Wenn etwas getan werden muss, tue ich es. Ich muss es wohl, vermutlich. Es ist nicht so, als würde ich niemals Hilfe wollen. Es ist nur … es ist nur, dass ich mehr daran gewöhnt bin, um Hilfe gebeten zu werden, als selbst darum zu bitten."

„Eines der Dinge, die ich an dir bewundere, Amanda, ist die Art, wie du alles erledigst." Sein Blick war auf ihre Augen gerichtet, während er nachdenklich einen langen Zug nahm.

„Warum sagst du nur nicht, wie du meine Angelegenheit erledigen wirst?"

„Ich weiß nicht, was ich tun soll." Als sich ihre Stimme hob, kämpfte sie darum, sie ruhig zu halten, und begann erneut, hin- und herzugehen. „Mir gefällt das nicht. Ich weiß immer, was ich zu tun habe, wenn ich es mir nur lange genug überlege. Aber ganz gleich, wie lange ich das alles durchdenke, ich finde keine Antwort."

„Vielleicht, weil zwei und zwei nicht immer vier ergibt."

„Das sollte es aber", beharrte sie. „Für mich war das immer so. Ich weiß nur, dass du mich dazu bringst, mich … anders zu fühlen, als ich mich jemals zuvor gefühlt habe. Das macht mir Angst." Als sie zu ihm zurückwirbelte, waren ihre Augen groß und dunkel vor Ärger. „Ich weiß, für dich ist das leicht, aber nicht für mich."

„Leicht für mich?" wiederholte er. „Glaubst du, das ist leicht für mich?" Mit zwei wütenden Bewegungen schleuderte er seine Zigarre auf den Balkon und trat sie aus. „Von dem Moment an, in dem ich meinen Blick auf dich gerichtet habe, werde ich auf kleiner Flamme geröstet. Das ist nicht leicht für einen Mann, Amanda, glaub mir."

Weil ihr das Atmen schwer fiel, kam ihre Stimme bloß wie ein Flüstern hervor. „Niemand hat mich jemals so gewollt wie du. Das macht mir Angst." Sie presste ihre Lippen aufeinander. „Ich habe niemals jemanden so gewollt, wie ich dich will. Das versetzt mich in Entsetzen."

Er packte ihre Hand. „Erwarte nicht, dass du mir so etwas sagen oder mich so ansehen und mich dann bitten kannst, dich gehen zu lassen."

Während Panik und Erregung in ihr kämpften, schüttelte sie den Kopf. „Darum habe ich dich nicht gebeten!“

„Dann erkläre es mir genauer.“

„Verdammt, Sloan, ich will nicht, dass du vernünftig bist. Ich will nicht nachdenken. Ich will, dass du mich dazu bringst, auf der Stelle mit dem Nachdenken aufzuhören.“ Mit einem Aufstöhnen schlang sie ihre Arme um ihn, presste ihre Lippen auf die seinen und nahm sich genau, was sie wollte.

Sie hatte Angst, dass sie einen gewaltigen Schritt über die Kante einer sehr steilen Klippe hinaus tat.

Da gab es tiefe Freude. Sie tat diesen Schritt mit weit offenen Augen.

Und Sloan war bei ihr, die ganze Zeit. Sein Körper machte ihren freien Fall mit, wurde von dem Aufwind mitgerissen.

„Sloan …“

„Sag kein Wort.“ Er schlang seine Arme fest um sie, als er seine Lippen an ihren Hals presste. Der heftige Pulsschlag an ihrer Kehle entsprach dem wilden Rhythmus seines eigenen Pulses.

Das war es, was er wollte. Diese Einheit, die er nie mit einer anderen Frau gefunden hatte.

„Kein Wort“, flüsterte er. „Komm einfach mit hinein.“

Sloan führte Amanda vom Balkon in das Schlafzimmer und ließ die Tür offen, damit die Sonne, der Salzgeruch des Wassers und der Duft der Blumen hereindringen konnten.

Er berührte zuerst ihr Haar, beobachtete, wie seine Finger eintauchten und es streichelten. Dann strich er mit den Lippen sanft wie ein Hauch über die ihren. Nein, er wollte keine Worte von ihr, weil er nicht sicher war, ob er selbst jemals die richtigen Worte finden konnte, um ihr zu sagen, was sein Herz erfüllte.

Aber er konnte es ihr zeigen.

Unsicher stützte sie ihre Hände gegen seine Brust. Sie wollte jetzt nicht schwach sein, sondern stark. Doch während er mit seinen Lippen über ihr Gesicht führ, erzitterte sie.

Langsam und sie kaum berührend, knöpfte er ihre Bluse auf und schob sie ihr von den Schultern. Darunter trug sie ein weißes Baumwolltop, das ihn zum Lächeln brachte. Er hätte wissen müssen, dass Amanda unter ihren praktischen Kleidern noch mehr Praktisches trug.

Er beobachtete sie, während er ihre Hose öffnete und sie zu Boden gleiten ließ. Als sie nach ihm griff, hielt er ihre Hände fest.

„Nein, lass mich nur dich berühren. Lass mich sehen, was das mit dir anstellt."

Hilflos schloss sie die Augen, während er sie mit seinen Fingern streichelte und leicht die Rundungen ihrer Brüste nachzeichnete. Er fuhr mit seinen Fingerspitzen darüber, als wären sie aus zartestem Glas gemacht. Die erotischen, behutsamen Bewegungen ließen das Blut schneller durch ihre Adern strömen, erhitzten ihre Haut und machten sie empfindlich, bis Amanda dachte, vor purer Lust zu sterben.

Sie ließ ihren Kopf in den Nacken fallen, und ein schauderndes Stöhnen entrang sich ihr, während Sloan seine langsame Entdeckungsreise mit geduldigen, sanften Händen fortsetzte.

Er sah die Lust über ihr Gesicht flackern, fühlte, wie ihr Körper erbebte. Als Erregung in ihm hochschoss, ließ er seinen Daumen vorsichtig über ihre Brustspitzen kreisen, die sich gegen den Stoff drückten. Dann ersetzte seine Zunge seine Hände, und Amanda klammerte sich heftig an seinen Schultern fest, um ihr Gleichgewicht zu halten.

„Bitte … ich kann nicht …"

Jetzt stürzte sie immer schneller, aber Sloan war da, um sie aufzufangen. Als ihre Knie nachgaben, hob er sie hoch, hielt sie auf seinen Armen und verschloss ihren Mund mit dem seinen, bevor er sie auf das Bett legte.

„Niemand", murmelte sie an seinen Lippen. „Niemand hat mich jemals so geliebt."

„Ich fange gerade erst an."

Er hielt Wort. In einem trägen Tempo brachte er sie an Orte, an denen sie noch nie zuvor gewesen war, ließ sie dort ein wenig verweilen, ehe er sie sachte, aber beharrlich weiterdrängte.

Mit jeder Bewegung öffnete er Türen, die stets fest verschlossen gewesen waren, und ließ sie weit offen, sodass Licht und Luft eindringen konnten. Jedes Mal wenn sie sich erschauernd gegen ihn bog, beruhigte er sie, bis sie erneut entspannt zurücksank.

Ihr Geschmack erfüllte ihn, während er an ihrer Haut knabberte. An ihren Armen hinunter, an ihrem Hals, über ihre langen, herrlichen Beine. Wann immer er in Versuchung geriet, sich zu beeilen und seine eigene Erlösung zu suchen, wurde er von dem Verlangen überwältigt, noch mehr von ihr zu kosten.

Er strich mit seinen Händen an ihren Seiten hoch, schob dabei ihr Hemd höher und über ihren Kopf. Endlich, endlich kostete er die glatte Haut an ihren Brüsten.

Amanda ließ ihre Finger durch seine Haare gleiten und drückte ihn fester, während Farbblitze in ihren Augen aufzuckten.

Auf kleiner Flamme geröstet. Hat er das nicht gesagt? dachte sie, während sein geschickter Mund tiefer und noch tiefer glitt. Jetzt verstand sie, was er damit meinte, jetzt, da ihr Körper von innen heraus brannte und sich Grad um Grad erhitzte. Funken durchstoben sie, kleine Speerspitzen unbeschreiblicher Lust, so alt wie die Sterne.

Er zog das letzte Hindernis beiseite, und sie konnte sich nur unter seinen Händen winden, während sie aufseufzend um Atem rang.

Als er seine Zunge über ihre Haut gleiten ließ, bog sie sich ihm entgegen. Ihre Hände krallten sich fest in die Bettdecke. Empfindungen hämmerten in ihr, zu schnell, zu scharf. Sie kämpfte darum, die einzelnen Gefühle voneinander zu trennen, doch die waren ein einziger Wirbel ohne Anfang und ohne Ende.

Ob sie wusste, dass sie seinen Namen immer wieder und wieder rief? Ob sie wusste, dass ihr Körper sich in diesem langsamen, wellenartigen Rhythmus bewegte, als wäre er bereits in ihr?

Sloan schob sich langsam über sie, genoss jeden Moment, sog alles Verlangen in sich auf, jedes schmerzliche Sehnen, jedes Begehren. Sie öffnete ihre Augen flatternd, dunkel und benommen.

Sie konnte nur sein Gesicht sehen, das ihr so nahe war, seinen durchdringenden Blick. Anmutig hoben sich ihre Arme, um sein Hemd beiseite zu schieben, damit sie ihn so ausgiebig berühren konnte, wie er sie berührt hatte. Sie hob sich ihm entgegen, um ihre Lippen an seine Brust zu drücken und sie auf seinen Hals zu schieben.

Das blendende Licht wurde schwächer, sanfter. Der Sturm beruhigte sich. Unbekümmert berührte sie ihn, entkleidete ihn, musste ihm zeigen, was er mit ihrem Herzen und mit ihrem Körper angestellt hatte.

Ihre Lippen lächelten an seiner Haut, als sie ihn erzittern fühlte, wie sie selbst gezittert hatte. Die Freude stieg in ihr hoch, klar und hell, und floss in ihren Kuss ein, als sie ihre Arme wieder um ihn schlang und ihr Mund sich bereitwillig unter seinen Lippen öffnete.

Mit einem leisen Seufzen glitt er in sie. Der Atem stockte ihr, ehe sie ihn sanft wieder ausstieß. Sie bewegten sich gemeinsam, bewusst langsam, köstlich gelöst. Die Süße des Augenblicks trieb ihr Tränen in die Augen, die er wegküsste.

Allmählich wurde aus der Süße Hitze, aus der Hitze ein erneuter Brand. Als Leidenschaft ihren Blick verschleierte, fühlte sie, wie seine Finger sich mit den ihren verschlangen und festhielten, während sie den Gipfel erklomm.

Sein Name brach von ihren Lippen hervor, als er mit ihr gemeinsam den Höhepunkt erreichte.

Sloan lag da, hielt seine Lippen an Amandas Hals gepresst und war noch immer von dem Geschmack ihrer Liebe erfüllt. Sie lag still unter ihm und atmete tief und gleichmäßig. Er wusste nicht, ob sie eingeschlafen war, und wollte schon sein Gewicht zur Seite verlagern, doch sie hielt ihn auf und schlang ihre Arme wieder um ihn.

„Nicht!“ Ihre Stimme war ein heiseres Flüstern, das sein Blut erneut erhitzte. „Ich möchte nicht, dass es schon zu Ende ist.“

Um sie beide zufrieden zu stellen, rollte er sich herum und kehrte die Positionen um. Ihr Haar strich über seine Wange. Eine Kleinigkeit nur, die ihm tiefes Glück bescherte. „Wie ist es so?"

„Schön." Sie drückte ihre Wange an die seine. „Es war alles wirklich sehr schön."

„Etwas Besseres fällt dir nicht ein?"

„Hmm. Im Moment nicht. Ich glaube, ich habe mich in meinem ganzen Leben noch nie so entspannt gefühlt."

„Gut." Er wickelte eine Strähne ihres Haars um seine Finger und zog ihren Kopf zurück, um ihr Gesicht zu betrachten. „Es wird zu dunkel, um etwas sehen zu können." Er schaltete das Licht ein.

Amanda hob die Hand, um ihre Augen abzuschirmen. „Warum hast du das getan?"

„Weil ich dich sehen will, wenn wir uns wieder lieben."

„Wieder?" Leise lachend ließ sie ihren Kopf auf seine Schulter sinken. „Du machst Scherze."

„Nein, Ma'am. Ich denke, bis Sonnenaufgang werde ich vielleicht ausreichend von Ihnen bekommen haben."

Sie fühlte sich köstlich träge, während sie sich an ihn schmiegte. „Ich kann nicht über Nacht bleiben."

„Wollen wir wetten?"

„Nein, wirklich." Sie machte einen Buckel wie eine Katze, als er sie streichelte. „Ich wünschte, ich könnte bleiben, aber ich habe morgen Früh eine ganze Liste von Dingen zu erledigen. Oh ..." Sie erschauerte unter seiner Berührung. „Du hast so wundervolle Hände. Wundervoll", murmelte sie, als sie sich in einem langen, verträumten Kuss verlor.

„Bleib bei mir."

Ihr Körper erschauerte, als sie ihn in sich hart werden fühlte. „Vielleicht noch für eine kleine Weile."

Während sie allmählich wach wurde, veränderte Amanda ihm Haltung. Mit einem zufriedenen Seufzer streckte sie die Hand aus und öffnete widerstrebend die Augen.

Helles Sonnenlicht durchflutete den Raum, und sie war allein im Bett. Sie strich ihre zerzausten Haare zurück und setzte sich auf.

Sloan hat seinen Willen tatsächlich durchgesetzt, dachte sie mit einem schwachen Lächeln. Sie war die Nacht über geblieben, und er hatte nicht genug von ihr bekommen. Oder sie von ihm. Bis zum Sonnenaufgang.

Es war, das gab sie offen zu, die großartigste Nacht ihres Lebens gewesen.

Und wo, zum Teufel, war Sloan?

Wie auf ein Stichwort kam er mit einem Servierwagen des Zimmerservice herein. „Morgen."

„Guten Morgen." Sie lächelte, obwohl sie sich befangen fühlte, ihn bekleidet vor sich zu sehen, während sie noch immer nackt im Bett lag.

„Ich habe Frühstück für uns bestellt." Er fühlte ihr Unbehagen und griff nach einem weißen Bademantel auf einem Sessel. „Vom BayWatch zur Verfügung gestellt", sagte er, während er ihr den Bademantel reichte, beugte sich noch weiter herunter und gab ihr eine trägen Kuss. „Wir könnten doch auf dem Balkon frühstücken."

„Das wäre nett. Gib mir eine Minute Zeit!"

Als sie zu ihm nach draußen kam, war auf einem hellblauen Tischtuch gedeckt, und eine einzelne Rose steckte in einer Vase. Es berührte sie, dass Sloan dem Morgen genauso viel Aufmerksamkeit widmete wie der Nacht.

„Du denkst an alles."

„Nur an dich." Lächelnd setzte er sich ihr gegenüber. „Wir können dies als ein erstes Rendezvous betrachten, da ich dich nie dazu überreden konnte, mit mir zusammen zu essen. Kein einziges Mal."

„Ja." Sie schenkte für sie beide Kaffee ein. „Das ist dir tatsächlich nicht gelungen." Sie griff nach ihrer Serviette und begann, sie glatt zu streichen. Sie frühstückten gemeinsam nach einer langen Nacht voll Lust. Und dabei waren sie nie zusammen in einem Auto gefahren, hatten sich nie eine Pizza geteilt, hatten nicht einmal am Telefon miteinander gesprochen.

Es war idiotisch, wie sie sich selbst versicherte. Und es war beängstigend.

„Sloan, ich weiß, dass es albern klingen mag an dieser Stelle, aber ich … ich verbringe für gewöhnlich nicht eine Nacht mit einem Mann in einem Hotelzimmer. Ich werde für gewöhnlich nicht mit jemandem intim, den ich erst so kurze Zeit kenne!"

„Das brauchst du mir nicht zu sagen." Er ergriff ihre Hand, bis sie ihn ansah. „Das war für uns beide eine sehr schnelle Angelegenheit. Vielleicht kommt das daher, dass alles, was zwischen uns passiert ist, ganz besonders ist. Ich liebe dich, Amanda. Nein, zieh dich nicht zurück." Er verstärkte seinen Griff um ihre Hand und sah sie eindringlich an. „Normalerweise bin ich ein geduldiger Mann, aber bei dir fällt mir das schwer. Ich werde mein Bestes tun, um dir mehr Zeit zu geben."

„Falls ich sagte, dass ich dich liebe ...“ Sie stieß einen befreienden Seufzer aus, „... was würde als nächstes geschehen?“

In seinen Augen flackerte etwas auf, das ihren bereits ungleichmäßigen Puls hochschnellen ließ. „Manchmal kann man die Antworten nicht im Voraus ausarbeiten. Du musst dich auf ein Glücksspiel einlassen.“

„Ich war noch nie eine Spielerin.“ Sie biss sich auf die Unterlippe und war entschlossen, auch diese letzte Hemmschwelle der Angst zu überwinden. „Ich wäre gestern Abend nicht hierher gekommen, würde ich dich nicht lieben.“

Er hob ihre Hand und drückte seine Lippen in ihre Handfläche, während er sie lächelnd ansah. „Ich weiß.“

In Amandas Lachen lag genauso viel Erleichterung wie Belustigung. „Du hast es gewusst, aber du wolltest hören, wie ich es ausspreche.“

„Das stimmt.“ Der Ausdruck seiner Augen war plötzlich sehr nüchtern. „Ich musste hören, wie du es aussprichst. Frauen sind nicht die einzigen, die Worte hören müssen, Amanda.“

Nein, dachte sie, Frauen sind nicht die einzigen. „Ich liebe dich, aber ich habe noch immer ein wenig Angst davor. Ich möchte es langsam angehen, einen Schritt nach dem anderen.“

„Das ist fair. Wir können damit anfangen, dass wir unsere erste Verabredung treffen, bevor das Rührei kalt wird.“

Entspannt bestrich Amanda ein Stück Toast mit Butter und teilte es mit Sloan. „Weißt du, solange ich hier arbeite, habe ich nie auf einem dieser Balkone gegessen und auf die Bay hinaus geblickt“, erzählte sie.

„Hast du dich nie in ein leeres Zimmer geschlichen und Gast gespielt?“ Er lachte. „Nein, du würdest so etwas nicht machen. Du würdest nicht einmal daran denken. Also, wie fühlt es sich an, die ganze Sache mal von der anderen Seite der Rezeption zu betrachten?“

„Nun, das Bett ist bequem, der Hotelbademantel ist weit genug geschnitten, und die Aussicht ist wunderbar.“ Lachen stand in ihren Augen, zufriedenes, leichtes Lachen. „Wie auch immer, im The Towers Gästelandsitz werden wir das alles und noch mehr bieten. Persönliche Whirlpools, romantische Kamine, Gratischampagner zu jeder Reservierung – ich muss das Trent noch vorschlagen –, Cordon bleu, von Coco zubereitet, der weltbekannten Küchenchefin, alles in einem Rahmen der Jahrhundertwende, komplett mit Geistern und einem legendären verborgenen Schatz.“ Sie stützte ihr Kinn in ihre Hand. „Es sei denn, wir bekommen die Smaragde in unsere Finger, bevor wir eröffnen.“

„Glaubst du wirklich noch immer, dass sie existieren?“

„Ja. Oh, nicht aus diesen mystischen Gründen, denen Tante Coco und Lilah anhängen. Es geht um schlichte Logik. Die Smaragde haben existiert. Hätte sie ein Familienmitglied verkauft, wäre das bekannt geworden. Daher existieren sie noch immer. Eine Viertelmillion in Juwelen verschwindet nicht so einfach.“

Er hob seine Augenbrauen und sah sie erstaunt an. „Sind sie tatsächlich so wertvoll?“

„Oh, mittlerweile wahrscheinlich sogar noch wertvoller – wobei wir noch gar nicht den ästhetischen Wert oder den Wert für Liebhaber rechnen.“

Das veränderte für ihn die Zusammenhänge vollständig. „Dann haben wir also fünf Frauen und zwei Kinder, die in einem Haus wohnen, das mit Antiquitäten voll gestopft ist, und noch dazu mit einem Vermögen in Juwelen. Und kein Sicherheitssystem."

Sie runzelte ein wenig die Stirn. „Das Haus ist nicht direkt mit Antiquitäten voll gestopft, nachdem wir im Lauf der Jahre eine Menge verkaufen mussten. Und es hat nie ein Problem gegeben. Außerdem ist es ja nicht so, dass eine von uns hilflos wäre."

„Ich weiß. Calhoun-Frauen können auf sich selbst aufpassen. Ich fange an zu glauben, dass sie nicht nur hart im Nehmen, sondern auch dumm sind."

„Also, Moment mal … Warte!"

„Nein, du wartest." Um seinen Standpunkt zu unterstreichen, stach Sloan mit seiner Gabel in ihre Richtung. „Heute kümmern wir uns gleich als Erstes um eine Alarmanlage."

Nach dem Vorfall vom Vortag hatte Amanda für sich bereits die gleiche Entscheidung getroffen. Doch das bedeutete nicht, dass er ihr jetzt sagen konnte, was sie zu tun hatte. „Du wirst nicht anfangen, mein Leben in die Hand zu nehmen."

„Also, nur um stur bleiben zu können, bloß weil ich es zur Sprache gebracht habe, gehst du das Risiko ein, dass jemand in das Haus einbrechen und einem der Kinder etwas antun könnte."

„Warum hast du mir das damals nicht einfach gesagt?"

„Weil du zu sehr damit beschäftigt warst, Befehle zu erteilen."

Amanda hätte vielleicht noch mehr gesagt, aber die Sirene an einem der Touristenboote lenkte sie ab. „Wie spät ist es?“ fragte sie Sloan.

„Etwa eins.“

„Eins?“ Ihre Augen wurden riesengroß. „Ein Uhr mittags? Das ist unmöglich. Wir sind doch gerade erst aufgestanden.“

„Das ist sehr wohl möglich, wenn man erst gegen Morgen einschläft.“

„Ich habe tausend Dinge zu erledigen!“ Sie sprang bereits auf. „Die ganzen Reste von der Hochzeit müssen aufgeräumt werden. Trents Vater müsste schon vor zwei Stunden zum Brunch gekommen sein, und William kommt um drei.“

„Warte!“ Bei dieser Vorstellung sprang Sloan aus seinem Stuhl hoch. „Du willst dich doch nicht trotzdem noch mit ihm treffen?“

„Mit Mr. St. James? Er wird jetzt schon wieder weg sein. Ich kann gar nicht glauben, dass ich dermaßen unhöflich zu ihm war.“

„Mit William“, korrigierte er sie und packte sie am Arm. „Mit dem attraktiven, intelligenten Mann, mit dem du zum Dinner ausgegangen bist.“

„William? Nun, natürlich werde ich mich mit ihm treffen.“

„Nein.“ Er zog sie näher. „Das wirst du nicht.“

Das gefährliche Leuchten in seinen Augen löste in ihren Augen ein gleich gefährliches Leuchten aus. „Ich habe dir soeben gesagt, dass du nicht mein Leben in die Hand nehmen wirst.“

„Es interessiert mich verteufelt wenig, was du mir gesagt hast. Es kommt überhaupt nicht in Frage, dass ich dich aus meinem Bett aufstehen und anschließend zu einer Verabredung mit einem anderen Mann gehen lasse!“

Mit einem kleinen geringschätzigen Ausruf entzog sie ihm ihren Arm. „Du hast mich gar nichts zu lassen, schreib dir das hinter die Ohren. Außerdem ist es keine Verabredung. William Livingston ist ein Antiquitätenhändler, und ich habe ihm versprochen, ihn durch The Towers zu führen. Er arbeitet in seinem Urlaub, und ich bekomme eine kostenlose Schätzung der Möbel. Und jetzt geh mir aus dem Weg.“

Sie schob sich an ihm vorbei und steuerte die Dusche an. Pausenlos vor sich hin murmelnd, streifte sie den Bademantel ab. Sie hatte gerade die Wassertemperatur eingestellt, war unter die Dusche gestiegen und hatte den Vorhang geschlossen, als der wieder zurückgerissen wurde.

„Verdammt, Sloan!“ Sie strich sich die nassen Haare aus den Augen und starrte ihn wütend an.

„Er ist Antiquitätenhändler?

„Genau das habe ich gesagt!“

„Und er will sich die Möbel ansehen?“

„Exakt.“

Sloan hakte seine Daumen in seine Gürtelschlaufen. „Ich begleite dich.“

„Fein.“ Mit einem gleichgültigen Achselzucken griff sie nach der Seife und begann, ihre Schultern einzuseifen. „Spiel dich ruhig wie ein pubertärer besitzergreifender Dummkopf auf .“

„In Ordnung.“

Sie redete sich ein, dass sie nicht amüsiert war, blickte über ihre Schulter und sah gerade noch, wie er sein Hemd auszog. „Sloan, was machst du da?"

Grinsend schleuderte er es beiseite. „Drei Mal darfst du raten. Eine schlaue Lady wie du sollte es schon beim ersten Mal erraten."

Sie unterdrückte ein Lachen, als er seine Jeans öffnete. „Ich habe jetzt keine Zeit für Spiele unter der Dusche."

„Ach, vielleicht können wir es irgendwie zeitlich dazwischenschieben."

„Vielleicht." Sie drückte die nasse Seife zwischen ihren Händen, schoss sie auf ihn ab und nickte zufrieden, als ihn das Seifenstück an der Brust traf. „Wenn du mir vorher meinen Rücken wäschst."

Bevor William Livingston aus seinem Wagen stieg, überprüfte er den Minirecorder und die winzige Kamera in seiner Tasche. Er mochte den Einsatz moderner Technik sehr und fand, dass eine raffinierte Ausrüstung seinem Beruf eine gewisse Eleganz verlieh.

Seit dem Moment, in dem er von den Calhoun-Smaragden gelesen hatte, war er von ihnen besessen, mehr als von allen anderen Juwelen, die er in seiner langen Karriere gestohlen hatte. Er wurde von Interpol – und vor allem von sich selbst – als einer der geschicktesten und am schwersten zu fassenden Diebe zweier Kontinente beurteilt.

Die Smaragde stellten eine Herausforderung dar, der er nicht widerstehen konnte. Sie steckten nicht in einem Safe oder waren in einem Museum ausgestellt. Sie schmückten nicht den Hals irgendeiner reichen Matrone. Sie lagen irgendwo in einem seltsamen alten Haus versteckt und warteten darauf, von jemandem gefunden zu werden.

Er beabsichtigte, dieser Jemand zu sein.

Obwohl er nichts dagegen hatte, bei seiner Arbeit auch Gewalt anzuwenden, setzt er sie doch nur sparsam ein. Es tat ihm Leid, dass er am Vortag gegen Amanda gewaltsam hatte vorgehen müssen, aber es tat ihm noch viel mehr Leid, dass sie seine Suche unterbrochen hatte.

Sein eigener Fehler, tadelte er sich, als er zum Eingang von The Towers schritt. Er war ungeduldig gewesen und hatte gedacht, dass die Hochzeit die perfekte Ablenkung bot und ihm die Zeit und die Ruhe verschaffte, die er brauchte, um das Innere des Hauses zu überprüfen.

Heute allerdings würde er als Gast durch diese Räume wandern. Als willkommener Gast.

Er mochte zwar ein Dieb von der South Side von Chicago sein, aber wenn er einen Zweitausend-Dollar-Anzug anzog und zu einem leichten britischen Akzent und polierten Manieren griff, luden ihn sogar die obersten Schichten in ihre Salons ein.

Er klopfte und wartete. Das Bellen des Hundes antwortete zuerst, und Livingstons Blick verhärtete sich. Er verabscheute Hunde, und der kleine Flohbeutel da drinnen hätte ihn gestern Nachmittag beinahe gekniffen, bevor es ihm gelungen war, dem Köter seine Dosis an Barbiturat zu verpassen.

Als Coco die Tür öffnete, waren Livingstons Augen heiter, und sein gewohntes charmantes Lächeln befand sich bereits wieder an Ort und Stelle.

„Livingston, wie nett, Sie wieder zu sehen." Coco wollte ihm die Hand reichen, fand es jedoch klüger, Fred am Halsband festzuhalten, bevor der Hund sich auf die Wade des Besuchers stürzen konnte. „Fred, hör sofort auf. Achte auf deine Manieren." Coco hielt den knurrenden Hund zurück und zeigte dabei ein schwaches Lächeln. „Er ist wirklich ein sehr sanftes Tier. So führt er sich sonst nie auf, aber gestern ist ihm etwas zugestoßen, und da ist er noch nicht wieder er selbst." Nachdem sie Fred auf die Arme gehoben hatte, rief sie nach Lilah. „Gehen wir in den Salon, einverstanden, Mr. Livingston?"

„Ich hoffe, ich störe nicht Ihren Sonntag, Mrs. McPike. Ich konnte nicht widerstehen, Amanda dazu zu überreden, mich durch ihr faszinierendes Haus zu führen."

„Wir freuen uns, Sie bei uns begrüßen zu können." Es verwirrte sie, dass Fred weiterhin knurrte und schnappte. „Amanda ist noch nicht hier, obwohl ich mir gar nicht vorstellen kann, was sie so lange aufhält. Sie ist sonst immer absolut pünktlich."

Lilah lachte schwach, als sie die Treppe herunter kam. „Ich kann mir genau vorstellen, was sie so lange aufhält." In ihren Augen schimmerte keine Freude, als sie ihren Gast betrachtete. „Hallo, Mr. Livingston."

„Mrs. Calhoun." Es störte ihn nicht, dass sie ihn betrachtete, als könne sie direkt durch seine glatte Oberfläche in sein ruchloses Inneres sehen.

„Fred ist heute ein wenig nervös." Mit einem raschen, flehenden Blick reichte Coco den knurrenden Welpen an Lilah weiter. „Bringst du ihn bitte in die Küche? Vielleicht würde ihn etwas Kräutertee besänftigen."

„Ich kümmere mich um ihn." Lilah ging den Korridor entlang und sagte leise zu dem Welpen: „Ich mag ihn auch nicht, Fred. Woher kommt das wohl, was meinst du?"

„Also dann." Erleichtert lächelte Coco wieder. „Wie wäre es mit einem kleinen Sherry? Sie können ihn genießen, während ich Ihnen ein ganz besonders hübsches Schränkchen zeige."

„Es wird mir ein Vergnügen sein." Es war Livingston auch ein Vergnügen festzustellen, dass sie eine Kette aus hervorragenden Perlen und dazu passende Ohrringe trug.

Als Amanda zwanzig Minuten später erschien, Sloan an ihrer Seite, traf sie ihre Tante dabei an, wie sie Livingston die Familiengeschichte erzählte, während sie ein Schränkchen aus dem achtzehnten Jahrhundert bewunderten.

„Willliam, es tut mir so leid, dass ich mich verspätet habe."

„Das ist nicht nötig." Livingston warf einen Blick auf Sloan und kam zu dem Schluss, dass Amanda ihm keineswegs den gewünschten Zutritt zu The Towers verschaffen würde. „Ihre Tante war die charmanteste und informativste Gastgeberin, die man sich nur wünschen kann."

„Tante Coco weiß mehr über die Einrichtung als irgendjemand von uns", erklärte sie ihm. „Das ist Sloan O'Riley. Sloan ist der Architekt für die Renovierung."

„Mr. O'Riley." Der Händedruck fiel kurz aus. „Die Arbeit hier muss eine ziemliche Herausforderung darstellen."

„Ach, ich komme zurecht." Sloan hatte sofort eine Abneigung gegen den Sherry nippenden Antiquitätenhändler in seinem dreiteiligen Anzug entwickelt.

„Ich habe William gerade erzählt, wie langwierig und mühevoll es ist, alle diese alten Papiere zu sichten. Absolut nicht die spannende Schatzsuche, die von der Presse erfunden wurde." Coco strahlte. „Aber ich habe beschlossen, noch eine Séance abzuhalten. Morgen Abend, in der ersten Nacht des Neumondes."

Amanda bemühte sich, ein Stöhnen zu unterdrücken. „Tante Coco, ich bin sicher, William ist nicht daran interessiert."

„Im Gegenteil." Er setzte seinen ganzen Charme bei Coco ein, während sich ein Plan in seinem Kopf formte. „Ich würde liebend gern daran teilnehmen, hätte ich nicht ein dringendes Geschäft zu erledigen."

„Dann eben beim nächsten Mal. Vielleicht möchten Sie nach oben gehen …"

Bevor sie zu Ende sprechen konnte, platzte Alex durch die geöffneten Terrassentüren herein, gefolgt von der hinter ihm her rasenden Jenny und der lachenden Suzanna. Alle drei hatten Schmutz an ihren Händen und Jeans. Die Augen zusammengekniffen, bremste Alex knapp vor Livingston.

„Wer ist das?" fragte er.

„Alex, führ dich anständig auf." Suzanna packte seine Hand, bevor er Schmutz auf der cremefarbenen maßgeschneiderten Hose verreiben konnte. „Tut mir Leid", fuhr sie fort. „Wir waren im Garten. Ich habe den Fehler begangen, Eiscreme zu erwähnen!"

„Entschuldigen Sie sich nicht." Livingston zwang seine Lippen zu einem Lächeln. Wenn er etwas noch weniger leiden konnte als Hunde, so waren es kleine, schmutzige Kinder. „Die beiden sind … allerliebst."

Suzanna drückte die Hand ihres Sohnes, bevor er wegen der Bezeichnung handgreiflich werden konnte. „Nein, das sind sie nicht", widersprach sie fröhlich. „Aber wir haben sie nun mal am Hals. Wir werden Ihnen ganz einfach aus dem Weg gehen."

Während sie die beiden in die Küche zerrte, warf Alex einen letzten Blick über seine Schulter zurück. „Er hat gemeine Augen", sagte er zu seiner Mutter.

„Sei nicht albern." Sie zerstrubbelte seine Haare. „Er war bloß ärgerlich, weil du fast mit ihm zusammengestoßen bist."

Doch Alex blickte ernsthaft zu Jenny, die ihrerseits nickte. „Wie eine Schlange."

„Na schön, Leute, ich bekomme schon eine Gänsehaut." Suzanna schüttelte sich lachend. „Der letzte in der Küche muss das Geschirr spülen."

Sie ließ den beiden einen Vorsprung, während sie sich die Arme rieb, um die Kälte zu vertreiben.

9. KAPITEL

„Na bitte, du hast es selbst gesehen." Amanda gab Sloan einen raschen Kuss auf die Wange. „Das war doch gar nicht so schlimm, oder?"

Sloan wollte sich jedoch noch nicht besänftigen lassen. „Er ist fünf Stunden geblieben. Ich sehe nicht ein, warum Coco ihn zum Abendessen einladen musste."

„Weil er charmant und allein stehend ist." Sie lachte und schlang einen Arm um seinen Hals. „Denk an die Teeblätter."

Sie standen an der Mauer, die dem Meer zugewandt war, unter der geschmückten Pergola. Sloan fand, dass der Zeitpunkt genauso passend war wie jeder andere, um an Amandas Hals zu knabbern. „Was denn für Teeblätter?"

„Die Teeblätter … mmmmm … die Teeblätter, die Tante Coco gesagt haben, dass ein Mann daherkommen würde, der für uns wichtig sein wird."

Er widmete sich ihrem Ohr. „Ich dachte, das wäre ich."

„Vielleicht." Sie stieß ein überraschtes Quieken aus, als er sie biss. „Du Wüstling!"

„Manchmal kommt der Cherokee in mir durch."

Sie beugte sich zurück, um sein Gesicht zu betrachten. In dem blutroten Licht des Sonnenuntergangs sah seine Haut fast wie Kupfer aus, und seine Augen spielten in ein so dunkles Grün, dass sie fast schwarz wirkten.

Ja, sie konnte beide Seiten seiner Erbschaft sehen, die keltische Seite und die der Cherokee, beides Krieger … mit diesen stark ausgeprägten Wangenknochen, dem schön geformten Mund, dem wilden rötlichen Haar.

„Ich weiß wirklich nichts über dich." Dennoch war es nicht so gewesen, als hätte sie sich mit einem Fremden geliebt. Als er sie berührte, hatte sie alles gewusst. „Bisher habe ich nur erfahren, dass du ein Architekt aus Oklahoma bist und in Harvard studiert hast."

„Und du weißt, dass ich Bier und langbeinige Frauen mag."

„Das auch."

Weil er erkannte, dass es für sie wichtig war, setzte er sich auf die Mauer, dem Meer den Rücken zuwendend. „Na schön, Calhoun, was willst du wissen?"

„Ich will dich nicht ausfragen." Die alte Nervosität kam wieder zu Tage und machte es ihr unmöglich, irgendwo zur Ruhe zu kommen. „Es ist nur so, dass du alles über mich weißt, wirklich alles. Über meine Familie, meinen Hintergrund, meinen Ehrgeiz!"

Während Sloan es genoss, Amanda zuzusehen, wie sie sich bewegte, holte er eine Zigarre hervor und zündete sie an, ehe er zu sprechen begann.

„Mein Ururgroßvater verließ Irland, ging in die Neue Welt und fing im Westen Biber. Ein echter Mann der Berge. Er heiratete eine Cherokee und blieb lange genug, um drei Söhne zu bekommen. Eines Tages marschierte er mit seinen Fallen los und kam nie wieder."

Er nahm einen Zug und sah zu, wie der Rauch von der untergehenden Sonne rot gefärbt wurde.

„Die Söhne richteten einen Handelsposten ein und machten sich recht gut. Einer von ihnen bestellte per Versandkatalog ein nettes irisches Mädchen als Braut. Sie hatten einen Haufen Kinder, meinen Großvater eingeschlossen. Er war und ist ein schlauer alter Teufel, der Land aufkaufte, als es noch billig war, und es so lange behielt, bis er es mit Gewinn verkaufen konnte. Der Familientradition treu bleibend, heiratete er eine Irin, einen rothaarigen Hitzkopf, die ihn angeblich zum Wahnsinn trieb. Er muss sie sehr geliebt haben, weil er seine erste Ölquelle nach ihr benannte."

Amanda, die bis dahin bezaubert war, blinzelte. „Eine Ölquelle?"

„Er hat sie Maggie genannt", berichtete Sloan breit lächelnd und stieß den Rauch aus. „Das gefiel ihr so gut, dass er auch den übrigen Namen gab."

„Den übrigen", wiederholte Amanda schwach.

„Mein Vater hat die Gesellschaft in den Sechzigern übernommen, aber der alte Mann hat nicht aufgehört, sich um alles zu kümmern. Er ist noch immer eingeschnappt, weil ich nicht in die Firma eingetreten bin. Aber ich wollte etwas bauen, und ich dachte, dass Sun Industries mich nicht braucht."

„Sun Industries?" Sie erstickte fast. Das war eines der größten Firmenkonglomerate des Landes. „Du … ich hatte keine Ahnung, dass du Geld hast."

„Meine Familie hat welches. Irgendwelche Probleme?"

„Nein. Ich möchte nur nicht, dass du denkst, dass ich …" Sie brach hilflos ab.

„Dass du hinter dem Vermögen meiner Familie her warst?" Er lachte schallend auf. „Honey, ich weiß, dass du hinter meinem Körper her warst."

Sloan besaß die unheimliche Fähigkeit, sie dazu zu bringen, gleichzeitig fluchen und lachen zu wollen. „Du bist wirklich ein eingebildetes Mannsbild."

Schwungvoll warf er die Zigarre weg, ehe er nach ihr griff. „Aber du liebst mich."

„Vielleicht." Mit gespieltem Zögern schlang sie ihre Arme um seine Taille. „Ein wenig." Lachend hob sie ihre Lippen zu seinem Mund, der mit leichtem Necken begann und zu heißen Forderungen überging.

Seine Berührungen waren zuerst sachte, dann ungeduldig, bis Amanda ihn fest umschlang und sich völlig in seinem Kuss verlor, ohne nachzudenken.

„Wie machst du das mit mir?" murmelte sie, als er an ihren feuchten, leicht geöffneten Lippen knabberte.

„Mache ich was mit dir?"

„Du bringst mich dazu, dich zu begehren, bis es schmerzt."

Mit einem rauen Stöhnen presste er seine Lippen an ihren Hals. „Lass uns hineingehen. Du kannst mir mein Zimmer zeigen!"

Sie neigte den Kopf, um seinem eifrigen Mund mehr Freiheit zu bieten. „Welches Zimmer?"

„Das Zimmer, in dem ich angeblich schlafen werde, während ich mit dir schlafe."

„Wovon sprichst du?"

„Ich spreche davon, dich zu lieben, bis wir beide nach Luft schnappen." Weil er wusste, dass er nahe daran war, sie auf die harten, kalten Kacheln zu ziehen, schob er sie von sich. „Und ich spreche von der Tatsache, dass ich so lange hier bleiben werde, bis die Alarmanlage funktioniert."

„Aber du brauchst nicht …"

„Oh, ich brauche." Er presste seinen Mund erneut auf ihre Lippen, um ihr zu zeigen, was er brauchte und wie sehr.

Amanda wartete auf Sloan und tadelte sich, weil sie so nervös war wie eine frisch gebackene Braut in ihrer Hochzeitsnacht. Vielleicht war das Warten intensiver, weil sie wusste, was sie einander geben konnten.

Sie schlüpfte in ein hauchdünnes blaues Nachthemd, eine Extravaganz, die monatelang zusammengefaltet im Schrank gelegen hatte.

Unfähig, sich irgendwohin zu setzen, schlug sie das Bett auf. Sie hatte Kerzen in der Kommode aufbewahrt, um in Notfällen Licht zu haben. Als Amanda sie jetzt ansteckte, war das Licht sanft, romantisch und alles andere als praktisch.

Suzanna hatte Blumen in das Zimmer gestellt, wie sie das immer tat. Diesmal waren es zarte Maiglöckchen, die einen betörenden Duft verströmten.

Obwohl der Mond nicht schien, öffnete sie die Balkontüren, um das ständige Rauschen der Brandung hereinzulassen.

Und dann kam er zu ihr, als sie in der offenen Tür stand, die Schwärze der Nacht in ihrem Rücken.

Der Scherz, den er hatte machen wollen, verflüchtigte sich aus seinen Gedanken. Er konnte nur noch sie ansehen. Seine Hand am Türknauf wurde feucht, sein Herz schlug höher und schnürte ihm die Kehle zu.

Dass sie hier auf ihn wartete, dass sie in dem flackernden Kerzenschein so begehrenswert aussah, dass sie ihm einladend entgegenlächelte, war alles, was er sich jemals gewünscht hatte.

Er wollte sanft zu ihr sein, genauso behutsam wie in der Nacht zuvor. Doch als er sie erreichte, hatte sich das leise Brennen schon in Feuer verwandelt. Herausforderung statt

Nervosität funkelte in ihren Augen, als sie ihre Arme hob, um ihn zu umarmen.

„Ich dachte schon, du würdest nie mehr kommen", murmelte sie, ließ sich von ihrem Verlangen leiten und presste ihren Mund auf den seinen.

Wie sollte Sanftheit möglich sein, wenn eine derartige Hitze vorhanden war? Wie sollte Geduld möglich sein, wenn ein solches Verlangen drängte?

Ihr Körper vibrierte bereits – Himmel, er konnte jeden wilden Schlag ihres Herzens fühlen, als sie sich an ihn schmiegte. Der dünne Stoff ihres Nachthemdes reizte die nackte Haut an seiner Brust, reizte ihn dazu, das Hemd zu öffnen und auf Raubzug zu gehen.

Ihr Duft umfing ihn, lockte mit dunklen Geheimnissen, verführte mit fiebrigen Versprechungen.

In diesem Moment war er dermaßen von ihr erfüllt, dass er sich selbst nicht finden konnte.

Atemlos und beinahe verloren hob er den Kopf. Er wusste, dass sein Verlangen gewaltig war und er rücksichtslos sein konnte, wenn er nicht an seiner Beherrschung festhielt, sie erst einmal zurückgewann.

„Warte." Er brauchte einen Moment, um seinen Atem und seinen Verstand wieder zu finden, doch Amanda schüttelte bloß den Kopf.

„Nein." Sie fuhr mit den Fingern durch sein Haar und zog ihn wieder zu sich zurück. Sie wusste nicht, wann diese Waghalsigkeit in ihr ausgebrochen war, aber sie wurde von ihr gefangen gehalten, als sie mit ihm auf ihr Bett fiel.

Fordernd streichelte sie ihn mit liebevollen Händen.

Diesmal keine Schwäche. Keine Unterwerfung.

Sie wollte die Macht, ihn unvorsichtig zu machen, ihm genauso den Verstand zu rauben und ihn verwundbar zu machen, wie er das mir ihr anstellte.

Eng umschlungen, rollten sie über das Bett. Jedes Mal, wenn er sich zurückziehen wollte, war sie da. Ihr Mund war gierig, und ihr leises, verheißungsvolles Lachen ließ sein Blut pulsieren.

Mit flinken Fingern öffnete sie seine Jeans und zog sie über seine Hüften herunter. Seine Muskeln zuckten und spannten sich, als ihre Fingerspitzen über seinen Bauch tanzten.

Er stieß einen Seufzer aus und hielt ihre Hände fest, bevor sie ihn dorthin führte, von wo es kein Zurück mehr gab.

Schwer atmend starrte er auf sie hinunter, während er ihre Handgelenke festhielt. Ihre Augen waren wie Kobalt, dunkel schimmerten sie in dem flackernden Licht. Über seinem eigenen stockenden Atem hörte er das Ticken der Uhr neben dem Bett.

Dann lächelte sie, ein langsames, träges Lächeln voll Wissen. Und er hörte nur noch das Rauschen seines eigenen Verlangens.

Heißhungrig ließ er seine Lippen mit den ihren verschmelzen. Rücksichtslos vor Leidenschaft suchten seine Hände und nahmen.

Sie reagierte, Forderung um Forderung, Genuss um Genuss. Die Beherrschung zerbrach. Er konnte fast die Ketten reißen hören, als er sich an ihr sättigte. Das war Befreiung. Eine Welt ohne Vernunft.

In dem verzweifelten Wunsch, Amanda zu fühlen, zog er das Nachthemd beiseite. Ihr überraschtes Ringen nach Luft war Öl auf die Flammen seiner Leidenschaft.

Von einem Wirbelsturm gepackt, überließ Amanda sich dem Tempo. Keine Gedanken. Keine Fragen. Nur heiße, feuchte Haut, wild suchende Lippen, rasche, gierige Hände.

Den Blick auf sie gerichtet, senkte er sich in sie und erfüllte sie beide mit dem Beben der Lust. Dann hob sie sich ihm entgegen, und sie trieben miteinander durch die Dunkelheit.

„Ja, Mr. Stenerson." Amanda summte in Gedanken eine Melodie, während ihr Vorgesetzter immer weiter redete. Noch zehn Minuten, und sie hatte frei. Nicht einmal die bevorstehende Séance trübte ihr Vergnügen.

Sie würde bald mit Sloan zusammen sein. Vielleicht blieb sogar noch Zeit für einen Spaziergang vor dem Abendessen.

„Sie scheinen mit Ihren Gedanken nicht bei der Arbeit zu sein, Miss Calhoun."

Das brachte sie mit einem Stich ihres schlechten Gewissens zurück in die Realität. „Sie waren besorgt wegen der Beschwerde von Mr. und Mrs. Wicken."

Den zornigen Blick auf sie geheftet, pochte er mit seinem Stift auf den Schreibtisch. „Ich bin sogar sehr darüber besorgt, dass einer unserer Kellner ein ganzes Tablett voll Drinks in Mrs. Wickens Schoß gekippt hat."

„Ja, Sir. Ich habe dafür gesorgt, dass ihre Hose gereinigt wurde und dass sie auf Kosten des Hauses ein Dinner an einem Abend ihrer Wahl während ihres Aufenthalts bekommen. Sie waren zufrieden."

„Und Sie haben den Kellner gefeuert?"

„Nein, Sir."

Er zog seine Augenbrauen hoch. „Darf ich fragen, warum nicht, obwohl ich es ausdrücklich verlangt habe?“

„Weil Tim schon seit drei Jahren bei uns ist und ihn bestimmt keine Schuld daran trifft, dass er die Drinks verschüttet hat, nachdem ihm der Junge der Wickens ein Bein gestellt hatte. Einige Kellner und etliche Gäste haben gesehen, wie es passiert ist!“

„Das mag sein. Wie auch immer, ich habe ihnen einen eindeutigen Auftrag erteilt.“

„Ja, Sir.“ Die fröhliche kleine Melodie in ihrem Kopf verwandelte sich in ein schmerzliches Pochen. Sie hatte gedacht, das alles schon mit Stenerson durchgemacht zu haben. „Und nach genauerer Betrachtung der Umstände entschied ich mich dafür, die Sache anders anzupacken!“

„Muss ich Sie daran erinnern, wer dieses Hotel führt, Miss Calhoun?“

„Nein, Sir, aber ich würde meinen, dass Sie nach all den Jahren, die ich nun schon im BayWatch arbeite, meinem Urteil vertrauen könnten.“ Sie holte tief Luft und ging ein großes Risiko ein. „Sollte das nicht der Fall sein, wäre es wohl am besten, ich reiche meine Kündigung ein.“

Er blinzelte drei Mal, dann räusperte er sich. „Meinen Sie nicht, das wäre ein wenig drastisch?“

„Nein, Sir. Wenn Sie nicht das Gefühl haben, ich sei kompetent genug, um gewisse Entscheidungen zu fällen, unterhöhlt es das System.“

„Es geht nicht um Ihre Kompetenz, sondern um Ihren Mangel an Erfahrung. Allerdings“, fügte er hinzu und hob eine Hand, „allerdings bin ich sicher, dass Sie getan haben, was Sie in diesem Fall für das Beste hielten.“

„Ja, Sir."

Als sie schließlich sein Büro verließ, hatte sie die Zähne zusammengebissen. Amanda zwang sich dazu, sich zu entspannen, als William sie in der Lobby ansprach.

„Ich wollte Ihnen nur noch einmal sagen, wie gut mir die Führung durch ihr Haus und das wunderbare Essen gefallen haben."

„Es war mir ein Vergnügen."

„Ich habe das Gefühl, sollte ich Sie noch einmal zum Dinner einladen, hätten Sie einen anderen Grund für eine Absage als die Hotelpolitik."

„William, ich …"

„Nein, nein." Er tätschelte ihre Hand. „Ich verstehe schon. Ich bin enttäuscht, aber ich verstehe Sie. Ich nehme an, Mr. O'Riley wird an der Séance heute Abend teilnehmen?"

Sie lachte. „Ob er will oder nicht."

„Es tut mir wirklich leid, dass ich diese Séance verpassen werde." Er drückte anschließend ihre Hand noch einmal. „Um acht Uhr findet sie statt, sagten Sie?"

„Nein, um Punkt neun. Tante Coco wird uns alle um den Esstisch versammeln, an dem wir uns dann an den Händen halten und Alphawellen oder so etwas aussenden!"

„Ich hoffe, Sie lassen es mich wissen, falls Sie irgendwelche Botschaften von … von der anderen Seite erhalten."

„Abgemacht. Gute Nacht."

„Gute Nacht." Er blickte auf seine Uhr, als Amanda ging.

Er hatte mehr als genug Zeit, um sich vorzubereiten.

„Ich dachte mir, dass ich dich hier finde." Amanda betrat den großen kreisrunden Raum, den die Familie „Biancas Turm" nannte. Lilah hatte sich auf dem Fenstersitz zusammengerollt, wie so oft, und blickte auf die Klippen hinaus.

„Ja, mich und den wilden Fred.“ Aus einem ganz persönlichen Traum erwachend, zerzauste sie das Fell des dösenden Hundes. „Wir stimmen uns auf die Séance heute Abend ein.“

„Verschone mich.“ Amanda ließ sich neben ihrer Schwester auf den Sitz sinken.

„Nun, was hat das zufriedene Lächeln weggewischt, das du noch heute Morgen in deinem Gesicht hattest? Gab es Streit mit Sloan?“

„Nein.“

„Dann muss es der heimtückische Stenerson gewesen sein.“ Bei Amandas knappem Fluch lächelte Lilah breit. „Beim zweiten Versuch erraten. Warum schlägst du dich mit ihm herum, Mandy? Der Mann ist ein Schwätzer.“

„Weil ich für ihn arbeite.“

„Dann kündige.“

„Du hast leicht reden.“ Sie warf Lilah einen ungeduldigen Blick zu. „Wir können nicht alle den ganzen Tag herumschweben wie verträumte Waldgeister.“ Sie hielt sich zurück und stieß den Atem aus. „Tut mir Leid.“

Lilah zuckte bloß die Schultern. „Du hörst dich an, als hätte dich mehr gejuckt als nur Stenerson!“

„Er hat damit angefangen. Er sagte, ich wäre mit meinem Gedanken nicht bei der Arbeit, und er hatte Recht.“

„Dann sind deine Gedanken eben gewandert. Na und? Keine große Angelegenheit.“

„Es ist eine große Angelegenheit. Verdammt, ich mag meinen Job, und ich bin gut darin. Aber ich habe mich nicht mehr konzentriert, nicht auf den Job und nicht auf die Halskette oder sonst etwas, seit ..."

„Seit der große Cowboy aus dem Westen in dein Leben gestolpert ist."

„Das ist nicht lustig."

„Sicher ist es das." Lilah schlang ihre Arme um ihre Knie und stützte ihr Kinn darauf. „Du verlierst also ein wenig deine Konzentration, verlegst eine deiner Listen oder kommst zu einem deiner Termine fünf Minuten zu spät. Na und, was ist schon dabei?"

„Ich sage dir, was dabei ist. Der Mann verändert mich, und ich weiß nicht, was ich damit anfangen soll. Ich habe meine Verpflichtungen und meine Verantwortung. Verdammt, ich habe meine Ziele. Ich muss an morgen denken und an die Zeit in fünf Jahren." Das Problem dabei war, dass wenn sie es tat, sie an Sloan dachte. „Wenn er nun lediglich ein Ausrutscher ist? Ein wundervoller, erregender Ausrutscher, der alles über den Haufen wirft, was ich geplant habe? In ein paar Wochen wird er hier fertig sein und nach Oklahoma zurückkehren, und mein Leben liegt in Trümmern."

„Und wenn er dich bittet, mit ihm zu gehen?"

„Das wäre noch schlimmer." Verwirrt sprang Amanda auf, um in nervösen Kreisen herumzulaufen. „Was soll ich bloß machen? Alles wegwerfen, wofür ich gearbeitet habe, alles, worauf ich gehofft habe, nur weil er sagt, ich soll packen und mein Pferd satteln?"

„Würdest du es tun?"

Amanda schloss die Augen. „Ich fürchte, ich würde es tatsächlich tun."

„Warum sprichst du dann nicht mit ihm?"

„Ich kann nicht." Sie setzte sich wieder. „Wir haben noch gar nicht über die Zukunft gesprochen. Ich glaube, keiner von uns beiden will im Augenblick daran denken. Nur heute habe ich angefangen, mir darüber den Kopf zu zerbrechen, dass ich ihn vor einem Monat noch nicht einmal gekannt habe. Es ist verrückt, damit anzufangen, mein Leben um jemanden herum zu planen, den ich erst seit so kurzer Zeit kenne."

„Und du warst immer die Vernünftige unter uns Schwestern", warf Lilah ein.

„Ja, richtig."

„Dann entspann dich." Aufmunternd tätschelte sie Amandas Schulter. „Wenn die Zeit kommt, wirst du auch etwas Vernünftiges machen."

„Hoffentlich hast du Recht", murmelte Amanda und zwang sich zu einem entschiedenen Nicken. „Natürlich hast du Recht. Und jetzt arbeite ich bis zum Abendessen im Abstellraum."

„Siehst du, du hast schon wieder in dein altes Gleis zurückgefunden."

Lilah lachte leise vor sich hin, während Amanda hinausging.

„Komm, Fred." Sie drückte ihre Nase gegen die seine. „Wollen doch mal sehen, ob wir sie nicht ein wenig von der Arbeit ablenken können."

Sloan betrat den Abstellraum, ausgestattet mit einer Flasche Champagner, einem Weidenkorb und Lilahs schwesterlichen Ratschlägen.

Bring sie ständig aus dem Gleichgewicht großer Junge! Das einzige, was du nicht zulassen darfst, ist, dass sie bei dir logisch wird!

Obwohl er nicht genau wusste, was Lilah zu ihrem Besuch bei ihm veranlasst hatte, stimmt er der geistigen Richtung grundsätzlich zu. So wie es ihm gefiel, wie Amanda aussah, wie sie da über einen Schreibtisch gebeugt in dem Abstellraum saß, die Brille auf der Nase, die Haare zurückgesteckt.

Hinter ihr waren säuberlich etikettierte Ablagekörbe aufgebaut, Dutzende von staubigen Kartons standen neben ihr, und mehrere Stapel Papiere türmten sich vor ihr auf.

„Hey, Calhoun, bereit für eine Pause?"

„Was?" Rasch hob sie den Kopf, aber es dauerte einen Moment, ehe ihre Augen sich klar auf ihn richteten. „Oh, hallo! Ich habe dich nicht hereinkommen gehört."

„Wo warst du?"

Sie hob eine Aktenmappe hoch. „Zurück im Jahr 1929. Sieht so aus, als habe mein erhabener Urgroßvater ein wenig Geld nebenbei verdient, indem er während der Prohibition Alkohol aus Kanada einschmuggelte."

„Der gute alte Fergus."

„Der gierige alte Fergus", verbesserte sie ihn. „Aber ein Geschäftsmann durch und durch. Wenn er schon über seine illegalen Aktivitäten so peinlich genau Buch geführt hat, hätte er auch garantiert Unterlagen über einen Verkauf der Smaragde aufgehoben."

„Ich denke, Bianca hat sie versteckt."

„So lautet die Legende." Sie lehnte sich zurück und rieb sich die müden Augen. „Ich halte mich lieber an Tatsachen.

Ich hatte zum Beispiel den Einfall, er könnte die Smaragde in einen Banksafe gelegt haben, von dem er niemandem etwas sagte. Aber ich kann auch darüber keine Unterlagen finden."

„Vielleicht suchst du an der falschen Stelle." Er stellte Flasche und Korb ab, während er hinter sie trat. Sanft begann er, ihre Nackenmuskeln zu massieren. „Vielleicht solltest du dich auf Bianca konzentrieren. Immerhin war es ihre Halskette."

„Wir haben nicht viele Informationen über Bianca." Als ihr die Augen zuzufallen begannen, riss sie sie wieder auf. „Urgroßvater vernichtete alle ihre Bilder, ihre Briefe, einfach alles, was mit ihr zu tun hatte. Bis jetzt haben wir nur einen ihrer Notizkalender gefunden."

„Er muss wahnsinnig wütend gewesen sein."

„Wahnsinnig auf jeden Fall, aber ich vermute vor Gram."

„Nein." Er beugte sich herunter und küsste sie auf den Scheitel. „Hätte er Gram empfunden, hätte er alles von ihr behalten."

„Vielleicht hat ihn die Erinnerung zu sehr geschmerzt."

„Falls er sie liebte, hätte er sich an sie erinnern wollen. Das wäre für ihn unbedingt nötig gewesen. Wenn man jemanden liebt, ist alles von diesem Menschen wertvoll." Er fühlte, wie sich ihre Muskeln unter seinen Fingern verspannten. „Was gibt es denn für ein Problem, Amanda? Du bist vollständig verkrampft."

„Ich sitze schon zu lange hier, das ist alles!"

„Dann ist mein Timing ja perfekt!" Er bückte sich nach dem Champagner.

„Wofür ist das denn?"

„Die meisten Leute trinken das."

Sloan ließ den Korken knallen. „Ich weiß nicht, wie es mit dir steht, Amanda, aber ich habe mich heute bei der Arbeit heimlich beeilt. Ich dachte, wir könnten eine Kaffeepause erster Klasse machen."

Sie brauchte keinen Champagner, um ihr Gehirn zu benebeln. Das erledigte Sloan schon ganz allein. Und genau das musste sie vermeiden, erinnerte sie sich selbst, während sie aufstand. „Das ist ein hübscher Einfall, aber ich sollte Tante Coco beim Abendessen helfen!"

„Lilah hilft ihr."

„Lilah?" Amandas Augenbrauen gingen hoch. „Du scherzt."

„Nein." Er öffnete den Korb und holte zwei Kelche heraus. „Suzanna macht mit den Kindern Hausarbeiten, und du und ich, nur wir beide, haben ein Dinner zu zweit."

„Sloan, ich bin zum Ausgehen wirklich nicht richtig angezogen."

„Ich mag dich in einem Jogginganzug." Er goss den Champagner ein, stellte die Flasche weg und hob beide Gläser hoch. „Und wir gehen gar nicht aus."

„Du hast soeben gesagt …"

„Ich habe gesagt, dass wir ein Dinner zu zweit haben werden, und genau das haben wir. Exakt hier."

„Hier." Sie drehte sich um. „In einem Abstellraum?"

„Ja. Ich habe etwas Paté von deiner Tante, kaltes Huhn, Spargel und frische Erdbeeren." Er stieß mit seinem Glas gegen das ihre, bevor er trank. „Ich habe den ganzen Tag daran gedacht."

Er brauchte erst gar nicht zu versuchen, ihre Knie schwach zu machen. Wenn er etwas Süßes tat, oder etwas Süßes sagte, schmolz sie dahin zu einem Meer aus Liebe. „Sloan, wir müssen miteinander sprechen."

„Sicher." Doch gleichzeitig beugte er sich vor und strich mit seinen Lippen träge über die ihren. „Warum machen wir es uns nicht vorher bequem?"

„Was?" Bereits benommen, starrte sie ihn an, als er eine Decke aus dem Korb holte und auf dem Boden ausbreitete.

„Komm schon!"

„Ich glaube wirklich, es wäre besser, wenn wir …" Doch er zog sie bereits auf die Decke hinunter.

Er nahm ihr das Glas aus der Hand und stellte es auf den Boden, bevor er an ihren Lippen knabberte. „So ist es besser", murmelte er. „Viel besser."

„Die Kinder sind zu Hause", brachte sie hervor, als er seine Hände unter ihr Hemd gleiten ließ. „Wenn jemand hereinkommt."

„Ich habe die Tür abgeschlossen." Er strich behutsam mit seinem rauen Daumen über ihre zarten Brustspitzen. „Pass auf, Calhoun, ich zeige dir jetzt, wie man sich entspannt."

Amanda war so entspannt, dass sie nicht glaubte, sich bewegen zu können. Ihre Lider flatterten ein Stück hoch, als Sloan ein Scheibchen Paté auf ihre Zunge legte.

„Schmeckt gut", versicherte er und strich dann etwas Paté auf ihre nackte Schulter, um sie wieder abzulecken. „Hier." Er hob Amanda an und zog sie gegen seine Brust, bevor er ihr das Champagnerglas reichte. „Wir sollten das eigentlich vorher trinken, aber ich wurde abgelenkt."

Es schmeckte wie Sünde auf ihrer Zunge. Sie nippte noch einmal und öffnete dann gehorsam ihren Mund, als er sie mit mehr Paté fütterte, diesmal auf einem normalen Cracker.

„Noch etwas?“

Sie seufzte zustimmend.

Zwischen Küssen fütterten sie einander mit Häppchen aus dem Korb. Als sie gesättigt war, beobachtete sie, wie er den restlichen Champagner einschenkte. „Wir werden zur Séance zu spät kommen.“

„Nein.“ Er zog sie noch bequemer gegen seine Brust. „Coco fand, dass die Wellen nicht ganz richtig wären. Sie sagte vorhin irgendetwas von einer Störung durch eine finstere Macht.“

„Das klingt ganz nach meiner nüchternen Tante.“

„Sie will jetzt bis zur letzten Nacht des Neumondes warten.“ Er knabberte an ihrem Hals. „Wir können die ganze Nacht hier drinnen bleiben.“

Sie fing an zu glauben, dass mit ihm alles möglich war. „Das wäre dann mein erstes Picknick, das eine ganze Nacht dauert.“

„Wenn wir verheiratet sind, veranstalten wir so etwas regelmäßig.“

Champagner schwappte über ihre Hand und kleckerte auf sein Bein, als sie hochfuhr.

„Ganz ruhig, Calhoun. Nichts verschütten.“

Sie richtete sich auf und drehte sich zu ihm um. „Was meinst du mit verheiratet sein?“

„Du weißt schon, Mann und Frau und all dieses Zeug.“

Sehr behutsam stellte sie das Glas zur Seite. Einfach so, dachte sie panisch und gleichzeitig wütend. Genau wie sie erwartet hatte. Bei ihm lief das: Sattle dein Pferd, Calhoun, wir reiten los! „Wie kommst du darauf, dass wir heiraten könnten?“

Es gefiel ihm gar nicht, dass diese tiefe Falte wieder zwischen ihren Augenbrauen stand. „Ich liebe dich, und du liebst mich. Du bist doch der logische Verstand von uns beiden, Amanda. Von meinem Standpunkt aus ist der nächste Schritt Heirat."

„Das mag ein Schritt von deinem Standpunkt aus sein, aber von meinem ist es ein großer Sprung. Und du kannst nicht einfach davon ausgehen, dass ich ihn tun werde."

„Warum nicht?"

„Weil du das eben nicht annehmen kannst. Zuerst einmal plane ich für die nächsten Jahre überhaupt nicht, mich zu verheiraten. Ich muss an meine Karriere denken."

„Was hat das eine mit dem anderen zu tun?"

„Alles. Du hast bereits meine Konzentration gestört, und du hast erreicht, dass ich meine Prioritäten nicht mehr einhalte." Sie wusste, dass es albern klang, unterbrach sich und fuhr sich mit den Fingern durch die Haare. „Sieh mich an", verlangte sie. „Sieh mich doch bloß an. Ich sitze auf dem Fußboden des Abstellraums, nackt, und streite mit einem Mann, den ich erst seit kurzem kenne. Das bin nicht ich."

Mit trügerischer Lässigkeit ließ er seinen Blick nach unten und dann wieder nach oben wandern. „Wer, zum Teufel, ist es dann?"

„Ich weiß es nicht." Hektisch griff sie nach ihrem Jogginganzug und begann, ihn wieder anzuziehen. „Ich weiß nicht mehr, wer ich bin, und das ist deine Schuld. Nichts ergibt mehr einen Sinn, seit du auf dem Bürgersteig gegen mich geprallt bist."

„Du bist gegen mich geprallt."

„Das spielt jetzt keine Rolle." Bis ins Mark erschüttert, zerrte sie das Oberteil über ihren Kopf. „Ich hänge Tagträumen nach, wenn ich eigentlich arbeiten sollte. Ich lasse mich von dir lieben, wenn ich eigentlich Verabredungen einhalten sollte. Ich nehme an Nacktpicknicks teil, wenn ich eigentlich Papiere ordnen sollte. Das muss aufhören."

„Vielleicht hätte ich dir die Champagnerflasche einfach auf den Kopf knallen sollen, anstatt dich das Zeug trinken zu lassen." Verwirrt kratzte er sich am Kopf. „Setz dich doch, Calhoun, und wir sprechen über das alles."

„Nein, ich setze mich nicht. Dann fängst du nämlich wieder mit mir an, und ich kann wieder nicht denken. Du wirst nicht Pläne für den Rest meines Lebens machen, ohne dich vorher mit mir abzusprechen, ohne überhaupt die Höflichkeit zu besitzen, mich zu fragen. Ich übernehme wieder die Kontrolle über mein Leben."

Jetzt stand er auf, nackt und wütend. „Du bist zornig, weil ich will, dass du mich heiratest!"

Ihr Atem zischte zwischen ihren zusammengebissenen Zähnen heraus. „Du bist einfach blöde." Sie griff nach dem erstbesten Gegenstand, den sie in die Finger bekam, und schleuderte ihre Brille nach ihm. „Zu blöde für Worte!" Damit stürmte sie zur Tür, kämpfte fluchend mit dem Schloss, bis sie es aufbekam. „Du kannst deinen unglaublich romantischen Heiratsantrag nehmen und ihn dir sonst wohin stecken!"

Der heiße und träge Nachmittag war perfekt zum Genießen. Christian überraschte mich mit einem kleinen Korb. Wein und Schinken waren darin.

Gemeinsam saßen wir im Gras unterhalb des Felsens und beobachteten die Boote, die in der Tiefe vorbei glitten.

Das Licht war so golden, als würde es aus einem goldenen Krug fließen. Aber so ist es immer, wenn ich mit ihm zusammen bin. An diesen lieblichen Nachmittagen gibt es nichts als Sonnenschein und Wärme und Düfte.

Wir sprachen über alles und nichts, während er mich zeichnete. Er hat schon zwei Bilder von mir gemacht, seit der Sommer begann.

In aller Bescheidenheit kann ich sagen, dass er mich schön aussehen ließ. Welche Frau wäre es nicht, wenn sie verliebt ist? Und es waren seine Augen, die mich betrachteten, seine Hände, die mein Gesicht und mein Haar zeichneten. Es waren seine Gefühle, die seinen Pinsel leiteten.

Hätte ich nicht schon vorher daran geglaubt, wie tief und wahr seine Liebe für mich ist, hätte ich es in den Porträts gesehen, die er malte.

Wird ihm jemand diese Porträts abkaufen? Es macht mich traurig, wenn ich daran denke. Aber es macht mich auch stolz. Das wäre eine Möglichkeit, endlich meine Gefühle offen zu erklären. Wenn an irgendeiner Wand das Porträt einer Frau hängt, deren Augen von Liebe zu dem Mann erfüllt sind, der sie gemalt hat.

Wie ich schon sagte, haben wir über alles und nichts gesprochen. Wir erwähnten nicht, wie schnell sich die Tage zu Wochen aneinander reihten. Es sind nur noch wenige Wochen übrig, bevor ich die Insel verlassen muss. Und Christian. Ich glaube, diesmal wird etwas in mir sterben.

Fergus und ich besuchen heute Abend ein Dinner mit Tanz. Er war sehr fröhlich, obwohl viel über Krieg gespro-

chen wurde. Er meinte, dass kluge Männer stets wüssten, dass es immer irgendwo Krieg gibt, und dass man daran gut Geld verdienen kann. Ich war betroffen, ihn so sprechen zu hören, aber er wischte meine Bedenken einfach beiseite.

„Es liegt bei dir, darüber nachzudenken, wie du das Geld ausgibst, und es liegt bei mir, es zu verdienen“, erklärte er mir.

Das traf mich, weil ich ihn nicht des Geldes wegen geheiratet habe und auch nicht wegen des Geldes bei ihm bleibe. Der Grund für beides ist Pflichtgefühl. Allerdings habe ich unter seinem Dach gelebt, sein Essen gegessen und seine Geschenke angenommen, ohne einen Gedanken daran zu verschwenden.

Es belastet mein Gewissen, dass ich das kleine Picknick, das Christian mir gebracht hat, so viel mehr geschätzt habe als alle üppigen Dinner, die Fergus mit seinem Geld bezahlt hat.

Weil ihm das immer gefällt, trug ich die Smaragde, und ich habe sie noch nicht weggebracht. Sie liegen jetzt im abgeschirmten Licht der Lampe, glitzern mir entgegen und erinnern mich sowohl an meinen Gram als auch an meine Freude.

Wäre es nicht wegen der Kinder ... aber ich kann nicht daran denken. Da sind nun einmal die Kinder. Welche Sünden auch immer ich begehe, ich werde sie nie verlassen. Sie haben Bedürfnisse, die weder Christian noch ich ignorieren dürfen. Dazu haben wir kein Recht. Ich weiß, dass die Kinder in der vor mir liegenden Einsamkeit mein Trost sein werden. Da ich mit ihnen gesegnet bin, ist es nicht richtig, um das Kind zu trauern, das Christian und ich niemals haben dürfen.

Wenn ich heute Abend die Lampe ausschalte, werde ich versuchen, rasch zu schlafen. Denn dann wird es wieder Morgen, und aus dem Morgen wird der goldene Nachmittag, an dem ich Christian wieder sehen kann.

10. KAPITEL

Der einzige Grund, der Amanda daran hinderte, die Tür zuzuschlagen, war der Umstand, dass Suzanna vermutlich die Kinder schon zu Bett gebracht hatte. Aber sie trat dagegen.

Vor sich hinmurmelnd und gelegentlich einen wütenden Blick über ihre Schulter werfend, humpelte sie den Korridor entlang.

Im Moment war sie sich nicht sicher, ob sie wütender auf Sloan war, weil er sich ihrer Zustimmung so absolut sicher war, oder auf sich selbst, weil sie ihm ihre Zustimmung geben wollte.

Heirat hatte nicht zu ihren Plänen gehört, verdammt noch mal, aber sie war gut darin, das Unerwartete hinzunehmen und funktionieren zu lassen. Wenn er allerdings dachte, sie würde ihm die Befriedigung bieten, dass sie einfach an Bord ging, weil er das sagte, dann kannte er Amanda Kelly Calhoun nicht.

„Wenn wir verheiratet sind“, hatte er gesagt! Sie kochte vor Wut. Nicht „Falls wir jemals heiraten …“ oder „Möchtest du …“ oder „Hättest du Lust … ?“

Das große Problem bestand darin, dass unter ihrer sofort einsetzenden Panik und dem Zorn auch Begeisterung mitgeschwungen hatte!

Sie blieb vor der Tür ihres Zimmers stehen, als sie ihren sanften Seufzer hörte. Lieber Himmel, sie wollte ihn heiraten! Trotz aller guten, soliden und vernünftigen Gründe, die dagegen sprachen, war die Heirat mit ihm genau das, was sie wollte! Das Zusammenleben mit ihm würde bedeuten, mit der ständigen Drohung einer grundlegenden Umwälzung ihres Lebens zu leben. Sie lächelte vor sich hin. Konnte es ein befriedigenderes Leben geben für eine Frau, die ein solches Geschick ja gerade darin besaß, die Dinge wieder gerade zu rücken?

Mit der Hand am Türknauf, zögerte sie und überlegte, ob sie zurückgehen und dem Drang nachgeben sollte, sich lachend in seine Arme zu werfen und zu rufen … ja!

Nein!

Entschlossen stieß Amanda die Tür auf. Sie würde es ihm nicht leicht machen. Wenn er sie wollte, wirklich wollte, dann musste er schon etwas härter daran arbeiten. Sobald er es richtig machte – sofern er es richtig machte, verbesserte sie sich, als sie hinter sich die Tür schloss, würde sie lächeln, sich an seine Brust schmiegen und sagen …

Ein Arm schlang sich um ihren Hals und schnürte ihr den Atem ab.

Instinktiv wehrte sie sich und riss beide Hände hoch, um an dem Arm zu reißen und zu kratzen, während sie um Luft rang, damit sie schreien konnte. Bis sich der harte kalte Lauf einer Waffe gegen ihre Schläfe presste.

„Nicht." Die Stimme war nur ein heiseres Flüstern an ihrem Ohr. „Seien Sie ganz still. Dann brauche ich Ihnen nichts zu tun."

Gehorsam ließ Amanda ihre Arme sinken, doch ihre Gedanken wirbelten durcheinander. Die Kinder waren nur den Korridor hinunter ein paar Zimmer weiter. Und Sicherheit kam an erster Stelle. Und Sloan …

Sloan konnte jeden Moment daherkommen und wütend einen Showdown verlangen!

„So ist es schon besser.“ Der Druck auf ihre Kehle lockerte sich ein wenig. „Wenn Sie schreien, werden einige Leute zu Schaden kommen – angefangen bei Ihnen. Ich glaube nicht, dass Sie das wollen.“

Sie schüttelte den Kopf.

„Gut. Also ...“ Er fluchte und verstärkte erneut seinen Griff, als Sloan über den Korridor rief.

„Calhoun! Ich bin noch nicht fertig mit dir!“

„Seien Sie absolut still“, warnte der Mann, während er sie zurückzerrte. „Oder ich bringe ihn um.“

Amanda schloss die Augen und betete.

Sloan öffnete die Tür ihres Zimmers, doch drinnen war es stockdunkel und still. Während er fluchend in der Tür stand, wurde Amanda in die Ecke gedrängt. Sie wusste, dass die Waffe jetzt auf Sloan zielte.

Ihr Körper war wie zu Eis erstarrt, während sie dastand, nicht einmal zu atmen wagte und in Gedanken flehte, er möge sich umdrehen und weggehen.

Und als er es tat, als sie seine Schritte auf der Treppe hörte, fragte sie sich, ob sie ihn jemals wieder sehen würde.

„Wo wir jetzt unter uns sind, können wir miteinander sprechen.“ Der Arm blieb jedoch an ihrem Hals und die Waffe an ihrer Schläfe. „Über die Smaragde.“

„Ich weiß nicht, wo sie sind.“

„Ja. Anfangs hatte ich Schwierigkeiten, das zu glauben, aber jetzt bin ich sicher, dass Sie es nicht wissen. Wir spielen also jetzt ein anderes Spiel. Wir müssen schnell sein. Zuerst den Abstellraum. Ich nehme die Papiere, die Sie noch nicht durchgesehen haben. Um diesem Unternehmen ein wenig Flair zu verleihen, holen wir anschließend Cocos Perlen und ein paar von den kleineren Gegenständen, die man leichter tragen kann."

„Sie kommen niemals aus dem Haus hinaus!"

„Überlassen Sie das ruhig mir." Befriedigung schwang in seiner Stimme mit, als würde er die Herausforderung genießen. „Wir gehen jetzt also sehr ruhig und sehr schnell in den Abstellraum. Wenn Sie irgendeine Heldentat versuchen, werde ich Sie mit größtem Bedauern erschießen."

Sie wagte nichts. Nicht, wenn die Kinder so nahe waren. Aber im Abstellraum, dachte sie, als sie losging, den Einbrecher direkt hinter sich, ist das schon etwas anderes.

Sloan hatte die Lichter brennen lassen. Die Überreste ihres Picknicks standen noch auf dem Fußboden. Es duftete ganz leicht nach Erdbeeren und Champagner.

„Sehr süß." Livingston schloss hinter ihnen die Tür. „Es wäre für mich allerdings bequemer gewesen, hätten Sie die Séance gehabt anstelle eines Streits unter Liebenden." Er lockerte seinen Griff, sodass Amanda einen Schritt von ihm weg tun konnte, doch er hielt seine Waffe im Anschlag.

Amanda starrte den Mann an, den sie als William Livingston kannte. Er war ganz in Schwarz gekleidet und mit einem Beutel aus weichem Leder ausgerüstet, den er über der Brust kreuzweise festgeschnallt hatte. An den Händen hatte er Wegwerfhandschuhe. Seine Waffe war klein, und Amanda zweifelte nicht daran, dass sie tödlich sein konnte. Nicht, wenn sie in Livingstons Augen blickte.

„Keine Vorwürfe, Amanda?" Er hob die Augenbrauen, als sie nichts sagte. „Ich hätte gehofft, Sie und ich, wir könnten unseren Spaß miteinander haben, während ich mein Geschäft ausführe, aber … Verschwenden wir keine Zeit." Aus dem Beutel zog er eine Stofftasche. „Nur die Papiere aus diesen Kartons dort."

Die aufzuckende Nervosität in seinem Blick brachte sie zum Lächeln. „Ich glaube, sie will nicht, dass Sie die Papiere oder die Halskette bekommen, Mr. Livingston."

„Geister?" Er lachte, aber es klang bemüht. Obwohl er mit seinen eigenen Augen sah, dass sich nichts verändert hatte, war er nicht mehr sicher, mit Amanda allein im Zimmer zu sein. „Das ist Ihrer nicht würdig."

„Warum haben Sie dann Angst?"

„Ich habe keine Angst. Ich habe es nur eilig. Das reicht." Er hatte es auf einmal schrecklich eilig, aus diesem Raum und diesem Haus zu verschwinden. Trotz der unheimlichen Kälte lief ihm Schweiß über den Rücken. „Sie tragen die Juwelen. Da das hier länger als vorhergesehen gedauert hat, müssen wir Cocos Perlen zurücklassen – vorerst!" Ungeduldig winkte er ihr mit der Waffe. „Wir gehen durch die Terrassentür."

Amanda überlegte, ob sie die Stofftasche auf ihn schleudern und weglaufen sollte. Doch dann hätte er die Papiere gehabt. Stattdessen schleppte sie sich damit ab und tastete an der Tür herum. „Sie klemmt."

Sie hatte sich bereits gewappnet, als er hinter sie trat, um mit dem alten Riegel zu kämpfen. In dem Moment, in dem sich die Tür öffnete, stellte sie ihm ein Bein, warf sich mit ihrem ganzen Gewicht gegen ihn und rannte los, hinaus auf die Terrasse.

Weil Amanda den Dieb von ihrer Familie wegführen wollte, rannte sie zum Westflügel. Sobald sie die ersten Treppen erreichte, schrie sie nach Sloan.

Die schwere Tasche schlug bei jedem Schritt gegen ihre Hüfte, während sie die Papiere mit sich schleppte. Sie konnte Livingston hinter sich hören, wie er aufholte, und jagte um eine Ecke, als eine Kugel von der Mauer abprallte.

Sie blieb nicht stehen, um nach Luft zu schnappen, obwohl ihre Lungen zu brennen begannen. Die Nacht war warm, drückend warm nach dem kalten Abstellraum. Die Luft war schwer von drohendem Regen.

Das Gefühl der Sicherheit, dass sie in dem Abstellraum empfunden hatte, war verschwunden. Jetzt hatte sie keinen Schutz, abgesehen von ihrem Wissen darüber, wie kompliziert verschachtelt die Terrassen und Treppen angelegt waren.

Sie setzte ihre ganze Kraft ein, erkämpfte sich ihren Weg durch die Dunkelheit und durch die plötzliche sichere Erkenntnis, dass sie mit dieser Situation nicht allein fertig werden konnte.

Dann sah sie Sloan, der ihr aus der entgegengesetzten Richtung entgegenkam. Die Erleichterung dauerte nur einen Moment. Dann hörte sie den nächsten Schuss.

Überall im Haus gingen Lichter an. Sloan rief ihr etwas zu, bevor er wie ein angreifender Stier auf sie zustürmte. Unbewaffnet, wie Amanda erkannte, blind vor Wut und direkt in eine geladene Waffe hinein.

Ohne zu zögern, wirbelte sie von Sloan weg und schleuderte die Tasche mit den Papieren nach Livingston.

Als er die Tasche vom Boden hochriss, hörte Amanda Stimmen von drinnen. Jenny weinte, der Hund kläffte aufgeregt.

Amanda jagte auf Sloan zu in dem Wunsch, ihn ebenso zu beschützen, wie sie beschützt werden wollte. Als sie ihn erreichte und die Arme nach ihm ausstreckte, schob er sie beiseite.

„Geh ins Haus!"

„Er hat eine Waffe", stieß sie hervor und klammerte sich verzweifelt an seinen Arm. „Lass ihn laufen!"

„Ich sagte, geh ins Haus!" Er schüttelte sie ab und sprang vor ihren erstaunten Augen über die Mauer.

Das Herz hämmerte ihr in der Kehle, als sie zu der Mauer jagte und sah, wie er auf der tieferliegenden Terrasse wieder auf die Beine kam.

Lilah platzte in dem Moment aus einer Tür, als Amanda die Verfolgung aufnahm.

„Was geht hier vor, zum Teufel?" schrie ihre Schwester hinter ihr her.

„Ruf schnell die Polizei!" Nach dem knappen Befehl sparte Amanda ihren Atem zum Laufen und folgte keuchend dem Geräusch der dahinjagenden Füße und Freds wütendem Gebell.

Es gab keinen Mondschein, der sie leitete, aber sie stürzte sich bedenkenlos in die Dunkelheit und schrie nach Sloan, als sie erneut einen Schuss hörte. Amanda flog förmlich die Treppe hinunter und hetzte um das Haus herum. Über ihrem eigenen rasselnden Atem hörte sie einen Fluch, dann das Quietschen von Reifen auf Asphalt.

In ihrer Eile stolperte sie, stürzte und raffte sich in der Auffahrt wieder auf, wobei die Kieselsteine ihr in die Handflächen schnitten.

Und dann gab es für einen Moment, einen entsetzlichen Moment lang, nur das Geräusch der See, des Windes und ihres eigenen hämmernden Pulsschlages.

Ihre Beine zitterten, als sie den Hang hinunterhetzte, so geblendet von Tränen, dass sie Sloan nicht sah, bevor sie gegen ihn prallte.

„Himmel!" Sie legte ihre Hände sofort um sein Gesicht. „Ich dachte, er hätte dich umgebracht!"

Sloan war zu wütend darüber, dass er seine Jagdbeute verloren hatte, als dass er ihre Sorge hätte schätzen können. „Es scheiterte bestimmt nicht daran, dass er es nicht versucht hat. Bist du in Ordnung?"

„Ja, ja, es geht mir gut. Ich war …"

„Du blutest." Jeder andere Gedanke schwand aus seinem Kopf. „Du hast Blut an den Händen."

„Ich bin in der Auffahrt hingefallen." Sie ließ ihren Kopf an seine Schulter sinken. „Es war so dunkel, und ich konnte nichts sehen." Sie kämpfte mit Macht die Tränen zurück und klammerte sich an ihn, während Fred zu ihren Füßen winselte.

In einem plötzlichen Stimmungswechsel zog Amanda sich zurück und stieß mit ihren wunden Händen gegen Sloans Brust. Die feuchten Augen begannen zu brennen. „Bist du eigentlich wahnsinnig, hinter ihm herzujagen? Ich hatte dir doch gesagt, dass er eine Waffe hat! Er hätte dich erschießen können."

„Er hätte beinahe dich erschossen, verdammt", erwiderte Sloan. „Und habe ich dir nicht gesagt, dass du ins Haus gehen sollst?"

„Ich nehme von dir keine Befehle an", fauchte sie.

„Ihr seid beide am Leben", stellte Lilah fest. Mit einer Taschenlampe in der Hand kam sie auf Amanda und Sloan zu. „Ich konnte euren Streit schon vom Anfang der Einfahrt her hören." Das Licht wanderte über Papiere, die auf der Straße verstreut lagen. „Was ist das alles?"

„Himmel, er muss ein paar Papiere fallen gelassen haben." Amanda war schon auf Händen und Knien und sammelte sie auf.

„Das muss passiert sein, als Fred ihn ins Bein gebissen hat." Weit entfernt davon, besänftigt zu sein, bückte Sloan sich und griff nach einem Papier, bevor es davongeweht wurde.

„Fred hat ihn gebissen?" fragten Amanda und Lilah wie aus einem Mund.

„Danach, wie es geklungen hat, hat er es gut und gründlich getan." Es war eine kleine, aber süße Befriedigung. „Wir hätten ihn auch erwischt, aber er hatte einen Wagen unten an der Straße abgestellt."

„Und er hätte euch beide erschießen können", erwiderte Amanda.

„Entschuldigt." Lilah lenkte das Licht so, dass sie die Papiere finden und einsammeln konnte. „Wer war das?"

„Livingston", erklärte Sloan und fügte eine Reihe von Fluchen hinzu. „Die Details musst du von deiner Schwester erfragen."

„Drinnen", schlug Lilah vor. „Die Familie ist in Aufruhr."

„Hast du die Polizei gerufen?"

„Ja." Als Fred die Ohren spitzte und langgezogen heulte, lachte Lilah. „Ich nehme an, sie ist schon unterwegs. Fred hört bereits die Sirenen."

Weil sie die Arme voll hatte, drückte Amanda die Papiere Lilah in die Arme und hob noch mehr auf, während sie zurückgingen. „Er hat nicht alles erwischt“, murmelte sie und dachte an jenen Moment im Abstellraum, als die Luft sich veränderte. „Ich wusste, dass er es nicht schaffen würde.“

An der Haustür stand Suzanna, ein schlanker Gladiator, bewaffnet mit einem Feuerhaken. „Sind alle in Ordnung?“

„Bestens.“ Amanda stieß erschöpft den Atem aus. „Und die Kinder?“

„Sind im Salon bei Tante Coco. Oh, Liebes, deine Hände!“

„Ich habe sie mir nur aufgeschlagen.“

„Ich hole Desinfektionsmittel.“

„Und Brandy“, fügte Lilah hinzu, bevor sie die Papiere auf einen Tisch in der Eingangshalle legte.

Zwanzig Minuten später war die Geschichte der Polizei erzählt worden, und die Familie blieb allein, um die Ereignisse zu verdauen. Sloan ging vor dem Sofa auf und ab, während die Calhoun-Frauen zusammengluckten.

„Und wir hatten diesen … diesen Dieb zum Dinner.“ Coco starrte wütend in ihren Brandy. „Ich habe ein Schokoladen-Soufflé gebacken. Und die ganze Zeit hatte er vor, uns zu bestehlen.“

„Die Polizei wird ihn erschießen“, warf Alex ein. „Peng! Genau zwischen die Augen.“

„Ich finde, wir hatten für eine Nacht genug Aufregung.“ Suzanna küsste ihn auf den Scheitel.

„Wir haben die meisten Papiere.“ Seufzend griff Amanda nach dem Stapel, den sie auf den Beistelltisch geworfen hatte. „Ich hoffe, Fred hat ein gutes Stück aus ihm herausgebissen.“

„Braver Junge, Fred.“ Lilah hielt den Hund in ihrem Schoß. „Ich glaube nicht, dass die Papiere Livingston – oder wer immer er in Wirklichkeit ist – viel nützen werden. Er ist nicht dafür bestimmt, die Smaragde zu finden. Wir sind es."

„Er wird keine Chance bekommen", bemerkte Sloan grimmig. „Nicht bei dem Alarmsystem, das ich einbauen lasse." Er warf Amanda einen Blick zu und forderte sie heraus, sich zu einem Widerspruch aufzuraffen, doch sie starrte auf eines der Papiere.

„Das ist ein Brief", murmelte sie. „Ein Brief von Bianca an Christian."

„Ach, du liebe Güte!" Coco beugte sich vor. „Was steht darin?"

Amanda las vor. Alle schwiegen.

Mein Liebster,

Ich schreibe diese Zeilen, während der Regen beständig fällt und mich von dir fern hält. Ich fragte mich, was du tust, ob du heute in dem düsteren Licht wohl malst und an mich denkst. Wenn ich so wie jetzt in meinem Turm allein bin, losgelöst von der Realität meiner Pflichten, lasse ich mich von meinen Erinnerungen davontragen. Erinnerungen von dem ersten Mal, als ich dich berührte. Ich bete um Sonnenschein, Christian, damit wir noch mehr Erinnerungen sammeln können.

Ich kann dir gar nicht sagen, wie sehr du mich verändert hast, wie viel mehr meine Augen jetzt erkennen, da sie mit dem Herzen sehen. Ich kann mir nicht vorstellen, wie leer mein Leben gewesen wäre ohne diese Zeit, die wir gemeinsam erlebten.

Ich weiß jetzt, dass Liebe sehr selten, sehr kostbar ist. Sie ist etwas, das man umsorgen und festhalten muss, wäh-

rend sie doch zu oft zerstört oder achtlos beiseite geschoben wird.

Denke daran – selbst wenn unsere gemeinsame Zeit endet, werde ich deine Liebe bewahren. Sie wird noch in meinem Herzen leben, lange nachdem dieses Herz zu schlagen aufgehört hat.

Bianca.

Coco stieß einen langen, verträumten Seufzer aus. „Oh, wie sehr müssen die beiden einander geliebt haben!"

„Igitt", kommentierte Alex schläfrig und lehnte seinen Kopf gegen die Brust seiner Mutter.

Amanda glättete den Brief. „Wahrscheinlich konnte sie ihn nie abschicken. Die ganzen Jahre über war er zwischen alle diesen Quittungen und Rechnungsbüchern versteckt."

„Und heute Nacht haben wir ihn gefunden, nicht Livingston", warf Lilah ein.

„Glück", murmelte Amanda.

„Schicksal", behauptete ihre Schwester.

Als das Telefon klingelte, hob Amanda ab. „Es ist die Polizei", teilte sie den anderen mit, ehe sie zuhörte. „Verstehe. Ja, danke." Sie legte auf. „Er ist entkommen. Er ist nicht zurück ins BayWatch, um seine Sachen zu holen."

„Glaubt die Polizei, dass er zurückkommen könnte?" Alarmiert klopfte Coco sich auf die Brust.

„Nein, aber sie behalten das Haus im Auge, bis sie sicher sind, dass er die Insel verlassen hat."

„Ich schätze, er ist schon die halbe Strecke zurück nach New York." Suzanna hielt die schläfrigen Kinder auf ihrem

Schoß. „Und wenn er wieder kommen sollte, werden wir auf ihn vorbereitet sein.“

„Mehr als vorbereitet“, stimmte Amanda zu.

„Nein.“ Sloan kam zu ihr. „Da muss noch mehr geschehen.“ Er nickte den anderen zu, während er sie zur Tür zog. „Ihr entschuldigt uns.“

„Die anderen mögen dich entschuldigen, aber ich nicht“, erklärte Amanda. „Lass meinen Arm los.“

„In Ordnung.“ Er tat es, packte sie um die Hüfte und warf sie sich über die Schulter. „Mit dir geht es immer nur auf die harte Tour.“

„Ich lasse mich nicht wie einen Sack Kartoffeln wegschleppen.“

Während Sloan mit Amanda auf dem Arm die Treppe hinaufstieg, wand sie sich unter seinen Händen und versuchte, einen gut gezielten Tritt zu landen.

„Wir haben noch einige Dinge unerledigt gelassen, bevor du losgestürmt bist, um dich mit einem bewaffneten Räuber einzulassen. Jetzt werden wir diese Dinge verdammt ordentlich erledigen. Du magst offene Worte, Calhoun, und du wirst ein paar zu hören kriegen.“

„Du weißt überhaupt nicht, was ich mag.“ Sie hieb mehrmals wütend mit einer Faust auf seinen Rücken. „Du weißt gar nichts.“

„Dann wird es Zeit, dass ich es herausfinde.“ Er öffnete mit einem Fußtritt die Tür ihres Zimmers, trat ein und warf sie auf das Bett. Als sie sich hochstemmte, schob er sie wieder zurück. „Du bleibst! So wahr ich Sloan heiße, wir bringen das ein für alle Mal zu Ende.“

Amanda verblüffte sie beide, indem sie die Hände vors Gesicht schlug und in Tränen ausbrach. Sie konnte das Schluchzen nicht zurückhalten. Alles, was in den vergangenen Stunden passiert war, löste eine Flut von Emotionen aus, die sie einfach umwarf. Fluchend tat Sloan einen Schritt auf sie zu, dann einen zurück, schließlich fuhr er sich hilflos mit den Fingern durch die Haare.

„Nicht, Mandy."

Sie schüttelte bloß den Kopf und schluchzte weiter.

„Komm jetzt, bitte." Seine Stimme wurde sanft, als er sich vor sie hinkniete. „Ich wollte dich nicht zum Weinen bringen." Er streichelte ihr Haar, tätschelte Ihre Schulter. „Es tut mir Leid, Honey. Ich weiß, dass du heute Abend durch die Hölle gegangen bist. Ich weiß, ich hätte warten sollen." Sich selbst verwünschend, rieb er ihren Arm. „Sieh mal, du kannst mich ohrfeigen, wenn du dich danach besser fühlst."

Sie schniefte, holte stockend Atem und versetzte ihm einen Schlag, der ihn auf seinen Rücken beförderte. Durch einen Tränenschleier betrachtete sie ihn, wie er seinen Mund mit dem Handrücken betupfte.

„Ich hatte vergessen, wie wörtlich du alles nimmst." Er blieb sitzen, während sie einander betrachteten. „Hast du dich jetzt ausgeweint?"

„Ich glaube schon." Sie schniefte noch einmal und suchte in ihrer Tasche nach einem Taschentuch. „Deine Lippe blutet."

„Ja." Er griff nach dem Taschentuch, doch sie wischte sich damit das Gesicht ab. Lachend lehnte er sich wieder zurück. „Allmächtiger, du bist schon ein Prachtstück!"

„Freut mich, dass du alles für einen großen Scherz hältst. Ein Mann bricht in mein Haus ein und fuchtelt mit einer Waffe herum. Du hast Glück, dass du nicht mit einem Loch im Kopf auf der Straße liegst."

Er sah wieder Tränen in ihre Augen steigen und ergriff ihre Hände. „Geht es darum?" Er küsste ihre verbundenen Handflächen. „Bist du durcheinander, weil ich ihn verfolgt habe?"

„Ich habe dir gesagt, dass du es nicht tun sollst."

„Hey. Denkst du, ich hätte bloß dastehen können, nachdem er auf dich geschossen hatte? Ich bedauere nur, dass ich ihn nicht erwischt habe, um sein hübsches Gesicht umzudekorieren."

„Das ist einfach dummer Machismo", sagte sie, schmiegte jedoch ihre Wange in seine Hand.

„Du nennst mich heute schon zum zweiten Mal dumm. Ich möchte auf das erste Mal zurückkommen."

Sofort zog sie sich zurück. „Darüber möchte ich nicht sprechen."

„Pech für dich. Wieso bist du mir ins Gesicht gesprungen, als ich das Wort ‚Heirat' erwähnt habe?"

„Erwähnt? Du hast sie befohlen."

„Ich sagte nur, dass …"

„Du hast einfach etwas angenommen", unterbrach sie ihn und stand auf. „Du hast kein Recht, mich als selbstverständlich zu betrachten. Ich sagte dir schon, dass ich meine eigenen Pläne habe."

Er ergriff ihren Arm. „Ich habe auch Pläne und Bedürfnisse. Und zufällig schließen sie alle dich ein. Ich liebe dich, verflixt noch mal! Du bist die einzige Frau, die ich jemals gebraucht habe. Die einzige Frau, mit der ich jemals mein Leben verbringen und Kinder haben und ein Heim gründen wollte. Der Himmel weiß warum, wo du doch stur bist wie ein Maultier mit zwei Köpfen, aber so ist es nun mal."

„Warum hast du mich dann nicht einfach gefragt?"

Verblüfft schüttelte er den Kopf. „Was gefragt?"

Sie gab einen erstickten Laut von sich. „Ich verlange doch keine Poesie, weder Byron noch Shelley. Ich erwarte auch nicht, dass du auf die Knie sinkst und eine Hand auf dein Herz legst. Vielleicht hätten Geigenklänge nicht geschadet", murmelte sie. „Oder Kerzenschein."

„Geigenklänge?"

„Vergiss es." Sie stützte die Hände in die Hüften. „Glaubst du, nur weil ich vernünftig und ordentlich bin, brauche ich kein Drumherum, keine Romantik? Du kommst hierher, veränderst mein ganzes Leben und bringst mich dazu, dich so zu lieben, dass ich nicht mehr klar denken kann, und dann hast du nicht den Verstand, es richtig zu machen."

„Warte." Er hob eine Hand. „Willst du damit sagen, dass du wütend bist, weil ich dich nicht phantasievoll genug gefragt habe?"

Ihr Gesicht war vor Zorn erhitzt, ihre Augen brannten. „Du hast mich überhaupt nicht gefragt, aber warum solltest du auch? Du kennst die Antwort ja bereits."

Soll sich doch einer mit Frauen auskennen, dachte Sloan. „Warte", bat er und ging hinaus.

Amanda saß auf dem Bett. Sie kochte vor Wut, als Sloan wiederkam und den Kassettenrecorder, den er sich geliehen hatte, auf ihre Kommode stellte. Dann holte er Streichhölzer aus der Tasche, und steckte systematisch sämtliche Kerzen im Zimmer an, während Amanda ihn finster beobachtete. Als er zufrieden war, schaltete er die Lichter aus.

„Was machst du da?"

„Ich bereite alles vor, damit ich dich bitten kann, mich zu heiraten, ohne dass du wieder etwas nach mir wirfst."

Das Kinn hochgereckt, sprang sie vom Bett auf. „Jetzt machst du dich über mich lustig."

„Nein! Verdammt, Frau, willst du die ganze Nacht mit mir streiten, oder willst du mich versuchen lassen, es richtig zu machen?"

Seine Stimme klang ärgerlich. Er wirkte, als fühle er sich nicht sehr wohl in seiner Haut. Sie verspürte den Wunsch zu lächeln. Sie begriff, dass er das alles für sie machte. Weil er sie liebte.

„Ich lasse es dich versuchen. Was ist damit?" fragte sie und deutete auf den Kassettenrecorder.

„Der gehört Lilah." Er drückte die Wiedergabetaste. Der sanfte schluchzende Klang von Geigen schwebte durch den Raum.

Jetzt lächelte sie tatsächlich, obwohl ihr Herz zu hämmern begann. „Das ist schön", bemerkte sie.

„Du bist es auch. Das hätte ich dir öfter sagen sollen." Er trat auf sie zu und ergriff ihre Hand. „Ich liebe dich, Amanda." Sehr sanft drückte er seine Lippen auf die ihren. „Ich liebe alles an dir. Die Frau, die Listen anfertigt und ihre Schuhe in ihrem Schrank in einer Reihe aufstellt. Die Frau, die in eisigem Wasser schwimmt, um eine Weile allein zu sein. Ich liebe die unglaublich verführerische Frau, die ich im Bett gefunden habe, und die widerstandsfähige, die weiß, was sie will. Ich will nicht mehr ohne das alles leben, das dich ausmacht."

„Ich liebe dich auch." Amanda hob ihre Hand an sein Gesicht. Ich habe es ernst gemeint, als ich sagte, du hättest mein Leben verändert. Als ich heute Abend Biancas Brief vorlas, verstand ich, was ich fühlte. Ich werde nie bei einem anderen Mann das fühlen, was ich bei dir empfinde, ich werde es nie wollen."

Lächelnd hielt er ihre Hand fest und hauchte einen Kuss darauf. „Wirst du mich also heiraten?"

Lachend schlang sie ihre Arme um ihn. „Ich dachte schon, dass du nie mehr fragen würdest!"

– ENDE –